박범신이 읽는
젊은 작가들

박범신이 읽는

이기호 | 심윤경 | 백가흠 | 오현종 | 손홍규 | 이신조
김도연 | 김종광 | 김종은 | 김도언 | 김 숨 | 박성원

젊은 작가들

박범신 엮음

문학동네

특별하고 소중한 우리 소설문학의 지형도

여기, 우리 소설문학의 미래를 들여다볼 수 있는 특별하고 소중한 지형도가 있다. 나는 그렇게 생각한다.

이것은 한국문화예술위원회가 주최한 '금요일의 문학이야기'에서 젊은 작가들과 우수한 독자들, 그리고 내가 나눈 진솔한 고백과 논쟁적 토론, 그리고 '위기'라고까지 말해지고 있는 우리 서사문학의 오늘에 대한 고민과 충언들을 가감 없이 모아 편집한 것이다.

작가 선정은 내 뜻이 일부 반영됐으나 유수한 문예지의 추천을 받아 그 추천순위의 집계결과를 토대로 했고, 텍스트는 내가 직접 읽고 작가와 상의를 거쳐 선택했다. 우리 소설문학의 미래가 여기에 등장하는 '젊은 그들'에게만 얹혀져 있는 건 물론 아니지만, 최소한 그것의 방향성을 담보한 지형도는 이 책으로 충분히 그려볼 수 있으리라고 확신한다. 그런 의미에서 여기 실린 '젊은 그들'의 발언은 소중하고 의미심장할 뿐 아니라 최종적으로 '미완의 발언'이었다고 본다. 그들의 고백과 발언이 어떻게 그들의 작품으로 완성되어갈지 쫓아가보는 것이야말로 우리 소설문학의 미래가 될 것이다.

뜻깊은 기획으로 마당을 마련해준 한국문화예술위원회와 잘 팔리지 않을 책이라고 생각했을 법한데도 우리 문학의 젊은 세대에 대한 지속적인 사랑으로 기꺼이 책을 발행해준 문학동네, 그리고 다른 무엇보다도 때로는 언짢게 여겨질 수 있는 토론 주제나 질문, 혹은 공세적 비판의 발언에도 피하지 않고 성실하고 진지하게

'주인공'의 역할을 감내해준 '젊은 그들'에게 감사드린다. 또한 우리 문학에 대한 기대와 애정을 버리지 않고 현장에 참여해준 진정성 넘치는 독자들에게도 꼭 고맙다는 말을 전하고 싶다.

이번 토론을 이끌면서 내가 느낀 최종적인 감회는 여러 가지 불온한 문학사회적 환경에도 불구하고 우리 소설문학의 미래가 그리 어둡지 않다는 힘 있는 전망에 기댈 수 있게 됐다는 점이다. '젊은 그들'은 한결같이 말했다. "우리는 계속 쓸 거예요. 다른 모든 건 부차적인 일에 불과해요." 나는 이렇게 화답하고 싶다. "그럼요. 나도 그럴 거예요. 우리 각자, 놀랍게 힘 있는 단독자로, 그러나 세대를 넘어 함께 갑시다."

어디로 갈 것이냐 하는 질문은 이 책에 대고 하면 된다. 여기에 우리 소설문학의 현재와 미래에 대한 많은 질문과 암시, 그리고 불온한 욕망들이 담겨 있기 때문이다. 이 책은 우리 소설문학의 중심을 꿰뚫는데 매우 중요한 텍스트가 될 것이고 또한 오랫동안 유효할 것이다. '그들'은 어떤 의미에서 이제 막 기지개를 켜고 우리 소설문학의 아침을 맞고 있으니까.

2007년 봄

박범신

차례

이기호

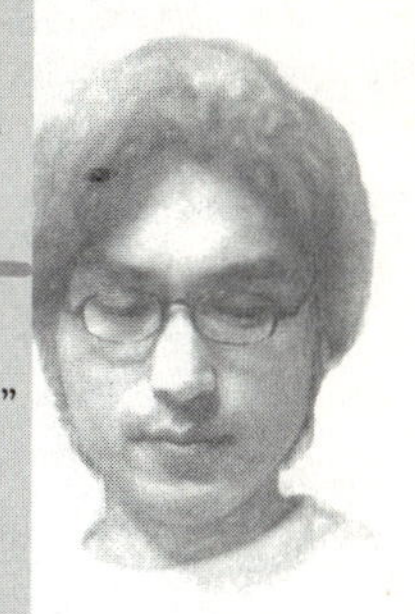

"인간에 대해서 깊게 깊게 생각하고 싶어요."

박범신 오늘은 이기호 작가를 여러분들께 소개하겠습니다. 이기호씨는 1999년 월간『현대문학』신인추천공모에 단편「버니」가 당선되어 등단을 했습니다. 「버니」는 보도방 여자들의 이야기를 대중음악 장르인 랩의 가사형식에 담은 작품입니다. 점잖은 심사위원은 뽑지 않을 소설이었는지도 모르겠는데, 어쨌든 아주 독특하고 특별한 소설로 당선해서 작가가 됐습니다. 2003년 대산창작기금을 받은 바가 있고 작년에 문학과지성사에서 낸 첫 창작집『최순덕 성령충만기』가 문단에 아주 큰 반향을 불러일으켰습니다. 작년에 최고로 화제가 됐던 작품집입니다. 따라서 이기호씨는 가장 촉망받는 젊은 작가라고 하겠습니다. 지난번에도 말씀을 드렸지만 금년 하반기 '금요일의 문학이야기'에서는 데뷔 오 년 안팎의 아주 젊은 작가들을 초대하고 있습니다. 우리 문학의 풍향계이자 우리 문학의 미래를 짊어지고 나갈 젊은 작가들을 모시고 이야기를 나누고 있는데 제가 나이가 좀 많아서 젊은 작가들하고 소통이 잘될지 걱정이 많아요. 오늘도 젊은 분들이 많이 오셨는데 이따 기회가 되면 저보다도 여러분들이 이야기를 많이 나누세요. 이 프로그램에 나오는 작가들을 서너 달 동안 계속적으로 만나다보면, 앞으로 이삼십 년 후 우리 문학의 지형도가 어떻게 변화하겠구나 하는 걸 충분히 느끼실 거라고 봐요. 거기에 의미를 두시고 젊은 여러분들께서 이야기를 많이 나눠보시기 바랍니다. 이기호 작가를 위해 박수 한번 보내주세요. (함께 박수)

생기기도 잘생겼죠? (함께 웃음) 예술이라고 하는 건 형식도 중요하기 때문에 형식에 대한 도전이 필요해요. 예술가에게는 이제까지 시도했던 형식들을 파괴하고 새로운 형식에 도전하는 야망이 있어야 합니다. 그런데 우리나라에는 아직도 사대부 전통이 남아 있어서 형식적인 면에서조차 한 우물을 파는 게 좋은 것이라고 생각을 해요. 내용적인 면에서 한 우물을 파야 될 텐데, 형식도 거기에 같이 묻혀버리는 경우가 많아요. 그런데 최근에 제가 읽은 젊은 작가들의 소설집 중에는 『최순덕 성령충만기』가 형식이 가장 다양합니다. 이기호처럼 다양한 형식에다 자기 이야기를 담아내는 작가를 본 적이 없어요. 그런 점을 염두에 두시기 바랍니다. 오늘 비도 오는데 이렇게 많이 와주셔서 대단히 고맙습니다. 제가 말을 많이 할 필요 없이 이기호씨한테 기회를 드리겠습니다. 한 시간 반 동안 얘기해도 막지 않을 테니까 이야기가 떨어질 때까지 말씀해보세요. 이기호씨가 무슨 얘기를 하는지 한번 쭉 들어보도록 하죠.

이기호　안녕하세요? 이기호라고 합니다.

박범신　다시 한번 박수 보내주세요.

이기호　아침에 일어났더니 비가 너무 많이 와서, 오늘 모처럼의 자리인데 흥행에 참패를 하겠구나라고 생각을 했는데 그래도 의외로 많이 와주신 것 같네요.

박범신　이 정도면 성공한 거예요. (함께 웃음)

이기호　긴장을 안 하고 있었는데 들어오니까 갑자기 긴장이 되네요. '금요일의 문학이야기'에서 초대를 해서 별생각 없이 선뜻 하겠다고 했는데 엊그저께부터 걱정이 됐어요. 편하게 생각을 했었는데…… 부제가 '박범신이 읽는 젊은 작가들'이지 않습니까? 앞에 있는 이름 석 자 때문에 굉장히 부담이 많이 됐어요. 아시는 분은 아시겠지만 박범신 선생님하고 저의 경력사항 중에 같은 부분이 하나 있어요. 제가 97년부터 박범신 선생님한테 소설을 배웠거든요. 저한테는 큰 스승님이시죠. 선생님 앞에서 내가 무슨 얘기를 할 수 있을까라는 생각에 걱정도 많이 되고 부담도 많이 돼서 엊그제부터 걱정을 많이 했습니다. 제가 소설의 끈을 놓지 않고 계속 쓸 수 있었던 것은 옆에 계신 박범신 선생님의 덕이 한 팔 할은 될 거예요. 예전에 소설이 잘 안 될 때 선생님의 용인 작업실을 빌려서 반년 넘게 그 안에 들어가 있었던 적이 있거든요. 그때 선생님께서 일주일에 한 번씩 여러 가지 반찬을 싸서 갖다주셨어요. 밥도 해주시고…… 스승과 제자의 관계인데도 선생님께서 밥을 다 하시면 저는 느지막이 일어나서 밥을 먹고 선생님께서 설거지를 하시면 옆에서 담배나 피우고 있고…… (함께 웃음) 배은망덕과 패륜의 극치를 보여줬던 제자였는데 지금도 선생님과는 잘 지내고 있습니다. 선생님이 언제나 청년작가이시기 때문이 아닌가 싶어요.

선생님께서 조금 전에 제 소설의 형식적인 문제에 대해서 말씀을 해주셨는데…… 제가 문예창작과 출신이기 때문에, 대학원에 들어가서도 소설에 대해서 공부하는 시간이 많았어요. 그리고 저도 소설을 쓰기 위해서 대학원을 갔으니 어떻게 하든지 선생님한테 인정을 받고 싶은 마음이 많았고요. 박범신 선생님의 소설을 읽어보신 분은 아시겠지만 감수성이 굉장히 예민하세요. 어쩌면 저와는 반대 지점에 계신 분이거든요. 그래서 나름대로 선생님께 어필을 해볼까 해서 저도 그런 소설들을 많이 써봤는데 잘 안 되는 거예요. 제 몸하고 잘 안 어울렸던 거죠. 그리고 또 한 가지 문제는, 당시에 한국문학이 좋아하는 주제들이 있었다는 거예요. 가족이나 연애나 민족이나 국가 등 한국문학이 좋아하는 주제에 제 자신을 맞춰야 했죠. 그러니까 이중 부담이 있었던 것 같아요. 사실 저는 문학에 있어서의 도제 방법에 대해서는 큰 반발심이 없어요. 예전에 우리나라는 데뷔 방식이 공모전이 아닌 추천식이었지 않습니까? 스승의 문학적 색깔을 제자가 따라가는 것이 하나의 미덕이라는 개념이 있었던 것 같습니다. 당시의 저에게는 전반적인 한국문학의 분위기와 제가 모시게 된 스승의 문학적 분위기라는 두 가지 문제가 있었던 것 같아요. 처음에는 그걸 열심히 쫓아가려고 노력했지요.

그러다가 제가 제일 밑바닥까지 떨어졌을 때였던 것 같아요. 신춘문예에도 몇 번 응모해서 떨어지고 문예지에도 몇 번 내서 떨어지고…… 한국문단이 좋아하는 주제와 소재 그리고 문장으로 써서 낸 소설들이 다 떨어지고 많이 지쳐 있을 때, 끝까지 내려가 있을 때에 나왔던 게 등단작이었던 「버니」라는 작품입니다. 「버니」를 쓸 때는 몸이 몹시 자유로웠고 머리도 많이 자유로웠고 손도 자유로웠던 것 같아요. 그렇게 쓰고 나니까 무언가 후련했어요. 비로소 내 몸에 맞는 것을 찾은 것이 아닌가라는 생각도 많이 하게 됐습니다. 또 그렇게 「버니」로 데뷔하고 나서는 누군가의 아류가 돼서는 안 되겠구나라는 생각도 들었어요. 저와 같은 이야기를 하고자 했던 젊은 작가들이 그 당시 또 몇몇이 있었거든요. 대표적으로 얘기하자면 김영하 선배나 성석제 선배가 되겠죠. 동업자적인 측면에서 보면 후발 주자이기 때문에, 같은 이야기를 한다는 것은 저한테 굉장히 불리한 일이었던 것 같아요. 그래서 어떡하든지 이야기가 중첩이 되지 않는 방법이 무엇일까, 같은 이야기를 하되 겉테두리나 형식을 바꿔볼 수 없을까라는 고민을 많이 했어요. 좀더 이야기를 하다보면 나올 수도 있겠지만 저는 궁극적으로 제 소설의 방향을 읽는 소설보다 읽어주는 소설 혹은 소리내서 읽게 만드는 소설로 잡고 있습니다. 누군가가 누군가에게 들려줄 수 있는 소설을 쓰자라는 생각을 지금도 많이 갖고 있거든요. 제가 작년에 소설집을 냈는데 선생님께서 아까 말씀하신 대로 많은 사랑을 받았습니다. 제가 했던, 실험이라고 하면 실험이 객관성이 크게 떨어지거나 실험을 위한 실험으로 떨어지지 않은 것 같아서 다행이라고 생각하고 또 행복하게 생각하고 있습니다.

박범신 이기호씨가 사제간의 인연에 대해서 말을 해서 혹시 여러분들이 오해하실까봐 말씀드리는데요, 이기호씨가 제 제자라서 여기 불러온 게 아니고 유수한 메이저 문학지로부터 추천을 받아봤더니, 다섯 군데서 다 추천을 한 우수한 작가기 때문에 초대했다는 것을 덧붙여서 말씀드립니다. 요즘은 뒷말도 많은 세상이라서요. (함께 웃음) 여러분, 『최순덕 성령충만기』라는 소설집을 읽어오셨나요? 물론 여기는 제도권 학교도 아니고 여러분이 등록금을 내는 것도 아니고 제가 학점을 쥐고 있는 것이 아니기 때문에 안 읽어와도 채근할 방도는 없어요. 하지만 사람의 한평생이라는 게 길다면 길고 짧다면 짧은데 지금 이 순간 우리가 해야 할 일, 가 있어야 할 곳이 얼마나 많아요. 얼마나 많은 선택이 있어요? 중국집에 가서 짬뽕을 먹을 수도 있고, 데이트할 수도 있고, 비 오는데 친구들하고 소주 한잔 기울일 수도 있고, 부모님께 효도하는 시간으로 쓸 수도 있고, 집에서 텔레비전 보는 시간으로 쓸 수도 있고 말이죠. 시간에 대한 선택은 팔만사천 가지가 넘을 거라고 봅니다. 그런데 우리는 여기에 와 있거든요. 여기 와 있기 때문에, 젊은 작가들 머릿속에 무엇이 들어 있는지는 모르지만 어쨌든 우리는 본전을 뽑고 가야 돼요. 본전을 뽑는다는 것은, 앞에 앉아 있는 작가의 머릿속 또는 가슴속에 있는 것을 작가가 아프지 않게 우리가 훔쳐가지고 나가는 것이거든요. 그런 의미에서 작품을 읽고 오는 건 아주 중요하다고 생각합니다.

여기서 이기호씨가 아무리 말을 잘해도 저는 뻥이 있을 거라고 의심을 해요. 사람이 얼굴을 마주 보고 얘기를 하면 누구나 다 뻥치게 돼 있어요. (함께 웃음) 저도 마찬가지고요. 그런데 소설을 쓸 때에는 독자가 없어요. 정확하게 말하면 독자가 있긴 하지만 쓰고 있을 때는 독자가 구체적으로 느껴지지 않아요. 물론 집필 전의 구상단계에서는 어떻게 하면 독자를 사로잡을 수 있을까라는 생각도 하죠. 그러나 원고지 속으로 빨려들어가기 시작하면 함정 같은 원고지의 공간과 나 사이는 단독자적인 관계가 되거든요. 그런 의미에서 보면 이기호씨의 이야기를 들어보는 것도 중요하지만 이기호씨의 소설을 읽어보는 것도 아주 중요하다고 생각합니다. 문학을 많이 한 사람으로서 예고가 나가 있는 작품을 다음에 오실 때 꼭 읽어오시라는 말씀을 드리고 싶습니다. 혹시 이기호씨 작품을 못 읽고 오신 분은 오늘 가서 읽으시면 돼요. 작가가 뻥치는 걸 듣고 읽으면 소설이 굉장히 재미있어져요. 그 사람 말은 멀쩡하게 하던데 보도방 출신 아냐, 하는 생각도 들고, (함께 웃음) 재미있어지니까 꼭 읽어주시기를 부탁드리고요. 오늘 이기호씨의 『최순덕 성령충만기』 중에서 주로 「최순덕 성령충만기」를 중심으로 얘기를 하겠다고 텍스트를 정한 건 읽어오게 하기 위한 고육지책이었어요. 여러분 많이 읽어오셨으리라고 봅니다.

이기호씨하고 제가 조금만 더 얘기를 하고 질문을 받도록 하겠습니다. 이미 사제간이라고 밝혀졌으니까 드리는 말씀인데, 제가 옆에서 보면 이기호씨는 여러 가지 재능이 많아요. 나더러 감성적이라고 하면서 자기는 그 과가 아니라고 하는데, 제가 볼 때는 이기호씨야말로 그 과입니다. (함께 웃음) 아주 감수성이 예민하고 사회생활도 모자라게 할 것 같지 않아요. 소설에서 충분히 보셨다시피 상상력도 재미있어요. 이기호씨가 소설을 안 쓴다고 굶겠어요? 오히려 소설을 쓰고 있기 때문에 지금 굶고 있는 거죠. 연봉이 천만원이 넘는다는 등 안 넘는다는 등 그러는데, 그래봤자 많아야 월 백만원이겠죠. 이기호씨가 다른 분야에 가서 성실하게 활동하고 있었으면 지금쯤 아마 연봉이 최소 이삼천만원은 되지 않겠나 싶어요. 특별히 모자란 것도 없고, 보시다시피 얼굴도 이만하면 됐으니까 돈 많은 여자를 잡는 데 진력할 수도 있고, 여러 가지 삶의 선택이 있을 텐데 왜 하필이면 이 짓을 할까, 궁금해요. 왜 이 짓을 하는가? 제가 너무 비하해서 말하는지 모르지만 글 쓴다는 게 생각하면 참 한심한 짓이에요. 솔직히 말해서 요즘 누가 책을 읽어요? 여기 HOT가 왔으면 사람이 이만큼만 모이겠어요?

소설이 다른 사람의 인생을 특별히 구원하는 것도 아니고 돈이 되는 것도 아니에요. 그리고 이걸로 출세를 할 일도 없을 것 같아요. 그런데 이렇게 준수하게 생긴 젊은이들이 왜 문학을 할까? 나는 내가 가르치면서도 늘 궁금하고 안쓰러워요. 데뷔를 하면 굉장히 행복하고 충만된 표정들을 짓지만 삼십 년 동안 문학을 한 제가 볼 때는 어쩌면 그 짓을 하냐 하는 생각이 들거든요. 이기호씨한테 왜 그 짓을 하는가, 어떻게 해서 여기에 와 있는가 하는 걸 한번 들어봅시다.

이기호 선생님께서 갑자기 그렇게 질문을 하시니까 제가 좀 오래된 생각을 하게 되는데, 한두 가지 정도가 있었던 것 같아요. 하나는 아주 어렸을 적 초등학교 삼사학년 무렵인가의 기억이에요. 제가 강원도 원주라는 중소도시에 살았거든요. 그 당시만 해도 007가방을 가지고 집집마다 방문하는 월부 책장수 아저씨들이 있었어요. 그때 책장수가 『한국단편문학선』이라는 것을 가지고 다녔는데 제가 어머니한테 좀 사달라고 했습니다. 어머니께서는 당연히 안 사셨죠. 그런데 책장수가 옆집 성민이네도 사고 정민이네도 샀다고 하니까 어머니께서 바로 구입을 하시는 거예요. 네 권짜리 『한국단편문학선』이었는데 정음사에서 나왔던 걸로 기억하고 있습니다. 연세대 원주 캠퍼스에 계신 정현기라는 분이 엮었는데, 1930년대 소설부터 1970년대 소설까지 있었던 것 같아요. 강신재씨 소설도 있었고 조선작 선생 소설도 있었으니까요. 그 네 권의 소설책이 제 인생을 바꾼 계기였을 거예요. 제가 초등학교 무렵에 늘 혼자였거든요. 집에 늘 혼자 있었어요. 당시에는 텔레비전이 낮에는 나오지 않았습니다. 또 친구들이 그렇게 많았던 것도 아니고요. 중학교 삼학년 때 그 책이 없어졌는데, 그때까지 백 번은 넘게 읽었던 걸로 기억을 합니다. 혼자 있거나 쓸쓸할 때는 늘 그 소설들을 읽었어요. 그리고 한 육학년쯤 돼서 막연하게나마 나중에 소설가가 되겠구나라는 생각을 했어요. 늘 혼자 있었던, 외로웠다라면 나름대로 외로웠던 시간인데 그 시간에 저하고 늘 같이 있었던 것이 그 소설들이었어요. 그리고 중학교 때부터 고등학교 때까지는 공부도 안 하고 좀 놀았어요. 소위 질이 좋지 않다고 말하는 친구들과 기지바지 입고 시내를 활보하면서 껌을 씹었습니다.

박범신 본드도 좀 했나요? (함께 웃음)

이기호 담배를 일찍부터 배워서 많이 피웠어요. 아무튼 그 네 권의 소설 외에는 소설책을 거의 안 읽었던 것 같아요. 그런데 그렇게 놀면서도 내가 언젠가는 문학을 하겠구나라는 생각은 한 번도 변하지 않았어요. 어쩌면 혼자 있는 시간이 그만큼 많았던 것 같기도 하고요. 친구들하고 껄렁껄렁하게 같이 어울려 지내다가 혼자 집에 갔을 때 상대적으로 외로움이 컸던 것 같고, 그 시간 속에서 소설이라는 것이 언젠가는 나를 찾아오겠구나라는 생각을 늘 했습니다. 운이 좋게 문예창작과라는 데를 들어갔고, 군대를 제대하고 나서부터 본격적인 문학수업을 했는데, 저는 누누이 봐왔습니다. 문창과에 다니면서 강사들도 많이 봤고, 일반인보다는 소설가들을 강단에서 자주 뵙게 됐는데, 그분들은 늘 가난해요. 항상 이상한 바지를 입고 다니고 머리는 며칠 안 감은 것 같고 나이가 마흔이 넘었는데도 거의 운전면허가 없어요. 그런 모습을 다 봐왔고, 소설가가 되면 나도 또 저렇겠구나라는 것이 익히 예상됐음에도 불구하고 한 번도 이 길 외에는 다른 것을 생각해본 적이 없었던 것 같습니다.

　문학에 대한 생각도 저희 세대는 선생님 때와는 많이 다른 것 같아요. 저는 소설을 쓰는 일이 굉장히 숭고한 일이라거나 숙명적인 일이라고는 생각하지 않아요. 지사적인 사명감을 갖고 해야 할 직업이라고도 생각하지 않습니다. 저는 지금도 그렇게 생각하고 있어요. 누구는 보안업체에 다니고 누구는 경비를 하고 누군가는 세일즈를 하는 것처럼, 저는 이 일 역시 그냥 일반 직장이라고 생각하고 있습니다. 제가 느끼기에는 이게 일종의 벤처거든요. 그러나 경제논리에 크게 휘말리거나 하지는 않습니다. 아까 선생님께서 제 연봉이 천만원이 넘는다고 하셨는데 작년까지만 해도 육백만원이었거든요. 연봉이 육백만원이면 월수입이 오십만원 정도죠. 제 고등학교 친구들 중에 몇 명이 대기업에서 근무를 하는데 연봉이 저하고 열 배 넘게 차이가 나요. 열 배가 뭐예요. 한 스무 배 정도 차이가 나는 경우도 있어요. 제가 작년에는 아침 아홉시 무렵에 가끔씩 세종문화회관에 갔어요. 세종문화회관 층계를 올라가면 커피 자판기가 하나 있거든요. 비치파라솔도 하나 있고 의자도 있어서 그곳에서 커피를 마시곤 했는데 담배를 피우면서 출근길의 직장인들을 느긋하게 쳐다보는 걸 굉장히 좋아했어요. 하얗게 질린 얼굴로 출근하는 모습들을 보면서 저들이 저렇게 바쁘게 출근하고 있을 때 나는 내가 하고 싶은 일을 하면서 이만큼의 자유를 누리는구나라는 생각을 했습니다. 저는 큰 차를 타고 싶은 욕망도 없었고 커다란 집으로 이사 가고 싶다거나 좋은 옷을 입고 싶다는 욕망도 없었습니다. 내 욕망선에서 볼 때 내 연봉이 적다고 생각해본 적이 없었어요. 오히려 내가 글을 쓰고 또 내가 하고 싶은 일들을 하는데도 이만큼의 경제적인 것이 주어졌다는 게 때로는 행복하게 느껴졌으니까요.

　제게는 전 세대와 같은 강박관념이 없습니다. 내가 이 글을 쓰고 나가서 화염병을 던져야 한다거나 내 글이 곧 화염병이 돼야 한다는 식의 강박관념은 없어요. 내 글이 조국의 통일에 기여해야 한다는 생각도 물론 없고요. 그래서 저는 선생님 세대보다는 굉장히 행복한 세대라고 생각합니다. 욕망의 가치와 욕망의 눈높이가 달라졌으니까 그것 때문에 힘들 수도 있겠죠. 하지만 그것을 제어할 수만 있다면 오히려 훨씬 행복한 직업이라고 저는 생각을 했습니다. 내 시간이 많았으니까요. 힘들고 괴롭고 어려운 시간들이 있었지만 그것들을 쓱 지나갔을 때의 카타르시스가 있었거든요. 제 선배 작가나 동료 작가들은 어떨지 모르겠지만 저는 글을 쓸 때 너무너무 힘들어서 거의 녹다운 지경까지 가곤 합니다. 그러다가 한 편의 소설에 마침표를 딱 찍는 순간 카타르시스를 느낍니다. 솔직히 말하면 그 카타르시스 때문에 소설을 쓰는지도 모르겠어요. 아주 밑에까지 내려갔다가 다시 툭 퉁겨나오는 기분이 들거든요. 그런 몇몇 가지의 위안과 유혹이 저로 하여금 계속해서 소설을 쓰게 만드는 것 같습니다.

박범신　이기호씨 말을 들으니까 몇 가지 포인트가 떠오르는데, 하나는 아까 문학이 무슨 힘이 있느냐, 참 할 짓이 아니다 하고 비하해서 말씀을 드렸는데, 이기호씨가 중고등학교 때 좀 놀았다네요. 본드까지는 안 했지만 담배도 일찍 피우고 말예요. 그래서 선배가 문학이 힘이 없다고 얘기하면 안 되겠구나, 문학은 무엇보다도 힘이 있구나 하는 생각을 했어요. 만약에 이기호씨가 일찍 취직해서 지금쯤 연봉이 한 일억원 정도 된다고 하면, 어쩌면 나쁜 길로 빠져서 뒷구멍으로 라면박스나 받는 부패한 인간으로 전락했을지도 모르잖아요. (함께 웃음) 그런데 문학이 이기호를 구제했어요. 우리가 확실히 알 수 있는 것은, 문학이 좀 놀았던 이기호를 구원했다는 거예요. 지금 구절구절마다 다 옳은 말만 하지요? 바르게 살고 있거든요. (함께 웃음) 부패하지 않고 살게 하고 있어요. 문학의 원천적인 힘이 그거예요. 우선 작가 자신을 견고하게 구원할 수 있고, 자신을 구원함으로써, 본인은 부정할지 모르지만, 독자의 구원에도 음으로 양으로 관계맺게 되는 힘이 바로 문학의 힘인 거예요. 그것이 꼭 양적으로 많아야 하는 건 아니에요.

두번째는 문학을 대하는 태도예요. 우리 세대가 문학을 대하는 태도와 이기호씨 세대가 문학을 대하는 태도는 분명히 달라요. 여러분, 확연하게 비교가 되죠? 제가 사회를 보면서, 젊은 작가들을 모시고 대화를 나누면서 얻는 일종의 보너스예요. 진짜 세대차이 나네요. 우리 때는 문학이 아니면 죽음을 달라, 하는 식으로 시작했으니까요. 제가 처음에 당선하고 당선소감에 '문학, 목매달아 죽어도 좋은 나무'라고 썼습니다. 전 요즘에는 사실 그 말이 끔찍하고 싫어요. (함께 웃음) 문학을 꼭 이렇게 해야 되나 해서요. (함께 웃음) 이제 아랫배에 기름도 끼고 그러니까 '아니, 꼭 목매달아 죽어야 돼?' 라는 생각이 듭니다. 그런데 제가 이기호씨처럼 젊을 때는 그랬어요. 절대빈곤의 시대였고 그 시대의 사회는 훨씬 단순했기 때문에 적어도 어떤 전형이나 어떤 진실이나 내가 강력하게 원하는 욕망의 빛깔을 분명하게 알아볼 수 있었거든요. 하지만 이기호씨는 욕망을 가지려 해도 욕망의 빛깔을 자기가 알기 어려울 거예요. 어떤 인물을 그려도 과연 인물의 전형이 어디에 있는가도 알 수가 없고. 이조시대에는 춘향이를 얼른 알아볼 수 있었지만 지금은 누가 춘향인지 어떻게 알겠어요? 지금은 바람둥이 같은 춘향이도 있고 춘향이 같은 바람둥이도 수두룩하잖아요. 옛날 같으면 춘향이나 심청이는 바로 눈에 띄었거든요. 저 여자는 춘향이야, 하고 전형을 금방 알아볼 수 있는 시대였는데 지금은 굉장히 달라졌어요.

아까 이기호씨가 '나는 문학을 통해서 지사가 되고 싶지도 않고 또 화염병을 던질 수도 없다'고 했잖아요. 이 말 속에는 이기호씨 자신의 세계관이 들어 있어요. 이기호씨가 자라온 시대와 견주어볼 때 진실을 알아보기 어려운 복잡하고 다면체적인 시대에는 그런 태도를 갖는 것이 매우 자연스럽지 않겠나 싶어요. 그렇다면 그런 태도는 어떻게 나타날까요? 정면으로 대응하는 것에서 약간 비켜서는 방법으로 나타나겠죠. 화염병을 들고 나갈 수 있으면 이건 화염병이야 하고 들고 나가면 되는데, 화염병을 들고 나갈 수 있는 시대도 아니니까 그것이 진심이 아니라고 느낄 때는 약간 비켜서서 꼬인 시선으로 사물을 바라보는 것이 자기 삶의 합리화에 도움이 되리라고 봐요. 저는 이기호씨 소설의 키워드가 이중에 있다고 생각해요. 말하자면 이기호씨는 자신이 보고 싶은 어떤 현실을 정면으로 대응하는 것이 아니라, 약간 삐딱한, 사팔뜨기 같은 눈으로, 약간 비켜선 자리에서 보고 있는 거예요. 위악적이고 반어적이고 냉소적인 자리 있잖아요. 이기호씨 소설이 보여주는 바로 그런 자리가 이기호씨 소설의 굉장히 중요한 키워드라고 생각해요.

그렇다면 이기호의 삐딱한 시선은 어디에서 나오는가? 학교 다닐 때 좀 놀았기 때문은 아닌 것 같아요. 이기호씨가 마음에 안 들어할 말일지도 모르겠는데, 제가 보기에는 어딘가 좀 비어 있어요. 사랑 결핍이라고 할까요? 우리는 모두 만족스러운 사랑은 못 했어요. (함께 웃음) 그래서 사랑에 관한 한 일정 부분은 다 결핍돼 있죠. 이기호씨는 본질적으로 어느 부분이 결핍돼 있는데, 본인이 직접 말했다시피 경제적인 것은 아니에요. 굳이 범박하게 말하면 사랑 같은 걸 거야 하고 생각을 합니다. 오늘 수많은 사람들이 지금 동숭동에 있을 텐데 여기 온 사람은 백여 명 미만이니까 정말 문학을 좋아하는 분들이 오신 거예요. 정말 식구들이 모인 거죠. 그래서 제가 얘기하는 거예요. 이기호씨의 결핍감, 사랑이라고 그냥 평범하게 부를 수 있는 그 결핍감 때문에 이기호씨는 『최순덕 성령충만기』에 온갖 형식을 가지고 들어왔어요. 그 형식들이 이기호의 진실인가 하고 생각을 해봅니다. 어쩌면 이기호의 병풍들일지도 모른다는 생각이 들어요. 여러 종류의 병풍을 늘어놓고 있구나 하고 말이죠. 퍽 내밀한 얘기가 될 것 같은데, 내가 보았던 것이 틀렸는지, 맞다면 이기호씨의 어떤 것이 결핍돼 있어서 그것을 어떻게 채우려고 이런 소설들이 들어왔는지, 그걸 알고 싶거든요. 조금 내밀한 질문일 것 같은데, 이기호씨가 하는 데까지 한번 얘기를 해보세요.

이기호 제 결핍의 근원과 원인을 제가 명확하고 면밀하게 파악하고 있다면 소설을 못 쓸 것 같아요. 정말 저도 저 자신을 잘 모르겠어요. 무언가 뿌옇게 보이는 것들은 있는데 선생님께서 말씀하신 게 대부분이 아닐까 싶어요. 사랑도 받고 싶고 혼자 있으면 외롭기도 해요. 사실은 무언가를 직접적으로 말하는 것에 대한 면구스러움과 쑥스러움이 많아요. 직접적으로 육박해들어가서 정면돌파하지 않고 에돌아가는 성격이에요. 전에는 제 성격이 굉장히 마음에 들지 않았는데 지나고 보니까 에돌아가는 것이 문학이 아닌가라는 생각도 들어요. 제 소설에 나오는 인물과 형식에 대해서 말씀을 드리자면 제 소설에는 굉장히 어눌한 사회의 밑바닥 인생들이 많이 나옵니다. 「최순덕 성령충만기」뿐만이 아니라 대부분의 소설에 말도 안 되는 악한들, 흔히 말하는 깡패들이 나와서 누군가를 괴롭히고 나쁜 일을 하려고 나름대로 머리들을 써요. 하지만 결국 당하는 것은 그들입니다. 상처받고 피해를 보는 것은 도리어 그들이라고 하는 게 커다란 형식이에요. 아까 선생님께서도 말씀하셨지만 지금은 누가 춘향이고 누가 심청인지 전혀 알 수가 없습니다. 저는 악한들을 다시 주저앉히는 우리는 누구인가라는 생각도 많이 해봤어요. 우리가 악한은 아닌가라는 생각 말이에요. 이러한 생각들이 제 소설의 밑바탕에 깔려 있는 것들인데, 직접적으로 말하는 것이 굉장히 쑥스럽습니다. 정면돌파하는 것도 마찬가지고요. 또 제 글은 그런 식으로 나가지지도 않습니다.

하지만 그것이 저의 미학적 기준은 아닙니다. 제가 글을 쓸 때 시간을 미적으로 배치하고 문장을 미적으로 좀더 섬세하게 다듬었으면 그런 형식들은 절대 나오지 않았을 거예요. 저는 그것이 소설에 대한 미학적 구분이라고 생각하지는 않아요. 조금 더 얘기를 하자면, 내가 소설가라는 것이 혹은 내가 쓰고 있는 소설이라는 것이 별다를 것이 없다고 생각합니다. 제 소설 중에 「옆에서 본 저 고백은」이라는 작품은 깡패들이 신용정보회사에 입사하기 위해서 자기소개서를 쓰는 내용이에요. 자기소개서를 쓰는 고난에 찬 과정을 그렸어요. 언젠가 피시방에 갔다가 어떤 컴퓨터에 저장돼 있는 무수히 많은 자기소개서를 보게 된 게 그 소설을 쓴 배경이에요. 자기소개서라는 것이 정말 눈물겹잖아요. 이를테면 고매하신 누구와 누구의 삼남 삼녀 중 막내로 경상도 어디에서 태어났고 학업 성적은 어땠고 장점은 무엇이고 단점은 무엇이며 가정환경은 어땠고 하는 식으로, 자기 자신을 다 까발려야 되거든요. 그 자체만으로도 충분히 서사가 됩니다. 아까도 말씀드렸지만 저는 제가 소설가라는 사실을 절대 특별하게 생각하지 않았어요. 저는 지사적인 사명감으로 목매달거나 하지도 않았습니다. 하지만 남들이 소설을 그렇게 본다면 내 스스로 몸을 좀 낮추고 싶다는 느낌은 분명히 있었어요. 어쩌면 제 형식들은 제 나름대로의 겸손이었고 제 나름대로의 몸 낮추기였습니다.

박범신 겸손이라고는 보지 않는데…… 이기호씨의 소설이 겸손하지는 않다고 봐요. 오히려 어떤 의미에서 아주 오만방자하죠. (함께 웃음) 제가 독자로서 보는 견해는 그렇습니다. 이를테면 이기호씨 소설을 읽고 있으면 내가 제도권 학교에서 이기호씨를 가르친 스승인데 이기호의 존경을 받기는 정말로 힘들겠구나, 아마도 이기호라는 작가는 누구를 존경하기는 어려울 거야, 하는 생각이 듭니다. 제도권

울타리 안에서는 존경의 흉내를 내고 있겠지만 본질적으로 어떤 권위나 어떤 중심
도 인정하지 않으려고 하는 비딱한 시선을 가진 주인공들이 대부분이니까 비교컨
대 그렇다는 것이죠. 이 소설을 통해 볼 때 이기호씨가 굳이 누군가를 존경한다면
여자는 존경할 것 같다는 생각이 듭니다. (함께 웃음) 굳이 큰 테두리로 범박하게
말하면 사랑 결핍 같은 게 있다는 말씀을 아까 드렸는데요, 제가 볼 때 이기호씨는
고독한 청년이거든요. 나는 고독할 때 우는데 이기호는 울지 않아요. 이상하게 튀
는 노래를 한다거나 딴짓을 하고 있죠. 소설에도 그런 것들이 그대로 나타나요. 여
러분들도 다 아시겠지만 이기호 소설에는 똑똑하고 잘난 사람이 하나도 없어요.
대부분의 현대소설이 그렇지만 특히 이기호 소설에는 경제적으로만 밑바닥이 아
니라 어디가 좀 모자라거나 뻥 뚫려 있거나 약간 반편이거나 자기 삶에서 삐끗 벗
어나 있는 인물들이 주로 나와요. 그 사람들이 갖고 있는 시선은 겉보기에는 유쾌
해 보여요. 고독하다고 울지는 않으니까요. 하지만 이기호씨의 삐딱하고도 유쾌한
시선이 결코 가벼운 유쾌함은 아닌 것 같아요. 굉장히 무겁죠.

　제가 선배 작가로서 이기호씨한테 정말 칭찬하고 싶은 게 있어요. 소위 마술적
리얼리즘이라고 할까요? 요즘 젊은이들한테 판타지적인 게 많이 어필하잖아요. 젊
은 작가들의 작품을 보면 한 편의 소설 속에서 사람이 수없이 죽어나가는데 왜 죽
는지는 잘 모르겠어요. 정말 당위성이 없는 판타지들이 많아요. 이기호씨 소설 중
에도 마술적 리얼리즘의 소설들이 꽤 많이 있어요. 뒤통수에 눈이 달렸다거나 햄
릿이 직접 출현한다거나 하는 소설들이 있는데, 적어도 이기호씨가 구사하고 있는
판타지는 말 그대로 마술적 형식을 띠고 있지만 삶의 리얼리티를 담아내고 있어
요. 삶의 뼈 아픈 페이소스나 슬픔이 있거든요. 이기호씨 목소리를 따라가다보면,
처음엔 허허 웃다가도 뒤돌아 앉으면 결국 슬프고 씁쓰레한 지점을 만나게 됩니
다. 이기호씨의 판타지적인 요소는 무위한 판타지가 아니라 삶에 대한 치열한 상
징성을 담보하고 있어요. 젊은 작가로서 쉽지 않은 일입니다. 저는 굉장히 귀한 미
덕이라고 봐요. 『최순덕 성령충만기』는 읽는 사람마다 여러 가지로 읽을 수 있겠지
만, 어쨌든 이기호씨는 전혀 새로운 스타일의 신품종 작가인데, 구품종들이 가졌

던 문학적 진실에 대한 리얼리즘을 버리지 않고 있다는 말씀을 드리고 싶어요.

　바꿔 말하면 이기호씨하고 같이 활동하고 있는 동년배의 젊은 작가들 중에는 이기호씨하고 비교하면 훨씬 더한, 정말 밑도끝도없는 신품종 작가들이 많이 있어요. 이기호씨는 전 시대의 문학, 특히 리얼리즘 문학이 추구했던 어떤 것들에 대한 욕구, 지향, 기반을 훌륭하게 갖추고 있다고 봐요. 그런 것들을 갖추고 있으면서도 나 같은 사람이 흉내낼 수 없는 전혀 다른 어법으로 말하고 있어요. 저는 이기호 작가가 주목받는 이유가 여기에 있다고 봅니다. 또 이기호 작가의 앞날에 대해서 내가 신뢰할 수 있는 대목이기도 하고요. 그래서 칭찬의 말을 좀 하고 싶어요. 이제 독자 여러분들께서 질문을 해야 되는데 제가 운을 떼겠습니다. 「최순덕 성령충만기」가 오늘의 텍스트인데 제가 두 가지만 더 질문을 드릴게요. 그 다음에는 여러분하고 대화를 나누십시오. 저는 개인적으로 「최순덕 성령충만기」가 『최순덕 성령충만기』라는 창작집에서 그렇게 뛰어난 작품이라고는 생각하지 않습니다. 개인적인 독자로서의 소감인데 그보다 훨씬 더 좋은 소설들이 있어요. 어떤 의미에서 「최순덕 성령충만기」는 오히려 범박한 소설이 아닐까 하고 생각해요. 그런데 작가 본인은 그 작품을 텍스트로 하고 싶다고 하더라고요. 왜 그런지 모르겠어요. 본인이 잘 썼다고 생각하는 건지…… (함께 웃음) 그 얘기를 한번 들어보고 싶어요. 그리고 왜 이 이야기를 성경 문장의 패러디에 담지 않으면 안 됐는가 하는 것도……

　이기호　오늘 주텍스트를 「최순덕 성령충만기」로 하겠다고 한 건 그래도 제 소설의 표제작이었고 또……

　박범신　일단 표제작을 텍스트로 삼아서 독자들에게 몇 권 더 팔자는…… (함께 웃음)

　이기호　어떻게 하면 대형 교회 같은 데서 대량 구입을 할까, 어떻게 하면 교보문고 종교 코너에 꽂힐 수 있을까 하고 심각하게 고려해서 뽑은 제목이었거든요. (함께 웃음) 실제로 교보문고에 가서 직원들한테 『최순덕 성령충만기』는 어디 있어요?" 하고 물으면 "종교 코너로 가세요"라고 한대요. 다시 "소설인데요"라고 말하면 무안해한답니다. 여담이었습니다. 성경의 말투, 의고체 말투로 패러디한 것은…… 할머니들이 성경책을 읽고 계신 모습을 본 적이 있어요. 뭐랄까요, 저는 기독교 신자는 아니에요. 하지만 종교적인 차원을 떠나서 할머니들이 웅얼웅얼거리는 소리가 가슴 따뜻하게 다가왔던 적이 있어요. 그것은 어쩌면 굉장히 숭고하고 성스러운 말투일 수도 있고 문장일 수도 있거든요. 읽어보면 아시겠지만 「최순덕 성령충만기」는 어떻게 보면 굉장히 경박한 내용일 수도 있습니다. 경박한 내용을 경박하게 깨는 것도 방법일 수 있겠죠. 하지만 저는 경박한 것을 숭고한 말투나 어투 혹은 문체로 한번 써보고 싶었어요. 아주 경박하고 범속한 내용을 아주 숭고하고 엄숙한 문체로 다뤄보면 서로간에 어떤 파장이 일어날까 하는 것도 궁금했고요. 말하자면 굉장히 진지한 얼굴로 굉장히 웃긴 얘기를 하는 것이거든요. 범속한 내용을 범속한 어투로 깨는 것보다 정말 엄숙한 어투로 해서 그 자체 내에서 내파를 일으켜보면 어떨까라는 생각도 했어요. 솔직히 얘기하면 써놓고 나서 든 생각이었어요. 그 당시 여자친구의 강력한 요청에 의해 성경책이 늘 옆에 있었거든요. 소설이 안 될 때마다 가끔씩 읽다가 성경책이라는 것도 일종의 이야기가 아닐까라는 생각을 했습니다. 옛날에 베드로가 이런 이야기를 했구나 하면서 성경을 읽다가 소설을 그런 체로 한번 써보자라는 생각을 하게 됐어요. 써놓고 나서 퇴고할 때 좀더 확고하게 그런 생각을 갖게 됐죠.

박범신 이기호라는 작가는 이야기성이 아주 뛰어난 재능 있는 작가예요. 이야기를 잘하는 작가죠. 이야기를 잘하려면 일단 멍석을 쫙 깔아야 돼요. 작가는 무대감각이 있어야 됩니다. 우리나라는 선비정신이 너무 강해서 형식이 필요 없다는 생각을 하는 작가들도 더러 있지만요. 무대감각이라는 것이 꼭 연기할 때만 필요한 것이 아니에요. 소설에서도 필요해요. 그런 의미에서 보면 이기호씨는 이야기할 때 멍석을 잘 까는 작가예요. 일단 자기 이야기를 들으러 오는 사람들을 사로잡기 위한 장치들을 매우 디테일하게 갖고 있어요. 이 소설은 그런 의미에서 보면 이기호씨의 이야기꾼으로서의 재주를 잘 보여주고 있습니다. 다시 말하면 성경 문체라는 게 굉장히 설화적이거든요. 옛날에 누구누구가 있었더라 할 때부터 공식적으로 이야기를 할 준비를 하는 거예요. 지금부터 내가 이야기를 하나 해볼게라고 말하는 것이나 다름없어요. 그런데 왜 이 소설이 성경체여야 했느냐고 물은 건, 사실은 함정이 있는 질문이었습니다. 왜냐하면 이 소설의 삼분의 이를 읽었을 때까지는 우리나라 기독교 문화에 대해서 작가가 비윗장이 상했나보다라는 생각이 듭니다. 그런 분위기를 많이 풍겨내고 있거든요. 정면으로 기독교가 싫다거나 비판하거나 비웃고 있지는 않지만 소설 문장의 얼굴로 보면, 삐딱하게 담배를 꼬나물고 피울까 말까 하면서, 성스러운 옷을 입고 교회에서 나오고 있는 사람들을 웃기고 있네 하고 쳐다보고 있는 작가의 시선을 느낄 수 있어요. 충분히 느낄 수 있잖아요. 작가가 그렇게 써놨으니까 우리가 느끼는 거예요. 그건 작가가 책임져야 된다고 봅니다.

그래서 「최순덕 성령충만기」의 해피엔딩을 이해할 수가 없어요. 질문 속에 함정이 있다는 말은 바로 이 말이에요. 바바리코트의 사나이(아담)를 따라다니다 나중에 둘이 시집 장가가서 잘살잖아요. 솔직히 이게 무슨 해괴한 라스트신인가 하는 생각을 했어요. 물론 그런 얘기가 얼마든지 있을 수 있지만 소설의 전반부에서 작가가 작가의 관점과 시선과 육성으로 독자들로 하여금 어떤 데를 바라보게 해놓았어요. "자, 저기 성령이 나타났어요" 하고 손가락으로 가리켜놓고 라스트에서는 딴짓을 하고 있으니까 형식과 내용이 정말로 잘 맞았는가 하는 의문이 듭니다. 형식과 내용이 꼭 맞아야 할 필요는 없다고 하면 나도 어쩔 수 없지만요. "우리 세대는 그런 거 안 맞춰도 상관없습니다. 우리는 그냥 쓰는 대로 씁니다"라고 대답한다면 내가 할말은 없는데…… (함께 웃음) 앞부분에 있는 소설들은 내밀한 리얼리티를 갖고 있어요. 약간 삐딱한 자세로 농담하고 있는 것 같지만 진한 페이소스도 있고 어떤 것의 정곡을 찌르고 싶어하는 이기호의 욕구가 분명히 있었다고 봐요. 그런데 「최순덕 성령충만기」의 라스트신은 난 이해를 잘 못 하겠어요. 받아들이기가 어려웠다는 말씀을 드리고 싶어요.

이기호 책이 나오고 난 다음에 저한테 가장 큰 위안을 주었던 것은 백이면 백, 천이면 천, 읽는 사람마다 다 다른 독법이 나온다는 거예요. 책이 나오기 전까지는 몰랐거든요. 그것은 솔직히 작가로서는 굉장히 큰 위안입니다. 저한테는 가장 큰 행복일 수도 있고요. 어느 날 인터넷에 어떤 신학대학 교수가 「최순덕 성령충만기」를 평한 글이 있어서 굉장히 관심 깊게 봤어요. 신학대의 신학 전문가가 한 얘기니까요. 그런데 그분이 「최순덕 성령충만기」는 기독교적 논리에 충실해서 쓴 소설이다, 따라서 기독교인이라면 누구나 다 읽었으면 좋겠다라고 해서 깜짝 놀랐어요. 이런 신학대 교수도 있구나 하고 말이에요. 방금 박범신 선생님께서는 해피엔딩이라고 말씀하셨지만 저한테는 라스트신이 굉장히 슬픈 신이었거든요. 말하자면 바바리코트(아담)가 순덕이와 결혼을 했는데 그것은 과연 누구의 의지였는가 하는 겁니다. 바바리코트(아담)가 '아멘아멘이더라' 하는 끝부분은 허무감과 패배감이 깃든 의미에서의 아멘이었거든요. 그것이 저 나름대로의 암시였어요. 그런데 선생님께서는 그걸 해피엔딩으로 보셨다니까 또다른 독법일 수도 있겠네요.

박범신 이 소설에서 마음에 진하게 와 닿았던 것은 바바리코트(아담)의 사내가 보여주는 현대 중년 남성들의 슬픈 삶의 페이소스예요. 최순덕보다는 바바리코트(아담)가 더 내 마음을 울렸어요. 순덕이도 내 마음을 같이 울릴 수 있는 길은 없었을까 하는 점이 좀 아쉬웠어요. 「최순덕 성령충만기」는 쓸쓸한 남녀의 이야기에 불과한 것이 아닌가, 그런데 왜 굳이 성경을 패러디했나, 왜 꼭 성경 형식을 따르지 않으면 안 됐는가 하는 의문이 생깁니다. 다시 말하면 성경의 패러디라는 형식과 이 소설이 우리에게 주는 최후의 독후감이 뭔가 어울리지 않는다는 거죠. 뭔가 따로 놀고 있다는 느낌을 나는 받았어요. 자, 남은 얘기는 나중에 우리끼리 하고……(함께 웃음) 자, 이제 독자 여러분께서 젊은 작가하고 대화를 나눠보세요.

독자1 제가 처음 접한 소설이 「버니」였는데 좀 충격적이었어요. 그리고 「최순덕 성령충만기」를 두번째로 접했어요. 제가 작가님께 여쭙고 싶은 것은 등장인물에 관한 것입니다. 보통 제가 접한 소설에는 자기에게 상처를 준 대상을 극복해나가는, 자기에게 닥친 현실을 극복하는 피해자로서의 인물들이 나오거든요. 그런데 이기호 작가님의 작품에는 다른 사람에게 상처를 주는 가해자로서의 인물들이 많이 나와요. 「최순덕 성령충만기」에서도 왜 아담이라는 인물이 다른 사람에게 상처를 줄 수밖에 없었나 하는 지점까지 시선이 들어가 있거든요. 보통의 사람들은 상처를 치유하기 위한 방향으로 가잖아요. 그런데 왜 작가님은 가해자의 문제에 시선이 가 있는지 궁금합니다. 그리고 「최순덕 성령충만기」를 읽은 독후감은 아담이 이쪽 감옥에서 저쪽 감옥으로 옮겨간 것 같은, 감방의 방만 바꾼 듯한 느낌이었거든요.

이기호　다른 감옥으로 방만 옮겨간 것 같다고 하셨는데, 정확하게 보신 것 같네요. 제 의도도 그랬어요. 그리고 가해자의 시선이라고 말씀하실 수도 있겠지만, 제 소설의 모든 등장인물들은 대부분 나쁜 짓을 하려고 음모를 꾸미고 있는 사람들입니다. 하지만 대부분 자기들이 당하죠. 가해를 꿈꾸고 있는 자들에게 가해를 하는 사람들은 대부분 우리 같은 사람들이에요. 그 사람들은 정말 단순하거든요. 악인들보다도 더 악하고 복잡한 건 어쩌면 우리들일 수도 있다라는 생각이 제 소설의 밑바탕에 깔려 있는 정서예요. 늘 당하기만 하는 가해자들이 굉장히 우스꽝스럽게 보일 수도 있어요. 하지만 그들이 정말 악인인가라는 생각을 많이 하게 됩니다. 아담은 이 감옥에서 저 감옥으로 옮겨간 게 맞아요.

독자2　아까 작가님께서 앞으로 쓰고 싶은 소설은 들려주고 싶은 소설이라고 말씀을 하셨는데 들려주고 싶은 소설이라는 게 어떤 건지 잘 모르겠어요. 좀 구체적으로 말씀해주시기 바랍니다.

이기호　'작가의 말'에도 썼는데 소설의 본질과도 같은 거예요. 소설은 어디에서 태어났고 어디서부터 시작됐는가? 과연 이광수로부터 시작됐는가 하면 그건 또 아닌 것 같거든요. 옛날에는 동네마다 돌아다니면서 아낙들을 모아놓고 이야기를 들려주던 전기수라는 전문 이야기꾼이 있었잖아요. 책이라는 활자매체를 만나지 않았다면 저도 그런 식의 삶을 살아가지 않았을까라는 생각을 하는데, 그 양반들이 했던 이야기라는 것이 거대하거나 특별난 것이 아니었던 것 같아요. 제가 갖고 있는 소설에 대한 생각 중 하나인데 소설이 이야기하는 방식은 두 가지인 것 같아요. 하나는 하찮은 것을 진지하게 보는 방식이고 또하나는 진지한 것을 하찮게 보는 방식입니다. 작가가 그 두 가지 중 하나를 채택한다고 할 때 저는 분명히 후자인 것 같아요. 어떻게 하든지 진지한 것을 하찮은 것으로 끌어내려서 이야기하고 싶다는 생각을 하거든요. 그리고 저는 제 소설에 거대한 사상이나 철학을 담을 생각이 없습니다. 그냥 인간에 대해서 깊게 깊게 생각하고 싶어요. 오랫동안 다루어지지 않았던 인물들을 다루어주고 싶습니다. 그것들을 애정 있게 보고 싶다는 생각도 하고요. 거대한 사상이나 이념이 소설 안에 가득 들어 있다면 읽어줄 필요가 없겠죠. 그건 눈으로 봐야 해요. 손으로 써야 하고 밑줄을 쫙쫙 그으면서 읽어야 되겠죠. 하지만 제가 지향하고 있는 소설은 그런 게 아니에요. 그냥 제 입에서 읽혀져나와 소리가 사라졌을 때 내용 파악이 충분히 돼야 합니다. 누군가 그 얘기를 들어서 또다른 누군가에게 전파할 수 있는 정도의 소설을 원해요. 저는 거대한 것을 기대하고 있지는 않습니다.

독자3 아까 김영하 작가, 성석제 작가하고 영역이 중첩되는 면이 있다고 말씀하셨는데 90년대까지는 소설이 사회적인 이슈를 갖고 독자들에게 접근을 했다면 김영하 작가와 성석제 작가 그리고 이기호 작가님은 '웃음'이라고 하는 무기를 아주 중요한 도구로 삼는 것 같아요. 요즘 문학시장이 굉장히 얼어붙어 있다고 하는데 '웃음'을 독자에게 다가가는 중요한 통로나 도구로 삼으신 것 같다는 생각이 들거든요. 그런데 소설이 '웃음'이라고 하는 걸 무기로 독자에게 접근하는 게 과연 효과적일까 하는 생각이 들어요. 지금 인터넷이나 다른 많은 매체에서 질적으로나 양적으로 굉장히 풍부한 웃음을 양산하고 있는데 소설이 그 무기를 채택하는 게 과연 효과적일까, 임팩트(impact)가 있을까 하는 걸 여쭤보고 싶습니다.

이기호 '웃음'이 소설의 전략이 된다면 저희들은 상대가 안 되겠죠? 개그맨들 중에 웃기는 사람이 얼마나 많습니까? '웃음'을 전략으로 생각한 적은 한 번도 없어요. 소설을 쓸 때 이번에는 내가 독자들에게 요런 웃음을 줘야지 하는 생각은 하나도 안 합니다. 성석제 작가나 김영하 작가도 마찬가지일 거예요. 맨 처음에 난 웃긴 작품을 써야지 혹은 내 소설의 키워드를 '웃음'으로 해야지라고 생각하지는 않을 겁니다. 어떤 인물을 먼저 잡겠죠. 캐릭터를 먼저 잡을 겁니다. 저도 소설을 쓸 때 늘 그렇게 하거든요. 그 다음에 캐릭터가 행동하는 대로 따라가는 거죠. 캐릭터가 자신의 동선에서 논리적으로 벗어나지 않게 돼지 몰듯이 툭툭 쳐주는 것이 소설가의 임무라고 생각합니다. 결국 캐릭터에 얼마나 몰입할 수 있느냐가 문제겠죠. 소설을 읽다가 웃음이 나온다면 캐릭터에 몰입되어 있다는 증거라고 봅니다. 어쩌면 몸에 배어 있어서 그럴 수도 있겠죠. 또 따분한 것을 싫어해서 그럴 수도 있겠고요. 하지만 '웃음'이라는 것이 맨 처음부터 전략적으로 노정이 되거나 하지는 않습니다. 선배 작가들의 소설을 읽어봐도 마찬가지인 것 같고요. 아까 김영하 선배나 성석제 선배하고 어느 부분이 중첩되지 않을까라고 말씀드린 것은 비단 제 개인적인 고민뿐만이 아니라 젊은 작가들 모두의 고민일 수도 있습니다. 제 또래 혹은 저와 함께 등단한 많은 작가들의 고민일 수밖에 없다고 생각해요. 왜냐하면 선배 작가들이 선점한 것이 있으니까 같은 길을 걸어가서는 안 되죠. 다른 얘기를 해야 되니까요.

박범신 '웃음'이라고 하는 보편적인 말로 하니까 질문자와 이기호씨의 초점이 잘 안 맞았다는 느낌이 드는데 이기호씨 소설을 읽다보면 좌우간 삐딱한 개그가 분명히 있어요. 아마도 질문자는 그런 걸 말씀하시는 것 같네요. 그 삐딱한 개그는 뭘까? 저도 잘 모르겠는데 바로 그 삐딱한 개그가 이기호씨가 탁월한 이야기꾼의 솜씨를 가지고 있는 사람 중의 하나라고 하는 것에 대해 확신을 줘요. 일단 명석을 잘 깔고 있다고 봐요. 제가 아까 「최순덕 성령충만기」의 형식과 라스트신이 형식은 형식대로 겉돌고 내용은 내용대로 또 겉돌지 않느냐 하는 염려를 했어요. 이기호 씨가 이야기하는 방식의 카드를 두번째 창작집이나 세번째 창작집에서도 다양하게 구사할 수 있을까 하는 게 선배 작가로서 좀 염려되는 대목이거든요. 첫번째 창작집에서 카드를 거의 다 쓴 게 아닌가 싶어요. 다음에 숨겨놓은 것은 무엇일까? 작가는 어쨌든 주사위를 숨겨가지고 있어요. 독자는 아직 모르지만요. 작가는 딜러가 되는 거예요. 주사위가 떼굴떼굴 굴러가다 멈췄을 때 독자는 그 주사위의 숫자를 확인하거든요. 작가가 카드를 뒤에 숨겨가지고 있어야 되는 건 확실해요. 하지만 형식적인 면에서는 다른 카드가 무한대로 나올 순 없어요. 따라서 작가의 카드나 주사위는 뭐니뭐니해도 범박하게 말하면 최종적으로는 내용의 그것이 돼야 합니다. 그래야 힘이 있어요. 말하자면 무엇을 쓰느냐 하는 문제죠. 이기호 소설에 그 무엇이 부족하다는 뜻은 아니지만 유니크한 형식들에 계속 작가가 매어 있거나, 이렇게 하니까 이야기를 들으러 온 사람들을 다 주목시킬 수 있었어 하고 너무 확신한 나머지 안도하고 있다가 나중에 본인이 고통스러운 때는 혹시 없을까 하는 염려가 있거든요.

이기호 이미 썼던 형식을 또다시 반복할 수는 없다고 생각합니다. 제가 별의별 짓을 다 했어요. 랩도 써봤고 성경의 의고체로도 써봤고 자기소개서 양식으로도 써봤고 피의자 심문조서 형식으로도 써봤습니다. 그런 것들을 다음 소설에 또 적용할 수는 없어요. 이미 썼던 형식을 또 적용한다면 그거야말로 정말 구태의연한 짓이고 실험을 위한 실험으로 전락할 수밖에 없겠죠.

박범신 독립선언서를 한번 패러디해보죠. (함께 웃음)

이기호 선생님 말씀처럼 어느 정도 한계가 있는 것 같아요. 사실은 저도 많이 생각해봤습니다. 이 모든 것들을 결판낼 수 있는 형식은 없을까 하고 고민도 많이 해봤는데 제가 『최순덕 성령충만기』를 펴낸 뒤로 단편을 다섯 편 정도 발표했는데 별다른 형식에 기댄 소설은 하나도 없어요. 모두 정통적인 형식의 소설입니다. 제가 두번째 창작집의 키워드로 잡고 있는 것은 내용적인 부분이에요. 소설의 배경적인 문제를 키워드로 잡고 있습니다. 조금 더 유니크한 배경으로 쓰면 어떨까라는 고민을 하고 있어요. 형식적인 것에서의 새로움보다 내용적인 것에서의 새로움을 생각합니다. 소설이 자리잡고 있는 배경 자체가 특별하고 그 특별한 배경 안에서의 인간 군상의 움직임을 염두에 두고 있거든요. 두번째 소설집은 이기호가 이제 끝장을 다 봤구나라는 소리가 나올지도 모를 정도로 형식에 대해서는 그렇게 크게 신경쓰고 있지 않습니다. 오히려 그런 면에서는 굉장히 자유로워졌습니다.

독자4 저는 『최순덕 성령충만기』가 나오기 전에 『현대문학』이나 기타 여러 곳에서 이기호 작가님의 소설을 몇 편 읽었어요. 그리고 나중에 소설집을 샀거든요. 방금 전에 박범신 선생님께서 「최순덕 성령충만기」의 끝부분에 대해서 문제 제기를 하셨는데, 같은 생각이 든 소설이 하나 더 있어요. 바로 「백미러 사나이」인데 그 소설이 처음 나왔을 때 여러 사람이 같이 읽었어요. 그리고 나서 읽은 사람들끼리

애기를 나눴는데, 중론이 뭐였냐면 여러 가지가 탁월하지만 원고 마감시간에 쫓긴 게 아닌가 하는 거였어요. (함께 웃음) 많은 사람들이 끝부분에 동의할 수 없었던 거죠. (함께 웃음) 그리고 부제가 '사물이 눈에 보이는 것보다 가까이 있음'인데, 솔직히 그냥 멋 부리려고 붙였나보다 하고 생각을 했어요. 그래서 저희는 소설집 을 낼 때는 고쳐서 낼 거라고 결론을 내렸거든요. (함께 웃음) 그런데 보니까 고친 게 거의 없는 것 같아요. 물론 하나하나 대조해보지는 못했지만요. 부제와 끝부분 에 대한 게 하나의 질문이고 또하나의 질문은 퇴고는 어떤 과정으로 하시는가 하 는 겁니다.

이기호 굉장히 날카로운 질문을 해서 저를 굉장히 무안하게 만드셨는데, 「백미 러 사나이」는 마감에 쫓겨서 원고를 쓴 게 맞아요. (함께 웃음) 책을 낼 때 고치지 않았던 이유는 그때 사실 많이 지쳐 있었기 때문입니다. 제 작품을 여러 번 계속해 서 보는 것에 많이 지쳐 있었어요. 또 손을 대려면 처음부터 끝까지 다 손을 대야 했거든요. 저는 소설을 배울 때 뒷심이 달린다고 늘 혼났습니다. 소설가가 된 이후 에 박범신 선생님한테 소설을 지도받으면서도 "너는 아직 끝부분이 약해, 너는 끝 에 가서 힘이 달리는 것 같다"라는 말씀을 많이 들었습니다. 그 부분에 대해서는 겸허하게 받아들이고 있어요. 제 소설에서 아직 부족한 부분이라고 생각하고 있습 니다. 「백미러 사나이」는 단편이지만 백칠십 매가 넘는 소설이거든요. 「최순덕 성 령충만기」도 마찬가지입니다. 『최순덕 성령충만기』에 여덟 편의 소설이 실려 있는 데, 대부분 백오십 매 이상이에요. 팔십 매를 넘어서니까 단편으로서는 많은 분량 입니다. 제 나름대로 변명을 하자면 단편이 그 정도 분량이 되니까 끝부분에 가서 녹다운되는 면이 없잖아 있어요. 첫 창작집은 그런 점에서 저 역시 마음에 안 드는 부분이 많습니다. 끝부분에서 저도 모르게 힘이 많이 떨어지니까 조금 더 긴 호흡 으로 보고 저 스스로 보완하려고 노력하고 있는 중이에요. 그리고 「백미러 사나이」 의 부제에 대해서 질문해주셨는데, '백미러 사나이'는 과거에 매달려 있는 우리들 의 모습일 수도 있다고 생각을 했어요. 앞을 향해 걸어가지만 우리의 시선은 자꾸 만 뒤에 가 있다는 생각을 많이 했거든요. 백미러는 일종의 상징이라면 상징이죠.

뒤로 보는 거울에 '사물이 눈에 보이는 것보다 가까이 있음'이라고 씌어져 있지 않습니까? 저는 우리의 과거가 우리가 생각하는 것보다 가까이 있다는 느낌으로 그 문구를 써넣었거든요. 멋을 부렸다고 볼 수도 있겠네요. 아무튼 마무리를 할 때 뒷심이 달렸던 부분은 고치려고 했으면 많이 고칠 수도 있었을 것 같습니다. 시간이 많았거든요. 하는 일이 별로 없었기 때문에 시간은 많았어요. 하지만 사실은 일부러 고치지 않은 부분도 많습니다.

박범신 이기호씨는 우리 문학의 내일을 짊어져갈 역군으로 문단에서도 다 점치고 있어요. 여러 해 동안 이기호씨를 옆에서 보고 있는 저도 거기에 기꺼이 동의합니다. 요즘 젊은 작가들이 그 부분이 약한데 이기호씨의 강점은 무엇보다도 생동감 있는 캐릭터를 만드는 데 솜씨가 좋다는 것이고 이야기를 꾸며내서 사람들로 하여금 그 이야기에 귀를 기울이도록 만드는 무대감각, 이야기꾼으로서의 재능이 탁월하다는 것이에요. 그리고 약간 삐딱한 시선으로 삶의 밑바닥에 있는, 밑바닥 인생들의 애환을 약간 되돌려서 위악적이고 삐딱한 시선으로 잘 그려내고 있어요. 이런 몇 가지들은 동시대 작가들의 일반적인 경향에 비해서 이기호가 갖고 있는 특별한 강점이라고 봅니다. 그런 점에 큰 기대를 걸 수 있다고 봐요. 그리고 또 한 가지는 아까 말한 대로 이기호씨는 전에는 전혀 없었던 완전한 신품종 신세대 작가는 아니라는 겁니다. 형식은 매우 신세대적이지만 그 밑바닥에 깔려 있는 삶에 대한 통찰을 전통적이고 보편적인 시선을 완전히 배제하고 있지 않다, 뭐 그런 말이에요.

아까 제가 「최순덕 성령충만기」로 이기호씨한테 시비를 좀 걸었는데, 전체적으로 형식이 도드라진다는 말이었어요. 훌륭한 소설들이지만 이 소설집에서는 형식의 다채로움이 더 돋보인다는 얘기예요. 캐릭터라든가 소설에서 말하고 있는 것이 어떻게 보면 소설마다 굉장히 다른 것 같지만 본질적으로는 그렇지가 않다는 거예요. 다채로운 형식에 비해서는 시선은 좀 단조로웠다고나 할까. 이기호를 사랑하는 선배로서 갖는 욕심이에요. 아까 이기호씨가 들려주는 소설이 좋다고 했는데, 여기서 소설의 한 대목을 작가의 육성으로 들어보면 어떨까요? 이기호씨는 말하자면 큰 멍석 같은 데에 사람들을 다 초대해놓고 지금부터 이야기하겠습니다 하는 스타일이 아니라 빨가벗고 한 오 분쯤 물구나무서기를 해서 사람들을 불러모으는 스타일이에요. (함께 웃음) 그러고 있으면 사람들이 다 쳐다볼 것 아니에요. 사람들이 지금 뭐하는 거예요 하고 쳐다보면 일어나서 빙긋이 웃으면서 딴 얘기를 시작할 것 같아요. 그런 방식으로 이야기를 하지 않겠는가 하는 생각이 들어요. 그래서 이기호씨의 경우는 꼭 한번 육성으로 들어서 마음속에 간직해주기를 바랍니다.

이기호　처음에 담당자로부터 소설을 한 대목 읽어달라는 부탁을 받았거든요. 그런 부탁을 하셔서 제 소설은 읽기에 좀 부담스러운 소설입니다 하고 말씀을 드렸는데……

박범신　읽기 싫으면 안 읽어도 상관없어요. (함께 웃음)

이기호　되게 무안하네요. 어디를 읽어야 되나? 262페이지 읽겠습니다. 10장 40절 말씀입니다. (함께 웃음)

박범신　예배를 보죠. (함께 웃음)

이기호　목소리가 좋은 것도 아니고…… 잘 읽어보겠습니다. 조금만 읽을게요.

'40 이제 남은 것은 검은 가방 속 바바리코트를 입히는 일이오 바바리코트를 입은 아담을 제 눈으로 확인하는 일뿐이었으니 그래야 저가 처음 본 죄악이 완성되는 것이더라 41 순덕은 거침없이 검은 가방의 지퍼를 열고 거꾸로 쏟아내었더라 42 허나 보아라 검은 가방에서 떨어진 것은 무엇이뇨 43 잘 개켜진 수건 몇 장과 오래된 사진 몇 장 남루한 양복 한 벌과 속옷 몇 장 그리고 주택청약통장과 담배 두 갑뿐이었거늘 44 순덕이 그를 보고 바닥에 털썩 주저앉으니 45 어디선가 아담의 나직한 목소리가 들려오는 것 같더라 46 도망갈 수만 있다면 도망가고 싶었어요 47 또 어디선가 무요 배추요 싱싱한 채소요 하는 소리도 들려오니 48 순덕은 저가 지금 듣고 있는 소리 중 어느 것이 세상의 소리인지 알 수 없어 적이 혼란스러워하더라 49 지옥에서라도 50 싸고 좋은 파요 마늘이요 51 천국으로 52 앗따 양파……'

이기호　여기까지만 읽겠습니다. (함께 박수)

박범신　할렐루야! (함께 웃음) 아까도 말했다시피 작가를 만나고 육성을 들어본 다음에 그 작가의 소설을 읽으면 작품이 더욱 재미있습니다. 이기호씨는 소설가로서 출발한 지 얼마 안 된 사람이에요. 여러분 곁에 오래오래 있는 작가가 되기를 바랍니다. 다음 책이야말로 이기호씨의 문학 인생에 있어 매우 중요할 거예요. 앞으로도 잊지 마시고 이기호씨의 책을 꼭 함께 나누시기 바랍니다. 다음번에도 다들 꼭 읽고 와주시기를 바랍니다. 오늘 수고해주신 이기호씨를 위해서 박수 한번 크게 부탁합니다. (함께 박수) 예, 대단히 감사합니다.

심윤경

"방랑자가 되어야 하는 운명인 것 같아요. 유목민처럼 말이죠."

박범신 여러분 안녕하세요? 오늘 이야기의 텍스트는 심윤경씨의 장편소설 『달의 제단』입니다. 1972년생이니까 심윤경씨가 올해 서른셋인가요?

심윤경 서른넷입니다.

박범신 나이는 서른넷이고 시집은 갔다고 하네요. 심윤경씨는 2002년에 『나의 아름다운 정원』으로 제7회 한겨레문학상을 수상했습니다. 『달의 제단』이 두번째 책이지요?

심윤경 예.

박범신 단편을 전혀 안 쓴 건 아닌데 아직 단편집은 나오지 않았어요. 제 짐작에는 아마도 작가의 적성에 장편이 더 맞는 게 아닐까 싶습니다. 사실 우리나라는 그 동안 단편 위주로 문학사가 쭉 씌어져왔어요. 현대소설의 본류를 이루고 있는 서구사회에 가서 작가라고 말하면 책을 몇 권이나 냈느냐고 묻는답니다. 그래 이러고저러고 해서 단편집 다섯 권을 냈다고 대답하면 단편 말고 장편은 몇 권을 냈느냐고 되묻는다는 거예요. 단편집은 쳐주지도 않는답니다. 진정으로 볼륨 있는 소설의 수확을 거두려면 장편으로 승부를 해야 한다는 거죠. 그런데 우리나라는 단편 위주로, 크게 보면 특히 리얼리즘 소설 위주로 발전해왔습니다. 어떤 의미에서 보면 사실 우리 근대문학은 지난 수십 년 동안 다루는 소재나 묘사 방법에 있어서 매우 협소하고 편협했다는 생각을 안 할 수가 없습니다. 요즘에는 판타지니 뭐니 해서 소설의 볼륨이 조금 두꺼워지기는 했지만 말입니다.

요즘 제가 걱정하는 것은 젊은 작가들이 장편을 쓸 겨를이 사실 없다는 거예요. 왜 없느냐 하면 우선 처음에는 장편을 쓸 데가 없어요. 잡지에 연재를 할 수도 없고 말이죠. 그렇다고 출판이 될지 안 될지 아무런 보장도 받지 않고 천 매가 넘는 소설을 고군분투하면서 집에서 쭈그리고 앉아서 쓴다는 게 보통 일이 아닙니다. 그러려면 생활이 돼야 하는데, 제가 문창과 교수를 해봐서 아는데 예나 지금이나 주로 가난뱅이들이 이쪽으로 와요. 아무튼 우선 먹고살아야 하는데 장편을 쓰려면 그래도 한 반년이나 일 년은 들어앉아야 되지 않겠어요? 그런 의미에서 심윤경씨는 아마 시집을 잘 가지 않았나 하는 생각이 들어요. (함께 웃음) 어쨌든 먹고사는 문제 때문에 책을 내기가 어렵고 또 책을 냈다고 해도 별로 표가 안 나요. 문단에서 신인 작가의 장편을 잘 읽어주지도 않고요.

단편은 그래도 평론가들이 둘러봅니다. 특별하다 싶은 단편은 칭찬도 해주고요. 그러다보면 각종 문학상에 노미네이트되기도 하고 좋은 단편을 뽑아서 열심히 책을 만드는 출판사도 많잖아요? 따라서 데뷔 오 년 미만의 초장에 일단 단편으로 어느 정도 문단 안에서 성과를 거둬야 출세할 수 있다 하는 생각이 아직도 지배적입니다. 또 구조 자체가 그렇게 돼 있어요. 요즘 이백 매만 써도 문학지에서 길다고 안 실어주니까…… 우리 문학이 단편 위주가 될 수밖에 없는 문단의 구조가 아직도 변화되지 않고 있어서 퍽 안타깝게 생각합니다. 어쨌거나 젊을 때 장편을 쓰려면 뚝심과 고집이 있어야 해요. 쉽게 말해서 똥배짱이 있어야 됩니다. 그런 의미에서 심윤경씨가 장편으로 등단하고 또 활동하고 있다는 것은 시사하는 바가 매우 크다는 말씀을 드리고 싶어요. 심윤경씨, 시집을 잘 갔어요?

심윤경 예, 잘 갔습니다.

박범신 먹고사는 건 그냥 앉아서 해결되는 거죠?

심윤경 그쪽에서 해결해줘요.

박범신 다행이네요. 대신 애가 있죠?

심윤경 예.

박범신 애 키우면서 소설 쓰는 거 쉽지 않습니다. 차라리 돈 벌면서 쓰는 게 낫지요. 저는 1973년에 등단을 했어요. 그러니까 재작년이 데뷔한 지 꼭 삼십 년이 되는 해였죠. 제 제자들 중에 작가들도 있고 한데 그 제자들이 재작년에 술 먹고 한번 놀았으면 좋겠다고 조르더라고요. 그래서 핑계 삼아 2003년에 제가 시집을 냈어요. 그야말로 아마추어 시집이죠. 옛날에 글을 안 쓰던 시절, 한 삼 년에 걸쳐 써뒀던 단상들을 시집처럼 엮어 내고 술 한잔 먹은 적이 있거든요. 그때 어떤 신문에서 와서 인터뷰를 하는데 "작가로 산 삼십 년, 당신에게 소설은 어땠느냐?"고 묻더라고요. 여기 여성들이 많은데 표현이 조금 거칠어도 오해 없으시기 바랍니다. 그렇게 묻길래 제가 이마를 찡그리고 앉아 있다가 "글쎄요, 성질 드러운 년하고 한 삼십 년 산 것 같습니다" 하고 말았거든요. (함께 웃음) 그 말에는 '년' 자가 붙는 게 어울릴 것 같더라고요. 기자는 '성질 더러운 여자'로 바꿔서 기사를 썼던데…… (함께 웃음) 하여튼 소설 쓴 지도 한 삼십이 년 됐고 마누라도 삼십이 년 동안 안 바꾸고 살고 있습니다.

작가로 산 삼십 년을 돌이켜보면 때려치우고 싶은 순간도 많았어요. 하지만 그보다 더 만족스럽고 좋은 '여자'도 없는 것 같다는 생각이 들더라고요. 고쳐서라도 그냥 그년을 데리고 사는 게 그나마 낫겠다 하는 것이 항상 돌아앉으면 얻는 결론이었습니다. 정말 패 죽이고 싶은 순간도 있었고, 다시는 네 꼬락서니를 안 보고 싶어, 하는 순간도 있지만 새벽까지 글을 쓰다보면 신새벽에 아주 드물게 화려한 오르가슴이 오는 순간도 있어요. '그래, 이 년 아니면 여기에 오지 않는다. 내가 소설을 안 쓰고 다른 걸 하면 이렇게 화려한 오르가슴의 코피 나는 새벽이 오겠느냐?' 하는 생각도 들어요. 아무튼 저는 그렇게 좀 천박하게 비유한 적이 있습니다. 말이 좀 길어졌는데, 삼십 년이 넘게 글을 써온 나한테는 소설이 그런 거였어요. 심윤경씨는 이제 두번째 장편소설을 펴냈는데 심윤경씨에게는 소설이 무엇일까 묻고 싶어요.

심윤경　이렇게 인사드리게 돼서 정말 반갑고 감사합니다. 심윤경입니다.

박범신　박수 한번 보내주세요. (함께 박수)

심윤경　저의 문학 이야기건 저라는 인간에 대한 이야기건 시작할 때 빠뜨릴 수 없는 이야기가 있습니다. 누구나 다 정말 궁금하게 생각하는 점이기도 하고 저라는 인간의 키(key)가 되는 지점이기도 해요. 바로 왜 분자생물학과를 나와서 소설을 쓰느냐 하는 겁니다. 아까 박범신 선생님께서도 "분자생물학과가 뭐 하는 데야?" 하고 물어보시던데 거기서부터 이야기를 시작을 해보겠습니다. 분자생물학과라고 하는 데가 이름부터 상당히 별나게 생겼죠. 별난 전공을 택했다가 만만찮게 별난 문학이라고 하는 길을 걷게 됐는데 거의 유턴에 가까운 백팔십 도의 변신을 하게 된 계기라고 할까요? 계기라기보다는 저 개인의 출발점에 이미 그런 운명이 내포되어 있었다고 보는 게 맞겠네요. 저라는 인간의 굉장히 큰 특징은 문과적인 성향과 이과적인 성향이 반반이라는 겁니다. 어느 한쪽으로 치우쳐 있지가 않았어요. 그게 아주 어려서부터 굉장히 분명했어요. 아주 어릴 때는 식탁에서도 책을 놓지 않았어요. 보통 문학하시는 분들이 그랬음 직한데 활자중독증세가 있었어요. 그래서 어머니가 책 좀 그만 보고 나가 놀아라 하고 내보내면 그때부터는 땅을 팠습니다. 구더기, 굼벵이, 개구리, 쥐새끼, 죽은 참새 같은 걸로 주머니를 온통 가득 채우고 다녔거든요. 어릴 때 너는 꿈이 뭐냐라고 물으면 꼭 두 가지를 말했어요. 작가가 되고 싶고 동물학자가 되고 싶다고요. 그 두 가지가 어느 한쪽도 숙어지지 않고 저의 내부에서 계속 같이 자라왔습니다. 이 두 가지가 같이 있어도 별 상관 없다고 생각을 했는데 학교를 다니면서 문제가 됐어요.

　저희 어머니는 자식 교육에 굉장히 열혈이신 분이었는데 자식이 공부 잘하기를 굉장히 원하셨어요. 물론 최종적인 목적은 자식이 훌륭한 사람이 되기를 원하셨겠지만요. 어머니는 저한테 서울대학교를 가라고 하셨어요. 좋은 대학교를 가라는 게 아니고 딱 서울대학교요. 그 이하는 있을 수 없다, 서울대학교 가려면 공부를 해야지 네가 책을 읽어서는 안 된다 하는 말씀을 하셨어요. 그래서 일차적으로 문과적인 적성이 억압을 받았습니다. 일단 공부를 하면 좋겠다, 책은 대학 가서 나중에 봐라 하는 게 어머니의 생각이었어요. 그렇게 한쪽이 억압을 받으니까 그럼 다른 쪽으로 하자는 생각이 들었어요. 또 어린 마음에 문학을 한다는 것, 글을 쓴다고 하는 것은 취미생활로나 적합한 일이지 그걸 직업으로 삼아서는 왠지 비전이 없을 것 같기도 하고 또 제가 잘할 수 있을지 감도 없었고요. 그래서 생물학과를 나오면 과학자가 되든 교수가 되든 엔지니어가 되든 뭐든지 될 수 있으니까 그쪽으로 가자라고 결심을 해서 분자생물학과를 갔어요. 누구의 강압에 의해서가 아니라 제가 아주 신나서 굉장히 행복한 마음으로 갔어요. 그리고 생물학을 하는 게 아주 어려서부터의 꿈이었기 때문에 적성에도 잘 맞았습니다.

그런데 억압당했던 한쪽이 반동적으로 부풀어오르기 시작하더라고요. 살면서 언제나 저는 이과적인 기질과 문과적인 기질이 49 대 51이라고 생각을 했는데 이게 역전이 되기 시작하더니 40 대 60 정도로 문학 쪽으로 기우는 거예요. 분자생물학과를 졸업하고 대학원에 가서도 계속해서 놓지 못하겠더라고요. '문학에 도전해 보지 않으면 너는 죽기 전에 후회를 할 것이다. 생물학을 해서 네가 최고로 잘된 경우를 생각해볼 때 아주 좋은 대학교의 교수가 되고 아주 훌륭한 연구 업적을 낸다고 해도 너는 후회할 것이다' 하는 내면의 목소리를 무시할 수 없었어요. 편지를 쓴다거나 일기를 쓴다거나 에세이를 써도, 취미생활로 할 수 있는 그런 걸 아무리 해도 채워지지 않고 점점 부풀었어요. 그렇게 부풀기 시작해서 거의 20 대 80이 될 정도로 심하게 부풀어오르더라고요. 그 정도가 되니까 이제는 생물학을 고집한다는 게 의미가 없다는 생각이 들었어요. 당연히 주변에서는 엄청나게 반대를 했죠. 아깝게 석사까지 하고 왜 이제 와서 문학이냐, 좋은 직장에 취직을 한다는 것도 아니고 문학을 한다니 이게 지금 무슨 소리냐고들 그랬어요. 그런데 그때는 이미 제가 문학에 거의 압도되어 있었던 것 같아요. 문학을 바라보고 선망하는 마음이 굉장히 많았어요. 선생님께서는 '문학, 목매달아 죽어도 좋은 나무'라고 말씀을 하셨는데 저는 바라보기도 아까웠어요. 거기다 목을 맨다는 것은 생각조차 할 수 없고 바라보기도 아깝고 그냥 생각만 해도 좋았어요. 그 근처에만 있어도 너무나 좋겠다고 생각했어요. 다른 모든 걸 다 버려도 좋을 만큼요. 그래서 대학원을 그만둘 때도 다른 분들의 우려와는 달리 아주 희희낙락하면서 기쁘게 그만뒀고 지금도 제가 했던 선택 중에 정말로 훌륭한 선택이었다고 믿고 있습니다.

그런데 하나 문제가 된 게 뭐냐면 제가 어린 시절에 너무 '범생이'였다는 거예요. 어머니의 요구를 거절하지 않았고 또 거절할 생각도 안 했어요. '그래, 공부 열심히 해서 훌륭한 사람이 되자' 하는 마음이었어요. 문학을 위해서 투자할 생각을 안 했기 때문에 중고등학교 시절에 문학소녀, 문학청년으로서의 시기가 전혀 없었습니다. 그 시절에 읽었어야 마땅한 책들을 거의 접하지 않은 거죠. 숨어서 읽은 아주 빈약한 독서가 전부예요. 그게 지금까지도 저에겐 아킬레스건이고 아픔이에요. 차라리 대학교 가지 말고 책이나 한 수레 읽었으면 훨씬 더 지금의 나에게 좋았을 텐데 하는 아쉬움이 있기도 하고요. 하지만 누구의 인생에나 아쉬움은 있는 거니까 어쩔 수 없고, 이제부터 메워나가야 하겠다는 생각을 하고 있습니다. 지금 문단에서 창작활동을 하는 저 자신의 분위기나 행보를 설명하기에 제일 좋은 지점도 바로 이 지점인 것 같아요. 문과생이 아니라 이과생이라는 저의 아웃사이더 의식. 꼭 국문과나 영문과 같은 문과가 아니라 하다못해 경제학과나 상대(商大)라 하더라도 대학 다닐 때 문과 근처에만 있었으면 청강이라도 했을 것 같거든요. 그런데 그 근처에도 안 가고 오로지 화학과 생물에만 목을 매달고 살았어요. 그 세계를 전혀 접하지 못하고 막상 이 바닥으로 들어오고 나니까 인간적인 친밀감을 가지고 기댈 만한 곳이 단 한 구석도 없었어요. 문단에서 저는 고졸이나 마찬가지거든요. 어머니가 그렇게 소원하셨던 서울대학교를 대학원까지 나왔어도 역시 이 상황에서는 고졸이나 다름없어요. 고졸이나 다를 게 하나도 없다는 게 저에게는 어떤 배수진 같은 것으로 작용을 합니다. 악착같은 헝그리 정신을 저에게 주는 것 같아요. 지금까지 누구의 도움도 받지 않고 내 힘으로 해왔고 앞으로도 내 힘으로 하겠다라는 투지를 저에게 주는 것 같습니다.

작가로서 저 자신을 평가한다고 하기는 좀 우습고 분석을 해본다면 저는 정말로 굉장히 약점이 많은 사람입니다. 저는 기본적으로, 아까도 말씀드렸지만 문학청년, 문학소녀로서의 어떤 감수성도 없이 사춘기를 보냈어요. 저의 환경이 갈등상황에 노출된 적도 없고요. 그냥 한마디로 말하면 저는 모범생이었고 저희 가족은 모범 가족이었거든요. 아주 부자는 아니었지만 내가 원하는 건 다 할 수 있는, 나의 욕구를 충족시킬 정도의 경제력을 가진 부모님과 불화하지 않은 가족이 제게는 있었습니다. 그리고 결혼도 또 그렇게 했어요. 아까 시집 잘 갔느냐고 물어보셨는데, 저에게 큰 갈등을 주지 않는 남편과 큰 부담을 주지 않는 경제적인 상황, 그런 것들이 늘 저에게 있었기 때문에, 흔히 작가들이 자신의 문학적인 원천으로 삼는 절대 갈등 또는 절대 나락으로 떨어지는 순간의 경험이 저는 없습니다. 설마 갈등을 한 번도 안 해봤겠니, 뭐가 제일 고민스러웠나 생각 좀 해보자 하고 막 뒤지고 뒤져서 기껏 찾아낸 것이 연애할 때 속상했던 거 정도밖에는 없는, 정말 빈한한 경험세계를 가지고 있어요. 의식이나 경험이나 똑같이 빈한할 수밖에 없습니다. 경제적으로는 유복했지만 문학의 자산이 될 만한 요소들에 있어서는 정말 가난하기 짝이 없는 작가입니다.

제가 등단하려고 목을 매달던 시절에는 내가 하다못해 지방에서만 태어났더라면, 내가 지방에서 태어나서 사투리라도 할 줄 안다면 이렇게 막막하지는 않겠다라는 생각을 정말로 많이 했어요. 저는 유난히 사투리를 좋아하거든요. 사투리를 잘 쓰는 남자들만 보면 좋아서 일단 따라가보기도 하고 그랬는데, 연애할 때도 점수를 줄 때 플러스 요인이 되더라고요. 사투리가 부럽긴 부러운데 내가 할 줄은 모르고…… 아무튼 풍요 속의 빈곤을 누리면서 살았어요. 그것이 저의 한계인 것은 분명한 사실이고 지금은 저도 인정을 합니다. 저라는 인간을 만나보신 많은 분들이 거의 공통적으로, 그렇게 팔자가 좋으면 좋은 글이 안 나오는데 무슨 글이 나오겠나, 갈등하고 고민하고 괴로워하고 찢어지고 부서지는 아픔 속에서 좋은 글이 나오는 건데 원 그렇게 유복하고 화목하고 다복해서 글이 되겠는가라고 말씀을 많이 하세요. 그런 말을 들을 때마다 저는 속상하죠. 속상하지만 이제는 마음의 정리가 좀 된 것 같습니다. 한마디로 말하면 저는 문학적으로 무산계급인 거죠. 문학적인 프롤레타리아로서 이제부터 나 혼자 한번 싸워보겠다, 나 혼자 투쟁해보겠다 하는 정도로는 마음의 정리가 됐습니다.

저의 소설적인 성향도 그런 저의 배경하고 분명히 관계가 있을 것 같아요. 연애를 뜨겁게 해본 사람은 그 감수성이 한평생을 갈 것이고, 정말로 괴로운 가난에 노출됐던 사람은 또 그 감수성이 한평생을 갈 것이고, 독특한 동네에 살았다면 그것도 마찬가지일 거예요. 작가의 끊이지 않는 상상력의 원천이 되어주는 고향 같은 것들이 있는 경우가 많잖아요? 이문구 선생님의 경우 충청도 지방의 쇠락해가는 양반가의 모습이나 농민들의 모습이라든지 하는 것들 말이에요. 그런 식으로 근원이 되고 바닥이 되어주는 문학적인 고향이 애초부터 저에게는 없어요. 대신 방랑자가 되어야 하는 운명인 것 같아요. 돌아갈 곳이 없는 유목민처럼 말이죠. 가다가 망하면 돌아갈 곳이 없으니까 내가 내 앞가림을 해야 합니다. 이곳저곳 떠돌면서 체득한 것이 아니라 뭐든지 공부해서 열심히 분석하고 내 것으로 만들려고 노력하면서 구걸하듯이 그렇게 하나하나 문학적인 소재들을 얻어야 하는 운명이라고 생각을 합니다.

『달의 제단』을 쓴 이후로 특히 심해졌는데, 출판사에서 신사임당이라든지 무슨 세자빈이라든지 하는 역사 속의 인물과 주제를 다루는 데 굉장히 적합하실 것 같습니다, 하고 의뢰를 하실 때가 많아요. 무슨 종중회 같은 데서도 토론회에 나와 달라는 말씀을 합니다. (함께 웃음)『달의 제단』에서 언간을 구사했던 게 저의 이미지를 그런 쪽으로 만드는 데 굉장히 크게 작용했던 것 같아요. 하지만 저는 유목민이기 때문에 복고적이고 역사적인 소재에 머물러서는 안 된다고 생각을 해요. 또 머물 수가 없는 게, 저는 뿌리가 깊이 박힌 사람이 아니기 때문에 한곳에 계속 머물렀다가는 그 땅이 금방 황폐해지고 말 거예요. 어디론가 떠나는 것이 저 자신에게 현명한 거라고 믿고 끊임없이 모색하고 게을러지지 않으려고 노력을 합니다. 『달의 제단』에서 언간이라고 하는 소재를 택했는데 사실 제가 그쪽에 대해서 아는 건 정말로 없었어요. 경북 내륙 지방의 사투리 역시 하나도 모르는 상태에서 출발을 했습니다. 그럼에도 불구하고 그걸 소재로 잡았던 것은 나름대로의 몸부림이었어요. 제가 2002년도에 나름대로 상을 받으면서 등단을 했는데 그 이후로 이 년 동안 어느 한 군데서도 원고 청탁이 온 적이 없어요. 나라는 인물을 작가로 인식해주는 사람이 아무도 없는 상황에서, 시장은 얼어붙어서 내 소설을 많은 사람이 읽은 것도 아니고 평단에서 아주 후한 평가를 내려준 것도 아니었어요. 등단은 했으되 신인이나 다름없는 어정쩡한 상황에서 내가 나름대로 돌파구를 찾아야 한다, 얼음을 깨야 한다, 하는 생각이었어요.

제 첫번째 소설이 『나의 아름다운 정원』이라는 성장소설이었거든요. 그 소설에서 저의 어린 시절의 사회적인 상황 같은 것을 많이 빌려다 썼기 때문에 내 인생에서 쓸 만한 개인 체험은 벌써 다 썼다, 나하고 가장 먼 소재와 내가 도저히 접근하기 어려울 것 같은 주제에 한번 도전을 해보자라고 생각을 했어요. 그래서 소설적으로 구상화가 가능할 것 같은 소재들을 찾아 헤매다가 『달의 제단』에 등장하는 언간이라고 하는 소재를 택했습니다. 그런데 처음에는 정말로 내가 바보짓을 하는 게 아닌가 싶더라고요. 소설을 쓸 때 작업을 둘로 나눠서 했는데 처음에 언간을 먼저 쭉 쓰고 그 사이사이에 현대 부분, 현대 이야기들을 썼어요. 언간을 쓰는데 첫 줄을 쓰고 나니까 안 되겠다 싶었어요. 쉽게 되는 일이 아니네 하는 생각이 들고 한 문장도 못 쓰겠더라고요. 단어 하나하나가 굉장히 낯설어서 이런 속도로 써서 십 년 안에 되겠나 하는 생각이 들었어요. 순간순간 절망적일 만큼 굉장히 어렵더라고요. 그게 첫 고비였나봐요. 언간을 두 편 정도 쓰고 나니까 그 다음에는 흐름을 타면서 외계어 같던 옛 언어들이 조금씩 흘러나왔어요. 그때 정말 다행이다, 하면 된다고 생각을 했습니다. 그리고 언간을 소재로 선택했던 게 저 자신에게 여러 모로 굉장히 도움이 된 것 같아요. 독특한 소재를 택했다는 면에서 일단 기본 점수를 후하게 먹고 들어가서 굉장히 다행이라고 생각을 합니다. 하지만 아까도 말씀드렸듯이 비슷한 분위기의 일을 반복하지는 않을 생각이에요. 그게 나 자신에게 좋기도 하고요. 역사적이고 복고적인 소재라고 하는 것은 누구에게나 공통적으로 주어진 거예요. 도서관의 책처럼 누구든지 접할 수 있는 것이기 때문에 아주 운이 나쁜 경우엔 다른 작가와 겹칠 수가 있어서 비슷한 주제의 글을 쓸 위험성이 있더라고요. 『달의 제단』을 쓰고 나니까 아무래도 복고적인 어투나 어휘들이 저에게 좀 익숙해졌을 것 아닙니까? 한 번 썼으니까. 그걸 한 번 다시 하면 좀더 잘될 것 같기도 하고 좀더 쉬울 것 같기도 해서 그쪽으로 한 번만 더 해보자 생각하고 소재를 찾다가 이거다 싶어서 시작을 했는데 똑같은 소재의 책이 나온 거예요. 그때 제가 꿈에서 깼다고 할까요? 쉬운 길로 가지 마라, 유목민이 되라는 신의 계시이고 섭리인가보다하고 깨달음을 얻었던 경험도 있었습니다.

박범신 심윤경씨가 문학적 백그라운드가 없다, 자랄 때 문학 공부를 한 적이 없다는 얘기를 했습니다. 소위 시멘트 콘크리트를 하려면 자갈이 쫙 깔려야 되거든요. 그런데 자갈을 못 깔았다는 얘기죠. 또 이제껏 살아오면서 큰 상처가 없었다고 했는데 글쎄…… 큰 상처가 없는 건 심윤경씨뿐만 아니라 젊은 작가의 대부분이 마찬가지라고 봐요. 조금씩은 다르겠지만. 가난해도 우리 때처럼 가난하지는 않지요. 상처가 될 만큼 가난하지는 않다는 거예요. 그러니까 요는, 그런 외형보다는 외부로 봐서는 평범한 삶을 본인이 어떤 자의식으로 받아들이고 만나고 그 시간과 헤어지며 살았는가 하는 것이 지금 젊은 작가들이 갖고 있는 감수성의 총량이 되지 않겠나 싶어요. 그런 점은 객관적으로는 증명해 보일 수가 없는 것이죠. 또 문학을 하지 않았다고도 했는데 우리 문단에서는 자갈이 쫙 안 깔린 작가들이 상당히 유리해요. 본인이 굉장히 불리할까봐서 그러는데 대표적으로 예를 들면 김영하씨 같은 경우도 전혀 전공이 다르고 문학을 안 한 분이지요? 그보다 선배로 보면 가령 윤흥길씨 같은 분도 데뷔 직전까지 원고지 쓰는 법도 몰랐던 분이에요. 그런 사람들의 소설을 보면 협소한 단편 중심의 사실적인 묘사력 위주의 소설들에서 상당히 벗어나 있거든요. 불리한 점도 있겠지만 유리한 점도 있다는 거죠. 비유가 적절할지 모르겠는데, 가령 정주영씨가 천수만 간척지를 만드는데 안 되면 유조선을 집어넣어라 해서 막았다고 하잖아요? 정주영씨가 대학을 나온 사람이었다면 그런 아이디어가 안 나왔을 거예요. 대학을 안 나와서 직관이 살아 있기 때문에 그런 아이디어가 나오는 것인데, 어떤 의미에서 한국문학의 편협한 문단에 훈련받지 않은 것은 심윤경씨한테 좋을 수가 있다는 얘기입니다. 그래서 우직하게 장편소설을 두 편 쓰고 단편집이 아직 안 나왔지요. 그렇지 않아요?

심윤경 예.

박범신 그래서 위로 겸 해서 말씀을 드린 거고…… (함께 웃음) 또 문단에 백그라운드가 없다는 것도 마찬가지예요. 백그라운드가 누가 있겠어요? 아는 사람들이 더러 있는 젊은 작가들, 발이 넓은 젊은 작가들이 있는데 문단은 자주 나올수록 불리합니다. 머지 않아 불리해져요. 괜히 약점만 많이 잡히고 적당하게 거리를 둬야 살아남는 데 오히려 유리해요. 사람들 모이는 데 뻔질나게 자주 오는 젊은 작가들이 있지만, 굉장히 나쁜 전략을 쓰고 있는 거예요. 그런 의미에서 심윤경씨는 매우 좋고 탄탄한 전력을 유지하고 있다고 보여요. 여담이었고요, 이 소설을 읽으면서 가장 큰 미덕이라고 생각했던 것은 작가가 갖고 있는 굉장히 본질적인 것으로 보이는 성실성이에요. 얘기를 쭉 들어보니까 본인이 살아오기도 그렇게 살아온 것 같아요. 분자생물학과든 무슨 과든 간에 서울대학교 들어가기가 쉽습니까? 성실이 몸에 배어 있어요. 한 문장 한 문장에 정말 정성을 다해서 물 샐 틈 없이 바느질을 하고자 했던 것은 이 소설을 쭉 읽으면서 우리가 충분히 느낄 수 있거든요. 모든 장면이 다 빛나고 성공적이었다고는 생각하지 않아요. 성실성만 가지고 문학이 되는 건 아니니까. 그러나 재능으로 어떻게 한번 재주를 넘어보려고 한다든가 섣부른 지식으로 가로막고 나가려고 한다거나 감상의 치기라든가 하는 것들이 젊은 작가에게 대개 있기 마련인데, 이 소설을 읽으면서 이 작가를 믿어도 좋겠구나 하는 굉장히 큰 선물을 받았어요. 그래서 우선 좋았던 느낌을 얘기하고 싶었어요. 제가 몇 가지 질문을 먼저 하겠습니다. 아주 사소한 질문인데 우선 왜 제목이 '달의 제단'인가, '달의 제단'이라고 하는 제목은 어떤 의미를 갖고 있는가 하는 걸 묻고 싶어요.

심윤경 사실 소설을 마무리할 때까지 제목을 못 지었어요. 다 써놓고 그때부터 제목을 생각을 했는데 맨 처음에 생각했던 제목은 '신전의 아이들'이었어요. 그런데 '아이들'이라고 하는 게 왠지 '서태지와 아이들'이랑 비슷해서 결국은 채택을 안 했어요. 종가라고 하는 특수한 공간이 결국은 제사 지내는 곳, 신전이지 않습니까? 신을 향해 있는 그 공간에서 인간의 존재는 과연 어떻게 취급되고 다루어지는가 하는 문제를 내내 생각하고 있었거든요. 신전이라고 하는 개념은 좋았는데 '아이들'이 마음에 안 들어서 채택하지 않은 거예요. 내가 생각해내기는 했지만 상룡이가 마지막에 지붕으로 기어올라가는 것이 뭔가 의미가 있을 것이다, 왜 그냥 앉아서 불에 타죽지 않고 지붕으로 기어올라갔을까, 왜 지붕에는 귀신불이 살고 있었을까라는 생각을 했어요. 그러다가 신전이라고 하는 곳이, 종가라고 하는 곳이 그 동안은 조상신에게 제사를 지내는 곳이었지만 거대한 불길 속에서 끝나버리는 종말을 맞이하는 소설 속에서는 그 집 그리고 그 지붕이 하나의 제단이 되는 것이구나, 상룡이가 자기가 짓지도 않은 죄의 죗값을 자청하고 지붕으로 올라가서 제물이 된 것이구나 하는 생각이 들더라고요. 그래서 제단에 올라갔다라고 하는 개념이 잡혔어요.

달이라고 하는 것은 아주 흔히 여성성으로 상징이 되잖아요? 저도 제목을 생각하면서 깨달았는데 상룡이의 세 어머니 속에 공통적으로 달의 이미지가 들어 있더라고요. 달시룻댁은 달시룻댁이고, 해월당 어머니도 달 월(月)자가 들어 있어요. 또 생모의 초콜릿 가게가 '초콜릿 루나티크'예요. 루나틱(lunatic)이 '미친, 광인의'라는 뜻이 있는데 '달의 영향을 받은'이라는 뜻도 있더라고요. 루나 캘린더(lunar calendar)라고 하면 음력이에요. 그래서 달의 이미지가 공통적으로 들어가 있구나 하는 걸 깨달았어요. 제가 꾸며서 그렇게 한 게 아니고 그렇게 돼 있었어요. 원래부터 이름지을 때 해월당 어머니였고 달시룻댁이었고 초콜릿 루나티크였는데 그 속에 달의 이미지, 모성, 여성의 이미지가 있었던 거죠. 어머니와 가부장제하에서 희생되었던 여성성에 바치는 하나의 거대한 퍼포먼스이고 종가라고 하는 것이 제단으로 선택되었구나 하는 것을 제가 제 소설을 분석한 결과 알게 됐어요. (함께 웃음) 그래서 '달의 제단'으로 제목을 잡자 하고 결정을 했습니다.

박범신 그 질문을 드린 것은 소설의 라스트에서 '여인들'이라는 말이 나오잖아요? 이 소설에 등장했던 수많은 여자들이 떠올랐어요. 여인들은 고통받는 여인들이겠죠. 그리고 그 고통의 핵심적인 모티프는 임신에 있거든요. 달에, 달빛에, 만월에 이끌려가는 분위기 같은 게 있는데 그 이미지가 소설의 앞부분에서 그린 거하고 좀 모순된다는 느낌을 받았어요. 만월에 이끌린다고 하는 게 좀 억지스럽지 않느냐 하는 거죠. 원래 동서고금을 막론하고 모든 신화들의 공통점 중 하나는 달과 잉태가 서로 관계가 있다는 것이죠. 처녀가 달빛을 받으면 저절로 임신을 하는 걸로 돼 있는 신화들이 아주 많습니다. 동서양에 똑같이 등장하는 신화죠. 우리가 또 월경(月經)이라고 하잖아요? 옛날 원시시대부터 달빛은 처녀막을 찢고 들어갈 수 있다고 믿었던 것 같아요. 아기를 낳다가 굉장히 고통받는 여자들의 이야기여서 마지막에 그런 느낌으로 '달의 제단'이었나 했거든요. 그런데 지금 심윤경씨의 설명은 제가 생각했던 것하고는 조금 달라요. 소설 마지막에서 만월 속으로 막 빨려들어가는 것 같은 분위기, 여기서 과연 빨려들어가는 것 같은 만월은 무엇이냐 하는 얘기죠. 작가가 어떤 것을 달이라고 하는지, 달의 의미를 분명하게 선택하고 라스트의 문장들을 썼는지에 대해서 의문스러운 점이 있어서 질문을 한 거예요. 그렇지만 이 문제만 가지고 우리가 계속 토론하면 시간이 너무 많이 걸리니까 다음 문제로 넘어갑시다.

이 언찰들 놀랍죠? 나는 어디에 텍스트가 좀 있나 했는데 심윤경씨가 다 만들었대요. 세상에, 국문과 나와서도 만들기 어려운데 분자생물학과 나와서 말예요. (함께 웃음) 그리고 문장이 전반적으로 아주 우아하고 고상한 고아체라고 할 수 있어요. 심윤경씨 문장에 대해서 저는 두 가지 견해를 갖고 있습니다. 하나는 굉장히 고상한 고아체의 문장이라는 거예요. 옛것에 대한 진술에서 아주 빛나는 문장을 보여주고 있습니다. 특히 전반부의 문장들이 아주 유려하죠. 적재적소에 어휘들이 동원되고 있고 굉장히 힘있게 묘사되고 있어서 굉장히 신뢰가 가고 좋았습니다. 언찰의 문장은 더 말할 것도 없죠. 젊은 작가가 이런 언간들을 완성해냈다는 사실 자체가 굉장히 놀랍다고 생각을 해요.

동시에 심윤경씨는 묘사력에 한계가 있다고 생각합니다. 현대소설의 가장 큰 특성 중 하나는 묘사예요. 진술력도 중요하지만 소설이 생생해지기 위해서는 묘사력이 또 중요하거든요. 저는 심윤경씨는 묘사력에 있어서는 상당히 문제가 많고 앞으로 개발의 여지가 많다고 봅니다. 이 부분이 문제가 되는데, 왜 문제가 되나 하면 소설의 소재 또는 주제하고도 관련이 있어요. 문장에 있어서 다양한 카드를 심윤경씨가 가질 수 있겠는가 하는 게 선배 작가로서 느끼는 문제였어요. 언찰을 보니까 전반부는 힘을 많이 들여서 더 어려워요. 주(註)가 많지 않아서 해석하기도 어려웠고요. 언찰을 어떻게 만들었나 하는 것을 우선 묻고 싶고요, 다음 질문은요, 언찰이 오래된 무덤에서 나왔거든요, 옛날에 복사해서 남겨두었을 리도 없을 텐데 어떻게 보낸 편지하고 답장이 무덤에서 고대로 나올 수가 있는지, 시집간 직후부터 순서대로 차곡차곡 보관돼 있다가 나올 수가 있는지 묻고 싶어요. 순서야 작가가 늘어놓았다고 치더라도 답장이 다 딸려 있는 게 좀 부자연스럽다는 생각에서 아울러 질문을 드리는 거예요.

심윤경 언찰을 쓴 과정을 말씀드리면 처음에는 대강의 스토리 라인만 정해놓고 그 다음에 국어사전을 갖다놓고 읽었어요. 읽으면서 옛날 어휘 중에 예쁘고 쓰기 좋겠다 싶은 말은, 어디에다 쓸지 모르지만 일단 노트에다 옮겨놓는 식으로 했어요. 솔직히 말하면 사전을 끝까지 다 읽은 건 아니에요. 처음에 '가' 부터 읽기 시작했는데 너무 일이 많으니까 나중에는 '준' 처럼 좀 괜찮은 글자나 '은' 처럼 옛 어휘가 많이 나올 것 같은 부분을 찾아서 읽었어요. 그렇게 해서 노트 한 권을 만들었는데 어쨌거나 그 작업만 석 달을 끌었어요.

그리고 찾으니까 언간 자료가 상당히 많이 나오더라고요, 처음에는 없을 것 같았는데. 제가 굉장히 많이 도움을 받았던 것은 『언간독』이라고 하는 자료입니다. 언간독은 옛사람들이 아이들 또는 편지를 써야 할 사람들에게 편지 쓰는 법을 가르쳤던 교과서인데, 경우별로 아주 자세하게 나와 있어요. '시작은아버지께 편지를 보낼 때' 혹은 '복날 개 잡았으니 사돈 와서 드시라고 청할 때' 하는 식으로 아주 세밀하게 나열이 돼 있어서 틀을 잡기가 아주 좋았어요. 또 옛 편지의 절반 이상은 인사말인데 의례에 관한 인사말이나 날씨에 관한 어휘들을 찾기가 참 좋았어요. 그 다음으로 아주 큰 도움이 됐던 게 추사 김정희 선생님의 언간집이었어요. 이분이 유배갔을 때 부인하고 주고받은 언간집이 아주 풍부하게 남아 있습니다. 정말 주옥같은 편지 자료예요. 대문장가가 직접 쓴 어휘이고 문장이니…… 그분 편지를 그대로 베껴쓸 수는 없으니까 바꾸는 과정에서 오히려 추해졌죠. 남자니까 말투는 다르지만 옛사람들이 제사나 가족관계에 대해서 어떻게 생각했는지 힌트를 얻는 데 굉장히 많은 도움을 받았어요. 그리고 첫번째 편지와 두번째 편지가 읽기 어려운 것은 그 두 통의 편지에서는 이야기가 시작되지 않기 때문이에요. 완전히 의례적인 인사말, 문안인사로만 이루어진 편지죠. 사건이 없으니까 어휘로만 꽉 채워야 했거든요. 쓸 때 정말로 어려웠어요. 그런데 일단 사건이 시작이 되니까 그 사건을 전달하는 건 요즘에 하는 입말체랑 많이 다르지 않게 되더라고요. 쓰기가 쉬워지니까 읽기에도 약간 편해진 거죠.

아까 두번째 질문이 어떻게 보낸 편지와 받은 편지가 같이 보관됐다 발견될 수 있겠느냐 하는 거였는데 제가 그 부분에 대해서 설명이 부족했던가봐요. 저는 그걸 구구히 설명을 하면 오히려 이상해질 것 같아서 설명을 축약을 했는데, 그 부분에 대해서 굉장히 이상하다고 말씀하시는 분이 많아요. 일단 그 편지가 발굴된 무덤은 제가 소설 속에서 밝히지 않았는데 거둘이의 무덤이에요. 누구의 무덤에서 나왔는지 밝혔어야 되는 걸 안 밝힌 건가 싶기도 한데, 그렇다고 또 쓰기도 좀 이상했던 게 거둘이의 무덤이거든요. 소산 할머니의 무덤이라면 있을 수가 없죠. 소산 할머니가 그렇게 비탄에 잠겨서 자결을 했는데 시아버지가 그 편지를 같이 묻게 해줄 리가 없잖아요. 소산 할머니의 묘소라면 후손들이 돌보았을 것이고 공사하다가 발견되거나 하지는 않겠죠. 아주 가까운 곳에서 소산 할머니를 지켜본 거둘이의 무덤이죠. 시아버지와 가족들의 눈길이 미치지 않았던, 살짝 비껴나갈 수 있었던 거둘이의 무덤이라고 저는 상정을 한 거였어요. 소산 할머니가 억울하고 가엾은 죽음을 맞이한 후에 그 한이 담긴 편지를 거둘이가 품고 죽었고 어느 날 공사하다가 그 편지가 거둘이의 무덤에서 발견된 것이다라고 저는 마음속에 상황을 설정했거든요.

그리고 답장과 본편지가 같이 있는 것은 옛날 사람들의 습관이었습니다. 옛날에는 편지를 세로로 썼잖아요? 편지를 써서 보내면 답장을 새 종이에 안 쓰고 테두리에다가 썼어요. 그래서 답장은 짧았습니다. 빈자리에다 쓰니까 짧을 수밖에 없었겠죠. 뻥 돌아가면서 빈자리에다 답장을 쓴 다음에 인편에 편지를 돌려보냈습니다. 종이를 아낀다는 측면도 있긴 했지만 옛사람들은 생각 자체가 우리랑 달랐어요. 만약에 제가 선생님께 편지를 보낸다면 선생님께서는 심윤경이가 보낸 편지니까 간직해야지라고 생각하실 거예요. 간직해주는 게 예의잖아요. 그런데 옛사람들은 그걸 실례라고 생각을 했어요. 저는 요새 이러이러하게 삽니다 하고 편지를 보내면 그 내용이 선생님 댁 일이 아니고 우리집 일이기 때문에 남의 집 일을 간직한다는 건 실례라고 생각을 했습니다. 답장을 써서 돌려보내는 게 예의였죠. 보내온 편지를 가지고 있으면 미안하게 생각하는 분위기가 있었던 것 같아요. 저도 처음에는 참 이상하게 생각했는데 왕도 그랬어요. 보통 사람들은 종이를 아끼기 위해서 그랬다고 치더라도 왕은 종이를 아낄 처지는 아니잖아요. 아무리 부잣집 사대부가에서도 편지를 받으면 본편지에 답장을 써서 돌려보냈어요. 특히나 딸이 시집가서 보내는 편지라면 사돈댁의 일을 적은 것을 가지고 있는 게 되니까 얼른 돌려보내는 것이, 보기만 하고 물증은 남기지 않는 것이 서로간의 예의였습니다.

박범신　아, 그걸 몰랐네요. (함께 웃음) 소설 속에서 충분히 설명할 수 있었을 텐데요.

심윤경　그러게 말이에요.

박범신　이를테면 방에 들어가서 언찰을 해석할 때 '편지를 내놓고 나는 내려다보았다. 답장은 따로 없고 본편지하고 같이 있었다' 하고 한마디 썼으면 훨씬 친절하죠. 내가 이렇게 무지한 질문을 안 할 수도 있고 말예요. (함께 웃음) 언찰과 관련해서 여전히 묻고 싶은 게 있는데, 왜 그렇게 골치 아프게 언찰을 만들어야 했는가 하는 문제예요. 이 소설뿐만 아니라 과연 소설이 뭐냐 하는 문제하고도 관련이 있다고 봅니다. 물론 언찰이 소설에 기여하는 바가 없다든가 나 같으면 이런 짓은 안 한다 하는 뜻은 아니에요. 하지만 어차피 심윤경씨하고 토론을 해야 되니까 문제 제기를 해보는 거죠. 방법이 꼭 나빴다는 뜻은 아닌데 '왜 골치 아프게 언찰을 전부 다 재현해서 길게 만들어야만 했지? 앞부분은 그냥 날씨 위주라는데 그럼 왜 그렇게 힘들게 석 달에 걸쳐서 길게 했지? 반 페이지만 한 달에 걸쳐서 했으면 훨씬 기능적이지 않아?' 라는 생각을 할 수가 있거든요.

요컨대 언찰은 어떤 종손 가문의 한 시절, 그 종손 가문의 매우 반생명적이고 반인간적인 면을 보여주고 있어요. 전통유지를 위한 잔인한 행태에 의해서 아이가 죽임을 당하고 홀로된 새댁이 자살할 수밖에 없었다는 얘기죠. 이 소설을 전반적으로 읽어볼 때 무엇이 문제인가 하고 솔직히 얘기하면, 강력한 가부장제 아래에서의 페미니즘 문제입니다. 이 소설은 종손을 다루고 있음에도 불구하고 종가의 본질적인 전통에 대한 심윤경씨의 발언이 없는 것 같아요. 본질적으로 종가라는 게 무엇이고 조선 사대부에게는 어떤 의미가 있었는지 하는 것에 대한 발언은 거의 없거든요. 개인의 자유를 억압한 굉장히 완강한 구조라고 하는 건 소설에 훌륭히 나와 있지만 종가가 본질적으로 무엇이었는가, 조선사회라고 하는 걸 떠받들던 어떤 기둥이었는가 하는 게 없어요. 긍정이 됐든 부정이 됐든 그 깊은 의미까지는 천착하지 못했다고 봐요. 그럼에도 불구하고 왜 이렇게 힘들게 언찰을 썼을까, 단순히 언찰에 담긴 이야기만 하기 위해서 언찰을 재현할 수밖에 없었을까 하는 문제 하나로 괜히 시비를 걸어보는 거예요. 아울러 종가는 무엇이냐 하는 겁니다. 옛것에 대한 진술은 빛나 보이지만 소설에서 다루고 있는 본질적인 시선은 새로운 게 아니다 하는 게 제 소감이에요.

심윤경 언간이라는 도구를 왜 굳이 모티프로 설정을 했느냐 하는 질문에 대해 아주 정직하게 대답을 하면 다른 사람들과 나를 차별화하기 위한 몸부림이었습니다. 많은 사람들이 서술과 서사에 대한 새로운 시도를 너무나 다양하게 했기 때문에, 나라고 하는 작가에게 작가의 가능성과 혹시 있다면 실력에 대해서 눈길을 주십사 하는 몸부림의 성격이 아주 강했어요. 또 한 가지는 저는 이 소설이 저의 등단작이라고 생각을 했거든요. 이전 소설로는 등단을 못 할 거라고 생각을 했어요. 그 소설로 응모를 했다가 떨어지는 과정이 있었는데 저는 될 줄 알았거든요. 될 줄 알았는데 안 되니까 기가 팍 죽은 거죠. 너무 범작을 가지고 내가 덤볐구나, 문단에 도전장을 냈구나라는 생각을 했죠. 그런데 떨어질 때 심사평에 읽기는 괜찮은데 신인다운 패기가 없다, 너무나 평이하다는 이야기가 있었어요. 그래서 '좋다, 패기. 좋다, 한번 붙어보자' 하고 결심을 했는데 그 패기가 사전을 석 달 읽는 거였죠.

제가 생각하는 문학에 대해서 이야기를 조금 하자면 언어라고 하는 예술은 기본적으로 이차적인 예술이라고 생각을 해요. 몸, 소리, 형태, 색채 같은 건 일차적인 것이거든요. 세계가 시작될 때부터 있었던 것들이죠. 하지만 언어는 그것에 대해서 설명을 하고 부연하는 것이기 때문에 이차적인 성격이 될 수밖에 없다고 저는 생각을 해요. 이차적인, 파생적인 문화로서의 문학에 존경심을 나타내려면 언어 자체의 아름다움, 무언가를 설명하는 언어가 아니라 그 자체로서 아름다운 언어에 대해서 한번 돌아볼 필요가 있다고 생각을 했어요. 제가 나름대로 문학에 대한 존경심을 표시하는 방법은 잘 쓰이지 않는 어휘나 어투를 살려 쓰는 것이었습니다. 사람이 쓰는 말의 아름다움을 구현하는 것이 의미가 있다고 생각을 했기 때문이에요. 언간이라고 하는 것을 모티프로 삼은 데는 두 가지 목적이 있었습니다. 한 가지는 등단해보자, 눈에 띄어보자는 것이었어요. 소재주의라고 해도 좋은데, 하여튼 당시의 저는 차별화를 시도해야 하는 입장이었어요. 그리고 또 한 가지는 문학에 대해서 내가 정말로 진정성을 가지고 있다는 걸 보여주고 싶었습니다. 조금이라도 문학에 헌신해서 자국을 낸다고 할까요? 표시를 낸다고 할까요? 언어의 아름다움을 알리는 데 기여하고 싶다는 생각을 했습니다.

박범신 아주 솔직한 답변을 해주셔서 반론의 여지가 없네요. (함께 웃음) 어쨌든 나는 언찰이 좋았어요. 내가 안 좋아서 비난하기 위해 질문한 건 아니에요. 그리고 기여하는 바도 있습니다. 이 언찰을 통해서 종가의 안방으로 들어간 느낌을 우리는 받을 수 있죠. 물론 이것을 다른 현대적인 문장으로 서술해도 종가에서 일어났던 옛날 얘기는 다 써낼 수가 있어요. 그렇지만 그렇게 했으면 어둡고 음습한, 비밀이 깃들어 있는 종가의 다락방으로 들어가는 느낌까지는 우리가 못 받았을 거라고 봐요. 나는 오히려 거기에 기여가 많았다고 보거든요. 힘들게 이 언찰을 만들어 넣음으로써 이미 수백 년 전의 종가를 지어서 독자에게 구체적으로 보여주지 않았느냐? 그것만으로도 훌륭한 효과를 거두고 있다는 생각이 듭니다. 그래서 저는 좋게 봤고 수고 많으셨다는 얘기를 드리고 싶어요. (함께 웃음)

아까 말한 대로 심윤경씨의 문체는 굉장히 좋은데 여기서 제일 빛나 보이는 것은 두 가지예요. 하나는 정실이의 사투리 대사였는데, 아주 생생했어요. 여러분도 그렇게 느끼시죠? 정실이의 대사가 아주 빛나고, 이 소설에서 가장 싱싱하고 생생하다고 느껴집니다. 그 다음에 전반부에 할아버지의 캐릭터를 묘사하는 부분, 할아버지와 종가집 사람들의 갈등, 종가의 분위기를 진술하는 문장들이 정말 좋았어요. 아주 뛰어나고 나무랄 데가 없어요. 그런데 뒤에 초콜릿을 설명하는 대목이라든가 화자가 해월당 어머니를 환상 속에서 만나는 것의 묘사라든가 생모를 만나는 묘사라든가 할아버지와 화자의 대화라든가 하는 것은 뭐라고 할까요, 쉽게 말하면 굉장히 서투르고 촌스러워요. (함께 웃음) 촌스럽다고 해서 미안한데…… 굉장히 격차가 심해요. 바꾸어 말하면 현대적 감각의 묘사는 심윤경씨가 굉장히 곤혹스러워해요. 본인의 역량을 발휘 못 하고 있다고 보이거든요. 어떻게 다루어야 할지 작가가 쩔쩔매면서 난감해하는 느낌이 들어요. 특히 정실이와의 관계에서의 관능의 묘사, 사랑인지 욕망인지 모를 두 사람간의 내밀한 감정을 그리는 부분이 그래요. 그 부분은 욕망인지 사랑인지 알 수 없는 느낌으로 묘사가 돼야 하는 부분이잖아요? 관능을 묘사하는 부분은 작가가 어떻게 다뤄야 할지 모르고 곤혹스러워하면서 써놓은 것 같아요. 이 격차가 심윤경씨가 앞으로 문학을 하는 데 스스로를 오래 괴롭히겠구나라는 생각을 하면서 읽었어요. 어떻게 생각하세요?

심윤경　아주 정확한 말씀이라고 생각합니다. 저는 늘 저 스스로를 분석하거든요. 아까 말씀드렸듯이 제게는 문과적인 성향과 이과적인 성향이 반반 있는데 문과적인 성향에서 아주 결여돼 있는 게 감수성입니다. 뭔가에 푹 빠져들어서 감정적으로 몰입하는 것을 굉장히 못해요. 현실 속에서도 못하고 글 쓸 때도 잘 못해요. 그런데 그 핸디캡을 메우는 역할을 하는 게 저의 분석이거든요. 저는 분석을 해서 그 부분이 모자란 걸 알아요. 모자라다는 것을 잘 알고 있고 그 부분을 메우고 보강해야 한다는 것 또한 잘 알고 있습니다. 알고 못 쓰는 거랑 모르고 못 쓰는 건 조금 다를 것 같은데 분석력으로 그걸 메우고자 하는 저의 핸디캡이 있어요. 역시 선생님은 너무나 예리하게……

박범신　제가 괜한 질문을 했네요. (함께 웃음) 본인이 너무나 잘 알고 있는 것 같아요. 요컨대 본인은 아까 자신이 문과가 아니라고 했는데 제가 보기에 심윤경 씨는 굉장히 인문학적입니다. 하지만 인문학과 문학은 다르거든요. 굳이 말하자면 인문학은 학문이고 문학은 예술이에요. 그렇기 때문에 감수성의 부분이 약점이라는 심윤경씨의 말에 전적으로 동감합니다. 그런데 그 약점을 감추기 위해서는 이런 식의 형식과 소재를 계속 찾아내야 된다는 문제가 생겨요. 하지만 작가가 계속 그럴 수는 없어요. 왜냐하면 자기 앞에 닥치고 있는 현실에 눈감을 수 없기 때문이에요. 그것이 작가의 야망이거든요. 그래서 그 문제를 어떻게 극복해나갈 것이냐 하는 게 걱정이 돼서 물어봤더니 본인이 충분히 성찰을 해서 이미 잘 알고 있기 때문에 훌륭히 극복할 걸로 보입니다. 그런데 두엄을 먹으면 진짜 정력이 세지나요? (함께 웃음)

심윤경　사실은 안 해봤어요.

박범신　안 해봤죠? 그런 것도 사실은 묘사가 되게 어색해요. 하여튼 근거 있는 얘긴가 해서 나도 좀 두엄을 먹어볼까 하고…… (함께 웃음) 지금부터 여러분에게 기회를 드릴게요. 질문하고 싶은 점이나 지적하고 싶은 점, 이야기 하고 싶은 점이 있으면 말씀들 하세요.

독자 1　저는 소설을 읽으면서 단순히 페미니즘적인 시각으로 종가를 설정한 건 아니라는 생각이 들었거든요. 작가 자신에게 종가의 의미는 뭔지 여쭙고 싶습니다.

심윤경　페미니즘과 저의 관계에 대해 약간은 언급이 있어야 할 것 같네요. 제가 페미니스트 모임에 간 적이 있는데 아주 공격적인 질문이 들어오더라고요. '도대체 당신 입장이 뭐냐, 당신은 페미니스트냐 아니냐, 당신의 종가에 대한 태도는 비판적이냐 포용적이냐, 밝혀라' 하고 말예요. 아주 직설적인 질문으로 입장을 분명히 할 것을 요구하는 시선이 있는데 일단 그 질문에 대하여 아주 직선적으로 대답을 하자면 저는 페미니스트가 맞습니다. 제가 아무리 유복하고 갈등 없이 살았기로 저에게 가해지는 불평등한 상황이나 갈등의 상황이 왜 없었겠어요? 제가 그나마 알고 있는 갈등이라면 여성 문제의 갈등일 겁니다. 하지만 소설 속에서 아주 직설적으로 밝히고 싶지는 않았어요. 종가라고 하는 대상에 대해서도 '적과 나'라고 상정하고 싶지는 않았거든요. 저는 언제나 제 소설 속에 등장하는 모든 등장인물에 대해서 감정이입을 해보려고 해요. 내가 그 입장이 되었다고 할 때 원하는 것은 무엇일까, 느끼는 것은 무엇일까 하고 말입니다. 저는 젊은 여성으로서 아무래도 종가에 대해서는 비판적인 입장이 되기 쉬운 사람이에요. 기본적인 입장은 비판적이지만 소설 속에서 구현할 때는 종가가 가지고 있는 아름다움 또는 꿋꿋함, 몇백 년 동안 지속해 내려올 수 있었던 저력에 대해서 존경심을 표해야 옳다고 생각했어요.

제사를 지낼 때의 할아버지 모습은 제가 굉장히 공들여서 묘사를 한 겁니다. 할아버지의 언행이 가식이라거나 사람을 괴롭히는 일이라고 생각하지만은 않았어요. 그 안에 진정성이 녹아 있다는 것을 말하고 싶었습니다. 할아버지가 종가에 얼마나 큰 의미를 두고 있으며 자신의 전 인생을 걸고 있는가 하는 것을 나름대로 밝히려고 노력을 했어요. 하지만 결과적으로는 종가의 아름다움과 올곧음을 지키기 위해서 희생된 사람들이 너무 많아요. 그래서 이제는 종가와 종가로 상징되는 가부장제도가 인간의 개별성에 눈길을 돌려야 한다는 겁니다. '그 스스로의 존속을 위해서라도, 인본주의 차원에서가 아니라 필요에 의해서라도 눈길을 돌려야만 한다, 그것이 상생하는 길이고 공존할 수 있는 길이다'라고 생각을 했는데 그런 면이 읽기에 따라서는 시점의 혼란, 입장의 혼란으로 비춰지기도 했던 것 같아요. 어디를 읽으면 종가를 굉장히 존경하는 것 같다가 어디를 읽으면 또 굉장히 비판하는 것 같아서 혼란스럽게 여겨진다는 시각도 있는 것 같은데 저는 그 중간지점에서 희생된 여인들 쪽으로 약간 기우는 정도의 입장을 취하고 싶었습니다.

박범신 그 문제가 이 소설의 내용을 논의할 때 매우 핵심적인 문제 같아요. 이 소설을 잘 읽었음에도 불구하고 마지막에 조금 아쉬웠던 것의 하나는 소설의 볼륨이 좀더 깊고 넓었으면 좋겠다는 거였거든요. 라스트의 클라이맥스에서 정실이가 거의 비현실적으로(지금 현대를 사는 우리 입장에서 보면 그렇습니다) 쫓겨나는데 아무리 종가라 하더라도 사람들이 와서 임신한 하녀에게 발길질을 하면서 무조건

차에 실어가도 되는 세상인지 잘 모르겠어요. 오늘날의 소설인데 솔직히 말하면 받아들이기가 쉽지는 않습니다. 과거의 언찰에서 며느리를 자살로 몰아가는 사건의 묘사하고 시간차가 없다고 봐요. 수백 년간의 간격이 있는데도 불구하고 임신한 여자를 매몰차게 물리치고 비인간적으로 학대하는 방법은 거의 똑같잖아요? 현대하고 십몇 세기하고의 차이가 묘사 안에서는 없거든요. 그러면서 소설은 급격히 끝나요. 그래서 좀 신랄하게 얘기하자면 이 이야기만 할 것 같으면 왜 천 매 이상을 썼지, 예를 들어 한 삼백 매면 되지 않을까라는 생각을 했어요. 여자들이 억울하게 희생당할 수밖에 없었던 종가의 구조는 무엇인가, 종가라는 게 도대체 무엇인가, 종가라는 것이 어떻게 해서 그 시대의 수직적 인간관계의 중심이 되었고 어떤 것에 기능했으며 그로 말미암아 여인들을 어떻게 비인간적으로 희생을 시킬 수밖에 없었는가 하는 것에 대해 작가의 깊은 안목이 있었으면 이 소설은 굉장히 볼륨이 커지고 장편으로서의 당위성을 더 가지게 되었을 거예요.

아까 제사 장면을 정밀하게 그렸다는 얘기를 했는데 저도 그 장면이 참 좋았어요. 하지만 소설적으로만 본다면 왜 그 장면을 그렇게 정밀하게 그려야 되는 건지, 그래서 어쨌다는 건지, 제사가 아름답다는 건지 아니면 제사가 나쁘다는 건지, 정실과 여자들의 어두운 삶이 핵심적인 스토리인데 제사 장면하고 무슨 상관이 있는 건지, 도대체 할아버지가 꿈꾸는 세상은 뭔지 하는 것은 여전히 미완의 숙제로 남겨두고 있어요. 극단적으로 말하면 작가가 무책임하게 그냥 미루어두고 있는 것 같은 느낌이 듭니다. 『달의 제단』은 장편소설로서 통시적으로 보면 수백 년을 지나오는 이야기를 하고 있음에도 불구하고 볼륨은 굉장히 얇게 느껴진다, 한정된 곳에서 한정된 이야기를 하고 있다는 느낌을 떨칠 수가 없었거든요. 이렇게 깊은 얘기까지 하고 싶지는 않았는데 질문이 들어오니까 작가를 사랑하는 마음으로, 어쨌든 저는 이 소설이 좋았으니까 불만을 덧붙이는 겁니다. 그런데 심윤경씨가 제 불만에 방어를 하면 시간이 많이 걸리기 때문에…… (함께 웃음) 또 진행자의 권리라는 게 있으니까 심윤경씨의 방어는 이따가 뒤풀이 자리에서 듣겠습니다.

독자2 소설 속에 등장하는 인물을 여자와 남자로 나눠볼 수가 있을 것 같아요.

아까 제목을 『달의 제단』으로 삼게 된 배경과 함께 페미니즘적인 시각에서 쓰셨다는 말씀을 하셨는데 저는 이 작품을 쭉 보면서 상룡이 아버지나 할아버지도 여자들 못지않게 참 불행한 사람들이라는 생각이 많이 들었어요. 또 상룡이가 제단의 제물이 된 것이라는 말씀을 하셨는데 어떻게 보면 여자들과 마찬가지로 굉장히 불행한 삶을 산 게 남자들이에요. 전체적으로 보면 여자들에 대해서는 여러 가지 묘사도 많이 했고 성격으로 알 수 있는 부분이 많았던 것 같은데 남자들에 대해서는 굉장히 단편적인 얘기들이 많이 나왔어요. 만약에 그 부분이 조금 더 나와 있었더라면 좀더 재미있게 읽을 수 있지 않을까 싶더라고요. 단편이 아니고 장편이기 때문에 그런 생각을 했거든요. 작가의 의도는 충분히 알겠어요. 제목을 통해서 작가가 밝히려고 하는 게 이런 건가보다 하는 생각은 했었는데 내용에 있어서 조금 아쉬웠어요. 참 재미있게 읽었음에도 불구하고 그 부분이 아쉽다는 생각이 들었습니다.

심윤경 제 소설의 모자란 점들인데, 박범신 선생님의 말씀과 질문자의 말씀까지 모두 뭉뚱그려서 대답을 드린다면 선택과 집중에 속하는 이야기일 것 같아요. 종가의 원천적인 기능과 그것이 사회적으로 어떤 의미를 가지는지, 인간에게 철학은 무엇인지 하는 것은 이미 다른 많은 기회를 통해서 사회적인 상식에 속할 만큼 많이 알려져 있으니까 굳이 소설 속에서 다시 한번 언급하고 넘어갈 필요는 없다라고 생각을 했었는데, 그것이 균형미를 잃게 하는 한 요소가 되었을지도 모르겠어요. 그리고 또다른 피해자일 수 있는 남성들의 모습을 그리는 것이 부족했다라고 하는 말씀도 맞는 것 같습니다. 할아버지가 살면서 희생한 것이 왜 없었겠어요. 아버지는 자살까지 했는데 얼마나 괴로웠겠어요. 하지만 남성의 입장은 상룡이라고 하는 중심인물이 처절하게 깨져가는 모습으로 대신할 수 있을 거라고 생각을 했어요. 아무튼 그 부분에 대한 언급이나 묘사가 적었던 것은 분명할 겁니다.

하지만 상룡이라고 하는 인물 자체가 남성성을 대표한다고 보기는 좀 어려울 거예요. 상룡이와 정실이를 그릴 때 제가 굉장히 신경썼던 점인데, 그 두 인물은 중성적인 인물들입니다. 아무래도 상룡이는 종가의 종손이니까 초반에는 상당히 남성 중심적인 사고를 할 수밖에 없는 입장이지만 결국은 약자를 살피는 마음을 가진 인물입니다. 일반적이고 보편적인 사고를 가진 남자라면 종손으로서의 위치에 자부심과 긍지를 갖고 자신을 맞춰나가겠죠. 그런 모습이 좀더 보편적일 텐데 상룡이는 문제적 인물로 채택되었기 때문에, 고뇌하고 불신하며 주어진 역할에 맞춰나가지 못하는 모습으로 설정이 됐습니다. 가부장제 내에서 남성들이 어떤 식으로 괴로움받았느냐 하는 문제는 소설 속에서 보이는 남성들의 모습이 어딘지 조금씩 다 이상한 것으로 대신하려고 했어요. 이를테면 강민 아재는 멀쩡하니 제사 지내러 와서 동네 과수댁을 건드리고, 할아버지는 친손자한테 쌀쌀맞고 매정하여 정을 주는 법이 없고, 아버지는 자살을 합니다. 그렇게 어딘가 한 끗 모자랄 수밖에 없는 모습 속에서 구현이 되기를 저는 바랐습니다.

독자3 처음에 등장인물을 설정할 때 정실이의 캐릭터를 확실하게 정하고 쓰셨는지 궁금합니다. 정실이라는 인물이 처음 나올 때 이러저러한 여자겠구나라고 생각을 했는데, 글이 계속될수록 정실이가 스스로 생명을 얻어서 살이 더 많이 붙는다는 느낌이 들었거든요. 작가가 처음에 설정했던 것보다 글을 진행하면서 정실이한테 더 많은 살을 붙이고 무게감을 주지 않았나 싶었어요. 글이 진행될수록 뜻밖의 면을 정실이가 많이 보여주거든요. 그리고 또하나는 상룡이라는 중심인물이 그다지 존재감이 있다는 생각이 안 들었어요. 상룡이는 지방대학의 국문과 학생으로 나오는데 정실이한테 몰입된 부분만 굉장히 길게 계속되지 실제 학교생활이라든가 종가집 밖에서 어떻게 생활하는지, 자신이 받고 있는 스트레스나 정신적인 트라우마와 어떻게 갈등하고 싸워나가는지에 대한 부분이 없어요. 없는 듯이 있다가 금방 떠나버린 여자와의 관계가 잠깐 언급이 되고 시종일관 다른 인물도 없고 오로지 종가집 내에서 정실하고의 관계에만 집중이 돼 있거든요. 제가 읽으면서 존재감이 빈약하다고 느꼈던 이유는 상룡이라는 인물이 갈등과 스트레스, 자기 연민과 외로움에 절어 암흑 속에서 살아감에도 불구하고 다른 에피소드가 없기 때문입니다. 지방대 국문과 학생인데 종가집 밖의 에피소드를 삽입해서 주인공의 갈등이라든가 황폐하고 삭막한 정서상태를 현실감 있게 더 구체적으로 보여줄 수 있었을 텐데 너무 정실하고의 관계에만 함몰돼 있지 않나 하는 생각이 듭니다.

심윤경 먼저 정실이에 대해서 질문을 하셨는데 애초부터 정실이는 중심인물로 설정이 됐습니다. 정실이가 초반에는 비중이 없고 굉장히 가벼워 보이고 뭔가 속에 더 있지 않을 것 같다가 뒤로 갈수록 부각되는 것은 정실이와 상룡이의 관계가 그렇기 때문입니다. 처음에는 귀신이 안 물어가나 싶고 없어져줬으면 좋겠다고 생각하는 뒷방살이에 불과하죠. 눈길도 주기 싫은 존재에 불과하다가 관계가 깊어지면서 상룡이가 점점 정실이에 대해서 생각을 많이 하게 되니까 부피감이 늘어나는 것이지요. 애초 설정부터 정실이는 중심인물이 맞습니다. 상룡이라는 인물의 기본 콘셉트는 예민하고 자신감이 없는 겁니다. 서자의식 때문에 무엇에도 자신감을 갖지 못하죠. 차라리 둔하면 그렇게 괴로워하지도 않을 텐데 예민합니다. 그 두 가지를 기본 콘셉트로 잡았어요.

그리고 종가집 밖에서의 일화가 너무 없는 바람에 상룡이의 인간적인 존재감이 느껴지지 않는다는 것은 두 가지 요인 때문인데, 하나는 상룡이가 기본적으로 바깥생활을 못하죠. 할아버지가 마치 고등학생 키우듯이 수업 끝나면 당장 들어오라고 말을 하기 때문에 MT를 간다거나 술자리에 낀다거나 하는 일도 없고 여자친구랑 연애를 할 때도 공강시간에만 합니다. 그런 이유이기도 하고 또하나는 제 스킬(skill) 부족이죠. 저는 둘러가는 법을 잘 모릅니다. 한 인물을 설명할 때도 마찬가지예요. 그 사람을 다면적으로 보여줌으로써 인물을 구체화하면 좋을 텐데 저는 그냥 '그 사람은 명랑하다'라고 딱 써버립니다. 그게 문학적인 성취 면에서 별로 안 좋은 버릇이고 한계에 속한다는 걸 저도 알고 있어요. 그래서 노력하는데도 아직 부족합니다. 상룡이라는 인물이 종가에 얽매여서 딴 걸 못 하는 면만 그리면 된다고 생각했지 밖에서 어떻게 생활하느냐 하는 건 솔직히 말하면 생각도 못 해봤어요.

박범신 상룡이는 정실이를 사랑하나요?

심윤경 예, 그렇지요.

박범신 제일 마지막 부분을 보니까 반 페이지마다 정실이를 부르는 것이 (함께 웃음) 진짜 사랑하는가봐요.

심윤경　그럼요, 사랑하는 거죠. 처음에 관계를 맺게 되는 것은 이용하는 거예요. 그것은 전통적으로 아주 공공연하게 묵인되던 것이거든요. 종손들에게 혹은 남성들에게 어떤 사회적인 압력이 있단 말입니다. 그리고 그걸 남자들이 못 견뎌 하면 "여자들한테 풀어. 너보다 낮은 여자들을 건드리는 방식으로 풀어"라고 할 정도로 제도화돼 있었거든요. 상룡이도 그 시스템, 프로세스대로 가는 거죠. 나보다 낮고 나에게 항변하지 못할 여자를 건드리는 걸로 시작을 하는데……

박범신　건드린 다음에 사랑했나요?

심윤경　그렇죠. 정실이는 상룡이의 밑바닥까지 다 아는 유일한 사람이잖아요. 동년배로서는 거의 유일한 사람이에요. 또 정실이는 굉장히 태평하잖아요. 예민하고 까탈스러운 상룡이랑은 전혀 다르게 태평해요. 이래도 괜찮고 저래도 괜찮은 태평함에서 편안함을 느끼게 되고 사랑으로 변해가는 걸 담고 싶었어요.

박범신　사랑의 묘사로 보면 독자들이 다 동의하기는 쉽지 않아요. (함께 웃음) 정말 사랑하는지, 어째서 이렇게 갑자기 사랑하는지 조금 의문이 남아요. 화자는 할아버지한테 계속 억압당해 있는 소극적인 인물의 표본이니까 할아버지에게 직접 반항하지 못하기 때문에 억압된 자아가 종가에 불을 지르는 마음으로 정실이를 범하고 정실이에 빠지지 않나라는 생각을 처음에 했거든요.

심윤경　비천한 인물을 사랑함으로써 할아버지에게 반항을……

박범신　그렇지요.

심윤경　그런 개념은 전혀 아니었어요.

독자4　소설을 보면 구조가 언간하고 현실세계, 두 개로 이루어져 있는데 이 두 개가 긴밀하게 서로 영향을 주고 있다기보다는 독립적이라는 느낌이 들어요. 언간 부분을 빼고 읽어도 소설 읽는데 전혀 문제가 없지 않나 하는 생각이 들었거든요. 주인공이 이 언간을 읽으면서 변화되는 과정 같은 게 있어야 되는데 그런 게 안 보이고 해석된 부분만 있으니까 소설을 보는 데 도움은 될지 모르겠지만 전체적인 구상에 문제가 있지 않나 하는 생각이 들고 인물들간의 만남이나 사건 진행이 시간 순서이다보니까 되게 작위적이라는 느낌이 들었어요. 갑자기 뜬금없이 어떤 사람이 나타나서 어떤 일을 하고, 또 이쯤 되면 어떤 사람이 나타날 것 같다 하면 어김없이 그 사람이 나타났어요. 단편으로 집중해서 쓰면 충분히 다듬어서 쓸 수 있는 것들인데 너무 벌여서 늘어놓다보니까 방대해진 것이 아닌가 하는 생각이 들었거든요.

심윤경　언간과 현실의 이야기가 좀더 유기적으로 연결되지 못한 점은 저 자신도 아쉽게 생각하는 부분입니다. 좀더 긴밀하게 관계를 맺을 수 있었으면 소설과 저에게 있어 좋았겠죠. 그것은 저의 한계였고 좀더 참신하지 못했다, 흐름을 그대로 순순히 따라갔다라고 하는 것도 역시 저의 한계일 것 같은데 그게 참 그렇더라고요. 제가 '신인의 패기'를 정말 벽보처럼 붙여놓고 뭔가 참신해보리라 하고 그렇게 몸부림을 쳤는데도 역시 구태의연하다는 소리를 들으니까 말예요. 어쨌거나 제가 생각하기에는 팔십 퍼센트가 구태의연하더라도 이십 퍼센트만 참신하면 그 작품은 참신한 작품이 되는 것 같아요. 모두 참신할 수는 없을 것 같아요. 그런 능력의 소유자라면 더 유명하겠죠.

그리고 불이 나는 결말이 구태의연하고 너무 식상한 것 아니냐 하는 질문을 많이 받는데, 거기에 대한 일화라고 할까 비하인드 스토리가 있어요. 사실 처음에는 결말을 그렇게 잡지 않고 할아버지가 좀더 온정적인 태도를 취하는 걸로 해서 약간 타협의 여지를 두었어요. 그리고 상룡이는 늘 그렇듯이 만족하지는 못하지만 할아버지의 뜻에 순응해서 정실이도 어정쩡하게 구하고, 자신도 어정쩡하게 종손 노릇을 하고, 종가도 어정쩡하게 유지되는 게 결말이었어요. 그런 결말이 현실적일 거예요. 현실 속에서라면 아마 그렇게 됐겠죠. 하여튼 처음에는 그런 결말을 채택했는데 결말을 채택해놓고도 초고를 다 쓰고 손질하는 과정에서 마지막 부분을 머릿속으로 계속 생각을 했어요. 타협적인 결말로 할까 아니면 그냥 깨끗하게 불살라버리고 끝낼까, 어느 게 나을까 계속 생각을 하다가 마지막 수정을 하면서 텔레비전을 켰어요. 그런데 마침 그날이 무슨 날이었느냐 하면 탄핵안이 가결되는 날이었어요. 지금 생각하면 굉장히 옛날의 일인 것 같고 결말이 어떻게 났는지를 알지만, 용두사미 격으로 결말이 난 걸 지금은 우리가 알지만, 그날 뉴스를 보는 순간에는 세상에 내 살아생전에 이 나라에 쿠데타가 나는구나, 우리나라에 쿠데타가 나는구나 싶었어요. 한 치 앞도 알 수 없다고 생각했고 실제로 한 치 앞도 알 수 없었죠. 그래서 보수파와 타협을 한다는 것이 가능할까, 온정적인 보수파를 그린다는 게 무슨 의미가 있을까 하는, 말하자면 쓰나미를 만난 거예요. 굉장히 우연한 일이었는데 시기적으로 딱 겹치는 바람에 아주 쉽게 이건 아니다, 아예 정면충돌하고 다 불살라 없애자 하는 쪽으로 아주 급선회를 했어요. 그런 우연도 작품에 개입이 되더라고요.

박범신 대단히 뜨거운 진보주의적 지향을 말씀하셨는데 이 소설은 대단히 보수적입니다. (함께 웃음) 지금의 문학판에서 이 소설의 소재나 방법이 특별히 참신해서가 아니라 이런 방법, 이런 세계들이 우리 현대소설판에서 사라지고 너무나 참신 위주로, 경쟁적으로 나아가고 있기 때문에 역설적으로 이 소설을 참신하게 느낀다고 생각해요. 소설이 본디 무엇인가 하는 것을 생각하게 하는 소설입니다. 소설이라는 건 이야기이고, 그런 점에서 소설의 원형을 생각하게 하거든요. 지금 많은 젊은 작가들이 쓰고 있고 지향하고 있는 방향과 스타일에 가깝지 않기 때문에 이 소설이 독자들에게 오히려 참신했던 것 아닌가라는 생각을 합니다.

질문이 더 있을지 모르겠는데 시간이 많이 됐네요. 오늘 모처럼 중후하고 고아한 소설을 만났습니다. 『달의 제단』에서 심윤경씨는 명문 종가가 갖고 있는 허위에 따른 비인간적인 억압과 반생명적인 문화의 핵심을 굉장히 극적으로 드러냈어요. 충분히 효과를 거두고 있다고 봅니다. 그 점 하나만으로도 이 장편의 의미는 충분하다고 생각해요. 그리고 시류를 따라 흘러가고 있는 젊은 작가들 속에서 어떤 의미에서 물을 거슬러가려고 하는, 우직하게 장편에 매달려 있는, 전통과 그것이 가지고 있는 반생명의 문화를 인문학적인 뚝심으로 꿰뚫고 나가고자 하는 심윤경씨의 진정성 하나만은 우리가 높이 사도 좋겠다는 생각을 합니다. 마지막으로 심윤경씨가 하고 싶은 말이 있으면 간단하게 듣고 오늘 대담을 끝내도록 하겠습니다.

심윤경 특별히 할 말은 없어요. 드릴 말씀은 벌써 많이 드린 것 같습니다. 여러분들은 무엇을 생각하셨는지 모르겠는데 오늘 이 자리가 저에게 굉장히 뜻 깊은 자리였던 게, 선생님께서 제가 미처 알지 못했던 하나의 키워드를 잡으셨어요. 인문학적인 작가라는 말씀을 하셨는데, 저는 저 자신의 아이덴티티를 잘 몰랐거든요. 그런데 선생님 말씀을 듣는 순간 나의 정체성을 조금 더 세밀하게 알 수 있었습니다. 어쨌거나 오늘날의 문학이 적어도 인문학적인 쪽으로 나가지 않고 있는 건 분명한 것 같아요. 그 주류문학 속에서 저는 외로움 같은 걸 참 많이 느꼈거든요. 다들 공감한다는데 왜 나는 젊은 사람인데도 공감이 잘 안 될까 하는 외로움을 느꼈었는데 선생님이 규정해주신 그 한마디에 굉장한 깨달음을 얻었고 제가 가야 할 길이 좀더 분명해진 것 같습니다. 제 소설을 꼼꼼하게 읽고 훌륭한 지적들을 많이 해주셔서 정말 감사합니다.

박범신　심윤경씨, 고맙습니다. 큰 박수 보내주세요. (함께 박수)

백가흠

"저는 간혹 독자들에게 불쾌함을 요구하거든요."

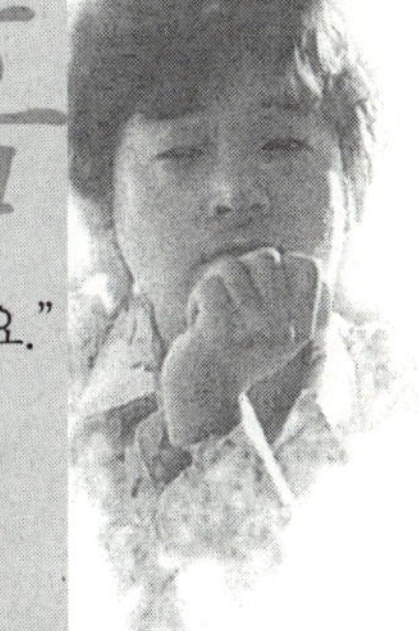

오현종

"작가는 언어로써 독자를 유혹하는 존재가 아닐까 싶어요."

박범신 안녕하세요? 오늘은 두 분의 작가를 모셨는데 꽃미남, 꽃미녀예요. 끝에 앉아 있는 백가흠씨는 익산 출신이고 2001년 서울신문 신춘문예에 단편소설 「광어」가 당선되어 작품활동을 시작했어요. 그리고 얼마 전에 오늘 우리가 텍스트로 토론할 『귀뚜라미가 온다』라는 책을 문학동네에서 냈습니다. 백가흠씨, 인사 좀 하시지요.

백가흠 뵙게 돼서 반갑습니다. (함께 박수)

박범신 가운데 앉아 있는 꽃다운 처녀는 오현종씨입니다. 학부에서 사회복지학을 전공했고, 99년 『문학사상』 하반기 신인공모에 단편소설 「중독」이 당선되어 작품활동을 시작했어요. 2004년에 『세이렌』이라는 소설집을 냈고 최근에 민음사에서 『너는 마녀야』라는 장편소설을 내서 저서가 두 권 있습니다. 두 분 다 아주 젊은 작가이고 활동한 지도 얼마 안 돼서 '금요일의 문학이야기—박범신이 읽는 젊은 작가들'의 콘셉트에 맞고 미래 한국문학의 풍향계라고 느끼면서 이야기할 수 있는 기회가 될 것 같아요. 두 분 다 명지대학교에서 석사학위를 받아서 개인적으로 나하고는 사제간이 됩니다. 내 제자라서 오늘 모신 건 아니고 전번에도 말했다시피 문학지들의 추천을 받아서 젊은 작가들을 선정했거든요. 그렇게 알아주시기를 바라고요, 문학을 공부하는 젊은이들이 오늘 유난히 많네요. 두 사람이 팬이 많은 모양이에요. 특히 숭의여대 학생 여러분에게 고맙다는 인사를 하겠습니다. 와주셔서 고맙고, 다음주에도 좀 오시죠. 여기 와서 가끔 이렇게 듣는 것이 문학을 공부하는 여러분에게 아주 유익할 겁니다. 특히 이번 프로그램은 여러분들이 그냥 언니나 오빠라고 불러도 매우 자연스러운 젊은 세대들만 초청 작가로 모시고 있으니까 와서 같은 동세대인으로서 깊은 토론을 나눠보면 잊을 수 없는 좋은 경험이 되리라고 봅니다.

개인적으로는 이 두 작가를 제가 잘 알아요. 저는 어쩌면 책에 실려 있지 않은 소설까지도 읽은 독자죠. 아마 소설을 제일 가까이서 많이 읽은 독자의 한 사람이 아닐까라는 생각을 해요. 그래서 오늘 토론은 제 말을 많이 줄이고 독자 여러분하고 작가들하고 대화하는 시간을 되도록 많이 갖겠습니다. 소설은 다 읽고 오셨어요? 우선 모두발언이라고 할까요, 두 분의 작가가 하고 싶은 이야기를 좀 짧게 듣겠습니다. 아니, 삼십 분씩 해도 상관없어요. 보통 여덟시 반이면 끝나는데 오늘은 최소 아홉시 정도에 끝낼 예정입니다. 그렇게 아시고요, 중간에 가지 말고 경청해주시기 바랍니다. 백가흠씨부터 얘기 좀 해볼까요?

백가흠　한 석 달쯤 된 것 같은데 최근에 첫 창작집을 묶었어요. 등단한 지는 만 오 년이 안 됐습니다. 『귀뚜라미가 온다』에 묶여 있는 소설들은 쓴 기간만 따지면 한 이 년쯤 될 것 같아요. 등단하고도 한참 있다가 쓴 작품들이니까 최근 이 년 동안에 쓴 작품이 대부분입니다. 단순히 작품을 쓴 기간만으로 보면 이 년이지만 준비한 지는 한 십 년쯤 됐어요. 스무 살 때부터 문학을 시작했고 지금도 준비하는 과정이니까 첫걸음으로 생각해주시면 될 것 같습니다. 제가 말을 잘 못해서……

박범신　평소에는 말을 잘하는데 순전히 내숭이네요. (함께 웃음) 백가흠씨는 대학에 들어오면서부터 소설을 열심히 썼는데 당선작인 「광어」는 여러 번 고친 소설이에요. 여러 번 고쳐서 응모를 했던 작품입니다. 여러분이 책에서 읽은 「광어」는 초고와는 많이 달라요. 여기 숭의여대 학생이 있어서 드리는 말씀인데, 처음에는 여러 가지 결점이 많은 소설이었거든요. 결함이 많았음에도 불구하고 자꾸 옆에 놓고 다시 고치고, 고치고 하다보니까 나중에는 좋은 작품으로 업그레이드가 됐어요. 이 점 참고로 염두에 두시기 바랍니다. 이제 오현종씨 얘기도 좀 들어보지요. 사회복지학과를 나왔는데 왜 소설을 쓰게 됐는지를 얘기해도 좋고요.

　　오현종　먼저 먼 길 와주신 여러분께 감사드립니다. 오늘 「세이렌」을 가지고 이야기를 하기로 했는데 소설집 제목도 『세이렌』입니다. 어떻게 보면 「세이렌」이 제가 소설가로 나아갈 방향을 이야기해주는 소설이 아닐까 싶어서 오늘 이야기하기로 했어요. 「세이렌」의 맨 첫 장에 '뱃사람을 꾀어내는 바다의 마녀. 벗어날 수 없는 매혹과 관능의 화신. 그러나 유혹에 넘어가지 않는 사람을 만나면 바다에 몸을 던져 죽어야 하는 운명을 가졌다고도 한다' 라고 적혀 있는데 이 글 안에 제가 작가로서 하고 싶은 말이 들어 있다라는 생각이 들어요. 제 등단작은 「중독」이라는 소설인데, 처음에 소설집을 내려고 할 때 어떤 걸 소설집의 제목으로 하면 좋을까 고민을 많이 했어요. 그래서 주변에 있는 작가들한테 얘기를 했더니 '세이렌'은 소설집 제목으로 별로 좋지 않다고 얘기하는 사람들이 훨씬 많았습니다. 우선 우리나라 말이 아닌데다가 세이렌이라고도 하고 사이렌이라고도 해서 독자들이 혼란스러워할 수도 있기 때문에 소설집 제목으로는 그다지 좋은 것 같지 않다는 얘기가 많았거든요. 하지만 저는 「세이렌」에 제 나름대로의 애정을 가지고 있었고 금방 말씀드렸던 것과 같은 의미를 첫 소설집에 부여하고 싶어서 「세이렌」을 표제작으로 삼았습니다. 어떻게 생각하면 작가는 언어로써 독자를 유혹하는 존재가 아닐까 싶어요. 세이렌처럼 노래를 불러서 뱃사람을 유혹하지는 않지만 언어로써 독자들을 유혹하고, 뭔가 하고 싶은 말을 전하는 존재가 아닐까라는 생각에서 오늘 「세이렌」을 얘기해보기로 결정을 했습니다.

　　박범신　두 분 다 말을 짧게 하네요. 내가 상당히 불리하겠는데요. 딴 때는 내가 말만 하면 길게 대답을 잘 했는데……

　　오현종　길게 하려고 지금 굉장히 노력하고 있는 건데요. (함께 웃음)

　　박범신　김형중씨가 백가흠씨의 창작집에 해설을 썼는데 해설의 앞부분에서

"데뷔작 「광어」에서 근작 「배꽃이 지고」에 이르기까지 그의 모든 소설들은 다 사랑이야기였다. 다만 그 사랑의 방식이 기이했을 뿐인데, 피학적 헌신(「광어」「전나무숲에서 바람이 분다」「배꽃이 지고」), 가학적 폭행(「귀뚜라미가 온다」「밤의 조건」), 살인(「구두」「배(船)의 무덤」「2시 31분」), 강간(「전나무숲에서 바람이 분다」「배(船)의 무덤」「배꽃이 지고」), 신성모독(「성탄절」) 등이 백가흠의 주인공들이 주로 택한 사랑의 방식이었다. 그런 것도 사랑이냐고 묻는다면 나는 '물론'이라고 답할 참이다. 백가흠의 주인공들이 보여주는 기행들, 그것은 누가 뭐래도 사랑이다. 그것도 최종심에서 모든 남성들의 사랑을 결정하는 아주 간절하고도 원형적인(그러나 동시에 유아적이고 퇴행적인) 사랑이다"라고 백가흠의 소설에 대해 전제하고 있습니다.

제가 김형중씨의 해설 중에서 한 대목을 읽었는데, 불현듯 백가흠씨한테 사랑이 뭐냐고 물으면 당황해할 것 같아요. 술을 많이 먹어서 일주일 동안 장염을 앓다가 왔다는데…… 좀 편안한 질문을 먼저 드리겠습니다.

어떻게 해서 문학을 자신의 길로 삼았는지 궁금해요. 절대로 우연하게 작가가 되는 법은 없거든요. 무엇이 된다는 것, 무엇을 지향한다는 것은 우리 삶의 내재적인 경험과 밀접한 관련이 있어요. 모든 분야가 다 그렇겠지만 특히 작가의 길을 간다는 것은 더욱더 그렇다고 봐요. 백가흠씨가 작가의 길을 걸을 수밖에 없었던 내재적인 경험이나 계기를 들려주시기 바랍니다. 그리고 오늘은 여자대학 문창과 학생들이 많이 왔으니까 어떻게 습작을 했는지도 아울러 백가흠씨가 말씀해주시면 좋겠네요.

백가흠 작가가 된다는 것에 대한 얘기는 진중하게 해야 되겠지요. 하지만 작가는 되고 싶다고 해서 되는 것은 아닌 것 같아요. 또 흔히 말하는 데뷔를 했다고 해서 모두 다 작가가 되는 것도 아닌 것 같고요. 물론 제 얘기입니다만. 저는 소설을 쓰니까 진정으로 소설과 만났을 때, 소설이 나를 필요로 하고 내가 소설을 필요로 할 때, 그렇게 해서 실질적으로 소설을 쓰게 될 때 비로소 작가가 되는 거라고 생각해요. 저의 경우에는 제가 먼저 문학을 찾아가지는 않았습니다. 문학이 제게 왔지요. 저는 참 유복한 집에서 자랐어요. 저희 아버지는 평생 평교사로 재직하신 선생님이에요. 해설에는 제가 '엄마' 콤플렉스가 많이 있는 것처럼 씌어져 있는데 저희 어머니는 되게 현명하신 분이시거든요. 저는 어렸을 때부터 아무 부족함 없이, 결핍 없이, 상처 없이 자랐습니다. 지금 여기 계신 젊은 분들 중에는 그렇지 않은 개인사를 갖고 있는 분도 있겠지만요. 저는 아주 평화롭고 잔잔한 유년을 보냈어요.

잘 하지 않는 얘기인데, 단 하나 저에게 결핍이 있었다면 저희 아버지의 문학이에요. 제가 먼저 문학을 찾은 게 아니라 아버지의 문학이 제게로 온 거지요. 아버지의 많은 책들과 또 아버지의 많은 소설들. 물론 아버지는 데뷔도 하지 못하셨고 현직 작가도 아니에요. 그런데 한순간도 문학의 끈을 놓으신 적이 없는 분이에요. 지금도 마찬가지고요. 저는 그게 참 싫었어요. 값비싼 소파나 가구보다도 책에 치여서 항상 앉을 자리가 비좁은 집에서 저는 컸습니다. 또하나를 굳이 얘기하자면 저희 집은 독실한 크리스천 집안이에요. 백 년이나 기독교를 믿어온, 개신교 집안에서 자랐어요. 지나고 나서 지금 생각해보니까 기독교 윤리에 맞게 살려고 노력한다는 것이 저에게 굉장히 큰 억압이었다면 억압이었던 것 같습니다. 기독교 윤리가 나쁘다는 얘기는 아니에요. 진실한 삶을 추구하는 윤리지요. 아버지의 문학과 기독교 윤리에서 오는 압박감이 있었던 것 같습니다. 하지만 그런 것을 상처라고 얘기할 수는 없어요. 또 결핍이라고도 얘기할 수 없는 것들이지요. 제가 자란 배경은 그렇습니다.

저는 어떻게 해서든지 인문학적인 틀을 벗어나고자 노력을 했어요. 그러나 일부러 그러기에는 너무 어렸습니다. 고등학교 시절이었으니까요. 저는 이과생이었기 때문에 한편으로는 공대에 진학해 좋은 회사에 취직을 하고 싶은 마음도 있었습니다. 그렇게 하기 위해서 굉장히 안간힘을 썼던 적이 있어요. 그런데 그게 잘 안 되더란 말이지요. 누구나 자신의 진로나 장래를 진지하게 생각할 때는 자기의 본모습을 들여다보게 됩니다. 대학 진학시 과를 결정할 때, 취업을 하거나 기술을 배울 때 다 해당이 되겠지요. 내 인생에서 첫번째 결단을 내려야 할 때인 것 같더라고

요. 그래서 저는 생면부지의 문예창작과에 지원을 했어요. 문예창작과는 저의 아
버지가 다녔던 학과이기도 합니다. 학교에 들어가서 문학을 배워보겠다고 시작했
을 때 아버지한테 가장 창피했어요. 오기도 많이 있었고요. 사회적으로 보면 아무
문제 없고 아주 평화롭고 좋은 집안이었지만 내부적으로 볼 때에는 문학의 꿈을
이루지 못한 사람의 비애가 항상 저를 쥐고 있었어요. 대학에 가서도 진정으로 소
설을 쓰는 작가가 되겠다는 생각을 해본 적이 없었습니다. 저의 꿈은 오로지 데뷔
였어요. 평생 소설을 쓰겠다는 생각을 해본 적도 없었고요. 그런데 문학의 언저리
에 있어봤더니 시간이 흐를수록 문학이 나를 가만두지 않더라고요. 아까 진로를
택할 때 처음으로 결정을 해봤다고 얘기했듯이 소설이 나를 가만두지 않는다는 것
은 달리 말하면 내 안에 일어나고 있는 큰 욕망이었거든요. 처음 느껴보는 욕망이
었어요.

　데뷔를 하고 싶으니까 아무렇게나 써서 여기저기 마구 갖다냈어요. 신춘문예의
경우 일곱 개 신문사면 일곱 개 신문사에 다 갖다냈습니다. 데뷔가 욕심이 나서 데
뷔를 해야겠다고 마음먹고 투고를 하다보면 일 년이 굉장히 바빠요. 봄부터 얘기
하면 2월에 『문학동네』에서 공모를 해요. 한 두 달 목 빠지게 준비해서 2월에 문학
동네에 내면 5월에 『현대문학』이 있어요. 『문학동네』에 내자마자 『현대문학』을 준
비합니다. 5월에 현대문학이 끝나면 여름(8월)에는 창비와 중앙일보가 기다리고
있어요. 석 달 사이지만 두 편이니까 긴 시간이 아니지요. 그래서 또 바쁩니다. 9월
에는 문학사상이 있거든요. 10월에는 작가회의에서 하는 『내일을여는작가』와 『문
예중앙』이 있어요. 그 다음에 11월 말에는 문지가 있습니다. 그리고 11월 말에 신
춘문예 시즌이 또 있지요. 하지만 데뷔를 하려고 마음먹고 일 년에 열한 편씩 소설
을 써도 데뷔가 안 되더란 말이지요. 그걸 깨닫기는 쉬웠어요. 그런 일을 이 년,
삼 년 반복하고 깨닫는 사람도 있겠지만 저는 굉장히 쉽게 깨닫고 가슴을 쳤어요.
저의 오만함과 자만심에 대해서 말이에요. 그런데 진정으로 문학에 다가서려고
마음을 먹었더니 데뷔가 되더란 말이지요. 너무나 신기한 일이고 문학이 무슨 하
나의 종교처럼 나를 이끄는구나, 문학이 나를 필요로 하는구나 하는 생각이 들었

습니다.

박범신 분위기는 좋은데 제 목소리가 가라앉았었나요? 젊은 작가들이 저보다 더 차분하게 가라앉아서 전체적으로 약간 명상센터 분위기가 납니다. (함께 웃음) 젊은 독자들이 많이 오셨고 젊은 작가가 두 분이 왔으니까 좀더 활기찬 대화 분위기가 됐으면 좋겠다 싶은데 아직은 제가 질문하고 있으니까 분위기가 거기에 도달하기 어렵겠지요.

어쨌든 백가흠씨의 진솔한 고백이었습니다. 벌써 십 년 넘게 개인적인 관계를 맺고 사는 저도 이렇게 잘 정리된 자기 고백을 들은 적은 없어요. 그래서 매우 인상 깊습니다. 요즘 젊은 작가들의 큰 특성의 하나는 7, 80년대의 문학에 비해 반역사성, 반사회성, 반계몽성을 가지고 있다는 겁니다. 사실 우리나라의 현대소설사에서 역사성, 사회성, 계몽성을 빼면 소설이 얼마나 남겠는가라고 생각할 만큼 이것들은 우리 소설에 깊이 들어와 있는 화두이자 담론이었어요. 그런데 최근의 젊은 작가들에게는 역사나 사회나 계몽성이나 어떤 의미주의는 결과적으로 전근대적인 소설 방식이 되어버리고 만 상태에 도달했습니다.

백가흠씨의 「귀뚜라미가 온다」라는 소설은 특히 그렇습니다. 방금 백가흠씨는 '나는 결핍이 없는 어린 시절을 보냈고 기독교적 세계관 속에서 교육자로 계신 아버님 밑에서 무난하게 컸다'는 말을 했어요. 본인은 '기독교적 세계관이 혹시 나를 일부 억압했을지도 모르겠다'고 고백을 했는데 「귀뚜라미가 온다」라는 소설을 보면서 일부가 아니라 굉장히 많이 억압했나보다라는 생각을 우리는 하게 됩니다. (함께 웃음) 특히 반계몽적인 백가흠의 시각과 관점이 두드러진 소설이거든요. 요즘 젊은이들의 소설이 다 그렇지만 이렇게 피로 얼룩진 소설책은 많지 않아요. 그런 의미에서 보면 백가흠씨의 고백이 이 소설을 해석하고 읽어내는 데 일말의 키워드가 됐을 거라고 봅니다.

오현종씨는 사회복지학과를 졸업했어요. 저는 작가의 약력을 소개할 때 대학은 대개 소개를 안 합니다. 어떤 대학을 다녔느냐 하는 것이 작가의 약력마다 붙어다니는 게 저는 늘 이상해요. 왜 그걸 꼭 약력에 붙여서 써야 되는가 하고 말이죠. 그렇지만 그것도 현실인데…… 사회복지학과도 이화여자대학교 사회복지학과를 다 녔어요. 요즘 사회복지학과 들어가기가 하늘에 별따기입니다. 졸업하면 직업도 잘 얻을 수 있고요. 그런데 이화여대 사회복지학과에서 어떻게 왕따가 됐는지, 어떻게 비어져나왔는지 궁금합니다. 소설가의 길을 간다는 건 제도권 밖으로 나온 삶이었을 거예요. 사회복지학과에서 소설에 대해 말해주는 교수나 동료가 있었을 것 같지도 않고요. 그런데 사회복지학과를 지망했던 오현종씨가 어떻게 문학과 만나게 되었는지를 본인의 입으로 직접 한번 들어보겠습니다.

오현종 사실 그런 질문을 그 동안 많이 받았었는데 솔직하게 얘기를 해본 적은 한 번도 없었던 것 같습니다. 문학을 택하고 소설을 쓰게 된 이유를 묻는 것은 내게 왜 살게 되었느냐고 묻는 거나 마찬가지라고 항상 대충 얼버무렸던 것 같은데, 백가흠씨가 고백다운 고백을 해서 저도 뭔가 얘기를 해야 하는 게 아닌가 하는 압박을 상당히 받고 있어요. 『세이렌』 말고 『너는 마녀야』의 작가 후기를 읽어보신 분은 아마 없으실 텐데, 거기 보면 이런 말이 있거든요. "내 싸움의 방식이 이런 것은 아닐 거라 믿었던 탓이었다." 한마디로 얘기하자면 그게 가장 솔직한 이야기인 것 같습니다. 항상 문학에서 피하려고 했었고 도망치려고 했었지요. 백가흠씨가 얘기했던 것과 비슷한 이야기이기도 한데, 『너는 마녀야』의 작가 후기를 보면 아버지의 서재 얘기가 나와요. 어릴 때 보았던 아버지의 골방에는 책이 빼곡하게 쌓여 있었어요. 벽 한 면이 온통 책이었고 책꽂이 위에는 죽은 새들의 박제가 놓여 있는 방이었죠. 저희 아버지는 굉장히 성격이 차가운 분이었던 것 같아요. 지금은 아버지도 많이 달라지셨다는 걸 느끼면서 한 사람이 이렇게 변해가는구나 하고 생각을 하는데, 제가 어렸을 때 느꼈던 아버지라는 존재는 체온으로 느껴지는 존재는 아니었던 것 같아요. 항상 아버지의 얼굴을 보고, 항상 저녁밥을 아버지와 같이 먹었지만 아버지의 체온을 느꼈던 기억은 없는 것 같아요. 아버지가 내 손을 잡아주었던 기억도 없고요. 제가 기억하는 아버지는 다섯 살 때부터 매달 『엄마랑아기랑』을 사다주고, 일곱 살 때부터 소년동아일보를 구독하게 해주고 생일이나 크리스마스에는 책을 몇 권씩 사다주던 분입니다.

　어떻게 보면 저에게는 책이라는 것이 하나의 소통의 도구였던 것 같아요. 지금도 그렇지만 문학이 과연 소통의 도구가 될 수 있을까라는 의문을 항상 가지고 있어요. 그런 의문을 가지고 책을 쓸 때마다 내가 타인과 소통할 수 있을까, 내가 독자와 소통할 수 있을까, 내가 글을 통해서 무언가를 전달하고 싶은 사람이 있을 때 그 사람에게 내 마음을 전할 수 있을까, 그 사람의 마음을 움직이게 할 수 있을까 하는 것을 끊임없이 생각하고 고민을 해요. 그런데 제 기억으로는 책이라는 것이 소통의 도구였고 체온을 대신하는 것이 아니었던가 싶습니다.

　아까 백가흠씨도 말씀하셨듯이 저도 어떻게 보면 굉장히 평범한 삶을 살아왔어요. 그리고 제가 명지대 대학원 문창과에 진학을 한 것도 등단을 한 이후였어요. 그래서 그걸 아는 사람들은 보통 대학원 문창과에서 공부를 하고 그후에 등단해서 작가의 길을 걸어가게 되는데 어쩌다가 등단을 하고 문창과에 가게 되었느냐라는 질문을 하는 경우가 많이 있었습니다. 어떻게 해서 길을 거꾸로 가게 되었는지는 잘 모르겠지만 대학 시절에 저는 책을 일부러 읽지 않는 사람이었던 것 같아요. 지금 돌아보면 책을 읽기보다는 오히려 밖에 나가서 놀고 춤추러 다니는 것이 더 좋았고 그래야만 한다라고 생각을 했었습니다. 왜냐하면 제가 대학 다닐 때에는 책을 읽으면 불행해질 거라는 생각을 가지고 있었거든요. 생각을 많이 하고 싶지 않았고 불행해지고 싶지 않았기 때문에 책을 읽고 싶지 않았고 글을 쓰고 싶지 않았다고 하면 좀 이상한 이야기가 될 수 있을지도 모르겠어요. 하지만 저는 글을 쓸 만한 재능이 있다고 한 번도 생각해보지 못했기 때문에 항상 글에서 도망가고 싶었고, 항상 제가 생각했던 건 평범하게 살고 싶다라는 욕망이었던 것 같습니다. 그러나 운명이라는 것은 평범하게 살고 싶다고 해서 꼭 평범하게 살 수 있게 되는 것은 아닌 것 같아요.

　중학교 때까지는 항상 『폭풍의 언덕』 같은 책을 교과서 밑에다가 깔아놓고 선생님이 안 보실 때 읽곤 하던 문학소녀이긴 했지만, 문학을 하고 싶지 않았기 때문에 문학을 공부하는 과에 가지 않았어요. 사실 제가 외국어고등학교에서 불어를 전공했거든요. 그래서 주변에 문학을 전공하는 친구들이 많았어요. 불어과를 나와서 자연스럽게 불문학을 전공하거나 영문과에 진학하는 친구들이 대부분이었지만 나는 문학을 하고 싶지 않다, 나는 재능이 없기 때문에 문학 언저리에서 얼쩡거리지 않겠다라는 생각이 굉장히 강했던 것 같아요. 그래서 대학을 갔지만 그렇다고 해서 사회복지학에 마음을 붙이고 사 년을 보내지도 못했어요. 어정쩡하게 대학생활을 했지요. 조금 전 선생님께서 "사회복지학과에서 왕따였지?" 하고 말씀을 하셨는데 그 말씀도 어느 정도는 맞아요. 대학교 이학년 때였나, 삼학년 때였나 저는 항상 전공시간에 맨 뒷자리에 앉아서 다른 책을 읽었어요. 사실 그때 어떤 책이 좋다고 말해주는 사람도 없었기 때문에 그냥 눈에 띄는 책을 도서관에서 빌려서 훑어보는 수준의 얕은 독서였어요. 전공책 밑에다가 책을 놓고 읽거나 고개를 푹 숙이고 잠을 자거나 하는 일이 많았기 때문에 지도교수님도 나중에 네가 사회복지학과 학생이었냐 하고 물어보실 정도로 왕따라면 왕따로 지냈죠. 그리고 같은 과 학생들이 보통 잘 듣지 않는 오페라, 그림, 연극, 문학 등의 교양강의를 많이 들었어요. 하지만 직장을 선택할 때에도 문학을 선택하지는 못했어요. 졸업을 하고 어정쩡하게 방송작가라는 일을 하게 됐는데, 방송국이나 사내방송 구성작가 일을 하다가 결국은 못 견디겠다, 정말 문학을 하고 싶어 미치겠다라는 생각이 들어서 직장을 그만두게 됐어요. 그때가 스물다섯 살, 크리스마스 때였거든요.

　직장을 그만두고 문학을 해야겠다는 마음을 먹고 그 이듬해부터 습작을 시작했어요. 독서다운 독서도 그때부터 시작했고요. 그 무렵에 문학을 하는 친구를 어떻게 만나게 돼서 얘기를 들었더니 문학을 공부하는 사람들은 오정희나 김승옥의 소설은 당연히 알고 있고 외국소설들도 굉장히 많이 읽는다는 얘기를 하더라고요. 사실 그때 저는 오정희의 소설 하나 제대로 읽어본 게 없는 사람이었거든요. 내가 과연 문학을 할 수 있을까 하고 내내 회의를 하면서 습작을 시작했고 문학도의 길에 들어섰어요. 스물여섯 살이 되던 해 1월부터 습작을 시작했는데 그때 다짐으로는 그냥 막연하게 서른이 되기 전에 등단을 하면 좋겠다, 서른이 돼도 등단을 못하면 그만둬야지라는 생각을 가지고 있었던 것 같아요. 다행히 그 다음해 가을에

『문학사상』으로 등단을 하게 됐는데, 운이 좋았다는 생각도 듭니다. 습작을 시작하면서는 문학에 전념을 하고 미친 듯이 썼지만 만약에 등단을 못 했다면 저는 내내 '나는 재능이 없어' 라는 생각을 가지고 글 쓰는 것을 포기했을지도 모르겠습니다. 그리고 사실 등단한 이후에 뒤늦게 문창과에 가게 된 것은 문학을 하는 사람들은 학교에서 무엇을 공부할까 굉장히 궁금했기 때문이에요. 저는 정규적인 학교 안에서 문학을 공부해본 적이 없었기 때문에 등단을 하고 나서도 대학 때부터 문학을 공부한 사람들이 부러웠어요. 그리고 문예창작과나 국문과에서 공부하는 사람들은 나와 무엇이 다를까라는 것도 굉장히 궁금했기 때문에 뒤늦게 진학을 하게 됐죠. 그런데 문예창작과에서 배우는 것이 아주 특별한 것은 아니더라고요. 여기 와서 강의를 들으시는 분들 중에는 문학을 일찍 시작하신 분도 있으실 것 같은데 굉장히 축복받으신 것이 아닐까 싶습니다. 그런 점에서 좀 늦게 시작을 한 저로서는 무척 부러운 면도 있어요.

박범신 이제 슬슬 두 분이 말을 잘 하네요. 제가 두 분을 잘 아는데 아직까지는 뻥이 섞이지 않은 진실만을 말하고 있는 것 같아요. (함께 웃음) 사실 작가는 뻥도 좀 섞을 줄 알고 거짓말도 할 줄 알아야 되는데…… 아주 진지하게 얘기를 해줘서 한편으로는 좋고 신뢰가 가지만요.

이제 구체적으로 소설 얘기를 좀 하지요.

제가 그 동안에는 미처 생각을 못 했는데 오늘 두 사람을 같이 앉혀놓고 보니까 두 작가가 서로 통하는 것이 있구나 하는 생각이 듭니다. 오현종씨 얘기를 들으면서 그런 생각을 했어요. 오현종씨의 소설집『세이렌』에 대한 강상희씨의 해설을 잠시 읽어보면 앞부분에 "오현종의 첫 소설집『세이렌』에 실린 작품들은 '사랑과 기억, 그리고 죽음' 이라는 생의 유서 깊은 의제들을 거듭 변주하면서, 시간의 제약을 뛰어넘어 인간 정체성이 어떻게 성립하고 또 소멸하는지 집요하게 심문한다"라고 씌어 있어요. 백가흠씨 소설에 대해 김형중씨는, 아까 읽었던 대로 작가가 요컨대 사랑이야기를 쓰고 있다고 했는데 강상희씨 역시 오현종씨에 대해 사랑이야기를 하고 있다고 하네요.

그리고 안으로 들어가면 제가 읽기에는 두 사람이 다 매우 반계몽적이라는 점도 비슷해요. 반계몽적이라고 하는 것은 반이성적인 것이고, 반이성주의라고 하는 것은 반합리주의라고 할 수 있는 것이지요. 특별한 경험은 없다고 본인들은 강조하고 있음에도 불구하고 자라면서 계몽적이거나 이성적인 세계에 의한 억압이 있었을 것이다 하는 것을 우리가 추측해볼 수 있어요. 더군다나 두 분이 다 원만한 가정에서 자랐다고 하니까 어떤 의미에서 매우 합리적이고 이성적인 세계로부터 끝없이 모범생이기를 요구받았다거나 하는 억압이 있지 않았겠는가 싶습니다. 두 작가의 소설의 특장이 반계몽적이라는 점인데, 반계몽적인 것이 나타나는 최종적인 하나의 전략은 두 분 다 매우 폭력적인 구석이 있다는 거예요.

백가흠씨의 소설의 폭력은 누구나 읽으면 바로 드러나는 가학적 또는 피학적 폭력이고, 오현종씨의 소설도 매우 내밀한 러브스토리를 말하고 있지만 매우 폭력적이에요. 예컨대 「세이렌」에서는 사랑하는 남자를 붙잡기 위해서 다른 남자하고 섹스를 하면서 아이를 가져야 한다고 말합니다. 아이가 생기면 좋아하는 '그'에게 가서 당신 아이라고 말하고 붙잡겠다는 거예요. 사랑하지 않는 남자를 끌어들여서 애를 갖는 건 매우 자학적 폭력이지요. 오현종씨의 「발」이라는 소설은 발이 참 예쁘다고 칭찬했던 사랑하는 남자가 멀리 떠났다고 해서 제 발목을 작두로 잘라버려요. 아주 섬뜩한 폭력이지요. 오현종씨의 소설에는 매우 자학적인 폭력들이 등장하고 있는데, 저는 그 폭력의 외양을 관능으로 입히고 있다고 읽었어요. 그래서 저는 오현종씨의 폭력을 '관능적 폭력'이라고 부르고 싶어요.

백가흠의 폭력은 어떤 폭력이냐 하면 여러분들도 읽어봐서 아시겠지만 매우 극단적이고 과격하고 그러면서도 전혀 반성이 없어요. 전혀 반성을 안 한다는 것이 반계몽주의 특장이니까요. 그리고 슬픔이라든가 하는 감상도 없어요. 그럼 단지 무지막지한 폭력이냐? 저는 백가흠의 폭력을 '서정적 폭력'이라고 부르고 싶어요. 이를테면 「배꽃이 지고」라는 소설에서는 배꽃이 계속 눈처럼 휘날리고 있거든요. 백가흠씨가 절제력을 통해서 과잉 서정을 깔끔하게 극복하고 있기는 하지만 어쨌든 「광어」도 그렇고 「배꽃이 지고」도 그렇고 매우 하드보일드한 문체를 사용하고 건조하게 쓰고 있음에도 불구하고 백그라운드에서 오는 서정성이 있다고 봅니다. 그래서 백가흠씨의 폭력은 '서정적, 가학적 폭력' 이고 오현종씨의 폭력은 '관능적 자학적 폭력' 이라고 말하고 싶은데, 폭력이 가 닿는 지점은 똑같이 '죽음' 이었어요. 죽음에 대한 열망, 죽음으로 갈 수밖에 없는 어떤 것들. 그것이 가학적인 것이든 피학적인 것이든 마찬가지라고 봐요.

그런 의미에서 두 작가가 매우 유사한 상상체계를 가지고 있는 것처럼 보입니다. 두 사람을 같이 만나면서도 한 번도 그런 생각을 안 해봤어요. 그런데 오늘 소설을 다시 읽고 같이 앉혀놓고 보니까 그런 생각이 들어요. 하지만 이것은 어디까지나 제가 여러분에게 던지는 하나의 독법으로 받아들여주시면 좋겠습니다. 다만 오현종씨의 소설은 희망이 있어요. 다른 사람의 애를 가져서라도 사랑하는 남자를 붙잡을 수 있다는 희망이 없는 것은 아니기 때문에 그렇게 말하는 것인데, 백가흠의 폭력은 희망이 없는 것으로 보여요. 폭력을 행사하기 이전부터 희망은 없다고 전제하고 쓰는 것이 아닌가 하고 저는 읽었습니다. 폭력에 대한 얘기를 두 분한테 짧게 들어보고 여러분들께 배턴을 넘길게요.

백가흠 실은 지금 선생님께서 말씀하신 부분을 누군가는 그렇게 좀 읽어줬으면 했었어요. 저는 소설을 쓸 때 많은 것을 의도하지는 않지만, 서정성이라는 부분에 있어서는 좀 다릅니다. 서정성은 제가 굉장히 많이 신경쓰고 의도한 부분 중의 하나거든요. 역시 선생님께서는 소설을 잘 보시는구나, 선생님을 피해갈 수 없구나 하는 생각이 듭니다. (함께 웃음) 제 소설의 특징을 반계몽성이라고 생각해본 적은 없지만, 저는 우리 사회를 반이성적인 사회라고 봅니다. 얼핏 이성적이고 너무나 도덕적인 사회로 보이지만 말예요. 퍼센티지로 나타낼 수는 없지만 이 나라, 이 반도의 사회 자체가 반이성적인 사회라고 저는 보고 있거든요. 그것을 표현하기 위한 도구가 폭력이고요. 폭력은 어떤 이유로도 용인될 수 없는 것이고, 어떤 이성적인 말로도 설명할 수 없어요. 폭력을 사물이라고 보면 좀 편하겠는데…… 폭력이라는 것 자체를 관념화시키지 말고 사물화시켜서 보면 굉장히 명징해집니다. 폭력은 비이성적인 사회의 대표작이지요. 폭력에 노출되어 있는 사람들은 과연 누구인가 하는 게 제 소설의 주테마입니다. 누구도 폭력을 원치 않아요. 자신을 때려주기를 원하는 사람은 없어요. 물론 저는 제 소설집의 한 부분에서 자신을 때려주기를 원하는 사람을 그린 적이 있긴 해요. 하지만 일반적으로 우리가 이성적이라고 생각하는 사람이나 이성을 갖고 있는 사람 중에 폭력을 원하는 사람은 이 반도 안에 없습니다. 그런데 폭력은 항상 있지요. 그것도 너무나 많이 말이죠. 제가 볼 때는 이 세상을 폭력이 거의 지배하고 있어요. 그렇다면 이 폭력을, 이 반이성적인 사회를 어떻게 소설화시켜서 보여줄 것인가 하는 것이 저에게는 가장 큰 키워드입니다. 제가 찾는 답은 간단해요. 아까 얘기했듯이 제 소설 속에 나오는 인물들은 반성이 없는 아주 '나쁜 놈'들이에요. 그런데 세상에는 아주 '나쁜 놈'들이 아주 많다는 얘기입니다. 제가 이 소설집 한 권에서 하는 얘기는 간단합니다. 이 '새끼' 좀 봐라, 이 '나쁜 새끼들' 좀 봐라, 하는 게 다예요. 폭력은 나쁜 것이라고 계몽을 한다고 해서 계몽되는 것이 아니고, 해명한다고 해서 해명되는 것이 아니라는 얘기지요.

그리고 또하나 선생님께서 오현종씨와 제가 유사한 상상체계를 가지고 있다는 점을 말씀하셨는데, 제 개인적인 생각으로는 특별하게 오현종씨뿐만이 아니라 젊은 작가들이 다 마찬가지인 것 같아요. 요즘, 특히 올해 비슷한 경력을 가진 제 또래의 작가들이 책을 많이 내고 있습니다. 다음주에 오실 손홍규씨도 그렇고 편혜영씨 같은 작가도 그렇습니다. 오현종씨뿐만 아니라 그분들의 소설을 봐도 지금 선생님께서 지적하신 많은 부분이 이어져 있는데 그 이유는 조금만 들여다보면 간단합니다. 70년대를 거쳐 80년대, 90년대를 지나서 이제 2000년대를 살아가고 있는데 70년대, 80년대, 90년대를 거쳐온 우리나라의 소설, 우리나라의 문학은 역사적인 아이러니를 배경으로 하거나 혹은 산업사회적인 아이러니를 배경으로 했다는 점을 공통분모로 갖고 있는 소설들이 대부분이었거든요. 그걸 지나쳐온 사람들이 그 소설을 읽었던 것이고요. 그러나 지금은 그런 공통분모를 찾기조차 힘들다는 거죠. 이제는 역사적인 배경이나 사회적으로 아이로니컬한 상황 자체를 공통분모로 끌어내기에는 너무나 다분화되고 개인적인 사회가 돼버렸습니다. 지금 소위

뜨고 있는 작가들이 내세우는 것은 그래서 지난 문화 키워드라고 생각을 하거든
요. 역사적인 배경이 아니라 한 시대를 같이 공유했던 문화 키워드가 요즘 세대의
소설의 주인공 노릇을 하고 있는 것뿐이라고 생각을 해요. 앞으로 가면 갈수록 공
통분모는 줄어들고 또 공통분모가 줄어드는 대신 아주 다분화하고 개인주의적인,
반역사적이고 반사회적이고 혹은 반계몽적인 소설이 앞으로 더 많이 나오지 않을
까 하고 생각합니다.

박범신　백가흠씨는 여자에 대해서 어떻게 생각하세요?

백가흠　여자, 사랑하고 좋아하지요.

박범신　이를테면 모든 여자는 다 이중 플레이를 한다는 편견은 없습니까?

백가흠　이중 플레이하는 여자도…… 이중 플레이라는 말이 그러니까 마음이……

박범신　이중 플레이라는 말이 좀 이상한가요? 아, 양다리. (함께 웃음) 모든 여
자는 양다리나 세 다리나 네 다리를 걸친다는……

백가흠　그러지 않는 여자들이 대부분이겠지요.

박범신　그러지 않는 여자가 이 시대에 있을까요?

백가흠　이 시대에…… 있지 않을까요, 혹시? (함께 웃음)

박범신　백가흠 소설의 남성들은 이유 없이 폭력을 행사하고 있고, 백가흠 소설
의 여자들은 이유 없이 배신하고 있어요. 양다리나 세다리를 걸치고 말이죠. 양다
리를 걸치는 여자들 때문에 백가흠 소설의 주인공들은 더욱더 폭력이 거세지지요.
소설을 읽다보면 백가흠씨가 내면적으로 찾고 있는 여자는 요컨대 순결한 여자예
요. 그런데 백가흠씨는 순결한 여자는 어차피 없다고 전제하고 쓰는 것 같아서 질
문을 드린 거예요. 어떠세요?

백가흠　뒤에 해설을 보면 아주 잘 나와 있는데요. (함께 웃음)

박범신　예, 좋습니다. 오현종씨도 폭력적이라고 하는 제 독후감에 대해 마땅찮
게 생각할지도 몰라요. 오현종씨가 저지르는 폭력은 매우 자학적이고 내면적이고
미학적이고 관능적이기 때문에 백가흠씨 소설에 드러나 있는 폭력보다는 덜 폭력
적으로 느껴질 수 있어요. 폭력이 아닌 것처럼 느낄 수 있습니다. 무지막지하게 패

는 것은 아니니까요. 그러나 아까 말한 대로 발이 예쁘다고 했던 남자가 떠났다고
해서 발목을 잘라버리는 것은 알고 보면 백가흠의 폭력에 못지않거든요. 그런데
그게 미묘한 관능과 미학적 분장 안으로 들어가 있지요. 본인이 그걸 인식했는지
모르겠는데 제 지적에 대해서 어떻게 생각하세요?

오현종　예전에 제가 성당에서 성서 모임을 한 적이 있었거든요. 그룹으로 공
부를 했었는데 책자가 있어서 문제를 던져주고 그룹원들끼리 토론을 했어요. 그
때는 제가 작가가 되기 전이에요. 아마 대학교 사학년 때쯤이었던 것 같은데 '죽
음에 대해서 생각해보신 일이 있습니까? 어떻게 생각하십니까?' 라는 식의 질문
이었던 걸로 기억을 합니다. 그때 저는 나름대로 이런저런 얘기를 굉장히 많이 했
던 것 같아요. 그런데 그룹원 중의 한 사람이 "죽음에 대해서, 현실적으로 나의
죽음에 대해서 생각해본 적이 없는데요"라고 얘기를 하더라고요. 저는 그때 굉장
히 당황스러웠어요. 어떻게 죽음에 대해서 생각을 해보지 않은 사람이 있을 수가
있을까라는 의문을 가졌어요. 선생님의 말씀처럼 죽음이나 폭력…… 저는 폭력
이라는 것이 죽음과 맞닿아 있다, 타나토스적인 욕구와 맞닿아 있다라고 생각을
하는데, 죽음에 대해서 많이 생각을 해봤던 것 같아요. 어린 시절에도 그렇고 그
이후에도 그렇고요. 소설이라는 것은 저에게 있어서 삶을 향해 나아가는 출구라
는 생각이 드는데 삶을 갈망하는 만큼 죽음에 대한 생각을 굉장히 많이 했던 것
같아요.

제가 서기원 소설에 대해서 석사논문을 썼거든요. '서기원 초기 소설의 갈등 양
상 연구' 라는 제목의 논문이지만 원래 논문의 제목으로 쓰려고 했던 것은 '서기원
초기 소설의 타나토스 연구' 였어요. 제가 서기원 소설을 석사논문 주제로 잡았던
것은 서기원의 초기 단편소설을 굉장히 좋아했기 때문이에요. 그리고 또 소설 속
에 에로스적이면서 타나토스적인 욕망이 들끓고 있다는 것이 저에게는 굉장히 매
력적이었거든요. 여러분도 다 아시겠지만 어떻게 보면 타나토스적인 욕망은 에로
스적인 욕망이랑 통하는 거잖아요. 동전의 양면과 같은, 또 동양의 음양과 같은 것
인데 제 소설 속에 죽음이나 고통, 폭력에 대한 이야기가 많이 나오는 것은 어떻게

보면 또 반대로 삶에 대한 욕망의 표현이라고 할 수 있어요. 아까 선생님께서 제 소설이 희망을 가지고 있다고 말씀하셨는데 현실 속에서도 그렇고 소설 속에서도 그렇고 희망이라는 것을 찾기는 쉽지 않아요. 그럼에도 불구하고 저는 궁극적으로 소설이라는 것의 안에서 희망의 단서, 희망의 한 조각을 찾아내려고 책장을 뚫어지게 바라보는 것이 아닐까라는 믿음을 가지고 있거든요. 그렇기 때문에 선생님이 말씀하신 것처럼 폭력적인 것과 죽음에 대한 이야기들이 많은 부분을 차지하고 있는 게 아닐까라는 생각을 한번 해봅니다.

박범신　백가흠씨한테 여자 얘기를 물어봤으니까 오현종씨한테는 남자 얘기를 물어보고 싶은데, 제가 읽기에 오현종씨의 소설에 빈번히 등장하는 남자의 캐릭터는 여자하고 자기는 하는데 결혼은 안 하겠다고 해요. 장가는 안 가겠다는 거죠. 그런 캐릭터가 오현종 소설에 가장 빈번하게 등장하고 있는 캐릭터거든요. 읽다보면 오현종씨는 요컨대 잡히지 않는 어떤 것에 대한 에로스적인 욕망에 사로잡혀 있는 여자들을 내세우고 있어요. 남자들은 결코 여자의 품에 들지 못해요. 발목을 끊든 뭘 하든 상관없어요. 「발」에서 기녀는 자신의 발목을 끊지만 결국은 상대편의 발목을 끊고 싶은 것이지요. 본인이 얘기했다시피 오현종씨는 결국 타나토스적인 것하고 에로스적인 열망 사이에서 사랑이라고 하는 것은 잡히지 않는 허깨비 같은 것이라고 생각을 해요. 사랑이라고 하는 것은 오현종씨의 머릿속에서는 하나의 공염불 같은 거예요. 결코 붙잡히지 않는다는 걸 알고 있지만 자신을 자해하면서까지 붙잡으려고 합니다. 붙잡을 수 없다는 것을 알면서도 끝까지 붙잡으려 한다는 것이 바로 타나토스적인 열망이라고 할 수 있는 거죠. 저는 오현종씨의 소설을 그렇게 읽었어요. 백가흠씨한테 물어본 것처럼 똑같이 묻고 싶은데 모든 남자는 다 사랑이라는 이름으로 한 여자에게 영원히 머물지 않는다고 생각하세요?

오현종　예.

박범신　붙잡히지를 않아요?

오현종　예.

박범신　발목을 끊어도?

오현종　사랑이라는 것을 물론 한마디로 말할 수 없지요. 소설이라는 것도 한마디로 말할 수 있다면 저희가 앞에서 이렇게 긴 시간 이야기할 필요가 없겠죠. 삶이라는 것도 마찬가지라고 생각해요. 그렇지만 그럼에도 불구하고 사랑을 한마디로 말하라고 한다면 저는 고통이라고 말을 할 것 같아요. 고통을 느끼지 못하는 것은 사랑이 아니라고 믿기 때문입니다. 저에게 있어서 소설이 잘 잡히지 않는 것과 마찬가지로 사랑도 그래요. 저는 아직도 소설이라는 것이 정면으로 저를 바라보고 있는지 잘 모르겠습니다. 정말 솔직하게 말씀드리면 최근에도 책을 또 한 권 내고 작가라는 이름으로 살아가고 있지만 아직도 작가라는 이름이 굉장히 어색해요. 제가 과연 여러분 앞에서 이렇게 작가라고 말을 할 수 있는 자격이 있는 것일까라는 의문도 또 가지고 있어요. 소설이라는 것이 정말 제가 인생을 걸고 갈구하면 끝에 가서 저를 바라봐줄지 그렇지 않을지 모르겠지만 사랑이라는 것도 마찬가지인 것 같아요.

박범신　둘이 참 대조적이네요. 제가 보기에 백가흠씨는 소설에 남자들의 맹목적 폭력과 여자들의 이중플레이를 자주 등장시키고 있고, 오현종씨는 자해하듯이 관능적 폭력을 휘두를 수밖에 없는 것은 남자들이 머물지 않기 때문이라는 식으로 그리고 있어요. 재미 있는 대비가 된다고 봐요. 이제 배턴을 여러분에게 넘길 테니까 누구든지 두 작가에게 질문하세요. 대답할 작가를 먼저 지명한 다음에 질문을 하거나 소설을 읽은 독후감에 대해서 말씀해주시면 좋겠습니다.

독자1　백가흠 선생님의 「배꽃이 지고」라는 소설을 읽고 우리 주변에서 흔히 일어날 수 있는 세상의 치부에 대해서 들여다볼 수 있었어요. 그런데 작품의 시작 부분에서 과수원 주인의 행동이 처음부터 너무 자극적이더라구요. 그래서 왜 저런 행동을 할까 하는 당황스러움이 있었어요. 자극적인 행동이 처음부터 끝까지 아무런 반전도 없이 이어진다는 점과 성행위하는 장면이 불필요하게 너무 많이 나와서 안타까웠어요. 그리고 개순이가 병출에게, 병출이 아이에게 꽃잎을 뿌리는 행위가 많이 나오는데 그런 행위는 어떤 의도로 쓰셨는지 궁금합니다.

백가흠 첫번째 질문은 왜 그렇게 처음부터 자극적이고 나쁜 짓을 하느냐는 거죠? 그 인간은 원래 나쁜 놈이니까. (함께 웃음) 점점 나빠지는 인간이 아니라 원래 그런 인간인 거죠. 그리고 똑같은 수위를 왜 그렇게 반복적으로 사용을 하느냐고 하셨는데 그건 제가 갖고 있는 소설적 특징이에요. 제 소설의 특징, 문체의 특징 중 하나지요. 저는 반복을 굉장히 사랑하거든요. (함께 웃음) 소설을 잘 읽어보면 아시겠지만 제가 강조하고 싶은 것은 끊임없이 반복을 합니다. 문장도 계속 반복하고요, 유사한 행동도 끊임없이 반복을 합니다. 왜 그러느냐 하면 지금 질문하신 분과 마찬가지로 독자가 불쾌해하거든요. 저는 간혹 독자들에게 불쾌함을 요구하는 거예요. 보면 볼수록 이 자식은 진짜 나쁜 인간이야 하고 말예요. 두 번이면 두 번, 읽을 때마다 이 자식은 진짜 나쁜 놈이구나, 이 자식은 진짜 죽일 놈이구나 하는 생각이 끊임없이 들게 하려는 제 소설쓰기의 한 방식일 뿐이에요. 다분히 의도적인 부분을 지적해주셨네요. 그리고 꽃잎을 뿌리는 행위에 어떤 의도가 있는지 물으셨는데, 그건 사랑이지요. 사랑하지 않는 사람에게는 꽃잎을 뿌리지 않아요. 개순이가 병출에게 꽃잎을 뿌리고, 병출이가 자신의 아이와 아내에게 꽃잎을 뿌리는 거예요. 「배꽃이 지고」에서 개순이와 병출이는 비정상적인 사람으로 그려지고 있습니다. 우리가 흔히 장애인이라고 알고 있고 바보 천치로 보고 있지만 정상적인 사람들처럼 표현을 못 할 뿐이지 실제적으로 사랑에 있어서 가장 지극하고 온전한 사랑을 그들이 하고 있다는 것을 암시적으로 보여주고 싶었던 대목이에요.

독자2 아까 사내를 나쁜 놈이라고 하기 위해서 의도적으로 그렇게 했다고 하셨잖아요. 저는 이 소설을 읽고 불쾌함과 동시에 사내가 정말 나쁘다는 것을 느꼈어요. 반면에 당하는 여자와 병출이와 과수원댁을 보면서 왠지 미련하다는 생각도 했고요. 그냥 맞고 있는 걸 보면서 미련하다는 느낌이 많이 들었거든요. 그런 느낌도 혹시 의도적인가요?

백가흠 예. (함께 웃음) 왜 그러나 하면, 현실이 그래요. 「배꽃이 지고」는 제가 다 지어낸 얘기가 아니거든요. 아시는 분은 아시겠지만 실제로 있었던 소재로 소설로 구성한 겁니다. 백 퍼센트 똑같지는 않지만 소설에 나왔던 개순이나 병출이나 과수원 주인과 비슷한 인물이 있어요. 그런데 조사한 현실을 다 쓸 순 없었어요. 너무 끔찍했거든요. 과수원 주인은 나중에 구속됐어요. 현실은 소설보다 훨씬 더 냉혹해요. 독자들은 아직도 낭만적인 희망을 찾고 있는데, 저는 아니라는 얘기지요. 화는 내지 마시고요. (함께 웃음) 왜 그러냐 하면 이 사람들이 미련해 보이면 보일수록, 말이 없으면 없을수록 지금 얘기했듯이 효과는 더하거든요.

독자 3 질문이라기보다는 제가 소설을 읽으면서 느꼈던 느낌입니다. 박범신 선생님께서 말씀하신 독후감과 비교해서 제 생각과 느낌을 말하고 싶은데요, 박범신 선생님께서는 오현종씨의 소설 안에는 희망이 있다고 말씀하셨어요. 그리고 백가흠씨 소설은 '희망은 없다'라고 전제하고 쓴 것 같다고 말씀하셨는데 저는 책을 읽으면서 오히려 반대로 생각을 했어요. 백가흠씨의 소설을 읽으면 화가 나잖아요. 화가 나고 답답한데 참 슬프거든요. 하얀 배꽃이 날리는 장면은 아름다운 장면임에도 불구하고 전체적으로 슬픔이 배어나와서 소설이 마지막까지 슬퍼요. 마지막 장면까지도 슬프거든요. 그런데 나쁜 놈은 한없이 나빠요. 그래서 오히려 희망을 꼭 찾아야 될 것 같은 힘을 준다고 할까요? 그런 것을 발견하게 하고 느끼게 하고 샘솟게 하거든요.

그런데 「세이렌」을 읽으면 다른 의미에서 화가 나요. 왜 이렇게 약한 여자로 묘사하고 있을까, 내면적으로 상당한 시련을 당했을 때 여자는 왜 자신을 자학하면서 그것을 해소하고 표출하려고 하는가 하는 게 좀 답답했거든요. 이별의 문제에 있어서 상대하고 풀지 못하고 말예요. 이별은 둘만의 문제잖아요. 당사자 둘이 풀지 못하고 결국에는 혼자서 어떻게 해결하려고 하는데 방법 자체가 잔인하고 자학적이잖아요. 그 자체가 희망적이지 않다는 느낌이 들었어요. 결과적으로 선택한 수단들이 발목을 자르거나 다른 남자의 아이를 가지면서까지 헤어지자고 하는 남자를 붙잡으려고 하는 대목에서 희망을 느끼기보다는 오히려 아쉬움이 남았거든요. 어머니는 강하잖아요. 그런데 여자는 약하다는 느낌이 들었거든요. 남자들이 결혼을 원하지 않고 어머니가 되지 못하는 여자, 강해질 수 없는 여자의 모습을 본 것 같아서 기분이 나빴어요. 솔직하게 말을 하면 소설을 읽고 기분이 참 나빴어요. 얼마든지 강해질 수 있고 다른 방법으로 해결할 수도 있을 텐데 말예요. 남자가 자신을 찾게 했었잖아요. 오히려 거기서 끝났으면 좋겠다는 생각을 했어요. 약 올리면서 말이죠. 그래서 거기까지 읽었을 때는 기분이 좋았어요. 진짜 시원하다는 생각이 들었어요. 마음대로 부리고서 끝내버린다면…… 그런데 결과적으로 여자한테는 해가 된다는 게 참 아쉬웠어요.

오현종 어떤 답을 원하시는 질문이세요?

독자3 여자를 약하게 생각하시는지……

오현종 그렇게 생각하는 것은 아니에요. 「세이렌」을 보면 노예에 대한 얘기가 나오거든요. 권력에 대한 얘기가 나오면서 김율미를 노예에 비유해서 얘기를 하는데요, 그냥 마냥 약하기만 한 노예는 아니라는 생각이 들어요. 이 소설 안에서 권력을 가지고 있는 쪽은 물론 이철수지만 끊임없이 사건을 일으키고 뭔가를 환기시키고 질문을 던지고 끝없이 괴롭히는 존재는 노예인 김율미예요. 소설 안에서도 그렇게 표현을 하고 있고요. 제가 애정을 갖는 쪽은 권력을 가지고 있는 강자는 아닌 것 같아요. 제가 애정을 가지고 있는 존재는 약자인데 그냥 마냥 손을 놓고 엎드려 있는 존재는 아니지요. 미약하나마 끊임없이 스트라이크를 일으키고 틈만 나면 주인을 괴롭히려고 흉계를 꾸미기도 하는 노예라는 존재가 저에게는 매력이 있어요. 물론 여자를 좀 나약하게 그려서 페미니즘적으로 볼 때 마음에 안 드는 부분이 있을 수도 있다는 생각은 들어요. 저도 쓰면서 그런 질문을 스스로 가져본 적도 있고요. 그런데 소설 속의 주인공이 이러이러하기 때문에 그게 정답이고 그걸 따라가야 한다는 것은 아니거든요. 소설은 답을 주는 것이 아니라 끊임없이 질문을 던지는 것이기 때문에 그냥 독자가 읽고서 불쾌하다면 불쾌한 것이고 답답하다면 답답한 것이고 나는 이렇게 살지 말아야겠다고 느낀다면 그렇게 살지 않으면 되겠죠. 독자들 한 사람 한 사람이 갖는 느낌이 저한테는 되게 소중해요. 제가 내는 목소리를 백 퍼센트 이해해주기를 원한다기보다 각자 다르게 반응해주고 다르게 느껴주기를 바라고 있어요. 그런 반응이 저에게는 참 귀한 것입니다.

박범신　백가흠씨나 오현종씨 소설에는 정사 장면이 빈번하게 나오는데 백가흠씨의 소설 속 남자들에게 있어 정사는 그야말로 동물적 욕망을 채우기 위한 피스톤 운동에 불과한 것으로 그려질 때가 많았고, 오현종씨의 경우 소설 속 인물들이 왜 정사를 하는가라는 생각을 했어요. 매우 관능적이기는 하지만 두 사람한테, 그 인물들한테 정사는 아무런 영향을 미치고 있지 못한 것 같아요. 오현종씨의 소설 속에서 두 사람의 정사는 무엇인가요?

오현종　저는 소통이라고 생각을 하거든요. 두 사람이 손을 잡는 행위처럼 인간의 체온을 느낄 수 있는 소통이 아닐까 싶어요. 또 아까 얘기한 것처럼 때로는 고통일 수도 있겠지요. 바타유 같은 경우에는 섹스라는 것을 '작은 죽음'이라고 얘기했잖아요. 바타유의 말처럼 섹스는 죽음을 느끼는 순간일 수도 있고, 강력하게 삶을 욕망하는 순간일 수도 있을 거예요. 굉장히 짧은 찰나일 수도 있지만 그 순간이라는 것이 백 마디 말로 할 수 없는 소통일 수도 있다라는 생각을 해봅니다.

박범신　제가 볼 때에는 그냥 둘이 심심해서 하는 것 같아요.(함께 웃음) 겨우 의미 부여를 하자면 두 남녀 사이에 나아갈 수 있는 길은 정사밖에 없는 거죠. 정사를 통해서 결혼을 할 수 있다거나 완전히 갈라서거나 할 수는 없어요. 다른 출구가 없기 때문에 정사가 두 사람의 관계에 결정적인 영향을 미치지는 못해요. 그러나 그 안에서 답답하지만 정사밖에 없다고 하는 걸로 저는 읽었습니다. 여담으로 제가 질문을 드려봤어요.

독자4　두 분의 소설에는 공통적으로 요즘 작가들이 잘 다루지 않는 아이 이야기가 나오거든요. 백가흠씨의 소설에는 한 아이를 죽이고 또 임신하는 장면이 나오는데 아무런 인식의 변화가 없기 때문에 그 아이 역시 그전의 아이와 똑같이 죽을 것 같다는 느낌이 들어서 참 끔찍했어요. 또 오현종씨의 소설 같은 경우에는 비록 다른 남자와의 관계를 통해서 아이가 생긴다고 하더라도 어떻게든 살아갈 것이다라는 전제가 있어요. 아이의 속성을 세계를 인식하는 여린 힘, 세상을 살아가야 되는 힘이라고 볼 때 나중에 두 분이 아이를 낳아 기르게 된다면 아이를 어떻게 키우실지 궁금합니다. (함께 웃음)

박범신 백가흠씨를 아버지로 두게 될 아이 걱정을 좀 하시는 것 같은데요. (함께 웃음) 어때요? 대답해보세요.

오현종 저는 사실 아주 어렸을 때는 아이를 갖고 싶지 않다는 생각을 항상 했어요. 왜냐하면 나를 닮은 존재를 바라본다는 것이…… 나처럼 세상에 예민하게 반응하고 세상과 불화하는 존재를 또하나 태어나게 한다는 것은 아이에게 별로 긍정적인 일이 아닐 것이라는 생각이 들어서 아이를 갖고 싶지 않았어요. 그런데, 아직 결혼을 한 건 아니지만 살아가다보니까 최근에는 또 생각이 바뀌어서 한번쯤 아이를 낳아봐도 좋겠다라는 생각이 들 때가 있어요. 여러분처럼 문청 시절에 강연을 많이 들은 것은 아니었는데 우연한 기회에 오정희 선생님 강연을 들었어요. 그때 하셨던 말씀 중에 "항상 세상과 불화한다는 느낌이었는데 아이를 낳고 나서는 아이가 세상과의 관계를 이어주고 세상과의 불화를 낮게 해주는 완충자와 같은 역할을 해주었다"는 얘기가 굉장히 인상적이었어요. 지금도 어렴풋이 기억이 나거든요. 저도 때로는 그런 희망을 가질 때가 있어요. 세상의 좋지 않은 것을 바라보고 있는 내가 아이를 낳아서 기르면 세상의 밝은 면도 보게 되고 세상이란 살만한 가치가 있는 것이구나라고 느끼면서 살아갈 수 있지 않을까, 그런 힘이 돼주지 않을까 하는 희망을 가져보기도 합니다.

백가흠 소설에 나오는 아이 얘기만 할게요. 방금 얘기했듯이 아이가 '그래도 그러지 않겠지' 하는 다분히 희망적인 존재, 세상과 소통하는 하나의 존재라고 한다면 전 그걸 거세시키는 거죠. 제가 볼 때에는 우리 사회 안에서 가해지는 폭력 중에서 가장 비참하고 끔찍한 것이라고 생각을 하는데요, 실은 요즘 아동폭력에 대해 관심이 많습니다.

박범신 폭력성에 대해 계속 물고늘어질 생각인가요? (함께 웃음)

백가흠 너무나 끔찍하지만 너무나 흔히 있는 일이잖아요? 유괴라든지 아동폭력이라든지 아동학대라든지. 그런 것들의 일면을 제가 이용하는 것뿐이지요. 아까 처음에 얘기했듯이 흔히 우리 사회를 유교윤리에 강박된 사회라고 보고 있지만 저는 조금 다르게 보고 있어요. 아동폭력 등을 보면서 저는 점점 희망을 잃어갑니다.

소설을 쓸 때 낭만적인 조작 같은 것은 더욱더 생각할 수도 없고 그런 비극만 자꾸 생각이 나요. 아이에 대한 장치는 그런 이유에서 했고요, 개인적으로는 아기를 낳기 싫거든요. 별로 자신도 없고요.

박범신 「배꽃이 지고」의 인물들 중에서 가장 힘이 센 사람은 병출이 마누라예요. 제가 말하는 그대로 소설을 해석하라는 뜻은 아닙니다. 그냥 제 견해를 덧붙이는 거예요. 이 소설에 두 여자가 나오는데 과수원댁은 불임이에요. 섹스도 거의 안 하잖아요. 병출이 마누라는 물론 강제지만 온갖 남자를 다 받아들이고 계속 임신을 해요. 제일 인상적인 것은 젖을 나눠 먹이는 거예요. '니 젖은 내 관절염 약이랑게' 하는 대목에서 웃었는데 아주 신선한 대목이었어요. 지구를 구할 사람은 병출이 마누라다 싶더라고요. (함께 웃음) 어쨌든 모든 남자에게 자기 몸뚱이를 나눠주고 젖을 나눠 먹이고 아이가 죽었지만 새로운 아기를 또 만들잖아요? 결과적으로 무얼 얘기하나 하면 결국은 모성이겠지요. 병출이 마누라에 비해서 보면 폭력을 휘두르고 있는 과수원 남자는 한없이 왜소하고 약하게 보여요. 그래서 젖을 나누어 먹이는 대목이 주는 것이 그래도 백가흠 소설에서 유일하게 상상해볼 수 있는 희망이 아니겠는가라는 생각을 했다는 것을 덧붙이고요, 대답할 필요는 없습니다. 제 독후감이고 질문자가 많으니까요.

독자5 우선 젖을 먹으면 관절염이 진짜 낫는지 여쭙고 싶어요. (함께 웃음) 두 번째는 저는 지금까지 「배꽃이 지고」와 「광어」, 두 편의 소설을 읽어봤습니다. 그런데 서정성을 담보하는 방법이 말씀하셨던 대로 조금 다른 것 같습니다. 「배꽃이 지고」 같은 경우는 문체와 내용상에는 서정성이 전혀 없고 다만 장면에서 서정성을 담보하고 있는 것 같아요. 반면에 「광어」 같은 경우에는 서정성이 문체에도 여전히 없지만 장면에도 없어요. 대신 내용상에 약하지만 서정성이 조금 있는 것 같은데 혹시 그밖에 서정성을 담보하는 다른 전략이 있으신지, 있다면 무엇인지 듣고 싶어요. 오현종씨께서도 글 쓰면서 나름대로 서정성을 담보하는 전략을 가지고 있으면 말씀해주시면 감사하겠습니다.

백가흠 전략을 공개해드릴 수는 없지요. (함께 웃음) 소설을 쓸 때는 먼저 대강의 스토리를 짜고 인물들에게 숨을 불어넣는 작업부터 시작을 하잖아요. 그냥 그 때그때 어울릴 만한, 이렇게도 해보고 저렇게도 해보고 하는 것 중의 하나예요. 「배꽃이 지고」 같은 경우는 내용 자체가 굉장히 비참하고 비극적이기 때문에 문체 라든지 주변의 상황, 인물을 뺀 나머지 소설을 받치고 있는 부분은 아주 아름답고 서정적으로 쓰고 싶었어요. 그래야지만 이 이야기가 갖고 있는 비극성이 굉장히 부각될 거라고 생각했어요. 쓰기 전에 미리 짐작을 했지요. 그래서 그럼 그 방법은 뭘까 하고 생각을 했어요. 처음에는 경어체가 아니었거든요. 처음에는 작가가 조 금 더 가까이 들어가 있는 평서문에 가까운 종결어미를 썼는데 경어체로 다 바꾸 고 나니까 훨씬 나았어요. 작가가 스토리에서 조금 떨어져서 카메라를 들고 있는 듯한 느낌이 많이 들어서 거리감을 유지하기가 편하다고 생각했어요. 그게 가장 적절하다고 생각을 했고요, 그게 제가 생각하는 서정성입니다. 「광어」는 좀 다르지 요. 작가 자체가 소설 안에, 내부 깊숙이 칼을 들고 들어가 있어요. 두 작품을 놓고 보면 연도 차이가 한 오 년쯤 나는데 「광어」가 제 데뷔작이긴 하지만 그리 탐탁지 는 않아요. 실은 처음에 이 책을 묶을 때 「광어」는 빼자고 제가 얘기를 했거든요. 그런데 데뷔작이니까 넣어야 된다고 해서 그냥 넣었습니다. 「광어」에서 시작한 게 지금 현재 「배꽃이 지고」에 이르고 있다고 생각을 해주시면 저로서는 고마울 것 같 네요.

오현종 서정성을 말씀하셨는데, 저는 글을 쓸 때 서정성에 대해서 별로 생각하 지 않으려고 하거든요. 사실 저는 '미'라는 것에 굉장히 관심이 많아요. 하지만 한 국문학이 지나치게 서정성에 얽매여왔던 게 아닐까라는 반성을 하고 있어요. 개인 적인 부분이긴 한데…… 서정적인 작품 좋지요. 서정성은 문학이라는 것이 기본적 으로 가져야 될 부분이긴 하지만 90년대 소설들도 그렇고 한국문학이 서정성에 너 무 얽매이다보니까 비슷비슷한 목소리를 내왔던 것이 아닌가 하는 생각을 갖게 됐 거든요. 개인 오현종으로서는 도덕적이냐 그렇지 않느냐보다는 아름다우냐 그렇 지 않느냐에 대한 관심이 더 많아요. 하지만 작가로서는 서정적인 것보다는 독자 들에게 조금 더 재미있게 읽힐 수 있는 소설을 써보고 싶다는 욕심이 있어요. 저는 재미라는 것이 나쁜 것이 아니라고 생각을 해요. 그런데 일반적으로 생각할 때 재미라고 하면 상업적인 것을 떠올려요. 팔리게 쓰려고 하는 것이 아니냐라고 생각할 수도 있지만 단지 그것만은 아니라고 생각해요. 영화나 게임이나 다른 장르에 독자들을 빼앗긴 것이 아닌가 반성을 하는 부분도 있어요. 강상희 선생님이 써주신 해설을 보면 '본격 소설, 사이버 펑크, 무협, 멜로 등의 다양한 서사 구성과 상상력을 거침없이 넘나들면서 전개된다'고 하는 부분이 있거든요. 저는 해설에서 이 부분이 굉장히 마음에 들었어요. 제가 앞으로 해나가고 싶은 작업도 퓨전적인 것이에요. 여러 가지 기타 하위의 장르, 즉 순수문학의 하위 장르에서 수혈을 받고 싶은 욕심이 있기 때문에 사실 지금 하고 있는 작업도 그렇고 장편소설 『너는 마녀야』를 쓸 때 좀더 염두에 두었던 것도 서정성보다는 새로움이나 재미였던 것 같습니다.

박범신 굳이 말하자면 오현종씨의 소설에서 '관능적 폭력'을, 백가흠씨의 소설에서는 '서정적 폭력'을 읽었다는 말씀을 아까 드렸는데 백가흠씨의 소설 속에서 서정성을 살려내는 작가의 의도 안에 있는 전략은 제가 보기에는 배경이에요. 이를테면 휘날리는 배꽃, 전나무숲, 약간 푸르스름한 수족관 같은 것들이지요. 폭력이나 살인을 담는데 솔직히 꼭 배밭으로 갈 필요는 없는 것 아니에요? 도심의 지하실에서 벌어질 수도 있고. 그걸 어디에 갖다놓느냐가 작가의 세계관의 일부를 반영한다고 봐요. 작가는 서정성을 확보하는 하나의 코드로 배경을 활용하고자 하는 것 같아요. 그런 지향은 굉장히 좋은데 개인적으로 백가흠씨에 대한 불만이 있어요. 저는 백가흠씨의 소설을 읽으면서 이를테면 「광어」에서 '내장 밖으로 바람이 새는 소리' 같은 부분에서 탁월한 서정성을 느껴요. 가장 인상적이었던 것은 「구두」라는 소설의 마지막 한 문장이에요. 주름진 구두코 이야기를 마지막 부분의 끝쯤에서 한 것으로 기억하는데, 소설을 읽고 나서 굉장히 오랫동안 그 구두가 머릿속에 잔영으로 남았어요. 그래서 저는 백가흠씨가 서정성으로 성공한 예로서 「구두」에서, 구두라는 소품의 탁월한 활용 장면을 들고 있어요. 오히려 배나무라든가 전나무라든가 태풍이 오고 있다라든가 하는 자연적 배경으로 폭력을 부드럽게 덮으려고 한 것은, 만약 그런 걸 서정적 장치로 여겼다면 그 묘사는 좀 서투르다고 봤어요. 왜냐하면 배꽃을 날린다든가 하는 식의 대목들이 소설 속 인물들의 심리와는 얼핏 보면 별 상관 없어 보였기 때문이에요. 이를테면 매우 작위적으로 자꾸 느껴진다는 거예요. 백가흠씨는 불만이 있을지 모르지만 제가 느끼는 독후감으로는 백가흠씨가 하나의 서정성의 코드로 생각했을 자연적 배경들의 묘사는 소설 속 인물들의 내면과 밀접한 관련을 맺은 것처럼 보이지 않고 매우 작위적인 장치처럼 보여요. 다시 말하면 우리가 연극을 볼 때 뭔가 튀는 무대장치 같은 것이 있을 수 있잖아요. 진행되고 있는 연극을 보면서, 왜 저기 배나무가 있는 거야? 하는 느낌을 받는 경우처럼요. 이게 백가흠씨의 소설에서 느끼는 제 개인적인 불만입니다. 어떻게 하면 서정적인 배경들이 그야말로 인물들의 삶하고 밀도 있게 접합할 수 있을까, 서정성이 설익은 장치처럼 보이지 않고 스며드는 듯한 농익은 서정성이 될 것인가 하는 것, 저는 이런 점에서 성공적인 장면으로 「구두」의 마지막 장면을 생각해요. 「배꽃이 지고」처럼 여러 문장을 동원하지 않고 딱 한 문장을 동원하고 있는데도 놀라운 서정성으로 저는 읽었거든요. 이런 지적에 대해 백가흠씨가 불만이 있더라도 이따 사적인 좌석에서 듣기로 하고 제 독후감을 말했을 뿐이니까 넘어가겠습니다.

독자6　저는 두 분께 동시에 질문을 드리려고 해요. 좀 언짢으실지도 모르겠는데 먼저 양해의 말씀을 드릴게요. 우선 백가흠씨의 「배꽃이 지고」를 읽었는데요, 모든 문학이나 소설은 독자의 감성과 이성을 함께 움직일 수 있어야 하고, 또 그 안에 작가의 생각과 영혼이 담겨 있어야 된다고 생각을 해요. 만약에 독자가 읽었을 때 '이 인간은 정말 나쁜 놈이다' 라고만 느낀다면 르포나 신문기사와 다를 게 없다고 생각하거든요. 하지만 분명히 소설을 쓰신 거잖아요. 그런데 「배꽃이 지고」는 르포나 기사 형식이지 소설은 아니라고 느꼈어요. 그래서 혹시 작가의 힘이 좀 부족한 게 아닌가 싶었어요. 그 다음에 오현종씨께 질문을 드리고 싶은 것은, 해설을 보니까 '굉장히 실험적인, 파격적인 형식이다' 라고 써 있더라고요. 그런데 저는 「세이렌」을 읽으면서 얘기의 흐름이 지루하고 산만하다고 느꼈거든요. 이야기를 시작할 때 맨 처음에 '시계'의 시점으로 시작하잖아요. 「세이렌」을 읽은 다른 친구들하고도 얘기를 해봤는데 저뿐만이 아니라 처음부터 시계라고 느꼈다는 사람은 별로 없더라고요. 그래서 흡인력이나 이야기를 이끌어갈 수 있는 힘이 부족해서 그런 문제가 생긴 게 아닐까라는 의문이 들었어요. 그리고 소설에 나오는 등장인물들의 이름을 보면 김율미라는 이름은 기억하기 굉장히 애매하고 이철수라는 이름은 되게 성의 없게 느껴지는 것 같아요. 등장인물의 이름에는 그 사람의 성격이나 사고방식 등이 들어 있어야 된다고 생각을 하거든요. 제가 드리고 싶은 말은 글을 이끌어가는 힘이 부족한 것 같다는 것이에요. 그래서 꼭 이런 형식을 취했어야 했나, 하는 점이 궁금했습니다.

오현종 제가 먼저 대답하겠습니다. 김율미와 이철수라는 이름을 말씀하셨는데 이철수라는 이름은 저 나름대로는 굉장히 신경써서 지은 이름이에요. (함께 웃음) 철수라는 이름은 초등학교 교과서에 빈번하게 나온 이름이기도 하잖아요. 보편성을 가지고 있기도 하고요. 물론 「세이렌」에서는 이철수라는 인물이 신문기자로 나오지만요, 어떻게 보면 굉장히 예민하면서도 겉으로는 터프하잖아요. 말하는 투도 그렇고 툭툭 던지는 말들이 좀 거칠기도 하죠. 저는 그런 성격에 맞다고 생각해서 쓴 이름이에요. 또 이 이름에 저는 나름대로 애정이 있습니다. 『너는 마녀야』의 인물 설정이나 캐릭터가 「세이렌」과 비슷한데 주인공 이름도 같아요. 단편이라는 짧은 분량 때문에 「세이렌」에 쓰지 못했던 부분과 저 스스로 미진하다고 생각되는 부분들이 있어서 장편소설을 쓰게 됐거든요. 좀 빗나간 얘기기는 하지만요.

형식에 대한 말씀을 하셨는데 『세이렌』을 처음부터 끝까지 다 읽어보신 분도 있고 그렇지 않은 분도 있을 것 같아요. 『세이렌』에 보면 일상적으로 일어나지 않을 것 같은 이야기들도 있거든요. 「고스트버스터즈」 같은 경우는 할리우드 영화에서 제목을 차용한 것인데요, 유령을 잡아주는 회사가 나오거든요. 그런데 사실 유령을 잡아주는 회사는 현실에서는 찾기 어렵잖아요. 그리고 가상현실을 주제로 한 소설도 있는데요, 그런 경우에는 편안한 형식을 취했어요. 제가 가지고 있는 소설관이라는 것이 내용이 특별하거나 현실에서 일어날 법하지 않은 이야기를 풀어나갈 때는 친숙한 형식을 써요. 아니면 현실에서 정말 있을 것처럼 오히려 더 디테일한 부분들을 신경을 많이 써서 이야기를 풀어나가거든요.

「세이렌」 같은 경우는 우리 주변에서 흔히 일어날 수 있는 이야기인데 드라마에서 보는 것과 같은 편안한 형식으로 풀어나간다고 하면 자칫하면 지루할 수도 있고 너무 뻔하다고 느낄 수도 있을 거예요. 〈드라마게임〉 같은 데 나오는 흔한 얘기 아니야 하고 느낄 수도 있을 겁니다. 저는 일상적이고 주변에서 흔히 일어날 수 있는 이야기일 경우에는 오히려 더 낯설게, 일종의 소격효과라고도 할 수 있을 텐데, 일부러 더 낯설게 하려고 형식을 이렇게도 해보고 저렇게도 해보고 제 나름대로는 신경을 써서 쓰곤 합니다. 그래서 「세이렌」은 이런 형식을 취하게 됐어요. 그렇다고 해서 형식적으로 실험을 위한 실험만은 아니었다고 생각을 합니다. 진실이나 사랑이라는 것은 바라보는 관점에 따라 다 다를 수 있기 때문에 이 한 권의 책, 또는 「세이렌」이라는 단편 하나도 읽으시는 분마다 느낌이 다를 겁니다. 여기 계시는 여러분들도 느낌이 다 다를 거예요. 앞부분이 지루하다고 느끼시는 분도 계실 것이고 왜 이런 형식을 취했을까 하고 마음에 들지 않아하시는 분도 있을 겁니다. 각자 다른 느낌으로 받아들일 거라는 생각이 들어요. 그렇다면 사랑이라는 것, 또 연애라는 것도 바라보는 관점에 따라 다를 거예요. 주인공뿐만 아니라 사물들이 바라본다면 또다른 이야기가 될 수 있지 않을까라는 구상에서 이런 형식을 취했다고 이해를 해주시면 좋을 것 같습니다.

백가흠　질문이…… 힘이 부족하다고 했나요? 저는 그렇게 생각하지 않아요. (함께 웃음) 취향의 문제라고 생각을 하거든요. 굳이 취향이 맞지 않는 사람들에게까지 이렇게 이렇게 해서 이렇게 이렇게 했습니다라고 변명하고 싶지 않아요.

독자6　「배꽃이 지고」는 심한 폭력을 고발함으로써 분노를 표출시키는 면도 있지만 사건에 대한 해답이나 해결책을 주지는 않잖아요? 꼭 줄 필요는 없지만……

백가흠　꼭 줄 필요는 없어요.

독자6　줄 필요는 없어요. 그런데……

백가흠 아주 줄 필요 없어요.

독자6 그럼요. 그런데 그런 것을 바라는 미음……

백가흠 바라지 마세요. (함께 웃음)

독자6 왜요?

백가흠 무슨 소설을 읽으면서 소설가에게 바라는 것이 그렇게 많아요. (함께 웃음)

독자7 소설이 점차 반계몽성을 띠고 반이성적, 반합리적 성격을 갖게 되면서 좀더 재미있는 소설로 많이 바뀌어가고 있고 점차 그런 소설들이 많이 나올 거라고 말씀해 주셨잖아요. 소설이 세상을, 혹은 사람을 바꿀 수 있다고 생각하시는지 궁금합니다. 어떤 책을 읽고 절실하게 나 자신의 어떤 부분을 바꾸고 싶다고 느꼈다거나 무엇을 깨달았다고 느낀 적이 있으실 것 아니에요? 나름의 어떤 변화가 책을 통해서는 없었는지요? 책 안에서……

백가흠 물론 있지요.

독자7 왜 그런 변화들을 요구하지 않는지 궁금합니다.

백가흠 물론 있지만 제가 헤밍웨이를 읽으면서 헤밍웨이한테 이건 이렇게 했으면 좋겠다 하고 바라지는 않지요. 책은 읽을 뿐이지요. 읽고 느낄 뿐이지요. 그 다음을 작가에게 이건 이렇게 했으면 좋겠다, 저건 저렇게 했으면 좋겠다고 하는 이논의 자체가 불필요한 것 같아요.

독자8 「세이렌」에서 보면 이철수는 김율미의 집착이 싫어서 헤어지자고 하는데 그럼에도 불구하고 김율미가 집에 찾아오거나 바다에 가자고 할 때 다 받아주거든요. 김율미에 대한 이철수의 태도가 어떤 것인지 궁금해요. 그리고 마지막 부분에서 김율미가 다른 남자의 아이를 가지면서까지 이철수를 붙잡고 싶다고 하는데, 집착이 싫어서 헤어지는 남자를 아이라는 또다른 구속의 대상으로 붙잡을 수 있을지에 대해서도 묻고 싶어요.

오현종 태도와 집착에 대한 질문을 하셨는데 그건 정말 답이 없는 게 아닐까요. 그렇게 해서 잡을 수 있을까, 잡을 수 없을까 하는 것은 저도 답이 없어요. 저도 사실 답을 가지고 쓴 소설은 아니라고 생각합니다. 질문을 던지고 싶었어요. 물론 저 스스로 이 소설을 쓰면서 답을 찾고 싶다는 갈망은 굉장히 컸지요. 그렇지만 작가가 글을 쓰면서 모든 답을 찾아낼 수 있는 것은 아닌 것 같습니다.

독자9　오현종 선생님한테 얘기하고 싶은데요. 저는 이런 종류의 소설을 처음 읽어봤거든요. 「세이렌」은 사물의 시점으로 바라봤잖아요. 샤워할 때 거품이나 푸른색 셔츠가 바라보고 느끼는 감정 같은 것 말예요. 그리고 묘사력도 정말 뛰어나다고 생각하는데요, 김율미와 이철수의 얘기가 나오다가 중간에 갑자기 에피소드 형식으로 바뀐 것 같아요. 중간에 다른 얘기가 나온 것 같은데 일부러 만들어낸 설정인가요?

오현종　에피소드라고 하면 「그리고 당신」 말씀하시는 건가요? 어떤 장면에서 끊어졌다고 느끼신 건지 정확하게 제가 모르겠는데요. 샤워 장면요? 저는 그 부분을 끊어졌다고 생각하지 않고요, 욕실 장면이 중요하다고 생각했는데…… 장편도 마찬가지지만 특히 단편의 경우는 더더군다나 백 매 남짓한 분량 안에서 쓰기 때문에 불필요한 에피소드라고 생각되면 작가가 쓰지 않겠지요. 저는 개인적으로 군더더기를 굉장히 싫어하거든요. 아까 어떤 분이 앞부분에서 시계 시점의 얘기가 나와서 당황스러웠다고도 말씀을 하셨는데 저는 얘기를 풀어나갈 때 가능하면 본격적인 얘기로 확 끌고 나가는 편이에요. 그렇게 하는 것이 저한테는 맞아요. 제 스타일이죠. 「살의殺意」 같은 경우에도 맨 처음 문장에 신경을 많이 썼는데 「세이렌」의 에피소드도 마찬가지입니다. 저 나름대로는 유기적으로 다 상당한 관련이 있다고 생각해서 썼지요.

독자10　「배꽃이 지고」에 대해서 질문을 하려고 하는데요, 과수원 주인이 반성이 없는 폭력을 쓰잖아요. 과수원 주인인 사내를 너무 나쁘게 몰고 가서 인간적인 면이 없고 단조롭고 단편적인 인간상을 만들지 않았나 하는 생각이 들어요. 그리고 과수원댁이 막걸리를 받으러 가는 장면이 있거든요. "언제나 과수원에 일꾼이 들어오면 같은 행사가 벌어집니다. 일꾼과 병출이가 집을 나서자마자 과수원댁은 오 리나 떨어진 옆동네에 가서 막걸리를 받아왔습니다"라고 돼 있는데 과수원댁은 정신지체가 아니라 몸이 불편할 뿐이에요. 막걸리를 받으러 오 리나 떨어진 옆동네까지 가는데 왜 도움을 청할 생각을 못 하는지 좀 의아하거든요.

백가흠　사람들은 폭력에 길들여지면 수긍하고 복종하게 됩니다. 실제로 그렇잖아요. 신고하거나 도움을 청하는 것은 극히 일부죠.

독자10　도와달라고 청해야지요. 계속 맞고만 살 수는 없잖아요. (함께 웃음)

백가흠　실제로 도움들을 항상 청하고 있지요. 그런데 누가 도와주고 있나요?

독자10　이 소설에서는 적극적으로 말을 하지 않는다는 말씀을 드리고 싶은 거예요. 과수원댁이 오 리나 떨어진 옆동네에 갔으면 그곳에 가서 도움을 청하거나 어떤 행동을 할 수 있을 텐데 그런 행동이 나오지 않는 점이 이해가 안 가요.

백가흠　이해가 안 가지요. 그런데 그게 현실이라니까요. (함께 웃음)

박범신　우리가 살고 있는, 우리가 경험하고 우리가 이해하고 있는 객관적 세계하고 소설세계를 오버랩시켜서 보니까 그런 질문이 나오는 것인데 소설은 소설대로 한 세계를 이루고 있어요. 작가는 보여주고 싶은 것이 있기 때문에 소설을 씁니다. 현실을 있는 그대로 옮겨놓는 것이 아니고 소설 안에 어떤 새로운 조합이 있어야 되거든요. 그러니까 소설 범위 내에서 소설을 읽어줘야지 우리가 알고 있는 객관적 사실과 혼동하면 안 되겠죠. 왜 이 사람들은 맞고 가만히 있나, 경찰서에 고발을 하지라고 말하는 것은 소설로 보지 않고 내가 아는 하나의 구체적 현실로 받아들인 데서 빚어지는 오해가 아닌가 하는 생각이 들어요.

독자10　과수원 주인을 나쁘게만 몰고 가서 너무 단편적인 인간상을 만들지 않았나 하는 첫번째 질문에 대해서는 어떻게 생각하시는지요?

백가흠　예, 맞아요. 일부러 그렇게 만든 거죠. 그게 단편소설이잖아요.

독자10　인간적인 측면을 조금이라도 넣어서 사실성이나 리얼리티를 살릴 수도 있지 않았나 싶어서요.

백가흠　인간이 아니에요. 인간이 아닌데 왜 자꾸 인간성을 넣으라고 그러세요. (함께 웃음) 「배꽃이 지고」에서 과수원 주인은 제가 소설에서 얘기했듯이 이 구조를 이끌어가는 등장인물 중에서 가장 정상적인 사람이에요. 우리 사회가 바라보는데 있어서 가장 정상적인 사람이죠. 비정상과 정상의 차이는 과연 무엇인가 하는 걸 얘기하려고 썼는데 정상적인 사람이 진짜 정상적인 사람이 돼 버리면 뭐 하러 소설을 쓰겠어요. 그렇게 되면 아무 재미가 없겠지요.

독자11 오현종님 소설 「세이렌」에 대해서 독후감을 하려고 하는데요, 정사 장면이 나오잖아요? 제가 예전에 〈섹스, 거짓말 그리고 비디오테이프〉라는 영화를 봤는데 대화는 정신적인 교감을 의미하고, 섹스는 육체적인 교감을 의미한다는 전제하에서 성불구를 두 가지로 나눠요. 하나는 우리가 흔히 알고 있는 육체적인 성불구를 말하고, 다른 하나는 정신적인 성불구를 말하거든요. 정신적인 교감을 이루지 못해서 정신적인 단절을 느끼는 것을 정신적인 성불구라고 말해요. 「세이렌」에서 김율미는 육체적으로는 성불구가 아니지만 정신적으로는 성불구라고 생각하는데 그걸 해소하기 위한 도구로 섹스를 택하잖아요. 육체적인 교감으로 대표되는 섹스가 정신적인 성불구로 보여지는 김율미에게 과연 해결책이 될 수 있느냐에 대해서 상당히 의문점을 갖고 있거든요. 그 점이 의아했습니다.

오현종 정신적인 성불구라고 느끼신 이유가 좀 궁금한데요? 어떤 면 때문에 그렇게 느끼셨는지?

독자11 남자와 섹스를 하는 데 있어서 읽을 때 뭔가 되게 이상했거든요. 정상인 같지가 않았어요. 약간 정신이 나간, 이상한 사람 같았거든요. 또 남자와 제대로 교감을 나누지 못하는 것 같았어요. 육체적인 교감만 나누려고 하고 정신적인 교감에 대해서는 간과하는 것이 아닌가라는 생각을 했거든요.

오현종 무슨 말씀이신지 이제 좀 와 닿는데요, 저는 일반적인 남녀관계에서 충분히 일어날 수 있는 일이라고 생각을 합니다.

박범신 어쨌든 소설이라고 하는 것은 현실을 전제하고 쓰는 것이지만, 소설로 썼을 때는 우리가 알고 있는 객관적 세계로부터 분리돼요. 그런데 우리가 살고 있는 경험적 세계라고 하는 필름을 소설에다 딱 대놓고 보면 서로 코드가 안 맞는 대화를 나누게 되는 문제가 생기는 거예요. 소설을 현실에서 분리된, 그러나 현실을 반영하는 한 작품으로 봐주시면 좋겠다는 생각이 듭니다.

독자12 「배꽃이 지고」에서 처음에는 희망을 읽지 못했는데요, 다시 읽으면서 여러 가지 해석이 가능하다는 생각이 들었어요. 아이가 죽으면서 희망이 아예 끊긴다고 생각을 했거든요. 하지만 맨 마지막 장면에서 배가 많이 열린 나무 아래 병출씨가 앉아 있는데 아이가 묻힌 나무가 아닌가 싶었어요. 그리고 배가 많이 열리면서 과수원 주인이 더 많은 부를 갖게 되잖아요. 그래서 잘사는 사람은 더 잘살게 되고 못사는 사람은 더 못살게 되는, 희망적이지 않은 걸로 읽었거든요. 그런데 다시 한번 생각을 하니까 다른 해석도 가능하다는 생각이 들더라고요. 배가 많이 열려서 "돈이 좀 생긴 사내가 읍내에 자주 나가는 것이 이들에겐 반가운 일입니다. 밤이 되면 여자가 수줍게 윗도리를 들추고, 병출씨에게 젖을 나누어줍니다"라고 돼 있는데 무의식중에라도 일말의 희망을 담고 싶으셨던 건지, 아니면 불쌍한 사람한테 떡 하나 더 주는 식으로 그런 장면을 만드신 건지 작가님의 의도가 궁금합니다.

백가흠 솔직하게 말씀드리면 이 소설집을 통틀어서는 「배꽃이 지고」가 유일하지요. 그걸 굳이 희망이라고까지 얘기하고 싶지는 않고요, 이전보다 좀 덜한…… 인물들의 인생이 뒤바뀌거나 더 좋아지는 건 아니지만 예전보다 덜한…… 드러내지 않는 개순과 병출, 둘의 사랑으로 봤어요.

박범신 이제 마무리를 해야 될 것 같네요. 진행을 하고 있는 제가 마지막으로 두 작가에게 질문을 드리고 끝내도록 하겠습니다.

두 작가는 데뷔한 지 오 년쯤 됐는데 이삼 년 전부터 우리 문단 안에 '문학권력'이라는 말이 많이 회자되고 있습니다. 데뷔하고 한 오 년쯤 문단에서 경험을 하면서 느낀 우리 문단의 문제점은 무엇인지, 문단이 아니라도 현대소설, 특히 7, 80년대 문학에 혹시라도 불만은 없는지 묻고 싶습니다. 선배 작가들의 작품세계에 대한 견해도 좋고요. 젊은 목소리를 한번 들어보고 싶어서 질문을 드리는 거니까 그와 관련해서 한 말씀씩 대답을 해주시고 마무리 말씀도 함께 해주시기 바랍니다.

오현종 문학이라는 것이 다양했으면 좋겠다는 생각을 해요. 어떤 권력에 의해서 그렇게 된다고 생각하는 것은 아니지만 한 방향으로만 몰아가는 것은 좋지 않다고 생각하고요, 뭐든 다양한 게 좋으니까요. 아까 잠깐 말씀드렸는데 제가 나가고 싶은 방향이라고 한다면…… 이제 문학이라는 것이 우리끼리의 경쟁은 아니라고 생각을 합니다. 문학이 경쟁상품이라고 말씀드리는 것이 아니라 요즘 사람들은 책을 읽지 않아요. 그럼에도 불구하고 작가들이 "요즘 사람들은 책을 읽지 않아, 요즘 사람들은 너무 놀게 많아"라고 말만 한다는 것은 어떤 면에서는 굉장한 직무유기라는 생각이 들어요. 어떻게 보면 문학이라는 것은 영화, 게임, 만화, 텔레비전 등과 경쟁을 하는 입장이라고도 할 수 있어요. 문학이 저 오현종에게는 신앙과도 같은 것이지만, 문학이 나의 신앙이니까 당신도 믿어라 하고 다른 사람들에게 말할 수는 없는 문제라고 생각해요. 어떻게 하면 내가 '세이렌' 처럼 주변에 볼 게 너무 많아서 그냥 획 지나가버리는 어부들을 잡을 수 있을지, 어떻게 하면 그들이 내 노랫소리에 귀기울이게 할 수 있을지 좀더 고민해보려고 합니다. (함께 박수)

백가흠 문학을 가지고 뭘 하고 싶은 생각도 없고요, 또 문학을 통해서 뭐가 되고 싶다는 생각도 저는 없습니다. 문학에 있어서 주인공이 되고 싶지도 않고요, 그냥 쓰는 거죠. 내가 써야 되니까. 독자들에게 어떤 글을 보여주고 싶다는 생각도 아직은 별로 없고요, 아직까지는 나를 위해서 글을 쓰고 있어요. 그게 나쁘다고 생각하지도 않습니다. 그냥 작업을 계속할 거고요, 또 문학권력에 대해서는 그런 게 있는지 없는지 관심이 가지 않아요. 저하고는 별로 상관이 없는 얘기처럼 들리기 때문이기도 할 거예요. 늦은 시간까지 고맙습니다. 반가웠습니다. (함께 박수)

박범신 늦은 시간까지 경청해주셔서 정말 고맙습니다. 자주 얘기하는 것이지만 우리 한국문학의 앞날의 지도를 미리 그려볼 수 있는 프로그램으로 '금요일의 문학이야기' 가 진행되고 있다고 저는 생각을 해요. 작가는 데뷔하는 것으로서 어떤 그릇 속에 들어가는 것이 아니라, 늘 새로 시작하고 또 자기 자신을 전복하면서 경험들을 더 깊게 쌓아가는 특별한 계기를 만납니다. 관념적으로 작가를 이해하기보다는, 작품을 진지하게 읽어 이해하는 것이 제일 중요하다고 봐요. 오현종씨의 경우는 두 권의 책이 있고, 백가흠씨는 한 권의 책이 있는데 앞으로 계속해서 다른 책이 나올 것입니다. 오늘 두 시간 동안이나 함께 했다는 좋은 추억과 함께 두 작가가 앞으로 어떻게 변모해가는지 지켜봐주세요. 작가는 죽을 때까지 완성은 되지 않아요. 완성은 되지 않지만 완성을 향해서 끝없이 변화하고 또 고통받으면서 나아갈 거라고 봐요. 작가의 변화를 주의 깊게 지켜보면서 독서를 통해 함께 따라와 줬으면 하는 부탁을 여러분께 드리고요, 오늘은 여기서 마치겠습니다.

손홍규

"과거의 정신에서 좋은 것들을 이어받아
그것들을 어떻게 소설로 구현해낼 수 있을까 고민합니다."

박범신　쌀쌀하고 을씨년스러운데 이렇게들 와주셔서 대단히 고맙습니다. 저는 원래 고등학교만 졸업하고 말 뻔했어요. 집안이 어려워서 대학에 진학할 형편이 아니었거든요. 어느 날 아버지가 부르더니 대학에 가지 말라고, 돈이 없어 널 못 가르치니까 먹고살 궁리하라고 하셨어요. 그 말씀이 부담되는 얘기도 아니었고 공부하지 말라니까 저는 좋았어요. 그런데 매형이 대학 안 가면 안 되니까 교육대학을 가라고 하시더라고요. 그래서 제가 전주교육대학을 다녔습니다. 등록금도 싸고 이 년이면 끝나니까요. 전주교대를 졸업하고 전라북도 무주군 괴목국민학교라는 데로 발령을 받아서 스물두 살 때 국민학교 교사생활을 시작했는데, 매일 다른 건 하늘 빛깔뿐이었어요. 전기도 안 들어오고 차도 안 들어가는 곳이었거든요. 젊은 피를 갖고 있는 제가 그런 곳에서 생활을 하자니까 유배당한 기분이었고 귀양살이 하는 기분이었습니다. 정말 답답했지요. 미칠 것 같았어요. 외롭기도 하고 세상으로부터 나만 버려져 있는 것 같았거든요. 그때는 그런 산골에 라디오 있는 집도 아주 드물었어요. 텔레비전은 물론 없고 전자오락도 없고 인터넷도 없으니까 놀이라고는 없었지요.

　그때 제가 두 권의 잡지를 정기구독하고 있었어요. 『현대문학』하고 『사상계』라는 잡지였는데, 정기구독이니까 때가 되면 왔지요. 그러면 두 권의 잡지를 편집후기까지 한 사흘이면 다 읽었어요. 그러고 나서 재독을 해도 일주일이면 다 읽고 나머지 이십 일 넘는 시간에는 할 일이 없는 거예요. 부임 첫 해에는 사학년을 맡았는데 점심 때 애들이 다 가고 나면 오후에 놀러 갈 데도 없고 할 일이 있어야지요. 그러니까 일주일 동안 잡지 두 권을 재독, 삼독하는 거예요. 책방도 없으니까 소설책을 사서 읽을 수도 없고, 너무 심심하니까 친구들한테 자주 편지를 썼어요. 지금도 제 친구가 그 시절에 제가 쓴 편지 하나를 가지고 있는데 두루마리로 한 이 미터쯤 돼요. 나중에 그 편지를 원고지로 계산해보니까 한 이백오십 매쯤 되더라고요. 여자친구도 아니고 남자친구한테 이백오십 매의 편지를 썼으니까 제정신이 아니라 미친놈이지요. (함께 웃음) 얼마나 외로우면 그랬겠어요. 혹시 내 인생에 있어 썩지 않는 새 동아줄이 하늘에서 내려오지는 않나, 늘 그런 마음이었지요. 산골에 있거나 군대에 가 있는 사람들은 너무나 외로워서 편지를 씁니다. 그러면 그 편지는 일종의 SOS 같은 거예요. 긴급조난신호 같은 건데도 불구하고 도시에 사는 친구들은 일반적으로 답장을 안 합니다. 또 관심도 없고요. 내가 두루마리로 이 미터나 되게 편지를 쓰면 답장으로 겨우 엽서 한 장 달랑 오거나 그나마도 안 올 때가 많아요. 나중에는 그 사람들 모르는 가운데 혼자 창피하지요. 나 혼자 쓰고 답장이 안 오니까 나 혼자 창피해요.

그래서 어느 날 생각을 했어요. 이 창피한 짓을 그만두고 구체적으로 누구에게 부치지 않는 글을 쓰면 되지 않겠느냐 하고 말이죠. 그래서 노트를 갖다놓고 길게 넋두리를 쓰게 됐어요. 부치지 않는 편지 같은 글이었지요. 저는 구체적으로 그걸 소설이라고 생각을 한 적이 없었어요. 소설이 뭔지도 모를 때니까요. 어쨌든 그렇게 쓰니까, 읽어줄 독자가 없어서 좀 심심하긴 하지만, 밤을 꼬박꼬박 새우면서 하루에 오십 매, 백 매를 써도 창피할 일 없고 끝날 일 없어서 고독하고 심심한 것을 면할 수가 있었어요. 무주가 관광지니까 서울 사는 친구가 어느 날 놀러 왔다가 제가 아이들 수업하러 간 사이에 그 노트를 봤던가봐요. 학교 갔다 오니까 그 친구가 내 노트를 보다 말고 "너, 소설 쓰는구나" 그래요. 그때 소설이란 말이 마음에 탁

찍혀 들어오더라고요. '아, 내가 쓴 것이 소설이구나!' 하고 말이죠. 나는 낙서를 한다고 생각했는데 그 친구가 소설을 쓰는구나라고 말해주니까, 소설이라고 이름을 붙여서 말해주니까 내가 갑자기 괜찮은 사람이 된 것 같고 뭔가 굉장히 보람 있고 의미 있는 일을 하고 있었던 것 같아서 굉장히 좋더라고요. 소설, 그 말이 내 가슴에 화인처럼 콱 찍혀 들어왔어요. 그때 썼던 글들을 지금은 다 잃어버렸지만 명백한 것 하나는 너무나 고독하고 너무나 가난하게 변방에 버려져 있던 나를 그 시절의 글쓰기가 구원했다는 거예요. '그때 내가 거기서 글도 쓰지 않았더라면 정상적인 생활을 할 수 있었을까? 망가지지나 않았을까? 깽판 놓고 살지는 않았을까?' 하는 생각을 해요. 어쨌든 확실한 것 하나는 글 쓰는 행위를 통하여 최소한 나를 구원했다는 겁니다. 보통의 작가들이, 조금씩은 다 다르겠지만 기본적으로 제가 문학을 시작하게 된 계기와 크게 다르지 않을 거라고 생각합니다. 자기 구원의 한 방법이라면 좀 뭣하지만 어쨌든 일차적으로 자기 구원의 길로써 문학이 시작되는 게 아닌가 싶어요. 쓰다보면 결국 타인의 구원에 관계를 맺게 되고 상관하게 되고 또 본의 아니게 영향을 미치게 되는 것이 문학이지요.

오늘 손홍규씨를 모셨는데 손홍규씨는 어떻게 해서 문학을 하게 됐는가를 제가 첫 질문으로 드리려고 해요. 그래서 먼저 제 옛날얘기를 짧게 드린 겁니다. 손홍규씨는 2001년 『작가세계』 신인상을 수상하면서 작품활동을 시작했어요. 그러니까 작가가 된 지 한 사 년 남짓 됐네요. 2004년에 대산창작기금을, 2005년에는 문예진흥기금을 받았습니다. 공돈을 많이 받았네요. (함께 웃음) 어쨌든 촉망받는 젊은 작가지요. 아마 『사람의 신화』가 첫 책인 것 같아요. 현재까지는 유일한 소설집인 것 같습니다. 아까 잠깐 물어봤는데 지금 장편을 집필하고 있답니다. 하필 며칠 전에 손홍규씨가 교통사고를 당했대요. 그래서 병원에 입원중인데 여러분들과 약속을 지키기 위해서 오늘 잠시 무리하게 나왔거든요. 겉으로는 멀쩡해 보이지만 교통사고 후유증으로 목 뒤 인대도 좋지 않고 머리가 왔다갔다해서 횡설수설하지 않을까 걱정을 하던데 원래 작가는 횡설수설하는 거예요. 횡설수설해도 여러분들이 따뜻하게 받아주실 거죠? 손홍규씨를 위해서 박수 한번 쳐주세요. (함께 박수) 손홍규씨는 정읍에서 태어났지요?

손홍규 예.

박범신 입암면이라고 하는 데가 시골이잖아요?

손홍규 예.

박범신 몇째 아들이에요?

손홍규 외아들입니다.

박범신 외아들. 누나들은?

손홍규 없습니다.

박범신 딸도 전혀 없어요?

손홍규 예.

박범신 귀한 아들이군요. 부모님이 굉장히 깨인 분들인가봐요. 하나만 낳으신 걸 보면.

손홍규 어머니께서 몸이 좀 약하셔서……

박범신 안 좋으세요?

손홍규 예. 그래서 저를 거시기로…… (함께 웃음) 제왕절개로 낳아서 제 뒤로는 아이를 못 가지신 걸로 알고 있습니다.

박범신 거시기로 낳았다는 말이 재밌잖아요? (함께 웃음) 외롭게 컸겠는데요. 제가 방금 제 얘기를 잠깐 했지만 손홍규씨는 어떻게 해서 문학을 만났는가를 묻고 싶어요. 이른바 왜 문학을 하는가를 묻는 질문이라고 할 수도 있겠는데, 습작기 때 얘기를 해주셔도 좋으니까 얘기를 좀 하시지요.

손홍규 반갑습니다. 손홍규라고 합니다. (함께 박수) 제가 인사를 똑바로 못 해도 버릇이 없다고 생각하지 마시고 이해해주십시오. 목이 땅겨서 잘 안 수그러지거든요. 제가 이런 자리를 갖는다니까 한 선배가 멋진 말 하나 알려줄 테니까 가서 그 말을 해보라고 하더라고요. 그래서 어떤 말이냐고 물었더니 문학에 대해, 문학관에 대해 물으면 "나한테 문학을 왜 하느냐고 물으면 나는 할말이 없다. 하지만 묻지 않는다면 문학을 왜 하는지, 문학이 뭔지를 나는 누구보다도 더 잘 알고 있

다"고 말하라는 겁니다. 보르헤스의 말이랍니다. (웃음)

박범신 안 물은 걸로 해야겠어요. 괜히 물어봤네요. (함께 웃음)

손홍규 다들 그러시겠지만 왜 문학을 하게 됐느냐 하고 막상 물어보면 딱히 대답하기가 어려워요. 엄청나게 충격적인 사건을 겪었다거나 잠자고 있는데 신이 내려와서 글을 쓰라는 계시를 한 게 아니라면 말이죠. 뒤돌아보면 사실은 여러 가지 이유가 있기 때문에 딱 집어서 말하기는 어려울 거예요. 그래도 개인적으로 문학을 하게 된 계기를 제 나름대로 한번 걸터듬어볼게요. 저는 저와 비슷한 또래의 다른 작가들하고 함께 이야기를 나누거나 할 때 '아, 정말 내가 촌놈이구나' 라는 느낌을 갖습니다. 저보다 오 년에서 십 년쯤 선배 되시는 분들하고 얘기를 하면 진짜 잘 통해요. 삐비 뽑아먹던 일이며 어렸을 때 어쩌고저쩌고 하면서 얘기를 하면 말이 통해요. 그런데 저와 같은 또래의 다른 작가들하고 얘기를 하면 경험이 공통되지가 않는 부분이 약간 있더라고요. 만약에 제가 어느 도시의 변두리나 하다못해 소도시이긴 하지만 정읍 시내에서라도 태어나서 자랐다면 저와 동시대의 사람들하고 경험의 많은 부분을 공유할 수 있었을 텐데 저는 정말 깡촌에서 살았거든요. 버스도 안 다니던 곳인데 제가 중학교 이학년 때쯤부터 들어왔으니까요. 그전에는 사오 킬로미터를 걸어가서 버스를 타야 정읍 시내에 나갈 수 있었어요. 그런 깡촌에서 살았습니다. 심지어 제가 살던 동네에는 구멍가게 하나 없었어요. 동네가 작았거든요. 여러분들도 아시려나 모르겠네요. 혹시 머슴동네라고 아십니까? 부촌이 있고 빈촌이 있는데요, 저희 동네 같은 경우는 저 어렸을 때도 삼십 가구가 채 안 됐거든요. 그리고 다 머슴 출신들이었어요. 그래서 부자 집안이 없고 다들 사는 모양이 비슷비슷한 동네였습니다. 그런 동네에서 어린 시절을 보내다보니까 매일 보는 게 그 양반들 사는 모습이잖아요. 항상 방에 누우면 '나도 이대로 살다가는 삶이 참 고난스럽겠구나, 나는 여기서 벗어나서 뭔가 딴 일을 해봐야겠다' 라는 생각을 했어요. 그때 많이 쓰던 말이 '펜대 까딱' 이라는 말이었습니다. 펜대만 까딱하면서 산다고 펜대 까딱이라고 하지 않습니까? 저도 그렇게 살고 싶었습니다. 펜대만 까딱하면 되는 일을 하면서 말이죠. 만약에 그렇게 못 하면 제가 늘 보아왔던 동네 어른들처럼 사는 수밖에 없겠다 싶었어요. 새벽부터 밤늦게까지 힘들게 일하면서 살아도 별로 남는 게 없는 인생을 살 것 같아서 펜대만 까딱하면 되는 삶을 살고 싶었어요.

그런데 나중에 나이를 좀 먹고 그 말이 뭔가 알아봤더니, 펜대 까딱한다는 게 결재서류에 사인하는 걸 얘기하더라고요. 저는 글 쓰는 건 줄 알았거든요. 시인이 되거나 소설가가 되거나 하는 걸 펜대 까딱이라고 하는 줄 알았어요. 결재서류에 사인하는 걸 펜대 까딱이라고 하는 걸 저는 몰랐습니다. 은연중에 글 쓰고 사는 것이 가난하고 외로운 삶을 벗어나는 길이 아닐까라는 생각을 하고 꿈을 키워왔어요. 글 쓰고 산다는 게 사실은 더 쓸쓸하고 더 외롭고 힘든 일이라는 걸 지금은 좀 알겠는데 아무튼 그때는 그런 생각을 갖고 살았습니다. 특별하게 누구의 작품을 읽고 엄청난 감동을 받아서 나도 이런 글을 써야겠다 하는 건 별로 없었습니다. 생긴 것도 우락부락해서 그랬는지 모르겠는데 중학교 때나 고등학교 때에도 저는 문학소년이란 말을 못 들어봤어요. 중고등학교 때부터 시 잘 쓰고 소설 잘 쓰는 특출난 아이들이 있지 않습니까? 그러면 너는 커서 시인이 되려는가보다, 너는 소설가가 되려는가보다라는 얘기들을 하는데 저는 절대 그런 얘기를 못 들었어요. 너는 씨름 선수나 해라, 너는 역기나 들어라 하는 얘기를 많이 듣고 살았습니다. (함께 웃음) 중학교까지는 고향에서 다니다가 고등학교를 전주로 갔습니다. 집하고 떨어져서 하숙생활을 하면서 살았어요. 그 시절엔 펜팔들을 많이 했는데요, 저는 외로움을 달래고 스스로를 위무하는 수단으로서 책을 읽고 글을 썼습니다. 대학도 어디를 갈까 하다가 국문과를 가는 것이 낫겠다 싶었어요. 왜 그랬냐면 여러분들도 아시겠지만 맨 처음 나오는 과가 국문과거든요. 밑에는 보기가 힘들어요. 국문과가 맨 위에 나오니까 제일 좋은 과인가보다 생각하고 국문과에 갔습니다. 국문과에 가니까 온 사방천지에 글 쓰는 사람들이 널려 있더라고요. 그전에는 글 쓰는 게 무지무지하게 특별한 일인 줄 알았는데 대학에 가니까 만나는 사람마다 다 시를 쓰고 소설을 쓰더라고요. 그런 분위기에서 살다보니까 저도 용기를 얻어서 나도 글을 쓰면 되는가보다 생각하고 글을 쓰기 시작했습니다.

박범신 저하고 대동소이하네요. 오늘 텍스트는 『사람의 신화』 중에서도 「갈 수 없는 여름」이에요. 저는 손홍규씨 소설을 읽으면서 손홍규씨만이 가지고 있는, 다른 젊은 작가와 대비되는 점이 뭔가 하고 생각해봤어요. 손홍규씨가 살았던 고향이 머슴동네였다고 했는데, 소설만 읽어도 우리는 그걸 알 수가 있어요. 아주 극단적인 가난 같은 걸 느낄 수 있거든요. 그런데 제가 소설을 읽으면서 느끼는 것은 가난이 핵심이 아니라는 거예요. 주인공들이 분노하는 것은 가난 때문이라기보다는 우리 역사, 우리 시대, 우리 삶에 깃들어 있는 야만성 때문입니다. 사람을 사람으로 존중하거나 사람을 사람으로 만나려고 하지 않는 이 시대의 비인간적인 야만성에 대해 작가는 굉장히 많은 분노를 느끼고 있고 줄기차게 얘기하고 있다고 저는 읽었습니다. 그 야만성의 정체는 무엇인가 하는 것을 알 수 있는 단서들이 소설 곳곳에 깔려 있어요. 예를 들면 우리가 오늘 텍스트로 삼은 「갈 수 없는 여름」 같은 경우 맨 마지막에 "한꺼번에 수천 명을 죽이려 해도 살인의 의도가 은폐되는 시대인데"라는 말이 나오잖아요. 작가가 갖고 있는 세계관의 가장 핵심적인 일단을 보여주는 구절로 저는 읽었어요.

야만성을 말하고 있음에도 불구하고 어떻게 하면 사람과 사람이 서로 만나서 관계를 복원할 수 있겠는가 하는 절절한 그리움이 작가에게는 있었겠지요. 우리 시대의 야만성이나 가난에 대해서 이렇게 치열하게 접근하는 것을 보면서 우리는 반대로 이 작가는 그렇지 않은 시대에 대한 욕구나 열망이나 그리움이 더 클 것이라고 하는 추론을 할 수 있습니다. 이것이 손홍규씨 소설의 가장 귀한 면 중의 하나라고 생각해요.

손홍규씨 소설에도 매우 폭력적인 부분이 많아요. 젊은 작가들을 만나는 프로그램을 진행하면서 젊은 작가들이 갖고 있는 코드의 하나가 폭력성이라고 저는 봤거든요. 오늘날의 젊은 작가들이 경험이 없는 세대이기 때문에 폭력성을 하나의 충격요법으로 들고 들어오는게 아닐까라는 해석도 해봤는데, 손홍규씨 소설에서의 폭력성에는 기본적으로 역사성과 사회성이 뒷받침돼 있어 마음이 놓였어요. 지금까지 제가 읽은 다른 작가의 폭력성과 구분되는 점이에요. 손홍규씨의 소설 방법은 분명히 90년대 이후, 새로운 이십일 세기의 한국 젊은 작가들이 갖고 있는 방법을 일반적으로 구사하고 있긴해요. 하지만 손홍규씨의 정신과 사물을 보는 시선 속에는 분명히 80년대 민족 문학적 경향이랄까, 인자가 깃들여 있는 걸로 보여요. 손홍규씨 내부에 80년대 문학의 어떤 인자가 남아 있지 않을까라는 생각을 하면서 읽었습니다. 이것은 제 독법이기 때문에 꼭 그렇다는 건 아니에요. 제 말에 대해서 어떻게 생각하십니까?

손홍규 그런 것 같습니다.

박범신 제가 너무 감각적으로 비유했는지 몰라도 80년대 문학판에서 다루었던 문제들의 인자가 젊은 손홍규씨 소설의 행간에 많이 숨어 있다는 말을 했는데, 그 말에도 동의하나요? 어떠세요? 손홍규씨가 사는 시대는 어떤 시대예요?

손홍규 선생님 말씀에 저도 거의 동의를 하는데요, 동의를 한다고 해서 그것이 전부라고 할 수는 없지 않습니까? 이를테면 80년대 인자가 있다는 말 뒤에는 90년대 인자와 2000년대 인자도 있다는 뜻이 숨어 있다고 생각해요. 그렇게 받아들이기 때문에 선생님 말씀에 거의 전적으로 동의를 합니다. 제가 생각하기에도 저는 그런 사람인 것 같거든요. 물론 좀 다른 게 있기는 하죠. 지금 이 시대를 살아가고 동시대의 사람들과 교감을 나누고자 하는 글쓰기인데 80년대 얘기를 해버리면 사실 거시기하죠. 그렇지 않겠습니까? 저는 문학이라고 하는 것은 항상 변증법적인 과정이 지속된다고 생각해요. 그전 세대에서 보여줬던 것들을 모두 부정하고서 한 단계 높아질 수 있다고는 생각하지 않거든요. 분명히 전 세대에도 좋은 점이 있을 것이고 또 우리가 극복해야 될 점도 있을 거예요. 그런 측면에서 저는 나름대로 과거의 방법은 지양하되 과거의 정신에서 좋은 것들을 좀더 이어받아서 이 시대에 그런 것들을 어떻게 소설로 구현해낼 수 있을까 하는 것을 많이 고민하기는 합니다. 아마도 그런 측면에서 선생님께서 말씀하셨을 거라고 생각합니다.

박범신 사실은 저도 조금 전에 드렸던 것과 같은 질문을 하는 걸 아주 싫어해요. 대답하기도 애매하고 말이죠. 손홍규씨의 소설 속에 80년대식 세계관의 인자가 들어 있다는 말은 손홍규씨의 소설이 80년대식이라는 뜻은 아니에요. 손홍규씨 소설은 어떤 작가의 소설보다도 2000년대식이에요. 손홍규씨에게는 전체와 시대와 역사를 보려고 하는 노력이 있다는 말을 하고 싶었어요. 소설 속에 굉장히 많은 판타지적 요소와 원인이 뚜렷하게 규명되지 않은 폭력성이 있지만 밑바탕에 역사성과 사회성을 거느리고 있는 듯이 보인다고 하는 제 견해였습니다. 「갈 수 없는 여름」은 독특한 소설이에요. 정말 있을 수 있는 일인지 모르겠지만요. 소설 전체가 판타지인지…… 그런데 가만히 생각해보니까 우리 어머니도 한번쯤은 나를 죽이려고 했던 것 같고 (함께 웃음) 아버지도 내가 아주 어렸을 때 나한테 살해의 충동을 느꼈을 것도 같고, 더 아프게, 솔직히 말하면 나도 애들을 키우면서 어쩌면 한번쯤 죽이고 싶었던 것은 아닐까라는 생각을 하게 됐어요. 손홍규씨가 준 쇼크예요. 난 참 착한 사람인데 손홍규씨 소설을 읽다보니까 한두 번쯤은 나도 아이들을 죽이고 싶었는지도 모른다는 생각이 들었어요. 솔직히 말해서 아비 노릇하는 게 어디 만만해요? 자식이라고 하는 게 다 보료 위에 뉘었을 때만 착하지 아장아장 걸으면서부터는 말도 안 듣고 크면서부터 다 괴물이 돼버리잖아요. 그 괴물들을 잘 건사해서 키우고 존재해가도록 해야 된다는 게 참 막막한 일이죠. 모든 부모들은 부모 자신의 존재를 책임지는 것만으로도 너무 힘들어서 죽겠는데 자식들은 말도 안 듣잖아요. 이른바 손홍규씨가 준 정서적 충격인데 나한테 이런 충격을 준 것만으로도 「갈 수 없는 여름」은 소설의 힘을 크게 발휘했다고 봐요. 소설이 뭐 별것이겠어요? 세계를 다 꿰뚫어보는 것도 아니고 삶을 다 가르치는 것도 아닌데 말예요. 저는 손홍규씨를 어딘가에 잠재해 있는 우리들의 폭력성을 환기시키고 건드리고 있는 작가라고 생각을 했습니다. 「갈 수 없는 여름」은 어떻게 쓰게 됐나요?

손홍규 이 소설의 배경을 아시는 분도 계시고 잘 모르시는 분도 계실 텐데요, 이 소설의 배경은 연대 사태입니다. 1996년에 대학생들이 연세대에서 구박 십일 동안 농성을 한 사건이 있었습니다. 사실은 그걸 소재로 장편을 쓰고 싶었어요. 당시에 그 사건을 소재로 글을 쓰신 분이 한 세 분쯤 됩니다. 박범신 선생님도 그중의 한 분이죠. 그리고 돌아가신 김소진 선생도 연대 사태를 다룬 적이 있어요. 아무튼 그 사건을 다룬 분들은 있는데요, 선배 작가들이잖아요. 그때는 제가 작가도 아니었지만 동시대 사람으로서 동시대의 눈으로 그걸 쓰고 싶었어요. 본격적인 장편으로 다뤄보고 싶어서 취재를 다녔습니다. 취재를 다니는데, 참 사람 일이라는게 되게 미묘한 건데요, 입을 잘 안 열더라고요. 많은 분들이 시대를 다루는 소설을 쓰려면 최소한 십 년은 지나야 된다라고 말씀들을 하시거든요. 십 년이라는 기간은 그 사건을 좀더 객관적으로 볼 수 있게 하는 최소한의 거리를 담보하는 시간이자, 그 사건에 새로운 세계관 혹은 시각을 부여해주는 데 필요한 최소한의 시간이라고 생각을 해요. 내년이 십 주기니까 아직 십 년이 안 됐어요. 그래서 그런지 당시 그 일을 겪었던 사람들을 만나면 입을 잘 못 열어요. 왜 그러느냐고 물으면 너무 상처가 됐기 때문에 말을 못 하겠다고 하더라고요. 처음에 취재를 다닐 때는 잘 이해가 안 됐어요. 정말 그럴까 했는데…… 그런 이유 때문에 말을 못 하는 분들을 여러 명 만나고 난 뒤에 포기했습니다. 소설로 한 시대를 그려내는 것도 의미 있는 작업이지만 사람들 가슴을 후벼파면서까지 쓰는 게 무슨 의미가 있을까 싶었어요. 좀더 기다렸다가 사람들이 가슴을 열 수 있을 때 쓰자고 생각하고 장편을 접는 대신에 단편으로, 그리고 직접 다루지 않고 에둘러서 썼어요. 한 번쯤은 단편으로라도 다뤄보고 싶어서 썼던 소설입니다.

박범신 연대 사태를 저도 기억합니다. 제가 그 얘기를 『바이칼 그 높고 깊은』이라는 소설로 썼습니다. 생각해보니까 제가 쓴 『바이칼 그 높고 깊은』은 연대 사태를 70년대 출신 작가답게 썼어요. 제가 73년도에 데뷔를 했으니까요. 정말 세대차이 난다는 생각이 드네요. 똑같은 소재, 똑같은 모티프에서 소설이 시작됐는데 말예요. 글쎄, 이런 말이 적절한지는 모르겠지만 좌우간 제가 쓴 소설은 매우 클래식한, 정통적인 방법으로, 꼬지 않고, 넘치는 진정성으로 포장돼 있어요. 『바이칼 그 높고 깊은』을 쓴 지가 십 년밖에 안 되는데, 그 소설을 손홍규씨 소설과 견주어서 뒤돌아보면 역시 70년대 작가처럼 그려냈구나 하는 것을 느끼게 됩니다. 「갈 수 없는 여름」은 연대 사태를 모티프로 했지만 연대 사태가 정면으로 나오지는 않아요. 다만 한 처녀가 성희롱과 고문을 당해서 정신적으로 이상해졌다는 얘기를 밑바탕에 깔고 있지요. 이야기 자체는 살인충동을 말하고 있어서 어떻게 읽으면 우화 같기도 해요. 또 어떻게 보면 아까도 말씀드렸지만 우리들 무의식 속에 깃들어 있는, 감춰진 본능을 자꾸 들춰내서 열받게 하는 소설이기도 하고요. 소설 방식은 굉장히 새로운 방식이라고 봐요. 그런데 주인공이 유난하게 살인 위협에 시달리잖아요. 어머니와 아버지는 물론이고 친구들도 주인공만 보면 죽이려고 해요. 물론 폭넓게 얘기하면 그 시대가 가지고 있는 폭력성이라고 할 수도 있겠지요.

형체 없는 폭력이라고 해서, 저도 옛날에 『흉기』라는 소설을 연작으로 썼어요. 깡패들이 휘두르는 주먹은 너무나 순진한 폭력이고 손홍규씨 말대로 그야말로 펜 까딱하면서 휘두르는 폭력, 그 폭력성이 정말 무섭죠. 사실 형체 없는 폭력은 80년대의 주제로 더 매력이 있었지요.

좌우간 「갈 수 없는 여름」에는 주인공을 밑도끝도없이 죽이려고 드는 사람들이 나와요. 아까 말한 대로 폭넓게 보면 손홍규씨가 이 시대의 폭력성을 그렸다고 해석할 수도 있지만 리얼리즘적 소설 방식에 익숙한 우리들로서는 좀 당황스러울 때가 있어요. 왜 소설 속의 인물들은 주인공만 보면 무조건 죽이겠다고 덤비는가 하고 말이에요. 우리가 그 정서를 모르는 건 아니지만 이 소설 방식은 굉장히 당황스러워요. 심지어 눈알을 도려냈더니 또르르 내려왔는데 다시 끼웠다든가 하는 판타지적인 방법이 재미있으면서도 적응하기가 쉽지 않아요. 이십일 세기적 문학 방식이라고 할까요? 그런 걸 느끼게 됩니다. 손홍규씨의 소설 전반에, 대체로 모든 소설에 그런 대목이 다 있거든요. 「사람의 신화」에도 있고 「거미」 같은 작품에도 판타지적인 요소가 있어요. 요즘 젊은 작가들의 경향이기는 합니다만. 어쨌든 이게 만약 연대 사태라고 하는 시대적 폭력이라면 굳이 화자인 개인만을 꼭 그렇게 죽이려고 드는가, 화자인 개인이 뭐 특별한 게 있는가 하는 것이 저로서는 소설적으로 해석이 잘 안 되는 점이었어요. 어떻게 생각하세요?

손홍규 나중에 화자가 여자친구를 죽이고 싶어하는 마음이 생기잖아요. 살해의 위협을 당하던 사람이 순식간에 누군가를 죽이고자 하지 않습니까? 그걸 통해서 인간이 원초적으로 지니고 있는 폭력성을 얘기하고 싶었어요. 화자뿐만 아니라 이 시대를 살아가는 사람들이 그런 폭력성을 공유하고 있다는 걸 말하기 위해서 화자한테 살의를 불러일으키는 상황을 보여줬던 겁니다.

박범신 문학이라는 게 미묘한 것이기 때문에, 작품을 쓴 작가가 가장 잘 설명할수 있는 건 아니에요. 작가보고 자신의 작품을 설명하라고 했다가 실망할 때도 많아요. 내가 읽은 건 그게 아닌데 겨우 그거였냐 하고요. (함께 웃음) 저도 똑같아요. 저도 이런 자리에 끌려나와서 제 작품을 설명하라고 하거나 무슨 뜻으로 썼느냐고 질문하면 참 말하기 난처해요. 또 기껏 말을 해도 머리 좋은 독자들이 생각한걸 못 따라가요. 지금 꼭 그렇다는 건 아니지만요. (함께 웃음) 손홍규씨는 연대 사태가 났을 때 어디에 있었습니까? 시골에 있었나요, 그 안에 들어가 있었나요?

손홍규 중간에 나왔습니다.

박범신 들어갔다가?

손홍규 예.

박범신 왜 나왔어요?

손홍규 저는 그렇게 오래갈지 모르고 뒤풀이 준비하려고 나왔는데 오래가더라고요.

박범신 소설을 끝까지 읽고 저는 자기 학살의 욕구를 느꼈어요. 사람들이 화자를 죽이려고 하는 게 아니라 화자가 자기 자신을 죽이고 싶어한다는 거예요. 친구들과 아버지가 화자를 죽이려고 하는 것도 어쩌면 다 판타지일지도 모르죠. 약간정신이 간 사람들은 피해망상 같은 게 있잖아요. 화자에게는 자기 모멸, 자기 학대, 자기 살해의 욕구 같은 것이 있는 걸로 느꼈습니다. 또 한편으로는 바탕에 연대 사태를 깔고 있으니까 혹시 시대의 전면에 서지 않았던 것에 대한 단죄는 아닐까라는 생각을 해봤어요. 말하자면 제가 그렇게 생각했다는 거예요. 여러분은 여러분대로 생각하시면 됩니다. 제가 이 소설에서 가장 뛰어나다고 느꼈던 장면은화자가 희주의 레이스 달린 속옷의 때 탄 자국을 보고 화가 나서 밖으로 뛰쳐나가는 장면이었거든요. 도스토옙스키의 어떤 작품을 보면, 이른바 선보는 자리 비슷하게 남자와 여자가 둘이서 만나고 있는데, 남자가 너무 가난해서 여자한테 가난을 들킬까봐 노심초사해요. 저 여자는 가난한 나를 사랑하지 않게 될 거야 하고요.

그래서 어떻게든지 가난을 안 들키려고 점잖게 마주 앉아 있는데 하필이면 낡은 바바리코트에서 단추가 떨어지는 거예요. 오래됐으니까 실이 닳았겠죠. 게다가 단추가 그냥 떨어지고 말았으면 그래도 나은데 바닥으로 떨어져서 떼구르르 굴러 여자 발밑으로 가서 배를 홀랑 뒤집고 눕는 거예요. 오래 전에 읽어서 어떤 소설인지, 소설이 아닌 다른 형식의 글이었는지도 기억이 잘 안 나는데 좌우간 그 장면이 아직도 잊혀지지 않아요. 레이스 달린 여자의 속옷 얘기를 읽으면서 도스토옙스키의 그 대목을 생각했습니다. 손홍규씨 소설 전체에서 가장 인간적인 냄새가 나는 대목으로 저는 읽었어요. 감상을 줄이고 명백하고 확실하게 잘 그려줘서 손홍규씨의 소설적 재능을 충분히 볼 수 있었던 대목이었고요, 연애를 좀 해보셨어요?

손홍규　예. (함께 웃음)

박범신　여자의 때 묻은 레이스를 어떻게 생각했어요? 요즘은 그런 속옷 없을 텐데……

손홍규　사춘기 때 누구를 짝사랑하거나 하면 구멍난 양말, 해지거나 기운 자국이 있는 옷이 저도 참 부끄러웠거든요. 사춘기 때는 부끄러움을 넘어서 수치심까지 느꼈습니다. 아마도 그런 것에서……

박범신　사람들이 주인공을 자꾸 죽이려고 하는 것을 저는 오히려 자기 학살, 자기 살해의 욕망이 아니냐 하고 읽었다고 했는데, 그 말에 대해서는 할말이 없습니까?

손홍규　항상 하는 생각인데요, 흔히 양면성이 있다고 말들을 하지요. 어떤 사물이나 사건에도 여러 가지 요소가 있지 않습니까? 선생님 말씀을 들으니까 그런 것도 있는 것 같다는 생각이 듭니다. (함께 웃음)

박범신　"정신이 나갈 때면 그 사람을 죽이고 싶어하다가 정신이 들 때면 누구보다 그 사람이 보고 싶다고 했어요"라는 구절이 나오거든요. 저는 어렸을 때 유일하게 어머니한테 포악하게 굴었어요. 밖에 나가서는 사람들한테 잘했어요. 어머니한테만 포악하게 굴었지요. 나이 들면서 어머니한테 했던 것을 뒤돌아보면 항상 내 자신이 끔찍해지고 패고 싶고 죽이고 싶어요. 잘못한 때가 그렇게 많았어요. 내가 어머니를 사랑하지 않았던가 하면 세상 누구보다 어머니를 사랑했어요. 이 소설 안의 폭력을 보면서 저한테 그런 느낌이 있었기 때문에 말씀드린 거예요. 이제 여러분들께 질문을 하시도록 기회를 드리겠습니다. 질문도 좋고 손홍규씨의 소설을 읽은 독후감도 좋아요. 가차없이, 가감 없이 말씀들을 하시지요.

독자1 박범신 선생님께서는 때 묻은 레이스 달린 속옷에서 제가 생각하지 못한 인간적인 면을 보셨는데 저는 주인공에게 살해의지를 드러내지 않는 유일한 인물이 희주라고 봤어요. 희주는 주인공을 제일 따뜻하게 받아준 사람이에요. 주인공에게 폭력을 가하지 않는 유일한 인물이었는데 때 묻은 속옷 때문에 관계를 깨뜨리는 것이 저는 이해가 안 갔어요. 때 묻은 레이스 달린 속옷이 어떤 상징적인 의미를 갖고 있나를 많이 고민했는데 알 수가 없었거든요. 작가님이 생각하시는 레이스의 때는 무엇이며 그로 인해서 관계가 깨어지는 설정을 어떻게 하게 됐는지 듣고 싶습니다.

손홍규 제가 유별나게 독특하다고는 생각하지 않아요. 인간관계에 있어 하나의 솔직한 면을 그냥 그려냈다고 생각합니다. 예를 들면 예전에 그런 영화가 있지 않았습니까? 상대의 단점도 다 이해하고 서로 아껴주고 사랑하다가 결혼한 후에는 변기에다 오줌을 흘렸다고 화내고 칫솔을 칫솔통에 안 꽂아놨다고 화를 내거든요. 사람이라는 게 그렇지 않습니까? 내가 어떤 사람을 정말로 사랑해도 가끔은 나와 다른 습관 혹은 나와 맞지 않는 부분 때문에 화가 날 수도 있거든요. 사람들이 보편적으로 지니고 있는 면이 아닐까 생각합니다. 화가 나는 것을 화가 안 난다고 하는 것보다 화가 난다고 그려주는 게 좋다고 생각해요. 좀더 덧붙이자면 『서유기』라는 소설에서 제가 가장 좋아하는 인물이 저팔계거든요. 언젠가 『서유기』와 관련해서 글을 쓴 적도 있는데요, 『서유기』에는 손오공, 사오정, 삼장법사 등 많은 인물들이 나와요. 삼장법사, 손오공, 사오정, 백마는 되게 도덕적이에요. 그런데 저팔계는 그렇지 않아요. 저팔계가 얼마나 웃기냐 하면 힘들 때는 손오공더러 형님, 형님 하다가 수틀리면 원숭이 새끼라고 합니다. (함께 웃음) 그리고 여자나 먹을 것 때문에 틈만 나면 사형과 스승을 배반하죠. 하지만 끝까지 가요. 부처가 삼장법사를 호위한 공로를 인정하여 부처로 만들어주겠다고 하니까 싫다고 합니다. 왜 싫으냐고 했더니 부처가 되면 음식도 마음대로 못 먹고 여자하고도 못 놀기 때문이라고 말합니다. 저는 저팔계라는 인물에서 사람의 한 단면을 보았는데요, 우리가 겉으로 되게 도덕적인 척 혹은 겉으로 뭔가 되게 있는 척하면 사람이 절대 변화할 가망성이 없다고 봐요. 오히려 저팔계처럼 자기가 지니고 있는 날것의 욕망을 드러낼 줄 알아야 그 욕망을 갈무리하는 방법도 알게 된다고 생각을 하거든요. 욕망을 표출하지 못하면 마치 고여 있는 물처럼 썩어서 더러운 냄새를 풍긴다고 생각합니다. 그런 것들을 보여주는 지표는 정말 많아요. 아까 제가 말씀드렸듯이 아무리 사랑하는 사이라도 변기에 흘린 오줌 한 방울 때문에 싸우기도 하죠. 이혼의 이유가 되기도 하고요. 이 소설에 등장하는 화자도 그렇게 이해를 하시면 좋겠습니다. 때 탄 시커먼 속옷 레이스가 어떻게 보면 단순한 것이기도 하지만 그런 단순한 것 때문에 사람이 사람을 증오할 수도 있는 거 아니겠습니까? 그런 수많은 면 중의 하나를 그냥 그려냈다고 생각을 하시면 될 것 같습니다.

박범신 레이스 달린 속옷의 때는 화자가 누대에 걸쳐서 짊어지고 왔기 때문에 이제는 증오로밖에 볼 수 없는 가난이라고 생각해요. 그러니까 자기를 보는 거죠. 더러운 속옷에서 화자는 자신의 아버지와 어머니를 보는 거예요. 아버지와 어머니가 가난 때문에 죽었잖아요? 누대에 걸쳐서 이어져내려왔기 때문에 이제는 증오로밖에, 맞장을 뜰 수밖에 없는 가난을 의미한다고 봐요. 희주는 정말 순수하고 좋은 처녀인데 그렇게 좋은 처녀에게도 가난의 사슬이라고 하는 것이 드리워져 있거든요. 레이스 달린 속옷을 통해 그 가난을 너무나 명징하게 보여주고 있어요. 희주를 죽여버리고 싶다는 것은 가난을 죽여버리고 싶은 것이고, 그 가난을 어떻게 할 수 없는 자기 자신을 죽여버리고 싶은 것이며, 가난에 굴복해서 죽을 수밖에 없었던 아버지와 어머니를 죽여버리고 싶은 게 아닌가라는 생각이 듭니다. 작가보다 제가 설명을 더 잘하는 것 같네요. (함께 웃음) 작가는 설명을 못 하거든요. 제 말에도 일리가 있죠?

손홍규 예.

박범신　일리가 있다는데요. 이럴 때는 작가가 화를 내야 하는데……

독자2　저는 손홍규씨 소설을 읽은 독후감을 말하고 싶은데요, 이 소설이 주고자 하는 메시지는 무엇인가라는 물음에 대한 답으로 두 가지를 생각해봤어요. 아까 박범신 선생님도 말씀하셨지만 소설 중간에 눈알을 후벼판 다음에 다시 끼워넣는데, 계속해서 그런 대목이 있어요. 판타지적인 대목이라고 보는데 주인공이 자신의 주변에서 나타나는 현상을 스스로에게 이입시킨다고 생각했어요. 예를 들면 파리의 눈알이 도려내진 걸 자신의 눈알이 도려내진 걸로 느끼는 게 아닌가 싶었습니다. 피해의식이 있는 것 같기도 하고요. 주인공이 피학적인 쾌락을 느낀다고 생각했거든요. 그리고 마지막에 희주의 담당 간병인이 희주가 제정신일 때는 주인공을 보고 싶어하고 정신이 나갈 때는 증오한다고 했다면서 주인공을 보니까 좀 이해가 된다는 얘기를 하는데, 애증이라는 말이 있잖아요. 사랑과 증오는 결국 하나라는 얘기를 한다고 생각했어요. 아까 말씀하신 내용은 저랑 많이 다른데 저는 작가가 하나의 소설에 하나의 생각을 담으려고 하지만 결국은 여러 가지 생각이 담긴다고 봐요. 사람이라는 게 단순하지 않고 되게 복잡하잖아요. 따라서 작품에는 하나의 생각만 들어가는 게 아니라 작가가 평소에 갖고 있는 다른 생각들도 많이 들어간다고 생각하거든요. 그래서 다양한 생각을 하게 되는 거라고 봅니다.

손홍규　아까 박범신 선생님께서도 잠깐 말씀을 하셨는데요, 「갈 수 없는 여름」뿐만 아니라 다른 소설들에도 그런 요소들이 많이 있어요. 제 창작관의 발로일 텐데요, 말하자면 지금 우리가 살고 있는 시대는 엄청나게 복잡하고 다단하기 때문에 뭐라고 하나로 규정내리기가 어렵지 않습니까? 하지만 옛날 작가들은, 선배 작가들은 그래도 그 안에서 뭔가 명징한 것들을 찾아내려고 노력을 하셨어요. 그리고 그게 일정 정도 가능했던 이유가 뭐냐 하면 앞선 시대는 해석이 가능한 시대였거든요. 자신들이 살고 있는 세상을 해석하기가 그렇게 어렵지 않았어요. 그런데 90년대 이후로는 해석이 불가능할 정도로 복잡해졌죠. 한 가지 혹은 두세 가지로 규정내리기 힘든 세상이 됐거든요. 저는 해석이 불가능한 세상을 그대로 보여주는 것 또한 하나의 리얼리즘이 아닌가라는 생각을 했습니다. 리얼리즘이란 용어를 사용하면 의미가 한정돼버릴까봐 사용하고 싶지 않은데, 설명을 하려면 그래도 그게 제일 편할 것 같아요. 예전에 선배 작가들이 소설을 쓸 때는 어느 쪽 경향이든지 간에 리얼리즘은 하나의 기본적인 방편이었어요. 하지만 제 또래 작가나 저보다 어린 작가들에게 리얼리즘이란 것은 보편적이고 필수적인 수단이 아니라 오히려 고려하지 않아도 되는 것으로 바뀌었거든요. 저는 불가해한 세상을 자꾸 해석해내려고 하고 자꾸 의미를 부여하려고 하는 것은 오히려 반리얼리즘적이라고 생각을 했습니다. 그래서 해석이 불가능한 세상을 그대로 보여주는 것이 말하자면 리얼리즘이 아닐까라는 생각을 했어요. 그런 점에서 아까 말씀하신 사랑과 증오는 하나라고 하는 개념하고 맞물리게 되는 겁니다. 사실은 환상과 현실도 저한테는 구분하기 어려운 것이 돼버렸거든요. 요즘 세상은 현실적이다 혹은 환상적이다를 나눌 수 없지 않습니까? 불가해하다는 말 속에는 환상과 현실이 공존한다는 뜻이 숨어 있거든요. 그러다보니까 제 스스로 의도했든 의도하지 않았든 간에 환상적인 요소들이 많이 들어오게 되죠. 그걸 통해서 저는 나름대로 제가 살고 있는 시대를 보여주려고 해요. 그런 노력이라고 말씀을 드리고 싶습니다.

박범신 대답이 점점 좋아지고 있어요. (함께 웃음) 저는 이 소설에서 'ㄱ시'가 의미하는 것이 뭔가를 묻고 싶었어요. '기억시, 기억시, 기억의 도시'라고 돼 있는데, 기억의 도시라고 하는 것이 무엇일까 궁금해요. '물론 기억의 도시도 언젠가는 타락하고 말 테지만'이라는 구절을 보면 세상은 다 타락했는데 기억의 도시만은 타락하지 않은 도시라는 뜻인 것 같아요. 그리고 '서울에서 힘 있던 모든 것들이 기억의 도시에서는 무기력했다'는 구절을 보면 무기력한 도시라는 뜻인가 싶기도 하고 순수한 도시라는 뜻인가 싶기도 해요. 기억이 어떤 기억인지 궁금합니다. 하여튼 이 소설에서 기억의 도시에 대한 것을 매우 중요한 모티프의 하나인 것처럼 작가가 다뤘다고 봐요. 그래서 그게 무얼까 질문하고 싶어요. 좋은 질문이라고 칭찬 한번 하고…… (함께 웃음)

손홍규 정말 좋은 질문입니다.(함께 웃음) 저는 사실 어떤 말을 할 때 개념을 부여해서 말을 잘 못합니다. 그냥 편하게 서넛이 어울려서 술 마시며 얘기하면 하고

싶은 말 다 하는데…… 사람이 조금 많아지면 말을 못하는 걸 보면 제가 가식적인
가봐요. 아무튼 'ㄱ시'가 소설에서는 고향하고 연결이 돼요. '고향에 내려온 뒤 깨
달은 건 ㄱ시와 고향이 무척 닮았다는 것이다'라는 구절이 나오거든요. 제가 소설
을 쓰는 이유 중에서 개인적인 이유인데 저는 소설이 하나의 기억이며 기록이라고
생각을 합니다. 저뿐만 아니라 모든 사람들이 날마다 기억하고 기록하며 살지 않
습니까? 과거라고 하면 엄청나게 먼 것 같지만 일 초 전으로도 우리는 돌아갈 수가
없거든요. 십 년 전, 백 년 전만 아득하고 돌아갈 수 없는 게 아니에요. 우리가 일
초 전으로 돌아갈 수 있느냐 하면 그렇지 않거든요. 시간이 주는 어떤 거대한 힘과
압력이 있지 않습니까? 결국 인간이 유한하기 때문에 시간의 거대함을 느낄 수밖
에 없거든요. 인간이 신보다 위대한 이유는 죽기 때문이듯이 인간이 시간보다 위대
한 이유는 시간을 기록할 수 있기 때문입니다. 기억하고 기록할 수 있기 때문이죠.
항상 그런 생각을 저는 하고 있는데요, 이 소설에서 '기억의 도시'라는 것은 어떤
의미가 있느냐 하고 물으면 사실 저도 잘 모르겠습니다. 화자와 희주에게 있어 기
억이라는 것이 어떤 것인가를 말하고 싶었고 에둘러서 그 느낌을 주고 싶었던 것이
지 ㄴ시, ㄷ시는 안 되느냐고 물으면 할말이 없습니다. 딱 꼬집어서 '기억의 도시'
는 이러이러한 의미가 있습니다라고 말씀드리기에는 제가 말주변도 없고요.

박범신 '기역시, 기억시, 기억의 도시'라고 바꾸어서 '기억의 도시'라고 하니까
기억이라는 말에 작가가 많은 것을 숨겨놓았나보다 하고 물어봤는데, 별 기억도
없는 모양이네요. (함께 웃음) 예, 좋아요. 농담이었습니다.

독자3 『임금님 귀는 당나귀 귀』라는 동화를 보면 임금님의 모자를 만드는 장인
이 임금님의 귀가 당나귀의 귀처럼 길다는 사실을 꾹꾹 참고 있다가 마침내 아무
도 없는 대나무숲으로 들어가 "임금님 귀는 당나귀 귀!"라고 큰소리로 외치고 나
서 편해졌는데 이 소설의 화자는 자꾸 누군가 자기를 죽이려고 하지만 그 사람한
테 가서 왜 나를 죽이려고 하느냐고 물어보지 않아요. 화자가 폭력을 느끼는 것은
소통의 단절 때문인데, 어떻게 하면 소통할 수 있을까 하는 의문이 들었어요. 그리
고 화자는 희주라는 여인을 관찰하고 이를 통해서 다른 사람들이 자신을 죽이려

했던 이유를 짐작합니다. 화자 자신의 체험을 통해서 다른 사람의 입장을 이해하려고 하는데 어느 정도 맞는 것 같기도 하지만 제가 보기에는 다른 사람이 화자를 죽이려고 하는 이유랑 꼭 일치하지는 않는 것 같아요. 그래서 왜 남들하고 소통하려고 하는 주체적인 모습이 안 보이는가 하는 게 의문스러웠습니다.

손홍규 남들하고 소통하려는 주체적인 모습이 안 보인다고 말씀하신 거죠? 저는 이런 생각을 해봤어요. 군대 다녀오셨습니까?

독자3 예.

손홍규 그러면 잘 아실 텐데요, 군대에 가면 이상한 장난들을 하지 않습니까? 고참이 신병한테 바지를 내리라고 하고 성적 수치심을 유발하는 행위들을 하는데요, 그런 행위가 왜 안 끊어지냐 하면 그 행위를 하는 사람도 당하는 사람도 잘 모르기 때문이에요. 그런 행위를 하는 사람은 자기가 하는 행동이 당하는 사람한테 큰 수치심을 줄 수도 있다는 걸 생각 못 하는 거죠. 남자들끼리의 장난으로 한다는 것을 쟤도 알고 있겠지라는 생각에서 하는 겁니다. 마찬가지로 당하는 사람은 한 번도 그런 걸 안 당해봤기 때문에 자기가 그 충격을 감내할 수 있는지 충격을 감당하지 못하는지를 잘 몰라요. 그러다보면 서로 어긋날 때는 사고가 나는 거죠. 당하는 사람이 엄청난 수치심을 느끼게 되면서 사고가 나기도 해요. 사람이라는 게 정말 다양하지 않습니까? 어떤 사람은 자그마한 것에도 되게 민감한 반응을 보이고 어떤 사람은 무던해서 별로 민감하게 반응하지 않는 경우도 있을 거예요. 이 소설을 보면 아시겠지만 저는 질문하신 분이 말씀하신 것과 같은 인물을 그려내고 싶었어요. 왜 화자는 다른 이들과 주체적으로 소통하지 못하느냐라고 물어보시면 저는 할말이 없어요. 그런 인물을 그려내고 싶었으니까요. 그리고 실제 삶에서 우리 주변에 그런 인물들이 많지 않습니까? 모든 사람들이 다 주체적이고 능동적이라면 세상이 달라질 수도 있겠지요. 그게 꼭 좋은 세상인지는 모르겠지만요. 어쨌든지간에 수많은 인물들 중에 제가 이 소설에서 선택한 인물은 그런 인물이었다고 이해를 하시면 될 것 같아요.

박범신 사람들이 자꾸 화자를 죽이려고 하는데 "왜 나를 죽이려고 하느냐?"고

묻지도 않는다는 얘기예요. 바보냐는 거죠. 자신을 죽이려고 하는 사람들한테 "너희들은 왜 나만 죽이려고 하느냐?"고 묻는 법도 없다는 말씀을 아까 하셨잖아요?

손홍규 왜 그것조차도 안 묻느냐 하는 말씀이시죠?

박범신 나중에 어머니한테는 묻더구만. (함께 웃음)

손홍규 좀더 단순한 얘기가 돼버릴 수도 있는데, 이를테면 모르는 사람이 제 뺨을 한 대 때리면 "당신, 뭐냐? 왜 내 뺨을 때려?"라고 물어보겠죠. 우리는 지금 눈에 보이지 않는 폭력에 항상 당하고 있어요. 이 시대라는 폭력, 혹은 우리가 용납한 보이지 않는 조직화된 폭력에 항상 뺨을 맞고 있습니다. 그런데 우리는 그 폭력에 대해 "너, 왜 나를 때려?"라고 묻지 않거든요. 하지만 누군가 실제적으로 앞에 나타나서 뺨을 한 대 때리면 당연히 묻죠. 제가 비유하고 싶었던 것, 은유하고 싶었던 것은 실제적인 폭력이 아닙니다. 이 소설에서는 어머니, 아버지, 친구들에 의한 실제적인 폭력의 형태로 나타나지만 제가 말씀드리고 싶었던 것은 그런 게 아니에요. 실제로는 수많은 폭력에 시달리며 살아가면서도 그 폭력의 실체를 인지하지 못하거나 혹은 그 폭력에 무기력할 수밖에 없는 여러 모습들을 보여주고 싶었습니다.

박범신 이 소설에서의 폭력은 매우 일방적이에요. 소설에서는 어머니, 아버지, 동창들에 의한 폭력으로 나타나고 있지만 본질적인 폭력의 백그라운드는 그들이 아니기 때문에, 물을 데도 없고, 물어도 누가 나서서 대답해줄 리도 없고, 어쩌면 폭력을 저지르는 자 또한 자신이 왜 폭력을 휘두르는지, 왜 죽이려 하는지 모를 수도 있다는 뜻이지요?

손홍규 예.

박범신 부연설명이었습니다. (웃음)

독자4 저도 이 소설을 소통 불능자 혹은 문제적 인간의 정신상태라기보다는 우리가 현대를 살아가면서 항상 막연하게 느끼는 공포나 불안감을 표현하려고 하는 것으로 읽었어요. 현상학적으로 현실의 사건들을 엮어나가기는 하지만 거의 모든 사람이 느끼는 막연한 공포감 같은 것을 표현하려고 하는 코드로 읽었거든요. 그리고 소설을 읽으면서 저도 굉장한 공포를 느꼈는데 저는 박범신 선생님하고 조금 다르게 해석을 해요. 박범신 선생님께서는 자기 살해 욕구의 변형이 아닌가라는 얘기를 하셨는데 저는 살해당할 것 같은 두려움이 아니라 내가 남을 살해하고 싶은 욕구의 변형이 아닐까라는 해석을 했거든요. 부연하자면 살면서 부모도 죽이고 싶을 정도로 정말 미워질 때가 있어요. 그리고 주는 것 없이 미운 타인도 있거든요. 괜히 죽이고 싶을 정도로 미운 사람도 있고 이유가 있어서 죽이고 싶은 사람도 있고 말이죠. 저 자신에게도 때로는 누군가를 죽이고 싶은 살해욕구가 있어요. 저는 이 소설을 읽으면서 그렇다면 나라는 존재 자체도 죽이고 싶은 욕구를 누군가에게 유발시킬 수도 있겠다고 느꼈어요. 그래서 저는 자기 살해나 살해당할 것 같은 공포가 아니라 내가 남을 살해할 수도 있고 수시로 누군가를 무작위로 죽이고 싶은 충동을 느낄 수도 있다는 코드로 읽었습니다. 내 안에 있던 어떤 분노가 그렇게 표현될 수도 있겠구나라는 생각에서 막연한 공포감과 불안감으로 읽었어요.

그리고 때 묻은 속옷의 의미를 박범신 선생님께서는 가난으로 해석을 하셨는데, 저는 글쎄요, 모르겠습니다. 제가 여자라서 그런지 때 묻은 속옷을 가난의 상징으로 읽는 것은 과잉 해석이 아닐까 하는 생각이 들어요. 가난하다고 해서 여자가 속옷을 빨아 입을 수 없는 건 아니거든요. 하지만 진심으로 서로 사랑한다고 해도 살다보면 정말 별것 아닌, 아주 사소한 걸로 인해서 서로 틀어질 수도 있어요. 우스갯소리로 이빨 새에 낀 고춧가루를 보고도 정나미가 떨어질 수가 있거든요. 저는 때 묻은 속옷에서 대단한 상징성을 읽기보다는 정말 사소한 일에서 분노가 치솟을 수도 있고 관계가 틀어질 수도 있다는 걸 읽었어요. 현실에서 얼마든지 일어날 수 있는 일이거든요. 끝으로 한 가지 말씀드리고 싶은 것은, 오늘 오신 작가님도 마찬가지이지만 박범신 선생님께서 초청하신 요즘 젊은 작가님들의 글을 읽으면서 세대차이를 느껴요. 여태까지의 소설의 문법과 코드라는 게 있잖아요. 박범신 선생님도 아까 말씀하셨지만 80년대 혹은 그 이전의 코드를 읽거나 그런 글을 읽으면 편안합니다. 그런데 요즘 소설을 읽으면 그렇지가 않다는 것을 느끼면서 나는 내 현실을 어떤 코드로, 어떤 정서로 읽고 있는가를 각성하게 되었어요. 이런 정서도 있구나 하고 여러 가지로 각성을 많이 하게 돼요. 왜냐하면 우리가 일주일에 한 번씩 읽고 있는 요즘 젊은 작가들의 작품을 보면 그 작가들이 현실을 어떤 코드로 읽고 있는가를 확연하게 알 수가 있거든요. 내가 나이가 들었구나 하는 걸 아울러 알게 되고 현실을 이렇게 읽는 코드도 있구나 하는 걸 느껴요. 여러 가지를 각성하는 좋은 시간이 되고 있습니다.

박범신 손홍규씨, 할말 있어요?

손홍규 선생님께 여쭤본 것 같은데요.

박범신 소설을 각각 다르게 해석하는 건 좋은 거예요. 그만큼 손홍규씨의 소설이 울림이 컸던 모양이네요. 해석을 다양하게 할 수 있다는 건 좋은 겁니다. 방금 말씀하신 견해에 제가 전적으로 동의할 수는 없지만, 그렇게 읽을 수도 있다는 것을 여러분이 함께 느끼셨으면 좋겠습니다. 레이스 달린 때 묻은 속옷에 대해서도 말씀하셨는데, 일정 부분 동의할 수는 있지만 저는 세대차이를 느꼈어요. 우리가 어렸을 때는 때 전 레이스 달린 속옷을 입은 언니, 누나들이 정말 많았거든요. 저는 소설을 읽으면서 옛날 어렸을 때 생각을 했던 것 같아요. 말씀중에 손홍규씨에 비해서는 나이가 들었다고 했는데, 아마 저에 비해서는 젊으신가봅니다. 제가 지난 봄에도 네팔에 가서 한 삼 개월 동안 돌아다녔는데 레이스 달린 속옷에 때가 새까맣게 묻은 멋진 처녀들이 정말 많아요. 브래지어도 새까맣고요. 오히려 겉옷은 그럴듯해요. 겉옷은 빨아 입거든요. 얼핏 보면 아주 멋있어요. (함께 웃음) 우리로서는 상상이 안 되죠. 빨아 입기라도 하면 되지 않느냐 하고 말이죠. 돈이 없어도 빨아 입을 수는 있어요. 하지만 4, 50년대의 가난했던 시절에는 우리도 마찬가지였어요. 빨아 입으면 된다는 걸 잘 몰랐던가봐요. 빨기가 싫었는지, 갈아입을 옷이 없었는지 모르겠지만. 그리고 60년대에는 여름에도 때가 밀릴 정도로 안 씻었어요. 여름에 일주일 정도 안 씻으면 당연히 때가 밀리죠. 여대생이라고 해도 별수 없었어요. 요즘에는 여름에 매일 샤워를 하지만 그때는 샤워시설이 없었고 여름에는 목욕탕도 닫았으니까, 자취방에서 생활하는 처녀가 늘 속옷도 청결히 하고 속 때도 다 벗기고 다닐 수 없는 환경이었죠. 소설을 보면서 그때 생각을 했습니다.

젊은 여러분은 상상이 안 될 테지만 저는 실제로 그런 것을 많이 경험했기 때문에 내 식으로 해석을 했던 건데…… 정말 세대차이 나는데요. 제 의견이 옳다는 뜻이 아니라 그냥 말씀을 드렸습니다.

독자5 소설 전반에 죽음과 폭력에 대한 이미지가 나타나 있는데 죽음을 되게 부정적으로 보는 부분이 많은 것 같아요. 제 생각은 좀 다른데, 화자를 제일 먼저 죽이려 하는 사람이 어머니이고 두번째로 죽이려 하는 사람이 아버지라는 점을 볼 때 죽음이라는 게 폭력이나 힘든 삶에서의 탈출이 될 수 있지 않을까 싶어요. 그리고 때 묻은 속옷에 대한 이야기가 많이 나오는데, 저는 희주가 가진 외로움이나 슬픔이라고 생각을 했거든요. 자취생활을 하다보면 누가 봐주는 사람이 없으니까 뒤집어진 옷을 입고 나간다거나 속옷을 빨아주는 엄마가 없기 때문에 겉옷은 신경을 쓸 수 있지만 속옷까지는 신경을 못 쓰고 나가는 경우가 생기는 것 같아요. 그런 점에 대해서는 어떻게 생각을 하시는지요? 그리고 죽음이 꼭 그렇게 부정적인 의미, 폭력의 종결로서의 의미만 있는가를 묻고 싶어요. 사랑하는 사람을 왜 죽이고 싶어하는가? 폭력으로부터의 해방이나 탈출이라고 생각해서 죽이려고 할 수도 있지 않은가라는 생각을 해봅니다.

손홍규 질문의 의도를 잘 모르겠는데요. 죽으면 모든 게 끝난다는 말씀인가요?

독자5 주인공과 희주가 굉장히 힘든 생활을 하고 있잖아요. 죽음이라는 것이 힘든 생활로부터의 탈출이 될 수도 있기 때문에 주인공이 사랑하는 여자를 죽이고 싶어하는 게 아닌가 하는 생각이 들었어요.

손홍규 물론 독자 입장에서는 그런 것을 요구하실 수도 있겠지요. 하지만 이 소설에서 중점적으로 다루고자 했던 것은 죽음의 의미는 아니에요. 인간의 내면에 자리하고 있는 폭력과 폭력의 원인에 대해 말하려고 했어요. 소설에 '폭력을 떠받치고 있는 공포'라는 구절이 나올 겁니다. 사람은 공포스럽기 때문에 더 폭력적으로 변하거든요. 저도 어렸을 때 〈브이〉라는 외국 드라마를 본 후로는 뱀이 굉장히 무서워지더라고요. 저는 시골 머슴 동네에서 살았으니까 어른들이 무조건 뱀을 잡으라고 하셨어요. 뱀이 사람을 무니까요. 그래서 보는 족족 잡았는데 그전에는 뱀을 그렇게 무서워하지 않았거든요. 그런데 그 영화를 보고 저것들이 외계에서 와서 둔갑하고 있는 것이 아닐까, 외계에서 본대가 오면 인간들을 다 거시기하는 게 아닐까 하는 생각이 드니까 겁났어요. (함께 웃음) 겁이 나고 공포가 생기니까 더 폭력적으로 바뀌더라고요. 그전에는 뱀을 잡더라도 그냥 나뭇가지로 대가리만 쳐서 죽였는데 나중에는 발로 뭉개고 돌로 눌러놓고 짓이겼어요. 이 소설에서 다루고자 했던 것은 그런 측면의 문제이지 죽음이 가지고 있는 의미에 천착하지는 않았어요. 단편소설에서 많은 걸 다룰 필요가 있습니까? 그 소설에서 말하고자 하는 것, 다루고자 하는 것만 제대로 다루면 된다고 생각해요. 폭력을 말하고 있는데 왜 죽음을 말하지 않느냐고 하면 제가 할말이 없지 않겠습니까? 그리고 개인적으로 죽으면 끝난다는 사상에 저도 동의하는데요, 하지만 그 문제는 다른 소설에서 한번 시도를 하겠습니다. 이 소설에서 다루고자 했던 것은 그런 의미는 아니었습니다.

독자6 신선한 얘기와 소재 때문에 바빠도 항상 이 자리에 앉아 있게 됩니다. 정말 감사드려요. 저는 사실 이 책을 안 읽고 왔습니다. 그런데 「갈 수 없는 여름」의 앞부분, "내게 최초로 살해위협을 가한 사람은 유년 시절의 내 어머니였다"는 곳에서부터 충격을 받기 시작했어요. 그리고 나는 나의 자녀에게 이런 마음을 얼마나 많이 가졌을까 하고 자성을 했습니다. 때 묻은 레이스 얘기도 나오고 살해니 죽음이니 하는데, 저는 작품을 훑어보면서 눈알에 대해 얘기하는 부분에 많은 관심이 갔어요. 그 부분이 굉장히 아름답게 느껴지고 그곳에서 계속 머물게 되거든요. 혹시 사드를 좋아하시는지, 사드의 소설을 많이 읽으셨는지 여쭤보고 싶습니다.

손홍규 아뇨, 많이 읽지는 않았어요. 한 편 읽었거든요. 저뿐만 아니라 다른 분들도 그렇게 생각하실 텐데요, 방금 말씀하신 아름다움은 시인 서정주 선생님이 이미 보여줬다고 생각을 합니다. 「화사」라는 시에서 꽃뱀을 통해 관능적이고 치명적인 아름다움을 그려냈습니다. 무섭고 끔찍하지만 그 안에 내포되어 있는 절정의 아름다움이라고나 할까요? 사실 그런 아름다움에 매료되는 순간이 있지 않습니까? 소설 전체의 맥락에서 어떠어떠하다는 말씀을 드리기보다는 제가 평소에 개인적으로 가지고 있는 생각을 말씀드리는 게 좋을 것 같은데, 저도 그런 것에 상당히 매료됩니다. 아까 제가 촌놈이라는 말씀을 드렸는데요, 촌이 정말 좋은 게 뭐냐 하면 자연과 가깝다는 겁니다. 제가 동시대 작가들하고 남다른 게 있다면 저는 자연하고 퍽 가까웠습니다. 날것, 생것과 퍽 가까웠어요. 요새는 하늘의 별도 보기 힘들지 않습니까? 그리고 지금은 뛰어다니다가 다치면 약을 바르지만 그때는 바로 길가에서 쑥을 뜯어서 돌로 찧어서 붙이지 않았습니까? 촌놈으로 살면서 겪었던 경험이 가지고 있는 원초적이고 자연적인 면과 그것들이 주는 이미지가 제게는 있습니다. 돌 위에 쑥을 올려놓고 찧으면 나오는 푸른 즙 같은 것이 있지 않습니까? 그냥 말하면 아무것도 아니지만 그것이 하나의 이미지가 되어 제 기억에 들어오는 순간 하나의 아름다운 대상이 됩니다. 어렸을 때 자연적인 것, 날것과 가까웠다는 점이 저도 모르는 방식으로 표출된 게 아닌가 하는 말씀을 드릴 수가 있겠습니다.

그리고 제가 약간 변태기가 있는 것 같아요. 저는 몸이 아프면 기분이 좋습니다. 지금도 몸이 좀 아픈데 그러면 되게 좋거든요. (함께 웃음) 자극적인 걸 좋아해서 그런지 모르겠는데요, 아파야 살아 있다는 생각이 듭니다. 평소에는 내가 살아 있구나, 정말 살아 있다는 게 기쁘다는 생각을 잘 못 하는데 몸이 아프면 정말 내가 살아 있구나 하는 느낌이 들거든요. 헬스클럽에서 열심히 운동하고 땀을 흘리면 개운하다고 하지 않습니까? 어쩌면 그런 것하고 비슷할지도 모르겠어요. 그런 느낌하고 상통할지도 모르겠는데 제가 약간 변태인가봅니다. 정상적인 느낌은 아닌 것 같아요. 고통, 괴로움, 외로움, 쓸쓸함을 느낄 때 되게 기분이 좋거든요. 이상하게 외롭다는 게 너무 좋아요. 쓸쓸하다는 게 너무 좋고 아프다는 게 너무 좋아요. 약간 변태적인 면이 있습니다. 저보고 변태가 아니냐고 물어보신 것 같은데……
(함께 웃음)

박범신 손홍규씨뿐만 아니라 그런 면에서 우리도 조금씩은 변태적이죠.

독자7 저는 80년대생이거든요. 그래서 7, 80년대 작가들의 소설을 읽으면 어려워요. 시대적인 상황 등 이야기만 듣고서는 알 수 없는 것들이 있기 때문에 어렵게만 느껴집니다. 반면 최근에 나오는 작가들의 소설을 읽게 되면 내적인 부분에 너무 치우친 것 같아서 기분이 나쁘거든요. 그런데 손홍규 작가님의 소설은 나름대로 중립된 모습을 보여주고 있어요. 두 가지 경향이 함께 어우러졌다는 느낌을 갖게 해줬거든요. 앞으로도 그런 모습을 글 속에서 계속 만날 수 있었으면 좋겠다는 생각을 했어요. 앞으로 저도 제가 사는 시대를 쓰고 싶은데, 작품에서 그런 부분들이 느껴졌습니다. 아까 박범신 선생님께서 80년대 인자를 말씀하실 때도 왠지 좋다는 생각을 많이 했어요.

  그리고 개인적으로 레이스 달린 속옷에 대해서 잠깐 얘기를 하고 싶은 게 있는데, 저는 가난이라는 것을 빼서는 안 된다고 생각을 해요. 이 소설 안에 공포나 두려움이 있지만 가난을 빼서는 안 된다고 생각합니다. 여자는 남자한테서 살인충동을 느끼지 않는데 둘 다 가난하기 때문은 아닐까 싶었어요. 여자는 자신의 가난을 남자에게서 보게 됩니다. 나의 치부를 보고 남들은 치가 떨릴 수가 있어요. 가난하다는 이유로 가난뱅이 자식이라고 싫어하고 미워할 수도 있거든요. 하지만 두 사람에게는 똑같이 가난이라는 동질성이 있어서 서로 가깝게 다가설 수 있는 존재가 되지 않았나 하는 생각이 듭니다. 그런데 이 남자는 레이스 달린 속옷을 보기 전까지는 몰랐던 거예요. 그것을 보는 순간에야 자신의 치부를 발견한 게 아닌가 싶어요. 아까 저팔계 이야기를 하면서 자신의 치부를 드러낼 수 있어야지만 변화할 수 있다고 말씀하셨잖아요? 결과적으로 화자는 자신의 치부를 인정하면서 희주에 대해 살인충동을 느낀 게 아닌가 하는 생각이 들었습니다. 그리고 개인적으로 궁금했던 게 있는데, 다른 소설에 등장하는 누나들도 그렇고 소설 속에 등장하는 여성들이 성적인 아픔을 상당히 많이 갖고 있어요. 혹시 그런 여성들을 등장시키는 이유가 있는지 궁금했습니다.

  손홍규 그랬습니까? 저는 잘 몰랐습니다. 말씀을 해주시니까 저도 그렇다는 생각이 좀 드는데요, 특별하게 성적인 아픔을 의도하지는 않았습니다. 성적인 상처를 지니고 있다는 것이 사회적으로 혹은 개인적으로 어떤 의미를 지니고 있는가 하는 게 요즘에는 조금 양상이 다르긴 할 텐데 제가 이 소설들을 쓸 때에는 그것이 원초적인 상처를 보여줄 수 있는 표지라고 생각을 했던 것 같아요.

  박범신 성적 정체성을 밝히라는 말처럼 들렸어요. (함께 웃음) 농담이고요, 혹시 질문이 더 있을지 모르겠는데 손홍규씨가 몸이 불편하니까 질문은 여기서 마감을 할까 합니다. 끝으로 할말이 있으면 하시지요.

손홍규 이런 자리가 처음인데요, 말도 제대로 못 해서 찾아주신 분들이 좀 거시기하실 텐데 (함께 웃음)「갈 수 없는 여름」뿐만이 아니라 이 소설집 전체를 통해서 저는 확고부동한 것들에 대해 한번 의심해 보고 싶었어요. 제가 항상 생각하고 있고 추구하고자 하는 게 있는데 확고부동하고 의심의 여지가 없는 것들에 대해서 한번 의심해보는 거예요. 나이가 드신 분들은 삶의 연륜이 있기 때문에 그런 것들을 느끼실 겁니다. 그러나 저는 아직 연륜도 없고 필력도 없어요. 하지만 제가 느끼기에는 우리가 옳다고 생각하는 것들을 뒤집어보면 그게 거의 대부분 옳은 것 같더라고요. 제가 가지고 있는 하나의 방법론일 수도 있는데요, 우리가 옳다고 믿는 것들을 한번쯤 뒤돌아보게 할 수 있는 소설을 쓴다면 얼마나 좋을까라는 생각을 했습니다. 앞으로도 더 좋은 소설을 쓰도록 노력하겠습니다. 고맙습니다. (함께 박수)

박범신 제가 지금까지 '금요일의 문학이야기'를 대여섯 번 진행을 했는데 손홍규씨를 포함한 젊은 작가들에게 대중 앞에서 얘기하는 걸 데뷔시키고 있습니다. 유명한 작가들도 아니고, 소설가들이란 대중 앞에 서면 버벅거리기가 쉬워요. 그래서 사실 처음에는 이 프로그램을 진행한다는 게 부담스러웠어요. 더군다나 제가 손홍규씨 세대보다는 나이가 훨씬 많아서 소통이 잘 될까 하고 걱정을 했거든요. 아무튼 내가 서른 살로 돌아가면 이렇게 논리가 분명하게 자기 방어를 잘할 수 있을까, 자기 지향을 잘 설명할 수 있을까라는 생각을 자꾸 하게 돼요. 손홍규씨는 늘 어눌한 듯해서 오늘도 예, 아니오만 대답할까봐 큰일났다고 했는데, 자기 내면의 말을 제가 생각한 것보다 훨씬 잘 설명했어요. 또 질문에 대해 적절한 방어를 하고 주(註)를 잘 붙이는 걸 보면서 요즘 젊은 작가들은 예술적 재능뿐만 아니라 상당히 다재다능한, 만능 탤런트적인 면을 갖고 있구나 하는 생각을 했습니다. 평소 술자리에서 이 친구들의 내숭에 내가 속았구나라는 생각을 하게 돼요. 그래서 참 좋습니다.

진행의 중간에 말하기는 좀 뭣하지만 그 동안 쭉 진행하면서 대체적으로 젊은 작가들의 소설이 재미가 없다는 생각을 많이 했어요. 손홍규씨 소설이 그렇다는 건 아닙니다. 아무튼 탤런트적인 기질은 참 좋은데, 전체적으로 소설을 재미없게 쓴다는 생각이 자꾸 들어요. 서사의 실종기미도 느꼈고요. 물론 재미라는 말이 상당히 많은 오해를 불러일으킬 수도 있어요. 재미 있으면 깊이가 없다든가 너무 시류에 빠졌다든가 하는 오해가 아직도 남은 게 우리 사회니까요. 그렇지만 지금까지 대여섯 명의 젊은 작가들의 소설을 읽으면서, 이런 방향으로 가면 소설과 독자 사이에는 불화가 필연적일뿐만 아니라 앞으로 소설가들은 더 고독해지겠구나라는 염려를 하게 됐어요.

손홍규씨 소설 중에서 「갈 수 없는 여름」은 굉장히 뛰어난 작품이라고 봐요. 이 작품에는 아까 말한 대로 우리의 어두운 현실과 역사성, 시대성이라고 하는 것도 담보돼 있어요. 그러면서도 새로운 소설문법으로 매우 의미심장한 우리들의 본능을 충격적으로 풀어내고 있다는 점에서 수작(秀作)이라는 생각을 개인적으로 하고 있습니다.

그럼에도 불구하고 「사람의 신화」와 기타 등등의 작품들은 읽어내기가 그렇게 쉽지는 않아요. 어떤 의미에서는 지나치게 관념적인 대목도 있고 말이죠. 일반 독자들이 접근하는 것이 좀 어렵겠다는 생각을 손홍규씨 소설을 보면서도 하고 다른 작가들의 소설을 보면서도 합니다.

어쨌든 소설이라는 게 사람의 얘기 아니겠어요? 사람의 무슨 얘기겠어요? 사는 얘기지요. 이를테면 때 전 레이스 같은 것에 대한 얘기라고 저는 봐요. 우리가 일상적으로 만지고 느끼고 같이 울고 웃을 수 있는 얘기가 아니라면, 본질적인 의미에서 소설이 어떻게 감동을 줄 수가 있겠어요? 어쨌든 독자가 감동을 받아야 되지 않겠나 싶거든요. 문제는 있지만 삶은 없다든가, 또는 충격은 있으나 감동이 없다면 독자와 소설가는 가까워지기가 어렵다고 봅니다. 독자로부터 너무 소외되어 앞으로 젊은 작가들이 인사동 같은 데서 보따리를 풀어놓고 자신의 책을 한 권씩 팔아야 하는 때가 오면 어쩌나 하고, 나이 든 작가로서 솔직히 염려하게 돼요.

오늘 손홍규씨가 나오는 날 이런 얘기를 해서 손홍규씨 소설을 말하는 것처럼 혹시 오해할지도 모르겠는데 그런 건 전혀 아닙니다. 어쨌든 그럼에도 불구하고 계속 이 자리에 나오는 독자들이 계시거든요. 여러분들께서 지금까지 대여섯 명의 작가들을 쭉 보면서 신진작가에 대한 공통적인 느낌, 또는 우리 소설의 새로운 징후 같은 걸 느꼈을 것이라고 봐요.

그래서 오늘은 제안을 하나 하고 싶어요. 이럴 때 이들보다 더 나이든, 전 시대의 전통적 소설문법을 갖고 있는 작품을 새삼스럽게 꺼내서 한번 견주어 읽어보면, 독자 수준이 높기 때문에 문학에서의 세대차이가 이런 것이구나, 확연하게 느낄 수 있을 거예요. 우리가 한두 달 사이에 읽었던 젊은 작가들의 진술방법하고 선배들의 진술방법이 어떻게 확연하게 다른가 하는 걸 여러분이 새삼스럽게, 생생하게 느껴보시기 바라요. 오늘 아픈데도 와주신 손홍규씨에게 한번 더 박수를 보내주세요. (함께 박수) 책을 가지고 오신 분들은 손홍규씨한테 사인 받으시고요, 이것으로 오늘 이야기는 마치도록 하겠습니다. 감사합니다. (함께 박수)

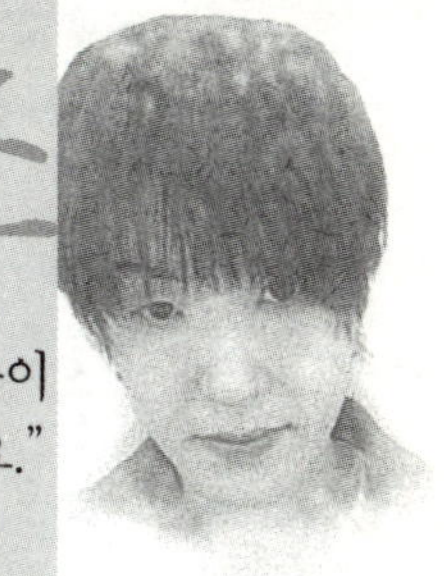

이신조

"모호하고 불분명한 부분이
우리 삶의 많은 부분을 차지하고 있을 거예요."

김도연

"사람의 일생은 꽃이 몇 번 피었다가 져버리는 거라고 생각해요."

박범신 오늘은 특별히 두 분의 작가를 모셨는데 팬이 많이 오신 것 같네요. 저, 박범신은 1973년에 데뷔했으니까 아주 오래 소설을 써온 사람이지요. 오늘의 주인 공은 초대된 두 분의 작가지만, 제 이름을 들었으니까 오늘 집에 가면 제 책도 한 권씩 읽어보시기를 부탁드리고요, 우선 두 분의 작가를 소개해드릴게요.

저쪽에 있는 멋진 청년은 김도연씨입니다. 박수로 환영해주세요. (함께 박수) 김도연씨는 1991년 강원일보, 1996년 경인일보 신춘문예로 등단했습니다. 2000년 에는 「0시의 부에노스아이레스」로 제1회 중앙신인문학상을 수상했는데, 중앙신인 문학상은 중앙일보 신춘문예라고 할 수 있지요. 신춘문예 당선을 세 군데에서나 했네요. 그리고 문학동네에서 나온 『0시의 부에노스아이레스』라는 소설집이 있습 니다. 이 책을 읽고 오는 게 숙제였는데, 오늘은 「0시의 부에노스아이레스」라는 작 품을 중심으로 이야기를 하겠습니다. 김도연씨는 선배인 저도 개인적으로 아주 좋 아하는 작가예요. 매우 황량하고도 서정적인, 아름다운 문체를 구사하는 좋은 작 가라고 생각하고 있습니다. 오정희 선생은 "김도연의 「검은 눈」은 무엇보다도 신 선함이, 바꿔 말하자면 패기랄 수도 있는 그 힘이 반가웠다. 이야기꾼으로서의 훌 륭한 자질이 엿보이는 점 또한 그러하다. 소설쓰기와 살아내기, 욕망과 억압이라는 지난한 과제, 혹은 이분법적인 명제가 꿈과 현실의 공교하고 유연한 장치를 통해 무리 없이 형상화되어 있다"라고 평을 하고 있습니다. 그리고 평론가로서는 가장 아름다운 문장을 구사하고 있다고 제가 늘 생각하는 문학평론가 황현산 선생은 "소설쓰기는 자연 만물에 그 은유적 관계가 소멸하였음을 깨닫고도 그에 관해 끊임없이 말해야 하는 형벌이다. 실제로 김도연은 「야하고 묘하고 혹한 이야기」에서 자신의 습작과정을 '벌받으면서 글쓰기'로 표현하고 있다. 그는 형벌에서 벗어날 수 없음을 안다. 누릴 수는 없어도 잊지는 말아야 한다는 말은 상징문학의 숨겨진 원리가 아닌가. 사랑을 그 기억의 알레고리로라도 적어두어야 문득 사랑이 나타났을 때 그 얼굴을 알아볼 것이다. 그리고 그때 아직 소설가의 현실에 머문 김도연의 현실은 수식어 없는 현실이 될 것이다"라고 뒤표지글에 쓰고 있습니다.

그 다음에 두번째로 소개해드릴 작가는 이신조씨인데요, 1998년 『현대문학』에 「오징어」라는 소설을 발표하면서 등단을 했어요. 1999년에는 장편소설 『기대어 앉은 오후』로 제4회 문학동네신인상을 수상한 바 있습니다. 첫 창작집으로 『나의 검정 그물 스타킹』이 있고, 장편소설 『가상도시백서』는 아주 독특한 상상력을 발휘했던 소설이에요. 그리고 두번째 창작집이 『새로운 천사』인데, 이 소설집 중에서 「새로운 천사」라는 작품을 오늘의 텍스트로 할까 합니다. 책을 많이 냈네요. 해설을 쓴 박상수씨로부터 "그녀는 단단하게 얼어붙은 얼음판 위에 세밀한 판화를 그리듯 단어와 문장을 새겨나간다. 이 도시에는 비밀의 화원이란 존재하지 않는다. 그녀의 세계는 이미 결말이 정해져 있는 세계다. 도시를 걷다보면 어느새 우리는 전제정치를 휘두르는 군주의 영토에 들어와 있음을 깨닫게 된다. 군주는 오만하며 무례하다. 그러나 군주가 그럴 수밖에 없는 이유는 군주에게 '이곳'과 '우리'가 속이 너무 빤히 들여다보이는, 시시한 얼음조각에 불과하기 때문이다. 이 세계를 완전히 파악하고 있다는 자신감은 그녀의 소설 곳곳에서 아포리즘의 형태로 드러난다"는 평을 받고 있는 이신조 작가입니다. 여러분 큰 박수로 환영해주시기 바랍니다. (함께 박수)

김도연씨는 현재 강원도 평창에서 살고 있어요. 김도연씨 소설을 보면, 걸핏하면 사람들이 눈 속에 갇히잖아요? 그런 소설이 몇 편 있는데 자신이 살고 있는 환경을 반영한 소설이라고 읽었어요. '박범신이 읽는 젊은 작가들'에 초대된 작가를 보니까 주로 73년생, 74년생이에요. 지금까지 출연한 작가들이 그랬거든요. 그에 비하면 김도연씨의 나이는 조금 위입니다. 삼십대 후반인데 총각이에요. 개인적인 일이지만 밝혀두는 바입니다. 애인이 있는지는 안 물어봤으니까 이따 여러분들이 그런 질문도 많이 해주세요.

이신조씨는 도시를 거의 떠나지 않고 살았어요. 어머니와 아버지는 지금 양평에서 살고 계시는데 주말에나 한 번씩 뵈러 가겠죠. 이신조씨의 소설을 보면 자본주의 거대구조 속에서의 소비사회 분위기가 작품 전체를 관류하고 있어요. 아주 어렸을 때부터 아스팔트에서 컸다는 느낌이 들어요. 이렇게 대비가 되는 소설인데…… '박범신이 읽는 젊은 작가들'은 보통 작가를 한 사람씩 모시는데 가끔 두 사람이 될 때가 있어요. 제가 진행을 하다보니까 좋아하는 젊은 작가도 많고 해서 문예진흥원에 강력하게 떼를 써서 몇 분을 더 모시는 바람에 어떤 경우에는 이렇게 두 분을 함께 모십니다. 보통은 한 시간 반 정도를 진행하는데 두 시간 정도 이야기를 하고 끝낼까 생각하고 있습니다.

저희 집이 세검정인데요, 조그마한 마당이 있는데 올 가을에 제가 잔디를 파버리고 배추를 육십 포기 심었어요. 배추가 아주 잘 자라고 있습니다. 배추 얘기가 나와서 생각이 난 건데, 집에 저랑 같이 사는 여자친구는 삼십 년 넘게 전업주부예요. 제가 72년에 장가를 갔으니까 결혼 주기하고 작가 경력하고 나이가 똑같습니다. 한번은 둘이 어디 저녁식사 초대를 받아서 차를 몰고 세검정에서 광화문 쪽으로 나오고 있었는데 갑자기 우리 집사람이 차를 세우래요. 약속시간도 얼마 안 남아서 왜 그러느냐고 했더니 하여튼 세워보라고 하더라고요. 그래서 차를 세웠더니 한 십 미터 뒤에 슈퍼마켓이 있었어요. 동네에서 조금 규모가 큰 슈퍼마켓이었는데 그 슈퍼마켓 앞길에 새로 나온 배추하고 무가 수북이 쌓여 있더라고요. 그래서 왜 그러느냐고 했더니 무를 몇 개 사야겠다는 거예요. 무라는 게 꼭 그 시간에 사야 하는 건 아닌데, 삼십 년 동안 전업주부를 하다보니까 무를 딱 보는 순간 무가

물이 좋다고 느꼈나봐요. 제가 짜증이 나서 이따 오면서 사든지 하라고 했더니, '저 무는 좋은 무'라고 하더라고요. 차가 시속 육십 킬로미터로 달리고 있는데도 좋은 무를 알아봤으니까 전문가인 셈이죠. (함께 웃음) 무를 한두 개 사서 깍두기라도 담글 모양이다 싶어서 얼른 사가지고 가면 되지 하고 짜증나는 걸 감추고 서비스를 잘해보려고 골목길로 차를 P턴해서 슈퍼마켓 앞에 딱 세웠어요. 그리고 약속시간이 급하니까 얼른 가서 사가지고 오라고 했지요. 그래서 집사람이 차에서 내렸는데 십 분이 돼도 안 오는 거예요. 저는 성질이 급해서, 젊을 때는 집사람하고 어디를 가다가도 늦으면 집사람보고 차에서 내리라고 해서 고가도로 위에다가 내려놓고 나 혼자 가버린 적도 있었어요. (웃음) 십 분이 돼도 안 오니까, 젊은 시절처럼 열이 받아서…… 옛날 같았으면 그냥 갔을 거예요. 그런데 나도 나이가 먹으니까 참을성이 생겨서 참고 쫓아 들어가봤어요. 그랬더니 다 됐으니까 짜증내지 말고 트렁크나 열라고 하더라고요. 슈퍼마켓 주인이 나와서 무를 싣는데, 저는 그냥 깍두기 담글 무를 조금 사는 줄 알았지 그렇게 많이 살 줄은 몰랐어요. 트렁크에 꽉 차고도 남아서 뒷자리에 일부를 실을 만큼 무를 산 거예요.

우리 식구가 세 명이에요. 딸하고 세 식구가 사는데 도대체 저 많은 무를 언제 다 먹을 건가 싶었지만 묵묵히 실었어요. 그러고 나서 도대체 저 무를 다 어떻게 하려고 하느냐고 물었더니 모르는 소리 말라고 하더라고요. 무가 참 좋은데 값이 싸서 많이 샀으니까 썰어 말려서 겨울에 먹을 거래요. 그래서 다음날 하루 종일 칼로 무를 썰어서 마당에 널었어요. 미리 얘기를 하면 가으내 무를 말리느라고 죽는 줄 알았습니다. (함께 웃음) 모든 사람이 자기 포지션에서 직업병이라는 게 있구나라는 생각을 그때 하게 됐어요. 누구나 다 발동이 걸리는 순간이 있잖아요. 전업주부인 우리 집사람은 좋은 무에 발동이 걸린 거예요. 그 순간만은 아무도 못 말리는 거죠. 생각해보니까 굉장히 눈물겨운 직업병이더라고요. 저 여자는 가족들이 염려스러워서 어떻게 밖에 나가 볼일을 볼까, 집을 떠날 때는 무 쪼가리로 길을 다 표시하면서 가지는 않을까 하는 생각도 들고 말이죠.

평생을 작가로 살아온 저도 돌이켜보면 그렇게 무 같은 것에 발동이 확 걸리고 오르가슴이 오는 경우가 가끔 있었어요. 물론 그게 무는 아니지만요. 한번 예를 들어볼게요. 이십몇 년 전 어느 날 너무 외로워서 고향에를 갔어요. 그때가 70년대 말인가 그랬는데 우울병에 걸렸을 때예요. 기차를 타고 불현듯 고향에 갔습니다. 저는 고향이 금강 가인데 고등학교 때 책가방 들고 학교 간다고 핑계대고 나와서 학교는 안 가고 강가 갈대밭 속에 들어가서 매일 소설책을 읽었어요. 갈대밭 속에서 도시락을 혼자 까먹으면서 말이에요. 그러는 통에 고등학교 때 결석을 많이 했습니다. 집에서는 학교 간 줄로 알았겠지요. 그런데요, 서울에서 살기 힘들고 쓸쓸해서 위로를 받으려고 불현듯 그곳, 내 문학의 자궁이라고 생각한 그곳을 찾아갔더니, 강경 읍장이 그 갈대밭에다가 글쎄, 분뇨탱크를 지어놨더라고요. 내가 작가를 꿈꾸며 매일 사색에 잠기던, 내겐 성지인 그곳에 말예요. 강경읍의 모든 똥물이 흘러와 탱크를 흘러넘치니까 주위의 갈대밭이 다 죽었더라고요. 놀라운 분노를 느꼈지요. 그래서 술 한 잔도 안 먹고 올라왔어요. 왜 그렇게 올라왔느냐 하면 소설을 빨리 쓰고 싶었기 때문이에요. 서울에 올라와서 그날 밤부터 그 다음날 낮까지 꼬박 스물네 시간 만에 「겨울 아이」라는 소설을 썼는데, 그 작품에 문제의 분뇨탱크가 나옵니다. 우리 마누라가 무에 발동이 걸려서 신랑의 압박에 맞장을 뜨면서 악착같이 쓸데없는 무를 많이 산 것이나, 경우는 다르지만 내가 분뇨탱크에 오르가슴이 와서 죽어라 하고 소설을 쓴 것이나, 경우는 다르지만 다 똑같은 직업병이에요. 별다른 뜻이 있어서 말씀드린 건 아니고 오늘 두 시간을 진행해야 하는 사람으로서, 또 선배 작가로서 분위기를 잡기 위해 서두에 뭔가 한마디를 해야 되니까 무슨 말을 할까 하다가 갑자기 배추 생각이 나서 얘기를 했어요.

아마 김도연씨나 이신조씨도 그런 직업병이 있을 거라고 봅니다. 작가는 눈에 보이지 않게 그물 하나를 등뒤에다 메고 다니거든요. 예를 들면 오늘 같은 날 동숭동에 볼일이 있어서 오다가 어떤 풍경이나 이야기에 빠져서 갑자기 발동이 걸려버리면 이곳까지 못 올 수도 있어요. 그게 바로 작가라는 존재예요.

이신조씨 소설을 읽다보니까 사로잡힌다는 말이 많이 나와요. 이신조씨의 소설에는 사랑 얘기도 많이 나오는데, 이신조씨가 어떤 사물이나 사람이나 남자한테 사로잡히면 우리 마누라가 무를 살 때하고 같을 거야라는 생각을 했어요. 그리고 김도연씨의 소설에는 꿈이라는 말과 기억이라는 말이 많이 나오는데, 그 꿈과 기억의 구분이 매우 흐릿합니다. 그래서 김도연씨의 꿈과 현실과 기억은 모노크로의 화면처럼 맞물려서 눌려 보이겠다, 어쨌든 그런 이미지나 분위기에 맞닥뜨리면 김도연씨의 직업병이 발동하지 않겠는가라는 생각을 해봤어요. 지금부터 김도연씨와 이신조씨한테 시간을 충분히 드리겠습니다. 습작기 때 얘기를 해도 좋고, 어떤 때 발동이 걸린다는 얘기를 해도 좋고, 모두발언이라고 생각하셔도 좋아요. 이제 두 분의 얘기를 한번 들어보도록 하겠습니다.

김도연　강원도에서 살다가 서울에 오니까 역시 사람이 많네요. 소설이나 얘기를 들어주는 사람이 많아서 좀 부럽습니다. 제가 사는 곳은 사람보다는 아무래도 산, 나무, 밭, 짐승들이 더 많으니까 외로울 때가 많아요. 개나 소한테 얘기를 할 수는 없으니까요.

박범신　여기도 짐승이 좀 섞여 있을 텐데…… (함께 웃음)

김도연　방금 박범신 선생님께서 사로잡힌다는 말씀을 하셨는데, 제 소설을 읽으셨으면 조금 눈치챘겠지만 저 같은 경우는 지금 살고 있는 환경 때문에 사람보다는 자연적인 것에 사로잡히는 경우가 많습니다. 제가 소설 속에서 어떤 말을 하고자 할 때 내 마음에 드는 나무 밑이나 산 밑에 가서 말을 하면 그 기분이 더 잘 표현이 될 것 같은 생각이 들어요. 예를 들어 제가 실연당한 풍경이 더 효과적으로 독자들한테 전달될 것 같다는 생각을 많이 합니다. 또 지나다니다 내 마음에 드는 장소가 있으면 가만히 서 있곤 합니다. 예를 들어서 매표소나 정류장을 보면 서 있게 되는 경우가 많은데, 그 속에 어떤 이야기가 있을 것 같다는 생각이 듭니다. 제가 선호하는 공간인 매표소나 정류장 주변을 어슬렁거리는 경우가 많습니다. 어쩌면 저 같은 경우는 소설가가 될 자격이 별로 없는 것도 같습니다. 특별히 집안이 몰락하거나 어떤 한이 있거나 하는 경우가 아니거든요. 상당히 평범한 집안에서 평범하게 자랐기 때문에 굳이 소설가가 되지 않아도 될 것 같은 인생이었습니다. 제가 소설가가 된 건 어떻게 보면 직업적인 면도 있지만, 솔직하게 말씀을 드리자면 소설가가 되면 그냥 멋있을 것 같았습니다. 소설가가 되고 싶어서 소설을 쓰기 시작했는데 잘 안 되더라고요.

우리나라 같은 경우는 고등학교를 졸업하면 대학을 가야 되고 대학을 졸업하면 취업을 해야 되지 않습니까? 보통 취업을 할 때 나이 제한이 있어서 대학을 졸업하면 빨리 취업을 해야 되는데, 소설 같은 경우는 그렇게 바로 건너뛰기가 쉽지가 않거든요. 그리고 또하나 소설의 장점은, 나이를 건너뛴다고 해도 다른 직업보다는 시간이 많지 않습니까? 그래서 계속 소설을 썼어요. 그렇게 한 십 년 가까이 썼는데 십 년 가까이 계속 떨어졌습니다. 신춘문예와 문예지를 가리지 않고 다 보냈는데 다 떨어졌습니다. 아까 선생님께서 제 약력으로 말씀하신 지방 신문의 신춘문예 같은 경우는 일단 용돈이라도 좀 있어야 소설을 계속 쓸 수 있으니까 할 수 없이 궁여지책으로 응모를 했던 거예요. 하지만 정식으로 중앙 문단이라는 데로 들어가기가 쉽지가 않았습니다. 그렇다고 최종심에서 떨어진 것도 아니에요. 심사평을 보면 아예 이름 자체도 없는 그런 무참한 나날이 계속되고 나이만 먹어가더라고요. 그러다가 하던 일도 다 망하고 다시 고향으로 내려갔습니다. 갈 데가 고향밖에 없어서 할 수 없이 짐을 싸들고 겨울밤에 시골로 내려갔어요. 시골 마을이니까 낮에 이사를 못 하고 일부러 도착시간을 밤으로 정했습니다. 밤 일고여덟 시쯤 돼 집에 도착해서 짐을 내려놓았어요. 마침 함박눈이 내리고 있었는데 짐을 내려놓기 무섭게 눈이 얼마나 많이 내리는지 짐을 덮어버릴 정도였습니다. 동네 사람들 눈에 안 띄니까 그나마 조금 편했어요. 누구네 집 아들이 도회지에 나가 살다가 빈털터리가 돼서 돌아왔다고 하면 소문이 별로 안 좋게 나니까요. 그렇게 집으로 돌아와서도 계속 소설을 썼는데 계속 안 됐습니다.

저 같은 경우는 데뷔작을 그해 봄쯤에 썼는데 한 십 년 가까이 계속 떨어지니까 보여줄 사람이 없는 거예요. 아까 제가 처음에 말한 것처럼 자신의 이야기를 들어주고 읽어줄 사람이 있다는 게 참 고맙고 좋은 건데요, 저 같은 경우는 소설을 습작한 기간이 너무 오래돼서 누구한테 글을 보여주고 어떠냐고 물어보기가 겁이 났습니다. 어떤 사람들은 오랜만에 만나면 아직도 소설을 쓰냐는 얘기가 먼저 나오니까 제가 습작한 작품을 보여주기가 사실 좀 창피하고 자존심이 상했어요. 또 소설을 건네줬을 때 반응이 어떻게 나올까라는 생각까지 하면 짜증이 나서 누구한테 보여줄 엄두조차도 안 나더라고요. 그래서 데뷔작을 계속 가방에 넣고 다녔어요. 가방에 넣고 한 두세 달을 가지고 다닌 것 같아요. 아무에게도 못 보여주고 말예요. 그러니 스트레스가 많이 쌓였지요. 어느 여름밤인가 면소재지에서 술을 많이 마시고 만취해서 집으로 돌아왔는데 저희 집에서 기르는 개가 주인이 왔다고 막 짖는 거예요. 한밤중에 외등 불빛 아래서 말이죠. 저는 그게 너무 고마웠습니다. 아무도 나를 반겨주지 않는데 개가 반갑다고 자다 일어나서 짖어주는 게 너무 고마워서 개를 껴안고 한참을 뒹굴었어요. 뒹굴다가 술이 너무 많이 취해서 개한테 소설을 읽어줬나봐요. (함께 웃음) 그런데 개가 자꾸 끙끙거리니까 어머니가 주무시다가 나오셔서 술 취했으면 빨리 방에 들어가서 잠이나 자지 왜 안 들어가고 개 집에 있느냐고 하시더라고요. 어쨌든 저는 개가 너무 고마웠습니다. 외등 불빛 아래서 타자기로 친 소설을 계속 읽었지요. 그런데 개가 사람 말을 알아듣겠습니까? 집으로 도망가는 개를 계속 끌고 나와서 아예 목을 끌어안고 소설 한 편을 다 읽어 줬던 것 같아요. (함께 웃음) 그리고 방에 들어가서 잠을 잤어요. 물론 제 기억에는 없는 일이에요.

다음날 아침에 일어나니까 어머니께서 개집 앞에서 한 시간 가까이 왜 그러고 있었느냐고 말씀을 하시는 거예요. "제가 그래도 불문학을 전공한 사람입니다. 불문학을 전공한 사람이 어떻게 개한테 소설을 읽어주겠습니까? 그것도 개집에 주저앉아서 말예요." 제가 그렇게 말을 하니까 어머니가 아니라는 거예요. 개한테 소설을 읽어줬는지는 모르겠지만 개집 앞에서 한 시간 가까이 있었다는 말씀을 계속 하시더라고요. 그런데 전날 입었던 옷을 보니까 바지에는 개똥이 묻어 있고 말을 하려고 하니까 목이 잠겨서 말이 안 나오는 거예요. 여러분 혹시 그런 적이 있는지 모르겠지만 단편소설을 써서 누구한테 낭송을 해줘보십시오. 아무 제지 없이 한 편 정도를 낭송하면 한 삼사십 분 내지 한 시간 정도가 걸릴 겁니다. 아주 차분하게 읽으면요. 긴장을 하고 읽으면 사람이 목이 잠길 정도가 되는데 정말 제 목이

쉰 것처럼 잠겨 있더라고요. 그래서 무슨 일이 있긴 있었구나라는 생각을 하고 밖으로 나갔는데 개가 저를 보더니 바로 개집으로 들어가서 나올 생각을 안 하는 거예요. (함께 웃음) 그렇게 하고 그 소설을 신문사에 응모했는데 마침내 소설가가 됐습니다. 보통 시골에서 기르는 개는 명견이 아니라 잡종들인데 여름이 되면 다들 이사를 가지 않습니까? 그런데 그 개는 덕분에 한 이삼 년 안 팔려갔습니다. 제가 끔찍이 아꼈지요. 그렇게 해서 그때 땅 속에서 땅 위로 올라왔는데, 그때부터 지금까지 고역스러운 날들을 보내고 있습니다. 이것으로 모두발언을 마치겠습니다. (함께 박수)

박범신 김도연씨 얘기를 듣다보니까 직업병이 발동해서 개한테 소설 읽어주는 한 사나이에 대해 소설을 써야겠다는 생각이 들었습니다. 재미있었지요? 그렇지만 참 슬프고 쓸쓸하네요. 오죽 사람이 없었으면 개한테 소설을 읽어줄까요? 말년에 좋은 일들을 많이 봤으면 좋겠는데 총각이니까 염두에 두세요. (함께 웃음) 아름다운 여인에게 김도연씨가 밤마다 소설을 읽어준다면 그 모습이 얼마나 아름답겠는가 하는 생각이 듭니다. 이신조씨 얘기도 한번 들어보죠.

이신조 저는 개한테 소설을 읽어준 적은 없습니다. 조금 대조적이라고 할까요, 오늘 여기 문창과에 다니는 분들이 많이 오신 걸로 알고 있는데 저 역시 문창과를 다녔어요. 저는 고등학교, 대학교, 대학원의 평범한 코스를 밟았습니다. 그래서 여러분한테는 더 다가오는 얘기일 수도 있을 것 같아요. 저는 소설가가 되면 멋있겠다는 생각은…… 물론 멋있죠. 그렇지만 사실 멋있는 직업이 소설가만은 아니잖아요. 여기 계신 분들은 대부분 80년대에 태어나신 분들로 알고 있는데 70년대 중반에 태어난 저조차도 이미 대중문화를 공기처럼 느끼는 세대잖아요. 여러분들은 더 말할 나위 없겠죠. 막연한 얘기지만, 어려서부터 저한테는 멋있어 보이는 게 너무 많았어요. 중고등학교 때부터 뭘 하나 열심히 해서 그걸 가지고 나는 꼭 무엇이 돼야겠다고 생각하지는 않았어요. 막연히 이것도 멋있는 것 같고, 저것도 멋있는 것 같고, 멋있다고 느껴지는 여러 가지 리스트 안에 소설가나 글을 쓰는 사람이 들어 있었으니까 약간 시건방진 생각을 하고 있었던 셈이지요. 흔히 작가분들은 중고등학교 때부터 문학소년, 문학소녀였다고 하던데…… 박범신 선생님도 학교 안 가고 갈대밭에 들어가서 소설을 읽었던 에피소드가 있다고 하셨는데 저는 확실히 전형적인 문학소녀였던 적은 없었던 것 같습니다. 그렇게 열렬한 문학소녀는 아니었어요. 전혜린을 읽고 밤잠을 설치거나 했던 기억이 저한테는 없어요. 대신 문학도 저의 여러 가지 다양한 관심사 중의 하나였지요. 저희 세대는 지금처럼 인터넷이 있던 시대는 아니었잖아요. 하지만 TV나 영화 등 다양한 것들을 좋아했습니다. 음악도 좋아하고 미술도 좋아하고 영화도 많이 보러 다녔어요. 그래서 저한테 문학적인 재질이 있는지를 대학 원서를 쓸 때까지도 몰랐던 것 같아요.

제가 문창과에 가게 된 것도 여러 가지 잡다한 것의 기본이 되는 게 글쓰기가 아닐까, 나중에 내가 정말 좋아하는 걸 찾으면 글쓰기와 문학 공부가 바탕이 되고 도움이 되지 않을까 하는 생각에서였습니다. 그런 모호하고 막연한 태도를 가지고 문창과에 들어가게 됐어요. 문창과에 들어가서 처음으로 문학이라는 걸 접했다고 해도 과언이 아닐 겁니다. 중고등학교 때 세계문학전집을 독파한 일도 없었고, 따로 습작을 해본 적도 없었습니다. 물론 문학수업이나 국어수업을 받은 정도의 지식은 있었지만 문학이라는 걸 본격적으로 접하게 된 건 문창과에 들어가서였던 것 같아요. 그래서 그런지 졸업을 하고 등단을 했을 때 작가라는 말이 참 어색했어요. 아까 김도연씨가 십 년을 준비해서 등단했다고 하셨는데 기분 나쁜 소리로 들릴지 모르겠어요. 오랫동안 신춘문예에 도전해서 떨어진 분들의 고통을 많이 들어서 알고는 있는데, 저는 등단을 하고 책을 낸 이후에도 작가라는 말이 참 부담스럽게 다가왔어요. 전혀 실감나는 말이 아니었거든요. 어디서 전화를 해서 청탁을 할 때 이신조 선생님이나 이신조 소설가님이라고 하면 어쩔 줄 몰랐어요. 맞지 않는 옷을 입은 게 아닌가 할 정도로요. 제가 98년에 등단을 했으니까 올해로 칠 년차인데 이제야 겨우 이신조 소설가라는 말이 그나마 낯설지 않게 다가오는 정도예요. 그 동안은 문학이라는 게 과연 나한테 맞는 건가, 소설쓰기라는 게 내 삶과 같이 갈 수 있는 것인가를 의심하는 시기였어요. 또 운이 좋았던 덕에 일찍 등단을 해서 책도 여러 권 낼 수 있었던 시간이었습니다. 그 동안은 계속 '내가 정말 작가가 맞나',

저를 의심하면서 글을 썼던 시기였다고 할 수 있을 것 같습니다.

저는 개한테 소설을 읽어줬다거나 하는 등단에 얽힌 특별한 에피소드는 없습니다. 제가 본격적으로 글을 쓰게 되고부터 생각을 많이 한 게 있는데, 단순히 재미있는 이야기로서의 기능은 소설 말고도 다른 여러 가지 예술 분야나 대중문화 분야에서 이미 채워주고 있다는 겁니다. 뭔가 아주 기가 막히고 재미있는 이야기를 원한다면 굳이 소설책을 읽지 않아도 인터넷 한두 시간만 뒤지면 얼마든지 재미있고 신기하고 기막힌 이야기를 찾을 수가 있잖아요. 〈세상에 이런 일이〉라는 텔레비전 프로그램 하나만 보더라도 소설감 이상의 재미있는 이야기들이 넘쳐납니다. 더이상 소설이 예술이나 문학의 왕자가 아닐뿐더러, 재미의 기능만을 놓고 본다 해도 그 경쟁력이 떨어지는 게 사실인데, 그럼에도 불구하고 왜 소설을 읽어야 되는 걸까 생각해보게 됩니다. 재미있는 이야기를 즐기려고? 교양과 지식을 쌓으려고? 아니면 감동을 받기 위해서? 하지만 앞서 말했듯이 그걸 대체할 수 있는 다른 것들이 있잖아요. 그럼에도 불구하고 왜 소설을 써야 하고 읽어야 하느냐가 등단 이후로 저한테 굉장한 고민이었습니다. 박범신 선생님의 전성기라고 할 수 있는 7, 80년대만 하더라도 소설이라는 게 문화의 중심에 있었고 소설가는 예술인들 중에서도 최고의 위치에 있었죠. 좋은 시절 다 지나갔다는 차원의 얘기가 아니에요. 소설, 넓게는 문학이라는 게 상대적으로 입지가 줄어든 상태에서 내가 소설을 쓰는 게 어떤 이유를 가지고 있고 어떤 의미를 가지고 있는지를 스스로 알아가는 일이 저한테는 중요하게 생각이 됐어요. 그래서 이십대를 보내고 삼십대로 막 접어든 시점에 있어서, 이십대로 산 십 년 동안을 돌이켜보면 문학소녀가 아니었는데 문학을 하게 됐고, 소설가라는 이름이 굉장히 어색했는데 전업작가가 됐어요. 이런 일련의 일들이 저한테 어떤 의미가 있고 앞으로 글을 계속 쓰려면 제가 어떤 부분에 더 노력을 해야 될까를 자주 생각했습니다.

아까 박범신 선생님께서 말씀하셨듯이 저는 자본주의사회의 도시에서 자라나서 도시의 공기를 마시고 도시적인 삶을 살았어요. 여기 계신 여러분들 중에도 많은 분이 저와 비슷한 경험을 가지고 있을 거라고 생각해요. 예전에 박범신 선생님이 어떤 문학 강연에서 선생님이 이십대일 때는 '내가 라면을 먹을 때 나보다 돈이 많은 사람은 떡라면을 먹겠지'라는 생각에 위화감을 느꼈다는 말씀을 하신 적이 있어요. 제가 인상 깊게 들었던 얘기인데, 그때는 가난이라는 게 하나의 공통적인 문화였잖아요. 이 사람과 저 사람이 특별한 차이가 있는 게 아니라 대부분 모두 가난했으니까요. 그런데 요즘 세대는 '나는 남자친구랑 만나서 분식집에서 라면에 김밥을 먹고 있는데 내 친구는 남자친구랑 아웃백 스테이크하우스에서 파스타랑 스테이크를 먹고 있겠지'라는 생각에 위화감을 느껴요. 상대적인 위화감이 굉장히 팽배합니다. 90년대를 지나 2000년대 들어오면서 자본주의가 더욱 복잡하고 다단한 모습으로 변했으니까요. 라면을 먹느냐 떡라면을 먹느냐 하는 위화감과 분식집으로 가느냐 패밀리 레스토랑으로 가느냐는 분명히 차이가 있어요. 꼭 자본주의라는 문제나 차원을 떠나서 우리 문학에서 그걸 제대로 얘기해준 적이 있느냐 하면, 저는 없었다는 생각이 들어요. 그리고 이제 인터넷이나 핸드폰이 너무나 일상적인 생필품처럼 되어버렸잖아요. 90년대 문단의 총아로 굉장히 주목을 받았던 소설가 김영하씨 아시죠? 김영하 작가님의 첫번째 작품집 제목이 『호출』이에요. 핸드폰이 아니라 삐삐 시절 얘기거든요. 호출이나 삐삐라는 말이 이제는 낡은 옛날에 쓰던 말이 돼버렸어요. 그렇게 빠르게 바뀌고 있어요. 그런데 소설이라는 게 변화하는 사회를 그때 그때 반영하고 발 빠르게 따라갈 수 있는 장르가 아니에요. 때문에 등단 이후 저의 관심은 제가 살고 있는 사회, 제가 살고 있는 세대, 제가 살고 있는 사회의 모순이 어떤 방향으로 어떻게 진행되어가느냐를 지켜보는 일이었어요. 저는 지금 그에 맞춰서 작품에 대한 생각을 많이 하고 있거든요. 오늘 어떤 얘기를 또 하게 될지는 모르지만 여러분들하고 그런 고민을 많이 공유할 수 있었으면 좋겠어요. 다른 장르에 비해 소설이라는 장르는 변화에 맞춰 발 빠르게 대처하는 능력이 떨어지는 분야인데, 그럼에도 불구하고 왜 소설을 계속 쓰고 읽어야 하는지, 그것들이 어떤 의미를 갖는지 하는 부분을 생각해봤으면 합니다. (함께 박수)

박범신　　제가 젊은 작가이던 60년대, 70년대, 80년대에는 작가들은 소설은 잘 쓰는데 말을 못했어요. 제가 이 프로그램을 진행하면서 젊은 작가들을 모실 때마다 느끼는데 요즘 젊은 작가들은 말도 잘한다는 생각을 합니다. 이번 프로그램에 초대된 작가들이 젊은 작가들이라 뭘 물으면 계속 단답형으로 대답하면 어떡하나 하고 걱정을 많이 했어요. 그랬더니 제 주변에 있는 젊은 작가들이 말하기를, 김도연씨가 제일 그럴 가능성이 있고 다른 사람들은 괜찮을 거라고 하더라고요. (웃음) 그런데 김도연씨가 말을 너무 재미있으면서도 본질에 가까운 얘기를 해주셔서 마음이 탁 놓입니다. 지난번에 프로그램이 끝나고 뒤풀이를 갔더니 어떤 분이 말씀하시기를 제가 미리 핵심적인 것을 질문을 한 다음에 질의할 수 있는 기회를 주기 때문에 질문할 게 없을 때가 있다고 하더라고요. 그 말은 바꿔 말하면 저보고 명석하다는 얘기인데…… (함께 웃음) 그래서 다음주에는 내가 질문을 하기 전에 독자들에게 먼저 기회를 줘야겠다, 내가 먼저 초치지 말아야겠다는 생각을 했어요. 그러니까 질의하실 분 준비해주시고요, 그래도 진행자로서 한 가지씩은 물어봐야 되지 않겠나 싶어요. 지금까지 좋은 얘기를 많이 들었는데.

이신조씨가 쓴 '작가의 말'을 보니까 굉장히 재미있어요. 다른 사람들 같으면 '작가의 말'에서 자기 목소리의 글을 쓰기 마련인데 이신조씨는 자기 얘기는 하나도 안 쓰고 남들의 글만 인용하고 있어요. 김종삼, 하루키, 고흐 등의 글을 쭉 써놨어요. 물론 의미가 있으니까 써놨을 텐데 제가 인상적인 것은 '문장완성검사' 설문지예요. 여섯 개의 항목이 있는데 이중에서 두 개만 선택해서 두 분 작가한테 물어보고 싶습니다. 그러고 나서 소설에 대한 질문은 여러분이 먼저 하십시오. 우선 김도연씨한테는 '문장완성검사' 설문지 중에서 '어리석게도 내가 두려워하는 것은 (   )'라는 항목의 괄호를 채워주십사 하는 부탁을 드릴게요. (함께 웃음)

김도연　저는 작가의 말을 그렇게 안 썼는데요. (함께 웃음)

박범신　그래도 진행자의 직권으로 물어보는 거니까……

김도연　제가 글을 쓰면서 가장 두려워한 것은, 한 편의 글을 쓰고 난 다음에 두려워한 것은, 제 소심함이었던 것 같아요. 제 글이 사람의 손을 거치고 거치면서 어떤 욕을 먹게 될지를 미리 상상하게 되는데 글 한 편을 마치면 그런 부분이 제일 불안합니다.

박범신 김도연씨가 쓴 작가의 말을 읽어보면 김도연씨가 문학을 대하는 태도는 이신조씨가 문학을 대하는 태도하고 상당히 차이가 있다는 걸 느낄 수 있어요. 김도연씨는 어떤 의미에서 매우 처절하게 문학을 대하고 있다는 느낌이 들어요. "악몽을 죽이려 술을 마셨다. 귀신에게서 도망치려고 밤마다 꿈을 기록했다. 그러나…… 참담하다"라는 구절을 볼 때 문학에 대해서 어떤 태도를 갖고 있는가 하는 것을 여러분들도 느낄 수 있으리라고 봐요. 그에 비해서 이신조씨는 매우 신세대적이죠. 특별한 콤플렉스가 없고 절실하게 목을 매달아야 될 명분과 이유를 갖고 있지 않으면서 문학을 해오고 있다고 할 수 있습니다. 그게 나쁘다는 뜻은 아니에요. 김도연씨의 문학적 태도는 어떤 의미에서 우리 세대의 문학적 태도하고 흡사해요. 그렇기 때문에 세대차이는 있지만 마음속으로 문학을 만나는 길의 끝에서 김도연씨와 나는 손을 맞잡을 수 있겠다는 생각을 개인적으로 하고 있습니다. 그런데 이신조씨는 신품종이잖아요.

이신조씨한테는 내가 아버지 세대일 텐데 '대개 아버지들이란 (   )'라는 항목의 괄호를 채워주십사 하는 부탁을 드리겠습니다. '대개 아버지들이란 무엇이다' 라는 말은 '기성세대란 무엇이다, 한국문단은 무엇이다' 라는 말도 되겠지요. '내가 아는 선배들의 한국문단이란 무엇이다' 라는 말도 될 것이고 말예요. 외연을 넓게 잡아서 어떤 대답이 나올지 한번 들어봅시다.

이신조 대답 전에 먼저 얘기해야 할 게 있는데, 어쩌다가 심리검사 같은 걸 하게 됐어요. 50문항이 있는 설문지가 주어졌는데, 앞에 뭐라고 단서가 있고 뒷부분을 서술형 종결어미로 완성을 시키는 거였어요. 설문지를 딱 받아서 하려니까 누구한테 작문숙제를 받은 것도 참 오랜만이라는 생각이 들더라고요. 재미있게 읽고 답했어요. 그런데 단순히 재미만 있는 게 아니라 완성된 문장을 통해서 그 사람의 본질에 다가갈 수 있겠구나라는 생각에 그중 몇몇 가지를 독자분들하고 한번 생각해볼까 해서 작가의 말에 옮겨놨던 거예요. '대개 아버지들이란 (   )' 라는 항목에 제가 적었던 걸 그대로 솔직하게 말하자면, 그때 저는 대개 아버지들이란 '자기가 아버지임을 어떻게든 증명하고 싶어한다' 라고 썼어요. 오늘 세대적 갭에 대해서 얘기를 많이 하고 있는데, 선생님께서 말씀하신 것처럼 저희 아버지가 선생님 연배신데 자고로 아버지들한테는 '내가 아버지다'라는 걸 어떤 식으로든 증명하려고 하는 게 있는 것 같아요. 어떻게 보면 우리는 그냥 가족의 일원, 피붙이의 일원으로서의 자연스러운 아버지를 바라고 있는데 말이죠. 그런데 아버지들은 나는 아버지니까 이래야 된다, 나는 아버지니까 이러이러한 사람이어야 한다고 생각하시는 것 같아요. 그리고 증명을 통해서든 말을 통해서든 하여간 어떤 식으로든 자식에게 아버지임을 각인시켜줘야 된다는 강박관념이 있는 것 같아요. 물론 가족을 부양해야 된다는 책임감에서 나오는 것이겠지만요. 하지만 자식들이 정말 바라는 것은 그런 강박관념으로부터 자유로운 아버지가 아닐까라는 생각을 하고 있어요.

박범신 아버지임을 증명하지 않으면 자식들이 말을 안 듣거든요. (함께 웃음)

이신조 그렇기는 해요.

박범신 우리 아버지들은 불철주야 아버지임을 증명을 해야 돼요. (웃음) 좋은 대답을 들었지요? 저도 소설에 대해서 물어보고 싶은 것이 많이 있지만 제가 대폭 양보하기로 하고요, 이제 여러분들께서 소설에 관해서도 좋고 평소에 젊은 작가들한테 말하고 싶은 것이 있었으면 해주셔도 좋고 두 분 작가에게 질문을 하십시오. 이 프로그램을 진행하다보니까 여기 오시는 분들이 거의 다 문학 가족이더라고요. 여러분에게 시간을 충분히 드릴 테니까 얘기하고 싶은 분은 하시지요.

독자1 저는 「0시의 부에노스아이레스」를 읽었거든요. 소설 제목이 「0시의 부에노스아이레스」인데 소설 속 어디에서도 부에노스아이레스를 왜 제목으로 선택했는지 실마리를 찾을 수가 없었어요. 〈해피투게더〉라는 영화를 보면 홍콩의 가장 반대편에 있는 게 부에노스아이레스래요. 거의 극과 극인데 그곳에서 동성애에 관한 이야기를 찍었다고 하는 칼럼을 읽은 적이 있는데요, 이 소설하고 부에노스아이레스가 어떤 관련을 가지고 있는지가 가장 궁금했어요.

김도연 직접적인 계기는 어느 민박집 방에 걸려 있는 부에노스아이레스의 야경 사진이었어요. 그 다음으로 제가 생각했던 것은 옛날 조선시대 같은 경우에는 사람들이 여행을 하기가 쉽지 않으니까 보통 그림을 소장하는 경우가 많았다는 점이에요. 예를 들어 〈몽유도원도〉나 〈금강전도〉를 집에 갖고 있다가 답답할 때 그림을 펼쳐봤다고 해요. 직접 가지는 못하지만 동경하는 이상향 정도로 생각했다고 하는데, 부에노스아이레스는 현실에서 가장 멀리 떨어져 있는 하나의 장소라고 보면 됩니다. 그게 꼭 부에노스아이레스가 아니라도 된다고 생각해요. 좀더 솔직히 얘기하자면, 사실 제목으로 멋있어 보였습니다.

박범신 〈해피투게더〉는 이신조씨가 전문가던데요. 「새로운 천사」에 〈해피투게더〉가 많이 인용되고 있죠. 어쨌든 「0시의 부에노스아이레스」라는 제목이 멋있잖아요? '0시의 부에노스아이레스'가 탱고 제목인가요?

김도연 피아졸라의 탱고 곡명입니다. 사실 「0시의 부에노스아이레스」 같은 경우는 당선을 위해서 쓴 작품이라기보다는 제 개인적으로 여러 작품을 쓰던 중에 방법적인 문제를 갖고 쓴 작품입니다. 소설을 쓸 때 이번에는 이런 작품을 쓰고 다음에는 저런 작품을 쓰자고 하는 게 있는데 그 와중에 나온 것이라서…… 아무튼 데뷔작 같은 경우는 소설을 쓰는 방법이나 기교에 중점을 두고 썼던 작품입니다.

박범신 「0시의 부에노스아이레스」는 중앙신인문학상 당선작인데, 고백하자면 저도 그때 심사위원이었어요. 그래서 활자화되기 전에 「0시의 부에노스아이레스」를 읽었지요. 그때 작품을 읽으면서 '이 소설을 쓴 사람은 말이야, 화려한 그라운드에서 장미꽃 한 송이를 들고 있는 아름다운 여자와 밤을 새워 화려한 탱고를 추고 싶은 거야. 그런데 그게 마음대로 안 돼서 동해 바다에 쓸쓸하게 좌초해 소설을 쓰고 있구나'라는 생각을 혼자 했어요. 그런 기분으로 읽었거든요.

독자2 저는 이신조 작가님한테 질문을 드리겠습니다. 「새로운 천사」를 저는 재인이라는 소녀의 성장소설로 읽었는데, 신체적 변화를 겪으면서 세상을 알아간다고 생각했어요. 꿈속에서 장국영이랑 탱고를 추는 장면이라든가 이신조 선생님의 사랑에 대한 생각 등 여러 장면이 나오는데요, 소설 첫 부분에서 꿈속에 야구 장면이 나오는데 그 야구 장면이 전체적인 소설의 흐름에서 어떤 맥락을 갖고 있나 하는 게 궁금했어요.

이신조 소설을 읽는 독법이야 독자들마다 다 다르겠지요. 작가가 의도한다고 해서 의도한 대로만 읽혀지는 것도 아니고요. 오히려 다양하게 읽힐 수 있는 작품이 더 좋은 작품이라고 생각하고 있는데요, 성장소설로 읽으실 수도 있을 거예요. 하지만 제가 이 작품을 시작하게 된 계기 중 하나는 우리가 흔히 결핍감이나 절실함을 얘기할 때 물질적인 부족함을 강조하고 그런 환경에서 어떤 문제가 야기되는 게 보통이잖아요. 소설의 주인공이라고 하면 흔히 고아이거나 가난해요. 그런데 저는 거꾸로 물질적으로 풍요하고 부족함 없이 사는 사람들은 과연 행복하기만 할까라는 의구심을 갖고 있어요. 「새로운 천사」의 재인이라는 소녀를 보면 아버지가 작곡가이고 어머니는 변호사예요. 물론 부모님이 이혼은 했지만 누가 보더라도 부족함 없는 풍요로운 생활을 하고 있어요. 하지만 그럼에도 불구하고 채워지지 않는 결락감, 결핍감 같은 게 분명히 있고, 보이지는 않지만 자기 나름의 갈등과 고민이 존재하죠. 방금 꿈속의 야구 장면을 말씀하셨는데 개인적으로 야구에 대한 특별한 이미지를 가지고 있기는 해요. 축구를 좋아하느냐 야구를 좋아하느냐 하는 개념이 아니라…… 일본소설 중에도 다카하시 겐이치로라는 작가의 『우아하고 감상적인 일본야구』라는 소설이 있어요. 굉장히 독특한 느낌의 소설로 기억하고 있고, 또 여러분들이 많이 좋아하시는 하루키는 젊은 시절 오랫동안 재즈카페를 운영했는데, 서른 살이 되던 해에 야구장에서 야구를 보다가 이루타를 맞고 시원스레 날아가는 공을 보고 소설을 써야겠다고 결심했다는 글을 읽은 적이 있어요. 제 친구한테도 들었는데, 제 소설에 야구가 많이 나오는 편이라고 하더라고요. 야간경기가 열리고 있는 야구장을 이십대 초반에 많이 갔어요. 야구를 좋아해서가 아니라 야구장에서만 느낄 수 있는 독특한 정서나 이미지 같은 게 있거든요. 저한테는 야구장에 대한 깊은 인상이 있어요. 폴 오스터도 야구를 좋아한다는 사실 아시죠? 야구 게임을 고안해서 가난하던 시절에 팔러 다니기도 했다는데, 『공중 곡예사』라는 소설을 보면 보스턴레드삭스의 팬인 소년이 주인공이잖아요. 사실 저도 왜 하필 야구였는지 잘 모르겠어요. 무의식적인 건지는 모르겠는데 야간경기가 열리고 있는 야구장만의 어떤 고유한 느낌이 저한테 남아 있어서 였던 것 같아요.

독자3 저는 김도연 작가님께 질문을 드리고 싶어요. 「검은 눈」에서 선생님이 얘기하고자 하는 게 현실과 상상, 물질과 정신의 괴리에 대한 게 아닌가라는 생각을 하면서 읽었는데요, 거기에 맞춰서 질문을 한 가지 드리고 싶습니다. 아까 박범신 선생님께서도 말씀하셨던 사항이기는 한데요, 제 생각에도 선생님 소설에 자주 등장하는 것이 있는 것 같습니다. 바로 꿈과 자연이라는 테마인데요, 꿈이라는 것과 자연이라는 것이 보통 우리가 생각할 때 나쁜 이미지는 아니에요. 나쁜 상상이 드는 소재가 아닌데 선생님 소설에서는 조금 다른 것 같아요. 아까 자연 속에서 편안함을 느끼고 영감을 받아 독자에게 다가가는 더 좋은 글을 쓰고 싶다고 말씀을 하셨어요. 하지만 작품 속에서는 꿈이나 자연이 유난히 어둡게 표현된다고 저는 개인적으로 느꼈거든요. 눈이나 동물, 혹은 꿈이라는 것을 희망으로 여기고 희망으로 표현을 하고 싶으신 건지, 아니면 좌절이나 어두운 면이라고 생각을 하고 표현을 하시는 건지 궁금합니다.

김도연 처음에 말씀드린 것처럼 제가 사람이 없는 곳에서 살다보니까 일단 소설을 쓰는 저 자신조차도 사람들과 많은 관계를 맺는 생활은 아닙니다. 사실 저의 하루 일과는 너무나 단순합니다. 시골이니까 아침에 일어나서 잠깐 일을 하고 도서관에 가서 낮 동안은 글을 쓰고 저녁때 와서 다시 농사일을 하고 그리고 잠들고…… 한 달 동안 일기를 써보면 큰 변화가 없습니다. 누구를 만나는 일도 거의 없고요. 예를 들어서 제가 낮에 평균적으로 하루에 세 사람을 만난다고 치면 꿈속에서는 많게는 수백 명도 만납니다. 또 현실에서는 비행기나 배를 타야만 미국이나 일본을 갈 수 있지만 꿈속에서는 아주 간단하게 건너갈 수도 있고요. 그런 일들이 제 꿈속에서 상당히 많이 벌어졌거든요. 사실 저는 꿈을 많이 꾸는 편입니다. 그리고 꿈을 모두 기억하는 편입니다. 아침에 일어나면 간밤에 꾸었던 꿈이 다 기억나요. 악몽을 많이 꾸는 편이지만 코미디 같은 꿈도 많이 꿉니다. 그리고 요즘에는 꿈을 꾸다가 기분 나쁜 꿈이다 싶으면 안 꿔버립니다. (함께 웃음) 그냥 깨어나지요. 조금만 연습을 하면 마음대로 하는 게 가능합니다. 저 같은 경우는 낮에 깨어 있을 때 만나는 것보다 꿈에서 만나는 게 훨씬 더 흥미진진하고 무궁무진합니다. 꿈이 현실의 어떤 면을 반영하는지 정확하게는 잘 모르겠어요. 프로이트는 꿈을 정신분석학적으로 이해하지만 우리나라의 꿈 해몽서를 보면 보통 길몽과 악몽으로 나누지 않습니까? 저는 그런 모든 해석들이 상당히 재미있습니다. 정신분석학적인 어떤 꿈이든, 그냥 복권을 사는 꿈이든, 태몽이든 간에 내가 자는 동안에 내 머릿속에서 벌어지는 일들이 상당히 흥미로워서 기록하게 됩니다. 글을 쓰는 사람은 꿈을 기록하는 연습을 조금만 하면 꿈과 꿈을 연결하는 고리를 찾게 된다고 보는데 제가 일상생활에서 겪는 일보다 훨씬 더 흥미로운 소재들이 숨어 있습니다. 그리고 자연 같은 경우는 어떤 특별한 뜻이 없습니다. 자연은 보는 사람이 해석하기 나름이라고 생각하거든요. 예를 들어 전쟁터에서 다쳐서 돌아올 때 내리는 눈은 참 끔찍하고 나를 얼어붙게 하는 눈일 테고, 시험에 합격을 하고 돌아올 때 내리는 함박눈은 나를 축복해주는 눈일 테고 말이죠. 인간이 바라보고 해석하는 것에 따라 다르다고 봅니다. 어쨌든 저한테는 가축이나 자연적인 것이 가까이 있는 편입니다. 도시에 사는 사람들이 사회에서 부딪히는 부분들을 이야기의 테마로 끌어간다면 저 같은 경우는 시작 부분을 폭설이든 폭우든 자연적인 쪽으로 가급적 이야기를 끌어가려고 하는 경향이 짙은 편입니다.

독자3　그러면 선생님한테 있어서 꿈이라는 것은 희망적인 것이라고 해석을 해도 되겠네요.

김도연　그건 잘 모르겠어요. (함께 웃음) 언뜻 책 제목이 생각이 안 나는데⋯⋯ 꿈에 관련된 소설이었는데, 이런 내용입니다. 꿈에서 어떤 여자를 만났어요. 하지만 현실에서는 그 여자를 볼 수가 없지요. 그런데 꿈을 꾸면 여자가 계속 나타납니다. 그 여자를 만나고 데이트할 수 있는 길은 꿈속에서 여자를 계속 찾아다니는 수밖에 없는데 이번 꿈에는 여자가 안 나타났어요. 그런데 다른 꿈에서 누군가가 여자가 지금 어디로 가고 있다고 얘기를 해줍니다. (함께 웃음) 그러니까 계속 꿈을 꾸면서 그 여자를 찾아가는 거예요. 아까도 말했지만 비행기를 타고 가면 돈이 많이 드니까 가급적이면 가장 저렴한 수단인 꿈을 이용하는 것이죠. 꿈이 희망일 수도 있고 희망이 아닐 수도 있습니다.

박범신　제 생각에는 소설 속에서의 꿈이 희망이냐 절망이냐고 물으면 모든 작가들이 다 대답하기 굉장히 곤혹스러울 것 같아요. 이분법적인 방식으로 뚜렷하게 말하기는 어렵지 않겠나 하는 생각이 드는데, 작가의 환경이 작가의 세계관을 이해하는 데 중요한 키워드인 것은 틀림없지만, 그것만으로 그 작가를 다 이해할 수는 없겠지요. 어쨌든 아까 김도연씨는 현재 평창이라는 곳에 살고 있다고 했는데, 전에는 서울에서도 살았고 도시에 나와서도 살았어요. 그러나 현재는 평창에서 살고 있으니까, 도시 생활보다는 전원적이랄까, 이미지만으로는 초월적인 분위기에 가깝다고 할 수 있을 겁니다. 꿈과 리얼한 현실적인 삶 사이의 경계가 모호한 환경 속에 있다고 상상해도 좋겠지요. 특히 김도연씨 소설의 큰 특성 중 하나는 꿈과 현실의 경계가 모호하다는 거예요. 좀전에 김도연씨가 꿈 얘기를 했는데, 여자를 찾아다니기는 하지만 그 여자를 잡지는 못해요. 현실에서 여자를 만나서 현실적인 사랑을 나누는 내용은 별로 없어요. 대개 과거 혹은 꿈으로만 나타납니다. 김도연씨 소설에서는 과거에 경험했던 것도 꿈인 것 같아요. 또 꿈도 작가의 경험에서 쓴 것 같고요. 경계가 아주 모호한 상태에 있기 때문에, 더군다나 그것이 지향하는 것이 희망이다, 절망이다라고 딱 잘라 말하는 것은 작가로서는 매우 곤혹스러운 문제가 아니겠는가 하는 생각이 들어서 제가 주(註)를 한번 붙여본 거예요. 이런 주를 붙이면 대개 젊은 작가들은 내가 다 설명할 수 있는데 왜 아는 척을 하는 거야 하고 싫어하던데…… 넘어가기로 할게요.

독자4　저도 김도연 선생님한테 질문을 드리고 싶은데요, 「0시의 부에노스아이레스」를 보면 바다의 색깔에 대해서 구체적으로 제시하고 있거든요. 네이비블루라든지 코발트블루라든지 하는 식으로요. 바다를 '그녀'로 생각해볼 수도 있겠는데, 혹시 구체적인 색깔을 제시하는 의도가 있으신지 궁금합니다.

김도연　여자 얘기를 해서 죄송합니다만, 여자들은 어떤 상황이 벌어졌을 때 입장을 바꾸는 데 아주 뛰어난 재능을 갖고 있다라는 얘기를 들었는데요, 제가 사는 곳은 바다가 가까워서 바다에 많이 가는 편인데, 우리나라 색상표를 보면 변하는 바다의 색을 정확히 말하기가 참 곤란한 경우가 많이 있거든요. 그래서 그걸 어떤 식으로 대입을 해본 것이고…… 사실은 색상표를 가지고 파랑의 계통색을 다 골라서 그냥 갖다가 붙였습니다. 날씨에 따라서 바다는 많이 다르게 보이니까요. 아까도 말한 것처럼 소설을 방법적으로 쓰기 위해서 그냥 한번 수작을 부려본 겁니다. 눈도 그렇지만 바다라는 게, 잠깐 갔다 온 바다는 어떤 한 가지 색으로 고정돼 있겠지만 계속 바라보는 바다는 사람의 마음에 따라서 검은색으로 보일 수도 있고 붉은색으로 보일 수도 있어요. 이야기 속에 들어온 바다나 눈의 색깔은 이야기에 맞춰서 변해도 무방하다고 생각합니다.

독자5 저는 이신조 작가님께 질문을 드리겠습니다. 「새로운 천사」의 마지막 장면에 소녀가 테라스에서 떨어지는 이미지가 보이는데요, 그 장면이 주는 의미에 대해서 잘 모르겠거든요. 소녀가 계속 행복한 듯한 모습을 보이는데 별안간 왜 떨어지는지 말씀해주십시오.

이신조 아까도 말씀드린 것처럼 제가 설정한 재인이라는 소녀는 남들이 봤을 때는 정말 부족한 점이 없는 풍요로운 생활을 하고 있어요. 조숙하면서도 자신의 불만을 드러내지 않는 성격의 소유자로 설정이 돼 있습니다. 하지만 완벽한 조건을 가지고 있다고 완벽한 삶이 과연 가능할까, 교과서적인 인생이 과연 있을까 싶었어요. 누구나 보이지 않는 결락감과 결핍감이 있게 마련이잖아요? 우리가 아무리 완전한 준비를 한다고 해도 살아가다보면 다리를 헛짚게 되는 경우가 있어요. 소녀의 실족이라는 게 꼭 자살의 개념이라기보다는 아무리 완벽한 조건이 갖춰져 있다고 하더라도 인생이라는 건 분명히 걸음을 헛디딜 때가 있고 뜻하지 않는 함정 같은 것에 빠질 수도 있다는 걸 말하고 싶었어요. 인생은 보이지 않는 것에 의해서 결정되는 부분이 많잖아요. 논리적으로는 잘 설명할 수 없는 삶의 부조리함. 모자랄 것 없는 아이가 왜 자살을 하지, 왜 떨어져 죽지라는 물음이 그 시작점이라고 생각합니다.

박범신 하여튼 이 소녀는 삶이 되게 공소하잖아요? 소녀가 떨어지는데, 자살인 건 틀림없어요. 그런데 핸드폰을 잡으려고 떨어지더라고요. 소녀는 핸드폰을 가지고는 있지만 아무하고도 소통을 못 해요. 부모하고도 소통이 되는 것이 아니라 겉돌 뿐이에요. 때문에 핸드폰을 향해서 손을 뻗치면서 떨어지는 것은 매우 상징적일 수 있겠다는 생각을 해봤어요.

이신조 추가적으로 말씀을 드리자면 재인이라는 소녀는 소설 속에서 엄마, 아빠, 선생님, 친구하고 많은 대화를 나눠요. 그런데 그 대화라는 게 직접적인 대화가 아니라 다 전화로 이루어지는 대화예요. 그래서 제가 일부러 줄표로 대화를 표시했거든요, 큰따옴표가 아니라요. 얼굴과 얼굴을 직접 맞대고 하는 대화가 아니라 전화로 이루어지는 간접대화라는 걸 강조하고 싶었어요. 여자의 일생에서 어른이 되는 시작이라고 할 수 있는 초경을 경험하는 소녀의 하루가 소설의 시간적 배경인데요. 요즘 청소년들이야 성에 대해 많은 지식을 가지고 있다고는 하지만 한 사람의 인간으로서 그건 분명 굉장히 큰 경험이잖아요? 자신을 사랑하는 사람도 있고 부족한 것도 없는 소녀가 초경을 하는 날 결국 아무하고도 만나지 못했다는 걸 표현하고 싶었어요. 전화로만 이루어지는 간접대화, 누구하고도 얼굴을 보고 얘기하지 않았다는 점을 강조하고 싶었습니다.

독자6 저는 김도연 소설가님한테 질문을 드리고 싶은데요, 「0시의 부에노스아이레스」를 읽으면서 구성이 굉장히 치밀하다고 느꼈어요. 소설의 앞부분은 'CHECK IN'으로 시작하고 소설이 끝나는 부분은 'CHECK OUT'으로 돼 있어요. 민박집 자체가 현실과 무의식세계를 왔다갔다할 수 있는 통로이고 그 안에 있는 침대를 통해서 꿈과 현실을 계속 왔다갔다합니다. 어떻게 보면 현실세계와 무의식세계를 왔다갔다하는데 특별한 설명 없이도 굉장히 잘 읽힌다는 느낌을 받았어요. 처음에 눈으로 이야기가 시작이 되는데 이야기를 끝까지 끌고 가지는 못하는 것 같아요. 또 방 안에 몇 권의 책이 있는데 나비를 채집하고 표본 제작하는 과정에 대한 이야기도 계속 나와요. 물론 나중에 여자가 남기고 떠난 라면박스가 나비 모양을 한 노끈으로 묶여 있다는 데서 그녀를 상징하긴 하지만요. 또 자기 자신을 숭어로 나타내는 부분이 있는데 만약에 민박집 바로 앞에 바다가 있어서 숭어로 나타냈다고 한다면 나비가 나오는 부분이 너무 적었다는 아쉬움이 있어요. 그리고 또 중간에 변기 얘기가 많이 나오더라고요. 민박집 여자가 음식을 가지고 왔을 때 음식을 변기에 버리기도 하고요. 그런데 결국에 가서는 변기에 관한 이야기도 중간에 그쳐버리더라고요. 저는 이 소설을 굉장히 재미있게 읽었는데, 혹시 제가 거론했던 장면들을 의도적으로 구성을 하신 것인지 한번쯤 여쭤보고 싶었습니다.

김도연 여기 오신 분들이 소설창작을 공부하기 때문에 나오는 질문인 것 같은데요, 한 편의 소설을 쓸 때 작가가 준비하는 게 많을 거라고 봅니다. 하나의 이야기를 위해 이야기를 풀어나가는 방법으로 여러 가지를 준비할 겁니다. 사실 「0시의 부에노스아이레스」도 그런 식으로 준비를 많이 했습니다. 이 이야기가 소설 속 이야기이냐, 어떤 장치를 한 것이냐, 현실에 있는 그대로냐 하는 것은 논쟁의 여지가 없겠지만 어쨌든 이 소설 같은 경우는 제가 습작 시절에 썼던 작품이니까 여러 가지 장치를 사용한 거예요. 한 편의 소설을 만들기 위해서, 내가 하려고 하는 이야기를 돕기 위해서 여러 가지 장치를 사용한 겁니다. 아까 이신조씨도 말씀하셨지만 세상은 너무 빨리 변하고 있습니다. 소설을 쓰면서 소설이 살아남을 것이냐 아니냐 하는 것은 제가 고민할 부분은 아니라고 생각해요. 하지만 계속 소설을 쓴다면 어떤 이야기를 써야 될 것인가라는 생각을 많이 하게 되거든요. 데뷔작에서 시도했던 기교나 방법이 끝까지 살아남지는 않을 것 같습니다. 그것은 지나가는 유행가이고 유행가는 계속 새로 생겨날 테니까요. 그렇다면 이제는 한 편의 글을 쓸 때 진정성이 들어가야지만 유행을 견딜 수 있다고 생각합니다. 그런데 데뷔작인 「0시의 부에노스아이레스」 같은 경우는, 물론 그 안에 여러 가지 요소가 들어 있겠지만 시작 지점에서 썼던 작품이었고 아까 처음에 말한 것처럼 제 작품의 한 유형입니다. 같은 풍의 작품을 계속 쓰지는 않잖아요? 제가 쓰고 싶은 한 파트일 뿐입니다.

독자7 "우리는 오해받기 위해 태어났다. 그리하여 가끔 이해받는 것으로 살아남는다. 죽음을 유예한다"라고 하는 맹랑한 문장을 이신조씨가 작품 속에 넣었더라고요. 그 부분이 상당히 기억에 남는데 이신조씨의 작품을 보면 자의식의 궤적을 끊임없이 따라가고 있다는 느낌이 들어요. 한순간도 놓치지 않고 응시하는 것 같거든요. 「새로운 천사」를 보면 엄마와 아빠가 이혼을 했는데 살아가는 방식이 아주 쿨해요. 양쪽 부모를 왔다갔다하면서 소녀도 부모의 쿨한 삶의 방식을 따라가는 것같이 보이지만 실상은 그렇지 못했어요. 부모의 쿨한 방식을 따라가려고 무척이나 애썼지만 십삼 세라는 나이에는 상당히 버겁고 힘겨웠어요. 때문에 불쑥 찾아온 초경이라는 사건으로 인해서 어처구니없게도 자신의 삶을 던져버리는 코드로 읽었습니다. 그런데 제목을 왜 '새로운 천사'라고 했는지 궁금해요. 물론 여러 가지로 해석이 가능하겠지만 작가의 입을 통해서 직접 듣고 싶고요, 두번째는 아까 박범신 선생님도 말씀하셨지만 '작가의 말'에도 그렇고 처음부터 끝까지 텍스트 인용으로 도배를 했더라고요. 실제로 작품 속에서도 텍스트 인용이 여러 번 나오거든요. 그렇게 하시는 이유가 궁금한데, 그것도 물론 여러 가지로 추측이 가능해요. 하지만 작가의 입을 통해서 듣고 싶습니다. 그리고 김도연씨 작품 「0시의 부에노스아이레스」와 「검은 눈」을 현실에서 줄타기를 아주 영악하게 잘하는 여자친구한테 실연당한 주제에 의한 변주곡으로 읽었거든요. 왜냐하면 두 작품이 배경과 장치는 달리하지만 같은 맥락으로 읽히더라고요. 그리고 특히나 「검은 눈」 같은 경우에는 마치 『동물농장』같이 가축들이 얘기를 하는데 맨 마지막에 개에게 물어뜯겨서 죽은 자신의 모습을 보는 장면이 나오거든요. 저는 그 마지막 장면을 굉장히 상징적으로 읽었는데 여자친구는 영악한 현실을 대변한다고 봤어요. 그래서 현실을 쫓아가죠. 그리고 가축들이 원하는 것도, 개가 원하는 것도 현실이었거든요. 배가 고프니까 먹을 것을 달라는 거였는데 그 욕구를 충족하지 못했기 때문에 마지막 장면에서 현실에 의해 물어뜯기는 자신의 분신을 상징했다고 읽었어요. 저의 해석이 작가가 의도한 바를 빗나가지는 않았는지 궁금합니다.

이신조 '새로운 천사'라는 제목이 갖는 의미와 작품에 왜 그렇게 많은 텍스트를 인용했느냐라는 두 가지 질문을 하셨는데, 같은 맥락으로 대답을 해드릴 수가 있을 것 같아요. 제가 이 작품을 구상하게 된 또하나의 계기는 파울 클레의 그림이에요. 소설 속에도 나오지만 이런저런 그림들을 보다가 〈새로운 천사〉라는 그림을 보게 됐어요. 그리고 발터 벤야민이 그 작품에 대해서 쓴 글을 읽게 됐는데 굉장히 인상 깊었습니다. 흔히 서양미술의 전통에서 보면, 천사는 예쁜 아기의 모습이거나 날개가 달린 미소년이기 마련인데 파울 클레의 그림으로 본 천사는 굉장히 기괴했습니다. 이게 무슨 천사야, 악마 아닌가라고 할 정도로 굉장히 낯선 모습이었는데, 벤야민의 지적처럼 역설적인 의미를 가지고 있다는 생각이 들었어요. 「새로운 천사」의 소녀는 물직적으로 완벽한 조건을 가지고 있습니다. 하지만 이 소녀는 아까도 박범신 선생님께서 말씀하셨듯이 공소한 삶을 살고 있어요. 결국 공소한 삶과 그 삶이 만들어낸 모순에 천사는 천사이면서도 천사 같지 않은 모습을 하고 있다는 역설적 의미가 클레의 그림에, 또 제 소설 속에 표현된 거라 생각합니다. 그리고 텍스트 인용이 많은 것은 아까도 말씀드렸다시피 70년대 이후 세대들에 있어서는 문화적인 코드는 너무나 익숙하고 친숙하게 일상생활과 밀착되어 있는 현실입니다. 우리는 누군가를 만나면 자연스럽게 텔레비전 프로그램이나 영화 등을 화제로 삼습니다. 그리고 또 그걸 인터넷으로 더 확장시켜 즐기기도 하고요. 그런 것들을 텍스트로 삼아 즐기고 화제로 삼지 않고는 현대인의 대화가 거의 이루어지지 않는다고 해도 과언이 아닐 정도로 굉장한 비중을 차지하고 있습니다. 소설 속에 등장하는 여러 텍스트들도 그와 같은 맥락입니다. 그 텍스트를 모르는 독자들한테는 작품 감상에 방해가 될지도 모르지만, 무슨 영화를 보고 무슨 드라마를 보고 무슨 책을 읽고 어디 여행을 갔다 오고 하는 것은 분명 우리의 일상을 구성하는 무시할 수 없는 요소들입니다. 제 삶도 여러분들과 다르지 않게 그런 걸로 이루어져 있거든요. 무슨 책을 읽고 무슨 영화를 보고 거기서 어떤 점을 느끼고…… 물론 원본에 대한 이해가 있어야 작품을 더 잘 감상할 수 있겠지만 요즘 같은 경우는 텍스트를 인용함으로써 이차적인 창작도 가능합니다.

김도연 작품을 잘 읽으셔서 제가 더이상 드릴 말씀은 없는데 개인적으로 저희 집 같은 경우는 농사를 짓기 때문에 가축이 많습니다. (함께 웃음) 보통 소가 두 마리, 개가 많을 때는 열 마리, 닭도 한 스무 마리, 토끼도…… 여러분들 아시는지 모르겠지만 번식력이 가장 강한 짐승 중 하나가 토끼입니다. 이번 달에 열 마리였으면 두 달 지나면 한 삼십 마리로 늘어나고…… (함께 웃음) 개는 원래 야생동물이었습니다. 야생동물이던 개가 가축으로 전향한 것은 먹이를 주겠다는 약속 때문이에요. 먹이를 준다는 약속을 인간이 심어줬기 때문에 개가 야생동물에서 가축으로

귀화를 한 겁니다. 소는 농사를 지어주고 개는 도둑과 산짐승을 막아주고 닭은 고기와 알을 줘서 과거에는 여러 가지로 유익했습니다. 그러나 요즘에는 가축들이 귀찮을 때가 많습니다. 왜냐하면 최소한 하루에 두 번은 먹이를 챙겨줘야 되거든요. 며칠은 재미있을 것 같지만 매일 먹이를 챙기려면 아주 지겹습니다. 친구들을 만나서 술을 한잔 더 먹고 싶은데도 개나 소한테 밥을 주러 집에 가야 되기 때문인데, 그것처럼 세상에 귀찮은 일이 없습니다. 내가 기르는 것도 아니고 부모님이 기르는 건데 내가 왜 밥까지 챙겨줘야 되나 하는 생각도 들어요. 그런데 「검은 눈」을 쓰면서 저희 집에서 기르는 가축을 조금 다른 눈으로 보게 됐습니다. 예전에는 식구가 몇명이냐고 물으면 사람 수만 세고 네 명이다, 여섯 명이다 하고 대답을 했는데 가만히 생각해보니까 가축까지 식구로 세야 된다는 생각이 들었습니다. 가축이 단지 말을 못 한다뿐이지 같은 울타리 안에서 자라니까 한가족이나 다름없다는 생각이 들었거든요. 이제는 가축이나 산짐승도 다른 눈으로 보려고 하는 편입니다. 아까도 말했다시피 사람들이 없으니까요.

독자7 그렇다면 가축의 의미는 각각 따로 있습니까? 행동이 다 다르던데요. 오리, 소, 닭 등의 행동이 상당히 다른데 각각의 의미가 따로 있는지 아니면 그냥 이야기를 풀어나가는 전개방식이었는지 알고 싶습니다.

김도연 시골에서 여러 종류의 가축을 기르는 것은 제각각의 소용이 있기 때문입니다. 가축의 역할이 각각 따로 있거든요. 보통 소는 밭을 가는 역할이 있고 아까 말한 것처럼 개는 집을 지키는 역할이 있지 않습니까? 사람의 관점에서 보면 가축이 상징하는 것은 사람의 여러 면하고도 연관이 있는 것 같아요. 농사일을 하다 보면 요즘 소들은 밭을 갈기 싫어합니다. (함께 웃음) 그러면 사람이 독려를 해야 되거든요. 개도 저를 예뻐해주는 사람을 더 좋아하는 경우가 많아요. 닭이나 개나 토끼 등이 어차피 이야기 속으로 들어온 이상 각각의 가축이 상징하는 특정한 성격이 있다고 봐요. 그렇게 하는 것도 괜찮다고 봅니다.

독자7 다른 동물들이 난리가 났는데도 오리는 가만히 앉아서 TV를 보고, 먹이를 주러 갔을 때에는 소만 유달리 말을 걸던데 그 이유를 정확히 알고 싶습니다.

김도연　가축에도 일종의 서열이 있어요. 가장 큰 일을 하는 게 대장이죠. (함께 웃음) 닭은 보통 여성성을 대표하고 오리는 게을러요. 걸음걸이 자체가 느리고 게을러서 오리는 보통 그 집의 가장 게으른 자식을 많이 닮아 있어요. 가축들을 자세히 들여다보면 성격이 보이는데 그 성격이 마치 사람을 보는 것과 같을 때가 많습니다.

독자7　작가 김도연씨는 그중 어느 동물에 가장 가까운가요? 본인이 생각할 때 오리에 가까워요? 소에 가까워요? 닭에 가까워요?

김도연　저는 오리에 가깝습니다. (함께 웃음)

박범신　「검은 눈」이라는 소설의 마지막에 "그곳에 내가 있었다. 잡종 사냥개에게 몸이 반쯤 파헤쳐진 내가"라는 부분이 있는데, 개인적으로 자의식의 과잉이라고 느꼈어요. 김도연씨의 소설 장면 속에서는 굉장히 쇼킹한 삽화거든요. 김도연씨의 소설 전체로 볼 때는 굉장히 쇼킹한 장면이다, 소설의 전체적인 흐름에 비해서 이 라스트신은 자의식이 과잉된 게 아닌가 하는 생각을 했거든요. 어떻게 생각하세요?

김도연　그렇게 생각하실 수도 있는데 여러분들이 소설을 공부하시는 분들이니까 드리는 말씀인데요, 제 소설에 나오는 꿈 장면들은 사실 제가 실제로 꿈을 꾼 것들이에요. 물론 제가 꾼 꿈이니까 제 의식세계에서 뭔가 되비쳐나왔겠죠. 저는 단지 그걸 연결했을 뿐이거든요. 사람이 상황이 안 좋으면 꿈도 사나워집니다. 그리고 행복해지면 꿈도 아름다워져요. 이런 얘기를 해도 되는지 모르겠지만, 저 같은 경우는 당선이 될 때 대통령 꿈을 꿨거든요. (함께 웃음) 김정일 위원장이 남한을 방문하는 꿈이었는데, 김포비행장에 강풍이 너무 심해서 비행기가 추락을 했습니다. 그래서 제가 달려가 심호흡을 시켜서 살려냈거든요. (함께 웃음) 일종의 태몽 같은 거였죠. 여러분들 신문을 보면 아시겠지만 보통 신춘문예 같은 게 신문에 나오면 전면에 다 실리지 않습니까? 소설이 실리는 면에 보통 정치적인 기사가 안 들어갑니다. 오로지 문예로만 장식되는데 제가 당선됐을 때는 이상하게도 소설 상단에 김대중 대통령과 김정일 위원장이 악수하는 사진이 실렸습니다. (함께 웃음)

상황이 아주 안 좋을 때는 아까 박범신 선생님께서 말씀하신 것처럼 정말 제 몸이 산산조각이 나도록 개한테 물어뜯기는 꿈도 꿀 때가 있어요. 어떻게 보면 저는 꿈 때문에 먹고삽니다.

독자8 저는 이신조 작가님의 「새로운 천사」에 대해서 여쭤보겠습니다. 단도직입적으로 배우 장국영이 이 작품 속에서 어떤 의미를 갖고 있는지 궁금합니다. 저는 개인적으로 장국영을 좋아하는데, 소설에 장국영이 나와서 계속 생각을 하면서 왔습니다. 그리고 끝 장면에서 재인이가 환각인지 실제인지 모르겠지만 테라스에서 뛰어내리는데 저는 그 장면에서 장국영이 자살했던 게 생각났습니다. 장국영도 특별히 죽을 만한 이유가 없었는데 죽었다는 걸 생각해보면 어느 정도 맞아떨어진 것 같아서 혹시 그걸 염두에 두고 쓰셨는지 궁금합니다.

이신조 70년대 세대들에게 장국영은 굉장한 문화적 아이콘이었어요. 〈영웅본색〉 이후로 홍콩 느와르가 득세를 할 때 가장 예민한 중고등학교 시절을 보냈거든요. 김경욱 작가님도 '장국영이 죽었다고?' 라는 제목의 소설에서 70년대생들에게 있어 장국영이 상징적인 존재였다고 말하고 있습니다. 60년대에 태어난 세대가 이소룡을 생각하듯이 70년대에 태어난 세대는 장국영이라는 코드가 세대적 감수성과 정서를 대변한다고 느껴져요. 저희 세대한테는 장국영이 죽었다는 사실이 굉장한 충격으로 다가왔어요. 저도 마찬가지였는데 소식을 접하고 인터넷에 들어가봤더니 돈도 많고 부족한 것 없는 유명한 배우가 왜 죽었나 하고 다들 난리였어요. 부족한 것 없이 완벽해 보이는 사람이 불행해하고 결락감을 느끼는 부분에 있어서 제가 생각했던 것과 맞아떨어지는 부분이 있었어요. 높은 곳에서 추락을 하는 개념은 장국영이 출연했던 〈아비정전〉 같은 경우 새로 설정을 했는데 '발 없는 새'에서 날개 이미지가 있었어요. 방금 말씀하신 대로 읽으셨다면 제가 의도했던 부분과 많은 부분에서 맞았다고 생각합니다.

박범신 제가 알기로는 이신조씨는 장국영을 좋아해요.

이신조 양조위를 더 좋아합니다.

박범신 양조위도 좋아하고…… 질문이 더 있을 수도 있는데 시간이 많이 흘렀기 때문에 질문은 이 정도로 마무리를 하겠습니다. 이대로 끝나면 저는 공으로 출연료를 받는 셈이 되니까 저도 질문을 할게요. 두 작가의 세계관이나 문학적 특성을 꿰뚫어볼 수 있는 문장이 각자의 작품 속에 들어 있어서 소개해드리려고 합니다. 제 판단이기 때문에 작가의 말을 한번 들어보고 싶은데…… 김도연씨 같은 경우는 「0시의 부에노스아이레스」의 마지막에 "현상할 수 없는 필름과 같은 그녀를……"이라는 구절이 나와요. 김도연씨의 모든 소설을 관통하는 특징이라고 느껴지는데 김도연씨의 소설은 전체적으로 현상이 안 되고 있어요. 현상이 안 된 이야기들이지요. 알 속에 있는 것도 같고 꿈속에 있는 것도 같고 몽상 속에 있는 것도 같고 흐릿한 기억 속에 있는 것도 같아요. 소설의 마지막까지 필름을 현상하지 않는다고 봅니다. 「0시의 부에노스아이레스」에서는 '그녀'로 나타나지만 '그녀'라고 하는 것의 외연을 넓혀서 김도연씨의 소설을 바라볼 수 있지 않겠는가라는 생각을 했거든요. 이 소설 속에서는 결코 현상할 수 없는 '그녀'로 나타나고는 있지만요. 이것은 두 가지 측면을 보여주고 있다고 봐요. 먼저 김도연씨가 가지고 있는 소설의 세계와 소설의 방법, 그리고 감수성의 핵심적 원리 같은 걸 동시에 느낄 수가 있어요. 또 달리 보면 김도연씨의 소설은 현상을 안 한 필름과 같은 것이기 때문에, 작가가 치열하게 삶에 대해서 말하고 있음에도 불구하고, 김도연씨의 소설을 통해서 우리들의 치열하고 현실적인 삶을 만나보기가 어려울지도 모른다는 생각이 듭니다. 과하게 얘기하면 그냥 독백일지도 모른다고 하는 느낌을 가질 수가 있다고 봐요. 독자 입장에서 보면 말이에요. 독자 여러분한테 질문을 시키면 다른 때는 매우 공격적인 비판의 질문이 많이 나왔는데 이상하게도 오늘은 계속 호의적인 질문들을 하시네요. 두 분 작가가 인덕이 좋아서 그런 건지 작품을 그만큼 잘 써서 그런지 모르겠는데…… 저는 김도연씨 문학의 특성과 한계를 '현상할 수 없는 필름'이라는 말이 잘 보여주고 있다고 봐요. 굳이 이 소설에만 국한된 얘기가 아니라고 봅니다. 그래서 김도연씨에게 혹시 필름을 현상할 생각은 없는지, 현상을 한다면 어떻게 할 것인지 묻고 싶어요. 또 제가 지적한 일부를 받아들일 수 있는 것인지 하는 얘기를 한번 들어보도록 하지요.

김도연　지금까지의 제 이야기가 가진 한계는 일단 장소적으로 보면 울타리 안에서 많이 머물렀어요. 그래서 조금씩 울타리 밖으로 나갈 생각입니다. 저는 TV 연속극을 많이 보는 사람 중의 한 사람인데, 연속극을 보면 결정적인 장면이 나올 때가 있습니다. 예를 들어 형과 동생이 한 여자를 좋아하다가 어느 순간 들통이 나버릴 때가 있습니다. 저는 드라마를 보다가 들통이 나려고 하는 순간에 채널을 돌립니다. (함께 웃음) 짜증이 나거든요. 선생님께서 방금 현상을 안 한 필름 같다는 말씀을 하셨는데 지금까지는 제가 의도적으로 그렇게 해왔습니다. 저는 지리멸렬한 걸 싫어해요. 살면서 세속적인 자잘한 일들이 벌어질 수밖에 없는데, 제가 그런 것을 싫어해서 의도적으로 멀리했던 것 같습니다. 저 스스로도 중간에서 끝내려고 했던 것이 첫 창작집의 가장 큰 한계라고 생각합니다. 그렇다고 해서 또 무턱대고 밖으로 뛰어나갈 수도 없는 상황입니다. 어떻게 보면 제가 당장은 할 수 없는 일이라는 생각이 들거든요. 지금 여기까지는 내가 할 수 있었고 쓸 수 있었고 말할 수 있었던 이야기였다면 그 다음 부분은 아직까지는 제가 자신 있게 쓰기에는 아직 역부족이라는 생각이 많이 들었습니다. 그래서 중간에서 끝냈던 거죠. 어쨌든 계속 울타리 밖으로 나가야 한다는 것은 저 자신도 사실 뼈저리게 느끼고 있습니다.

박범신　드라마를 보다가 결정적으로 드러나는 장면은 안 본다고 하는 대답은 제 질문의 일부에 대한 대답으로 적절한 표현이기는 하지만 제 질문의 본뜻하고는 맞지 않았다고 봐요. 제 말은 결정적인 장면을 그려달라는 뜻이 아니에요. 「아침못의 미궁」과 「0시의 부에노스아이레스」도 마찬가지인데 작품 전체에서 김도연씨가 정말 핵심적으로 말하고 싶은 상실감의 정체라고 하는 것은, 김도연씨 소설에서는 늘 여러 가지 층위를 가진 여자로만 반복적으로 나타나고 있는 것 같아요. 김도연씨가 농사를 짓고 있음에도 불구하고 농사꾼의 소설은 없다고 봐요. 가축들이 많이 등장함에도 불구하고 가축들의 소설은 없어요. 아까 제가 사냥개에게 물어뜯긴 자신을 그린 부분은 혹시 자의식의 과잉이 아니냐고 질문을 했었는데 사냥개에게 물어뜯긴 것은 어머니, 아버지이지 작중화자가 아니거든요. 어떤 면에서 작중화자는 무위도식하는 사람에 불과해요. 그래서 이런 부분들이 전체적으로 매우 답답하다는 겁니다. 그러니까 세속적으로 울타리를 뚫고 나가야 된다는 게 아니라 조금 더 밀 수 있는 내면적인 치열한 힘 같은 것이 혹시 부족한 것은 아닌가, 치열한 열망과 욕구를 향하여 나아갈 수 없기 때문에 이런 미궁 속에 머물러 있는 것은 아닌가 하는 약간 공격적인 질문이었습니다. 혹시 덧붙일 말이 있으신가요?

김도연 선생님 말씀에 대해 반론할 게 별로 없는데요, 예를 들어서 한 사람의 일생을 볼 때 한 팔십 퍼센트는 아까 말한 것처럼 똑같은 일을 반복하고 한 이십 퍼센트가 아주 짧은 웃음이나 슬픔이라고 봐요. 어떻게 보면 저는 소설을 쓰지 말아야 될지도 모른다는 생각이 들어요. 왜냐하면 제가 생각하는 세계관은 다른 사람들이 소설이라고 말하는 틀 밖에 있는지도 모르거든요. 선생님께서 말씀하신 것처럼 제가 생각하는 이야기 속으로 더 깊이 들어가야 하는데 말예요. 그런데 저는 인생을 살면서 폭죽은 터지지 않는다고 생각해요. 짧게 말하면 사람의 일생은 꽃이 몇 번 피었다가 그냥 져버리는 거라고 생각해요. 그런 게 사람 사는 거라는 생각이 듭니다. 그래서 지금까지 이렇게밖에 얘기하지 못한 것일 수도 있어요. 물론 제 한계일 수도 있겠지요. 그러나 어떻게 보면 그런 게 진짜 이야기가 아닐까 하는 고집도 가져봅니다.

박범신 꼭 불만이 있어서 물어본 건 아니에요. 제가 '박범신이 읽는 젊은 작가들'을 진행하면서 늘 안타깝게 느끼는 건데, 많은 젊은 작가들이 세상 속으로, 그야말로 이야기라는 창을 들고 나아가지 못하고 있다는 느낌을 공통적으로 갖고 있어요. 물론 작가들 탓만은 아닙니다. 저도 잘은 모르지만 심층적으로 분석하면 오랫동안 얘기해봐야 할 문제라고 봐요. 그런 차원에서 물어본 겁니다.

이신조씨한테도 약간 비판적인 질문을 하나 하고 싶은데요, 이신조씨의 소설을 관류하고 있는 하나의 상징으로 "파괴적 성격은 인생이 살 만한 값어치가 있다는 감정에서 사는 것이 아니라, 자살한 만한 값어치가 없다는 감정에서 살아가는 것이다"라는 문장을 골랐어요. 이 소설이 가지고 있는 넓이와 깊이를 함께 아우르고 있으면서도 이신조씨의 소설에 대한 태도, 인생에 대한 태도와 세계관을 느낄 수 있는 말이라고 생각했어요. 사실은 좋은 말이기도 하고 이신조씨 소설의 키워드이기도 한데, 동시에 독자의 입장에서 보면 비판적인 요소가 담겨 있다고 봐요. 바꿔 말하면 이신조씨는 소설에서 자기 정체성을 확보하고 있는가 하고 질문할 수도 있을 것 같아요. 제 입장에서 보면 자기 정체성을 확보하기 위해서 어떻게 지향해나갈 것인가 하는 질문을 할 수도 있을 것 같고요. "자살할 만한 값어치가 없다는 감정에서 살아가는 것이다"라는 말은 굉장히 모호하거든요. 말은 멋있지만요. 솔직히 얘기하면 사실 무슨 말인지 잘 모르겠어요. 짐작은 할 수 있지만 말예요. 친절하게 해석하자면 무슨 말인지 알 것 같지만 어떻게 보면 멋 부린 말에 불과한 것 아닌가 하는 생각이 들어요. 이신조씨가 정말 치열하게 자신의 문제로 갖고 있는 건 도대체 무엇인가라는 질문을 할 수가 있다는 생각이 들거든요. 여러분들이 너무나 호의적인 질문만 해서 제가 악역을 하느라고 질문하는 거예요. 얘기를 쭉 들어보니까 이신조씨는 매우 모던한 신품종의 작가인데도 불구하고 소설 전체의 방법론은 90년대적이라는 느낌을 저는 전체적으로 갖고 있어요. 접근하는 방법은 다분히 90년대적이에요. 그리고 이신조씨가 화가 나겠지만 「새로운 천사」의 구조 자체가 어떤 의미에서는 매우 상투적이에요. 그렇지 않아요? 변호사인 어머니와 화려한 작곡가인 아버지 사이에 있는 소녀가 자라면서 쓸쓸하기 때문에 자살한다는 것인데, 사실 70년대부터 있어온 이야기거든요. 「새로운 천사」에 나오는 많은 현실적이고 모던하고 문화적인 코드들은 물론 2000년대적이지만 본질적으로 우리에게 익숙한 이야기 구조를 갖고 있어요. 그래서 방금 전에 읽은 구절이 가지고 있는 모호성과 이신조씨가 가지고 있는 소설세계가 뭔가 관련이 있지 않겠는가 해서 공평하게 이신조씨에게도 공격적인 질문을 하나 드리는 겁니다. 어렵겠지만 대답해주세요.

이신조　저희 윗세대들은 전쟁과 가난, 이데올로기 대립을 겪은 세대입니다. 때문에 그로부터 비롯된 다양한 경험을 풀어내는 게 90년대 이전까지의 문학이라고 한다면, 저희는 특별한 정치적인 이슈가 끝난 이후의 세대이기 때문에 그 전세대가 보여준 만큼의 거창하고 격정적인 소재는 선뜻 다루기가 꺼려집니다. 저는 이십대 중반에 운 좋게 작가가 되어 쓰는 일과 사는 일을 병행해왔습니다. 내가 이만큼 살아봤는데 사는 게 이런 거더라 하고 글을 통해 보여주는 식이 아니라 사는 일 자체와 쓰는 일 자체를 병행하고 있는 입장이거든요. 멋 부린 말이 아니냐고 하는 오해의 소지를 갖고 있는 "자살한 만한 값어치가 없다는 감정에서 살아가는 것이다"라는 말은 제가 실제로 일상생활에서 고민하고 있는 모순과 부조리 그 자체예요. 그 말을 통해 제가 궁극적으로 하고 싶었던 얘기는 소설 속 그 다음 문장입니다. 바로 그렇게 멋 부린듯한 말을 한 벤야민 스스로는 결국 자살하고 말았다는 겁니다. 그것도 망명자 신세로 나치에 쫓기던 중에요. 우리는 흔히 명확하게 딱 떨어지고 분명하게 말할 수 있는 것을 옳고 좋은 것이라고 생각합니다. 다른 작품에도 썼지만 제가 말하고 싶은 건 그것과는 다른 측면이에요. 우리는 행복의 반대말을 당연히 불행이라고 생각하잖아요. 그런데 과연 행복의 반대말이 불행일까요? "당신은 지금 행복합니까?"라는 물음에 "아니요"라고 답한 사람에게, 다시 "그럼 당신은 불행합니까?"라고 물으면 "예"라고 대답하지 않을 수도 있다는 겁니다. 행복하지 않지만 불행하지도 않다고 얘기할 수 있는 부분이 있다는 거예요. 모호하고 불분명하고, 정확히 설명될 수 없는 부분이 우리 삶의 많은 부분을 차지하고 있을 거라는 게 제가 느끼고 있는 진실이에요. 우리 사회는 둘 중에 하나를 선택하는 이분법적인 논리를 강요해왔어요. 그건 이데올로기 대립에서 기인됐겠지만 이거 아니면 저거다라는 식의 흑백논리가 사회에 너무나 팽배해 있었다고 봐요. 다양한 색깔을 가지고 있고 다양한 태도를 보이는 것에 대해서 회색분자, 불분명한 것, 나쁜 것이라고 매도하는 사회를 답답해하며 이십대를 통과해온 것 같아요. 이거냐 저거냐 하고 선택을 강요하고 정체를 분명히 밝히라고 증명을 강요하죠. 정해진 이외의 다른 걸 말하면 너는 불분명하고 옳지 못한 태도를 가지고 있다고 비난하는 것에 대해 부당함 같은 걸 느꼈어요. 그래서 다양한 답이 있고 빠져나갈 수 있는 구멍이 얼마든지 있다는 걸 그리고 싶었습니다. 대학을 졸업하고 직장을 다니고 결혼을 하는, 보편적으로 보여지는 삶의 모습이 아닌 다채로운 모습을 가지고 살아가고 있는 다양한 삶을 보여주고 싶어요. 제가 요즘 고민하고 있는 것 중의 하나는 행복의 반대말은 분명히 불행이 아니라는 거예요. 행복하지 않다고 해서 불행한 건 아니에요. 불행하지 않다고 해서 행복한 것도 아니고요. 그럼 뭐냐, 너의 정체를 밝혀라 하는 태도로는 요즘의 세태나 다양한 진실의 모습을 절대 담아낼 수 없다고 봅니다. 그리고 아까 선생님께서 코드나 아이콘은 2000년대적이지만 굉장히 보편적인 옛날 방식을 가지고 있다고 말씀하셨는데, 맞는 지적이라고 생각해요. 저 역시 자의식에서부터 출발했지만 결국은 사회에 대한 얘기를 해야겠다는 생각을 요즘에 와서야 겨우 하고 있습니다. 우리가 공기처럼 마시며 살고 있는 자본주의라는 것이 사람들의 삶에 어떻게 영향을 끼치고 있고 보이지 않게 억압을 하고 있느냐 하는 것에 대해 여러 생각을 하고 있습니다.

박범신 아주 훌륭하게 방어를 잘하고 있습니다. 그렇지만 또 시비를 건다면 어떻게 보면 매우 상식적인 방어라고 생각을 합니다. 다면체이고 불확실한 현실을 확실한 이분법적 세계관으로 그려내야 되지 않겠느냐고 주문하는 것이 아니에요. 이 불확실하고 알 수 없고 모호하고 다면체적인 세계를 「새로운 천사」보다 더 끔찍하고 치열한 방식으로 그려낼 수는 없겠는가 하는 주문이었거든요. 지금 제가 한 말에 대해서 이신조씨가 다시 방어를 해도 서로 동어반복이 될 염려가 많기 때문에 할말은 많겠지만 좋은 방어였다고 보고 여기서 질문을 마무리하겠습니다. 두 분 작가를 위해서 박수 한번 크게 쳐주세요. (함께 박수)

김도연씨나 이신조씨는 우선 탄탄한 문장력을 백그라운드로 하고 있습니다. 모든 문학의 기본은 문장이에요. 문장에 힘이 없으면 무엇을 담더라도 소용없거든요. 두 분은 탄탄한 문장력을 백그라운드로 갖고 있으면서도 매우 대조적인 세계를 보여주고 있어요. 그러나 예민한 감수성을 가지고 있다는 점은 공통점이라고 할 수가 있습니다.

이 시간이 끝날 때마다 제가 늘 당부드리는 것이 한 가지 있습니다. 오늘 두 작가가 여기서 얘기한 것이 전부 다 진실이었다고 우리가 믿을 수는 없어요. 대중이 많이 모인 장소에서 말할 때는 자칫 뻥이 섞이기 때문에 일부는 뻥이었고 일부는 진실이었을 겁니다. 물론 진실을 다 말하지는 못했겠지요. 그 나머지 것들은 이 책 안에 있다고 봐요. 소설 속에 있다고 봅니다. 제 경험으로는 작가를 만나 얘기를 해보고 책을 읽으면 훨씬 더 재미있습니다. 상투적으로 얘기하자면 두 분 작가는 어쨌든 2000년대 우리 문학을 짊어지고 갈 역군이에요. 그런 의미에서 보면 지금 의 소설은 시작에 불과하다고 할 수 있어요. 두 작가의 소설을 제가 삼십대에 쓴 소설과 비교해서 읽으면 두 분은 놀랄 만한 재능을 가지고 있거든요. 막 서른 살을 넘은 작중화자들의 어법 자체가 이미 절정으로 세련되어 있다는 생각을 개인적으 로 하고 있습니다. 오히려 서툰 게 너무 없어요. 모든 작가가 그렇듯이 앞으로 큰 변화와 좌절과 고뇌를 거쳐서 큰 작가로 성장해갈 것입니다.

　작가 혼자 세상을 독주할 수는 없어요. 결국 작가를 이해하고 소통하려고 하는 우수한 독자들에 의해서 더 좋은 작가가 태어나는 것이지요. 오늘 혹시 책을 안 읽 고 오신 분이 있으면 돌아가서 꼭 읽으시기 바랍니다. 앞으로 적어도 저보다는 소 설책이 더 나올 거예요. 그 동안 저는 많이 썼으니까요. 이 두 작가를 두고두고 여 러분 곁에서 함께 가는 작가로 기억해주시기를 문학을 더 오래 한 사람으로서 제 가 진실로 부탁드립니다. 여기 와서 그냥 공으로 한 시간 지냈다 하고 끝내지 마세 요. 뻥이 섞였을지도 모르는 두 분 작가의 말만 믿지 마시고 소설을 믿어주십사 하 는 부탁을 드리면서 오늘 '금요일의 문학이야기'는 여기서 끝내겠습니다. 대단히 감사합니다. (함께 박수)

김종광

"소설을 안 쓰고 있으면 배를 타고 있는 것 같습니다."

박범신　오늘 우리가 만날 작가는 소설가 김종광씨예요. 여러분 박수로 환영해 주세요. (함께 박수) 김종광씨는 1998년 『문학동네』 여름호에 단편 「경찰서여, 안녕」을 발표하며 등단했고 2000년 중앙일보 신춘문예에 희곡이 당선됐어요. 2관왕을 했네요. 희곡 제목이 「해로가」인가요?

김종광　예.

박범신　'백년해로' 라고 할 때의 해로?

김종광　예.

박범신　「해로가」, 잘사는 얘기인가보네요. 그리고 2000년 대산창작기금과 2001년 신동엽창작기금을 받았습니다. 저는 경력을 보고 그 동안 세 권의 책을 낸 걸로 생각했더니 더 있더라고요. 단편집 『경찰서여, 안녕』과 『모내기 블루스』가 있고요, 짧은 소설집 『짬뽕과 소주의 힘』, 경장편 『71년생 다인이』, 그리고 『야살쟁이록』까지 다섯 권의 책을 냈어요. 98년에 데뷔했으니까 생각하면 굉장히 부지런하게 써왔다고 할 수 있습니다. 그렇지요?

김종광　예, 그렇다고들 합니다.

박범신　현재는 민족문학작가회의 사무국장을 맡아 일을 하고 있습니다. 민족문학작가회의라는 단체는 회원이 많은데 사무국장을 맡았으니 사람들 응대도 많이 해야 하고 업무가 많아서 바빠요. 그래서 최근에는 아마 많이 못 썼을 거예요. 사무국장 임기가 내년 2월까지라니까 내년 2월부터는 김종광씨의 새로운 소설을 많이 볼 수 있겠네요. 어쨌든 등단한 지 칠 년쯤 됐는데 왕성하게 글을 쓰고 있는 김종광씨의 소설을 텍스트로 이야기를 나누도록 하겠습니다.

아까 김종광씨를 만나자마자 민족문학작가회의 사무국장도 월급을 받느냐고 물어봤더니 월급을 받는다고 하대요. 한 가족이 중산층 정도의 생활을 영위하기에는 좀 부족하지만 굶주리지는 않을 정도의 월급인 것 같아요. 제가 민족문학작가회의 사무국장을 그만두면 어떻게 할 생각이냐고 물었더니 원고 써서 먹고살아야 된답니다. 제가 나이가 먹어서 그런지 젊은 작가들을 보면 자꾸 걱정이 돼요. 우리 때는 언필칭 직업작가라는 게 그렇게 많지 않았어요. 제가 73년에 데뷔했는데 소위 소설만 써서 생활하는 사람이 별로 없었습니다. 작가들도 누구나 다 직장이 있었지요. 직장이 백 퍼센트 있었다고 해도 과언이 아니에요. 60년대까지만 해도 소설을 쓰면 지식인끼리 서로 주고받는 형국이었어요. 독자도 지식인이고 쓰는 사람도 지식인이었으니까요. 그러다가 70년대에 들어오면서 70년대의 작가들에 의해서 독자가 확장되거든요. 독자가 확장되면서 비로소 직업작가들이 생겨나는데 우리나라에서 가장 대표적인 직업작가를 들라면 저는 최인호씨하고 이청준씨를 들고 싶어요. 지금도 최인호씨는 베스트셀러를 내는 베스트셀러 작가예요. 이청준씨는 베스트셀러 작가라고는 할 수 없지만 그 대신 문학상을 다 휩쓸어온 작가입니다. 물론 두 분의 소설세계는 굉장히 다르지요. 문학을 하는 태도나 가는 길은 전혀 다르지만 가장 대표적인 직업작가 일세대로 저는 그 두 분을 생각합니다. 이청준 선생 같은 경우는 책을 낼 때마다 만오천 권에서 이만 권 정도가 팔린대요. 그러니까 이를테면 우리나라 문학 독자는 대략 이만 명 정도라고 할 수 있겠죠. 통계는 없지만 오랫동안 좋은 작품을 계속 써온 작가들이 파는 책이 대개 만 권에서 이만 권 사이랍니다. 그것도 성공적으로 파는 경우에 말이에요.

제가 몇 년 전에 새로 책을 냈었는데 책이 나오고 한 일주일 있다가 출판사 사장님이 베스트셀러는 안 되겠다고 해요. 그래서 왜냐고 했더니 베스트셀러가 되려면 스타트에서 서점의 반응이 몇 가지 특징이 있대요. 무슨 특징이냐고 하니까, 처음에 여자들이 쫙 책을 사거나 여자들은 별로 안 사는데 남자들이 쫙 사거나 해서 성비가 불균형해야 베스트셀러가 될 가능성이 많다고 하더라고요. 당대의 이슈임에 분명한 것이 베스트셀러 대열에 합류하기가 좋다는 뜻인 것 같았어요. 어쨌든 성비가 분명해야 된다고 하더라고요. 그런데 제 책의 경우는 남자가 다섯이면 여자도 다섯이라는 거예요. 사실은 오대 오가 가장 이상적인데…… 그리고 두번째 특징은 강남에서 재주문이 많이 와야 된대요. 그런데 저 같은 경우는 종로서적에서만 재주문이 온다고 하더라고요. 초창기에 종로서적에서 재주문이 많이 오면 베스트셀러가 진짜 안 된대요. 그래서 제가 이유가 뭐냐고 했더니 종로서적을 찾는 독자들은 주로 노인네들이래요. (함께 웃음) 나이든 사람들이 주로 찾는 서점이라서 초반에 종로서적에서 재주문이 오면 베스트셀러가 안 된다는 거예요. 그럼 어디에서 재주문이 와야 되느냐고 물었더니 강남점이나 무역센터점 같은 곳에서 와야 된대요. 젊은 사람들이 사야 된다는 뜻이지요. 그 외에도 출판사 사장님이 얘기했던 몇 가지 특징이 있는데 지금은 다 잊어버렸어요.

어쨌든 옛날에는 직업작가로 사는 것이 그렇게 어려웠는데 요즘에는 이상하게 직업작가가 많아요. 지금까지 모셨던 젊은 작가 중에도 직업작가가 많아요. 우리가 지금까지 열 분 가까이 만났는데 지난번에 만났던 손홍규씨도 그렇고 백가흠씨, 이기호씨, 오현종씨가 다 직업작가예요. 거의 직장이 없거든요. 그래서 어떻게 사나 싶어 참 신기해요. 혼자서야 백만원 가지고도 살 수 있고 오십만원만 가져도 살 수 있다 치더라도 김종광씨 같은 경우는 장가가서 네 살짜리 아이가 있다는데 걱정이 되더라고요. 내년부터는 직업작가로 살아야 할 텐데…… 선배로서 소설에 대한 얘기를 먼저 물어봐야 후배 작가들한테 존경도 받고 할 텐데 저는 왜 그런지 젊은 작가들을 보면 항상 어떻게 먹고사나 궁금하고 걱정스럽습니다. 어떻게 먹고사세요? (함께 웃음) 지금은 월급을 받지만 월급이 없을 때는 어떻게 살았어요?

김종광 제가 작가가 된 지 칠 년차인데 삼 년차까지는 혼자 살았어요. 혼자 사는 건 그렇게 어려운 일이 아니더라고요.

박범신　그렇지요. 안 먹으면 되니까요. (함께 웃음) 가끔씩만 먹어도 되니까……

김종광　뭐, 그런데 결혼해서도 별로 다를 건 없었어요. 그럭저럭 살게 되더라고요. 이제껏 그래왔듯 앞으로도 무슨 수가 있을 거라고 생각합니다.

박범신　혹시 취직을 해야 되겠다는 생각은 안 해요?

김종광　취직은 절대로…… 선생님께서 말씀하셨다시피 예전에는 다들 직장을 가지고 계셨는데 요즘에는 독자보다 작가가 많다는 말이 있을 정도로 경쟁자들이 많아서 직장을 다니면 경쟁력이 한참 떨어져요. 저는 무능한 과에 속하기 때문에 오로지 집에서 쓰는 수밖에 없거든요. 직장생활은 너무 힘들어요. (함께 웃음)

박범신　글쎄, 오로지 써야 훌륭한 소설이 나오기는 하지만…… 그런데 직장을 안 갖는 것이 요즘 젊은 작가들의 풍조가 아닌가 하는 생각도 들어요. 저만 해도 젊을 때는 직장생활을 했어요. 한 이 년은 잡지사 기자를 했고 또 십 년 넘게 교직생활을 했어요. 언필칭 베스트셀러 작가가 된 다음에 직장을 그만뒀지요. 그때가 79년이었어요.

직장생활을 할 때는 정말 고달팠습니다. 언제쯤이면 글만 쓰고도 살 수 있나 했지요. 옛날에는 수업을 일주일에 서른다섯 시간씩 했어요. 학교 수업을 마치고 파김치처럼 지친 몸으로 돌아와서 저녁에 소설을 쓰려고 하면 정말 암담했어요. 또 쓰라는 데도 없었고요. 언제쯤 글만 써서 밥 먹고 사나, 언제쯤 밥 먹고 글만 쓸 수 있나라는 생각을 했어요. 그렇지만 한편으로는 30년대 작가들의 자손들은 오늘날 우리 사회에서 가장 밑바닥생활을 하는 기층 민중이라는데, 아버지들은 문학사에 길이 남아서 흉상도 제작되고 추앙을 받고 있는데…… 아버지들이 소설만 쓰고 이른바 가장으로서는 엉망으로 살았기 때문에 자식을 제대로 가르치지 못해서, 그래서 아버지의 신분과는 달리 가장 못 배우고 가난한 기층 민중으로 살아가고 있다는 걸 간혹 기사 같은 데서 보면 모골이 송연해져요. 내가 아무리 소설을 열심히 쓴들 가족에게 죄를 저지르면서까지 소설을 쓸 권리가 있는가 하는 생각을 보통시민으로서 할 때가 있거든요. 초반에 이런 말을 하는 건 처음인데, 오늘 김종광씨가 부담이 되겠네요. 그렇죠? 지금 얘기를 끌고 가는 방향이 부담되지요?

김종광 아니, 괜찮습니다.

박범신 젊은 작가들이 너나없이 직업작가의 길을 가는 것이 정말로 문학에 대한 열정이 치열해서인지 혹은 사는 문제에 있어서 치열하지 않기 때문인지 조금 의심스러워서 제가 지금 건드려보는 거예요. 요즘에는 작가뿐만 아니라 무위도식 하는 젊은이들이 많잖아요. 집에 가면 우리집 젊은이들도 다 무위도식하고 있어요. 김종광씨 나이인데 말예요.

김종광 결혼하니까 무위도식을 할 수가 없더라고요.

박범신 결혼은 무슨 배짱으로 했어요? (함께 웃음)

김종광 아버지께서 자꾸 결혼하라고 하셔서……

박범신 외아들인가요?

김종광 장남이에요.

박범신 소설을 보니까 몇 가지 김종광씨만의 특성이 있는데, 그중의 하나가 농촌을 배경으로 한 소설의 맥을 잇고 있다고 할까요? 옛날에는 농촌소설이라고 하는 것이 꽤 많았고 하나의 스타일처럼 문학사에 계속 연이어서 맥이 끊어지지 않고 지속돼왔는데 80년대 이후로 농촌소설이라는 게 거의 사라진 것 같아요. 이문구 선생의 「우리 동네」 연작 이후 농촌소설에 대해서 본격적으로 쓰는 작가들을 못 봤어요. 그런데 김종광씨의 단편집에서 농촌소설을 봤습니다. 물론 소설집에 있는 소설이 다 농촌소설은 아니지만 도시를 배경으로 한 소설도 느낌으론 농촌소설 같더라고요. 그래서 어쨌든 김종광씨의 정서와 감흥의 뿌리가 농촌에 있겠다라는 생각 하나가 들었고, 또하나는 소설기법으로 볼때 김종광씨 소설기법은 매우 순정적으로 보여요. 굉장히 소박하고 질박하면서도 어딘지 모르게 순정적인 느낌을 받았어요. 젊은 작가들이 야망에 가득 차서 쓴 매우 폭력적이거나 관념적이거나 감성적인 소설을 우리가 많이 보잖아요. 그런 점에 견주어볼 때 김종광씨의 소설작법은 매우 순정적인 청년이 쓰고 있는 것 같은 느낌을 줬어요. 세번째는 제가 '박범신이 읽는 젊은 작가들'을 진행하면서, 젊은 작가들의 작품을 읽기가 상당히 껄끄

럽고 힘들었어요. 한 번 읽으면 머릿속에 쏙 안 들어왔거든요. 하지만 소설이 잘 안 읽히더라는 말을 하기가 좀 민망하더라고요. 늙어서 그렇다고 할까봐 그냥 아는 척을 하기는 했는데 머리가 아팠어요. 그런데 김종광씨 소설은 해석이 잘 되더라고요. (함께 웃음) 좋게 말하면 굉장히 보편적인 정서를 갖고 있다고 할 수가 있겠지요. 거꾸로 나쁘게 말할 수도 있겠지만…… 어쨌든 몇 가지 김종광씨에 대한 인상을 추려봤어요. 김종광씨는 어떻게 해서 소설을 쓰게 됐는지, 어떻게 습작을 해왔는지 하는 얘기를 우선 청해서 듣고 대화를 계속 나누기로 하겠습니다.

김종광　제가 운이 좋아서 소설집이 나오니까 기사도 많이 써주시고 또 만나는 선생님들도 칭찬을 해주시고 독자분들도 생겼는데 왜 소설을 쓰게 됐느냐는 질문을 하시더라고요. 그래서 생각을 해봤어요. 생각을 해보니까 제가 열다섯 살 때 이외수 선생의 『들개』라는 소설을 읽은 적이 있는데, 그 소설을 읽고 나서 소설이라는 게 마치 신의 계시처럼, 부처님의 계시처럼 느껴져서 그 다음부터 나는 소설을 써야겠다, 세계에서 최고로 잘 쓰는 작가가 되겠다고 마음을 먹었습니다. 그런데 그때 진짜 그렇게 생각했는지는 잘 모르겠어요. 나중에 합리화를 해보니까 그런 것 같았으니까요. 그런데 제가 얼마나 재능이 없는지를 몰랐어요. 그렇게 결심만 하고 사실 열심히 하지 않았습니다. 세상은 놀기에 참 좋더라고요. 대학 때도 노느라고…… 그런데 군대를 갔다 오니까 뭔가 하지 않으면 안 될 것 같더라고요. 군대 갔다 왔을 때가 스물네 살이었는데 그때까지 살아온 총계로 보니까 제가 뭘 잘하는 게 있는 것 같지가 않았어요. 특히 제가 농촌 출신인데 농사일을 도울 때 아버지한테 엄청나게 혼나거든요. 정말 치명적인 건데 저는 경운기 시동도 못 걸어요. 제가 농촌 출신이니까 사람들은 당연히 경운기 운전도 할 줄 알고 소똥도 치우는 줄 아는데 저는 다 못 하거든요. 아버지가 못을 박으라고 하면 그것도 못 해요. 농사일에서 이 정도면 다른 일은 오죽하겠는가 싶어서 그렇다면 소설을 써봐야겠구나라는 생각을 하게 됐어요. (함께 웃음)

　그래서 스물네 살부터 대학을 졸업할 때까지 소설을 썼는데 한 오천 매 정도를 쓴 것 같아요. 그런데 정말 답이 안 나오더라고요. 결국 등단을 못 하고 직장을 한 일 년 다녔는데 일 년 동안 소설을 안 썼어요. 그런데 마침 직장에서 잘라주더라고요. (함께 웃음) IMF 때문에 직장에서 알아서 잘라줘서 알아서 취직할 수도 없고 집으로 다시 내려갔어요. 대학까지 가르쳐놨더니 낙향했다고 아버지께서 기막혀하시면서도 IMF라고 그래도 봐주시더라고요. 그래서 제가 아버지 밑에서 농사일을 도왔어요. 아니 도왔다기보다는 당선될 때까지 투고를 계속 해보려고 했어요. 그런데 세번째 투고한 게 당선이 돼서 작가가 됐습니다. 그렇게 해서 정신없이 두번째 소설집까지 나왔는데, 생각해보니까 제가 아주 옛날엔 세계 최고의 작가가 되려고 소설을 썼던 것 같더라고요. 그런데 지금 보니까 선생님께서도 말씀하셨지만 완전히 먹고살기 위해서 쓰고 있는 것 같아요. 그리고 저는 한국에서도 일류 작가는 절대 될 수 없을 것 같아요. 선생님께서는 순정해 보인다고 좋게 얘기하셨지만 일단 제가 쓰는 소설이 케케묵어서 여러 가지로…… 저와 친하게 지내는 선배가 저를 꼭 삼류 소설가라고 불러요. 그래서 저는 그 선배한테 사류 평론가라고 하려다가 잘 삐치는 사람이어서 이류 평론가라고 해주는데 생각해보니까 정말 삼류 소설가밖에 안 되는 것 같더라고요. 잘하면 이류? 제 생전에 일류까지는 될 것 같지가 않아요. 삼십 년 가까이 써온 선생님도 옆에 계시지만 겨우 칠 년 쓰고 괴롭다고 하기도 그렇고 앞으로가 암담하다고 하기도 그렇고…… 소설을 써서 풍족하게 먹고살 것 같지도 않아요. 설령 풍족하게 먹고살지는 못하더라도 좋은 작품을 쓴다면…… 다른 소설가들은 자신이 어느 정도 상태인지 대략 간파하고 있는 것 같은데, 저 같은 경우는 잘하면 1.5류까지는 근접할 수 있을까, 과연 언제까지 갈 수 있을까라는 생각을 많이 해요. 왜 이런 얘기를 하느냐면, 제가 선배 소설가들이나 소설의 역사에 대해 공부하다보니까 등단할 때부터 지금까지 삼사십 년 꾸준하게 인정받는 작가분도 많지만 한 일이 년 주목받다가 없어지는 분도 많더라구요. 십 년 가는 분도 있고 이십 년 가는 분도 있고 정말 다양해요. 제가 지금 칠 년차인데, 다행히 지금까지는 운이 좋아서 이런 데서도 불러주시고 하지만 과연 이게 몇 년이나 갈 수 있을까 싶어요. 일단 여기까지 하겠습니다. (함께 웃음)

박범신 얘기하는 걸 들어보니까 순정한 소설을 쓰는 작가라고 표현하기를 잘했다는 확신이 들어요. 말하는 게 순정해요. (함께 웃음) 긴장해서 그럴지도 모르지만 문장과 문장 사이에 들이마시는 숨소리 있잖아요. 그게 순정한 어법의 기본이에요. 김종광씨는 사람과 소설이 다르지 않겠구나 하는 느낌이 들어요. 제가 김종광씨를 알기는 하지만 평소에 이렇게 가까이서 얘기를 나눠본 적은 거의 없거든요. 오늘 이 짧은 시간 동안에 제가 강력하게 받는 인상은 이 사람은 소설하고 사람이 별개가 아닐 거야, 아주 정직하고 다감한 사람이겠구나 하는 거예요.

김종광씨가 욕으로 들으면 곤란한데, 어쩌면 소설보다 사람이 더 좋을지도 모르겠다는 생각이 얼핏 들었어요. 소설집 『모내기 블루스』에 해설을 쓴 서경석씨는 해설의 앞부분에서 "작가 김종광의 두번째 소설집이다. 그의 작품세계의 한 부분을 차지하고 있는 90학번의 체험담이자 후일담인 『71년생 다인이』가 나온 지 얼마 되지 않아, 『경찰서여, 안녕』의 뒤를 잇는 소설집이 출간되는 셈이다. 신예작가 시절, 그의 작품에 보내진 평가에는, 이문구(李文求)를 연상시키는 충청도 사투리의 입담과, 문학사의 대가들이 보여주던 반어적인 풍자로 농촌과 주변의 삶을 복원해놓았다는 지적이 많았다. 정확히는 그런 싹이 보인다는 것이었다. 이런 평가들이 작가에게 적지 않은 부담을 주었을 터이지만 그럼에도 이후 이 년간 그는 '문학노동자'라는 자부에 값하여 다작을 일구었다"라고 평가를 하고 있습니다. 마침 김종광씨가 보령 출신이에요. 충남 보령 출신하면 얼핏 떠오르는 작가가 두 사람이 있는데 이문구씨와 『만다라』를 쓴 김성동씨입니다. 그분들의 고향이 보령 맞죠?

김종광 예.

박범신 특히 농촌소설의 맥을 잇고 있다는 차원에서 서경석씨가 이문구 선생을 들고 들어왔는데 이런 지적에 대해서 어떻게 생각하세요?

김종광 과분한 말씀이라고 생각합니다.

박범신 단편 「모내기 블루스」는 농사지을 때 썼습니까? 시골에 있을 때 썼나요?

김종광 그때가 결혼하기 전이었던 것 같은데, 「모내기 블루스」는 실제로 모내기 땜빵을 하다가……

박범신 소설을 보니까 경운기 운전도 잘할 것 같던데요.

김종광 제 동생은 하는데 저는 못 해요. 그래서 저희 아버지가 동생을 더 예뻐합니다. 저는 시골에 가도 모내기를 끝냈는지 탈곡을 했는지 한 번도 안 여쭤보는데 동생은 전화를 해보고 일이 있으면 바로 내려가거든요.

박범신 어떻게 해서 「모내기 블루스」를 쓰게 됐나 하는 얘기 좀 해주세요.

김종광 다시 생각해보니까 결혼을 하고 난 다음인 것 같네요. 하여간에 소설가가 됐는데도 불구하고 아버지가 모내기를 하니까 가서 땜빵을 해줘야 했거든요. 땜빵이라는 게 뭐냐 하면, 사실 이앙기가 좋은 기계가 아니어서 이앙기로 모를 심으면 모가 뜨는 게 많은데 그걸 다시 꽂아주는 겁니다. 그래서 땜빵을 하게 됐는데 나이 서른이나 먹고 그걸 하고 있자니 좀 거시기…… (함께 웃음) 제가 모 소설가 때문에 완전히 전염돼서 거시기라는 말을 많이 씁니다. 하여간 땜빵을 하면서 구상을 했습니다. 땜빵을 해서 본전을 뽑자는 생각으로……

박범신 저는 「모내기 블루스」의 라스트가 인상에 남아요. 서해가 노래하고 양규는 불콰한 얼굴로 젓가락 장단을 맞추고 순이는 전국노래자랑풍으로 어깨를 덩실덩실거리는 라스트신이 인상적입니다. 예전에는 농촌소설이라고 하면 으레 비명을 지르고 신음소리가 나야 된다고 생각해서 억압받고 착취당하는 걸 그렸는데, 그런 고통스러운 80년대식 어필 방법과 김종광씨의 어필 방법은 조금 궤가 다른 것 같아요. 어떤 의미에서 마지막 장면은 굉장히 건강한 노동의 느낌이 있어요. 그래서 건강하다는 인상을 받았고 라스트가 좋았어요. 그 대신 전체적으로 소설을 미학적으로 빚어내는 장인적 솜씨라는 관점에선, 김종광씨가 앞으로 연마를 더 많이 해야 되겠다는 생각을 개인적으로 했습니다. 어떻게 생각하세요?

김종광 맞습니다.

박범신 그냥 맞다고만 하면 어떻게 해요? (함께 웃음)

김종광 현역 작가 중에도 농어촌을 다루는 분들이 계신데 어촌을 다루는 한창훈 형이라든가 충남 아산 지방과 경기도 지방 방언을 많이 쓰는 소설가 박병례씨라든가 이경자 선생님도 간혹 강원도 쪽으로 쓰시고 전성태씨라든가 조헌용씨도 해안가를 다뤄요. 어쨌거나 농어촌을 다루는 분들이 많이 계신데, 제가 보기에도 제 소설이 제일 주제의식이 미약하다고 느껴져서 가만히 생각을 해본 적이 있는데, 일단 농촌에 속해 있으면 진정한 아픔이라든가 대사회적인 것들이 사실 안 보이는 것 같더라고요. 그냥 생활 속에서 살아가는 거죠. 그렇다고 제가 지금 떠나 있어서 그렇게 보이는 것도 아니지만요.

박범신　서해라는 처녀는 어떻게 만나서 왔어요?

김종광　잘 만나서 왔는데요. (함께 웃음)

박범신　소설 속에서 말예요.

김종광　대춘이라는 청년이…… 죄송합니다. 저도 잘 기억이 안 나네요. (함께 웃음) 하여간에 대춘이가 어느 룸살롱에 갔다가 예쁜 서해를 본 거죠. 농촌에서는 사실 일상적인 일이에요. 왜냐하면 노총각이 많은데 돈을 좀 모았다가 농한기에 출타를 합니다. 여자를 잡아오겠다는 일념으로 나가서 어떻게 하나 잡아오는데, 재수가 좋으면 한 이 년 있다가 도망을 가요. 몇 년에 한 번씩은 도망갑니다. 그런 걸 모델로 해서 생각했어요.

박범신　농촌에서 살면 흔히 볼 수 있는 풍경인지는 모르겠지만 우리가 생각할 때는 납득이 잘 안 돼요. 룸살롱에 근무하는 아가씨가 일당 삼만원에 시골 총각을 따라오는 게 쉽지 않잖아요. 늘상 있는 일처럼 느껴지지는 않거든요. 그런데 그에 대해서 아무런 진술이 없어요. 두 사람이 어떤 관계인지 모르겠거든요. 두 남녀 주인공이 애정의 갈등이 있는 관계인지 정말 룸살롱에 술 마시러 갔다가 만났는지 길에서 만났는지 하는 얘기들이 궁금해서 작가한테 물어보는 거예요. 그런 것에 대해서 전혀 진술이 없더라고요.

김종광　예를 들면 이런 상황이 있을 수도 있지 않습니까? 어떤 농촌 총각이 룸살롱에 갔는데 그 생활에 지쳐 보이는 여자가 있어서 장난스럽게 시골에 유람하러 가자는 식으로 말하는 거예요. 시골에 가서 잠깐 쉬는 게 어떻겠느냐고요. 하지만 자기가 데리고 갈 테니까 시골에서 휴가처럼 보내라고 말하기가 쑥스러우니까 일당 삼만원을 준다고 합니다. 여자도 마음속으로는 쉬러 가야겠다는 생각이지만 명분이 있어야 하니까 일당을 꼭 줘야 한다고 다짐을 받는 거죠. 그런 의미를 담아서 가볍게 표현을 했어요. 저는 사실 이런 과정을 복잡하게 서술하지 않아도 괜찮다고 생각했거든요. 제게 있어 항상 문제가 되는 건데, 확실하지 못하고 단정짓지 못하는 게 많습니다. 지금 말하는 것처럼 굉장히 산만하고 왔다갔다하고 이중적이에요. 그런데 제가 생각하기에는 세상 돌아가는 거라든가 사람들이 정말 불확실해 보여요. 그래서 단정을 짓기가 쉽지 않습니다. 제가 무식해서 그럴 수도 있지만 어떤 사람에 대해서 쉽게 판단을 못 내리겠더라고요. 그래서 저는 쉽게 판단을 내리는 사람들을 보면 존경하는 편이에요. 이 세상에서 일어나는 일들은 세세하게 설명할 수 없는 부분이 많은 것 같아요. 거의 말이 안 되고 있는 것 같습니다. (함께 웃음)

박범신　말이 돼요. 저는 사실은 「모내기 블루스」보다는 농촌을 배경으로 한 또다른 소설 「윷을 던져라」를 굉장히 좋게 봤어요. 재미도 있었고 입담이 정말로 좋았어요. 입담을 통해 농촌의 현실을 충분하게 드러내고 있는 소설이라는 느낌이 들었습니다. 그에 비하면 「모내기 블루스」는 오히려 구성상의 약점이 있다고 생각해요. 구성이 나쁜 것은 아니지만, 가령 서해의 등장 장면을 치밀하게 그리지 않았다는 느낌이 들어서 물어본 거예요. 이제 여러분께서 이야기를 해보세요. 여러분에게 기회를 드릴게요.

독자1　저는 「서점, 네시」라는 작품을 읽었는데요, 작품을 읽고 나서 소극장에서 연극을 한 편 보고 나오는 듯한 느낌을 받았어요. 한정된 공간에 인물들이 차례차례 등장하면서 사건이 정리되는데 작가님 이력을 보니까 희곡도 당선된 적이 있어서 혹시 연극적인 효과를 노리고 작품을 쓰신 건 아닌가 하는 생각이 들었어요. 만약에 그렇다면 왜 그런 방법을 쓰셨는지 듣고 싶습니다.

김종광　제가 쓰는 소설은 세 가지 주제와 방향이 있는 것 같아요. 하나는 농촌에 대한 것이고, 그 다음에 90학번 71년생의 입장에서 쓰는 것하고, 또하나는 제가 잘 알 수 없는 정체 모를 것들에 대한 것입니다. 이를테면 저는 부조리극을 하고 싶어요. 어떤 상황에다가 사람들을 몰아넣고 그 사람들이 아옹다옹하는 걸 그리고 싶거든요. 저는 사실 희곡을 꼭 쓰고 싶어요. 희곡을 열정적으로 쓰고 싶다는 생각을 지금도 하는데, 정확히 말하면 저는 우리가 말하는 소설이라는 구조하고 희곡이라는 구조를 결합하는 어떤 새로운 형태가 있지 않을까라는 생각을 스물여섯 살때 했어요. 그때는 새로운 장르를 개척하겠다는 생각을 했던 것 같은데, 지금은 다 잊고 사는 것 같습니다. (함께 웃음) 하여튼 간에 「서점, 네시」는 그런 의지로 씌어진 소설이에요. 그래서 처음에 희곡으로 썼다가 나중에 소설로 고쳤던가 아니면 처음에 소설로 썼다가 희곡으로 고쳤던가 했어요. 저도 이제는 헷갈립니다. 하여간에 희곡으로 썼다 소설로 썼다를 한 네 번인가를 한 것 같거든요. 그런데 어느게 먼저였는지는 기억이 안 나네요. 그래서 「서점, 네시」는 제가 가장 아끼는 작품 중 하나예요. 제가 하고 싶어하는 희곡과 소설이 결합한 형태고요, 관념적이거나 밀폐된 공간에 사람들을 몰아넣고 인간의 비겁한 이면을 돌출시키려고 하는 의도를 가지고 쓴 작품입니다. 앞으로 그런 작품을 더 써보고 싶은데, 이게 참 두려운게, 우리나라 전통소설이라 함은 대화가 많이 나오는 걸 일단 싫어하고 문장이 맛있는 걸 좋아하는데 제 소설에는 대화가 많이 나오니까 계속 그런 식으로 하지를 못하겠더라고요. 하지만 앞으로 하려고 해요.

독자2　처음 도입부에 "불릴 '자(滋)'와 맛 '미(味)'가 어울려 '자미(滋味)'라는 말이 만들어졌고, 거기에 'ㅣ' 모음이 붙어 '재미'가 되었다. 즉 '재미'는 맛을 불린 것이다"라는 문장을 집어넣었는데요, 작품 속에서 어떻게 사용하려고 하셨는지 알고 싶습니다.

김종광　평소에도 제가 건방지기는 한데, 가장 건방질 때가 작가 후기를 쓸 때더라고요. 뭔가 엄청나게 멋있게 써야겠다는 생각을 하다보니까 그렇게 되는 것 같은데, 작가 후기를 먼저 썼어요. 써놓고 보니 말이 너무 멋있는 것 같아서 나중에 「서점, 네시」에 그 부분을 가져다쓴 거예요. (함께 웃음) 하여튼 그 당시에는 "불릴 '자(滋)'와 맛 '미(味)'가 어울려 '자미(滋味)'라는 말이 만들어졌고, 거기에 'ㅣ' 모음이 붙어 '재미'가 되었다. 즉 '재미'는 맛을 불린 것이다"라는 말이 아주 멋있는 것 같았고 저의 모토처럼 느껴졌는데 지금은 왜 그랬는지 잘 모르겠습니다. (함께 웃음) 청문회 할 때 증인으로 나와서 기억이 안 난다고들 하잖아요. 저는 그 말이 거짓이 아닐 거라고 생각합니다. (함께 웃음) 어제 있었던 일도 기억이 잘 안 나는데 어떻게 사람에게 오래된 일을 정확하게 기억해내라고 요구할 수 있는지……그분들이 잘했다는 건 아니지만요.

박범신 우리가 만난 작가 중에 김종광씨와 비슷한 또래로 손홍규씨가 있어요. 손홍규씨의 소설도 많은 부분 농촌을 배경으로 하고 있습니다. 김종광씨의 몇몇 소설들은 농촌소설이라는 느낌이 들고 농촌소설이라고 불러도 좋을 것 같은데, 손홍규씨의 소설은 가난한 농촌의 이야기를 다루고 있음에도 불구하고 농촌소설이라고 부르기에는 어딘가 어색해요. 그런 의미에서 김종광씨의 소설은 관념적이지 않다고 생각해요. 반면 손홍규씨의 소설 속에는 매우 관념적인 요소들이 많이 깃들어 있거든요. 오늘 마침 손홍규씨가 여기 와 계시네요. 서로 친구일 텐데 손홍규씨는 김종광씨의 소설에 대해서 어떤 생각을 갖고 있는지 들어보도록 하겠습니다. 덕담을 해도 좋고 비판을 해도 좋아요. 동료 작가의 얘기를 한번 들어보겠습니다.

손홍규 아까 선생님께서 하신 말씀 중에 저도 전적으로 동감하는 부분이 있는데요, 제가 개인적으로 알고 있는 김종광이라는 사람하고 소설이 크게 다르지 않습니다. 소설하고 사람이 일치한다는 것을 나쁘게 볼 수도 있지만 그런 요소가 제거된 가장 좋은 형태로 사람과 소설이 일치하는 경우가 김종광이라는 소설가의 경우가 아닐까 싶어요. 이따가 뒤풀이 자리에 가서 김종광씨하고 얘기를 나눠보면 그 말이 결코 틀리지 않음을 여러분들도 느끼실 수 있을 겁니다.

김종광 박범신 선생님께서 계속 오해를 하시는데, 저는 정말 나쁜 놈입니다. (함께 웃음) 저도 가끔 제가 쓴 소설을 보고 어쩌면 이렇게 나쁜 짓 한 건 싹 빼고 착한 척할 수 있는지 과연 사기꾼의 재능이 있다고 늘 스스로 감탄하곤 합니다.

박범신 일단 김종광씨의 소설에는 나쁜 놈들이 등장을 안 하지요. 그리고 머리를 써봤자 다른 사람들에게 다 들키는 수준의 인간들이에요. 머리를 굴려서 수를 써도 우리가 충분히 알 수 있는 정도의 인물들이거든요. 매우 불확실하고 모호한 성격의 입체적 인물이 김종광씨의 소설에는 별로 없는 것 같아요. 주로 평면적 인물이 등장을 하는데 평면적 인물의 특징은 멀리서도 빨리 알 수 있다는 것이거든요. 얼굴을 보면 어떤 종류의 인간인지 바로 알 수 있는 종류의 인간들이 있잖아요. 춘향이는 딱 보면 그냥 열녀예요. 죽었다 깨어나도 처음부터 끝까지 열녀에서 벗어나지 않아요. 보통 현대인들은 겉으로는 열녀인 척하면서 속으로는 열녀가 아니잖아요. 그런데 김종광씨의 소설 속 인물들은 그런 인물들이 별로 없으니까 순정하다고 하는 거예요. 좋은 소리 같지만 어떻게 보면 너무 단순하고 소박하지는 않느냐 하는 지적일 수도 있습니다. 어떻게 생각하세요?

김종광 맞습니다. 그런 얘기를 많이 듣습니다.

독자3 보통 소설을 세계하고 자아의 대결로 보는데 「서점, 네시」 같은 경우에는 세계에 비해서 자아가 뛰어난 민담형의 인물이 나타나서 세계를 막 휘젓고 다니고 세계의 부조리한 측면을 많이 드러내고 있는데, 세계하고 자아가 거의 동등한 수준에 놓여 있을 때 민담형 인물이 과연 세계 안에서 어떻게 위치할 것인가 하는 생각이 들었어요. 그리고 민담형 인물이 세계에 대해서 문제를 던지는데, 병을 앓고 있으면 병을 치료해줘야 할 지식이라든가 책이라든가 아무튼 의사가 되어주어야 할 것들이 제대로 역할을 못 하고 있다고 봤거든요. 그리고 등장인물들의 문제점을 직접적으로 드러내려면 병을 옮긴 세상 속으로 좀더 깊이 들어가야 하지 않을까 싶었어요. 우회적으로 써서 재미는 있었는데 직접적으로 들어가면 어떻게 될까 하는 생각이 들었습니다.

김종광 질문입니까? 질문은 아니죠?

박범신 요약해서 질문을 다시 해보세요.

김종광 죄송합니다. 너무 어려워서……

독자3 저도 잘 모르겠는데요. (함께 웃음) 세계를 되게 희화해서 표현을 하셨는데 이걸 좀더…… 세계가 자신한테 어떤 폭력을 가하고 있다고 직접적으로 드러내는 작가들이 많잖아요. 그런데 「서점, 네시」에서는 조금 비껴서 표현을 했기 때문에 재미는 있었는데 이 세계가 가지고 있는 본질적인 문제에 좀더 깊이 있게 들어가지 못한 게 아닌가 하는 생각이 들었습니다.

김종광 깊이가 부족하다는 말은 제가 늘 듣는 말인데요, 그런 말을 하도 듣다보니까 왜 깊이가 부족한가를 생각해봤어요. 그런데 요즘에는 그럴 수밖에 없다는 생각을 하고 있습니다. 왜 부족할 수밖에 없느냐 하면, 아까도 말했지만 저는 사람들이나 세계 현상, 어떤 관념에 대해서 단정하고 판단하는 사고를 아직 잘 못하거든요. 무식해서일 수도 있고 아직은 답을 유보하고 있는 것일 수도 있는데 결국 시각이 항상 불확실하고 애매모호하니까 당연히 깊이 부족으로 나타난다고 봅니다. 제가 옳다는 게 아니라, 지금 제 상태가 그렇다고 생각을 하고 있습니다.

독자4 모두에 박범신 선생님께서 말씀하신 것처럼 저도 그 동안 초빙된 작가들의 작품을 읽느라고 머리와 감각이 시끄러웠는데, 이번에 김종광님 작품은 편안하게 잘 읽었어요. 아까 어떤 분이 얘기하셨다시피 「서점, 네시」는 희곡으로 다듬어서 무대에 올리면 작품성과 대중성을 아울러 잘 팔리는 연극이 되지 않을까라는 생각을 했어요. 여담이지만 민족문학작가회의를 그만두면 희곡을 써서 무대에 올리시면 어떨까, 잘 팔리는 작가가 되지 않을까라는 생각을 해봤습니다. 소설을 쓰는 것만으로도 끙끙대시겠지만…… 제가 「서점, 네시」를 읽고 난 느낌은 조금 전에 질문하신 분하고 비슷하기는 하지만 맥락은 조금 달라요. 저는 작품의 깊이가 없다기보다는 갈등구조가 부족하다고 생각하거든요. 김종광님 작품을 읽다보면 마지막에 끝날 때 상황 종료라는 느낌이 들어요. 소설은 종결어미 '다'에 마침표를 찍고 끝나지 않습니까? 그런데 김종광님 작품을 읽다보면 어쩐지 상황 끝이라는 느낌이 들거든요. 『모내기 블루스』에 수록된 작품들을 보면 끝날 때의 느낌이 거의 다 상황 종료라는 느낌이 들어요. 그래서 왜 그럴까 하고 생각해봤는데 「서점, 네시」를 두고 보자면 엽기적이고 황당한 상황이 급박하게 돌아가거든요. 다른 작품의 경우에도 상황의 전개가 상당히 빨라요. 그래서 저는 갈등구조가 조금 부족하지 않나라고 읽었습니다. 「서점, 네시」뿐만이 아니라 다른 작품들도 마찬가지라고 생각해요. 아까 박범신 선생님께서 「모내기 블루스」의 경우 인물간의 관계에 대한 진술이 부족하지 않았나라는 말씀을 하셨는데 저는 부족하다고까지는 느끼지 않았지만 다른 작품에서도 엿볼 수 있듯이 갈등구조가 드러나지 않고 있다고 느꼈어요. 아니면 상황이 너무 빨리 전개되다보니까 그 상황에 몰려가느라고 갈등구조를 충분히 드러내지 않아서 뭔가 좀 썰렁한 느낌이 들지 않았나 싶습니다. 그런 느낌을 배제할 수가 없거든요. 「서점, 네시」는 전체적으로 갈등구조가 부족한 것 같아요. 다른 작품도 마찬가지인데 그에 대한 얘기를 듣고 싶습니다. 그리고 반복되는 얘기지만 입담이 적어도 1단은 되지 않을까 싶을 정도로 좋아요. 특히나 기억나는 게 「모내기 블루스」에서 대춘이 술장사를 해볼까 궁리하는 대목에서 "이런 불쌍한 년 보지 피 빨아먹자는 짓 아니가"라는 표현이 나오는데 어떻게 이런 문장을 멀쩡하게 쓸 수 있을까 되게 신선했거든요.

김종광　제 소설이 잘 읽힌다는 말은 깊이가 없다, 갈등구조가 없다는 말과 비슷한 말인 것 같습니다. 관념에 대한 사색을 깊이라고 하고 이것을 가능하게 하는 것이 갈등구조라고 할 때, 갈등구조가 약하면 당연히 쉽게 읽힐 수밖에 없다고 봐요. 그래서 저는 쉽게 읽히는 소설이 꼭 좋은 소설이라고는 생각하지 않습니다. 어쨌거나 제 소설이 독자의 세계관을 변화시키거나 인식의 폭과 깊이를 확장시키지는 못할 것 같아요. 잠깐의 카타르시스를 줄 수는 있겠지만 인식의 폭을 넓혀준다거나 하는 데 도움을 주는 소설은 아닐 것 같거든요. 동료 작가의 소설 중에도 읽기 힘든 소설이 굉장히 많이 있는데 그래도 읽어보려고 노력을 합니다. 하여간에 소설이 잘 읽힌다는 말이 꼭 좋은 의미만은 아니라는 생각을 늘 합니다. 그리고 갈등구조가 약하다는 부분에 대해서 말씀을 드리자면, 기본적으로 저는 소설이 왜 꼭 갈등의 산물이어야 하는지 소설을 배울 때부터 이해가 잘 안 갔습니다. 그래서 저는 인물간에 일어나는 갈등의 국면을 한두 문장으로 아주 짧게 처리를 해요. 그런데 어떤 분들은 갈등 부분을 한 페이지씩 쓰기도 합니다. 제가 갈등을 안 나타내는 건 아닌데…… 결국 갈등이라는 것은 주인공의 관념의 대결이지 않습니까? 그런데 저는 관념의 대결에 별로 얽매이고 싶지 않은 것 같아요. 하여간 왜 꼭 소설은 인물이나 주제나 관념의 갈등이어야 하는지 납득이 안 됩니다. 일단 저는 갈등에 반대하는 편이고 그러다보니까 갈등구조에 크게 구애받지 않는 것 같아요. 하지만 말은 이렇게 해도 그래도 소설은 갈등이 있어야 하지 않나라는 생각을 가끔은 합니다.

독자4 소설을 다 읽고 났을 때 카타르시스를 느낀다기보다는…… 사실 김종광님의 작품은 황당하고 엽기적인 상황전개 때문에 재미있을 수가 있어요. 하지만 뒤집어보면 다루고 있는 주제가 페이소스를 느낄 수 있는 주제예요. 『모내기 블루스』에 수록된 다른 작품들도 그렇고요. 「모내기 블루스」는 한국 농촌의 심각한 현실을 다루고 있고, 「서점, 네시」는 막가파식의 폭력 앞에 인간의 위선이 무참하게 까발려지고 생으로 껍질이 벗겨지는 느낌이에요. 상황이 너무 황당해서 썰렁하게 끝나기는 하지만 뒤집어보면 얼마든지 페이소스를 느낄 수 있거든요. 제가 갈등구조의 부족을 얘기한 것은, 충분히 독자들로 하여금 페이소스를 느끼게 할 수도 있는데 갈등구조가 조금 부족하다보니까 그냥 상황 종료로 끝나서 썰렁하지 않나라는 느낌이 들었기 때문입니다.

그리고 글쎄요, 김종광님은 갈등구조의 필요충분조건에 대해서 상당히 거부감을 느끼시는 것 같은데, 제가 문학을 전문적으로 다루지는 않지만 갈등구조라는 게 관념의 대결만은 아니지 않나라는 생각을 합니다. 글을 이끌어나가는 데 있어서 갈등구조라는 것이 독자들의 페이소스를 충분히 끌어낼 수 있는 것으로 작용하는 게 아닐까라는 생각을 하기 때문에 질문을 드린 겁니다.

박범신 이를테면 「모내기 블루스」 같은 경우, 소설이 더 재미있으려면 핵심적인 갈등을 놓치지 말아야 해요. 이 소설의 핵심적인 갈등은 서해가 마을에 남을 것인가, 떠날 것인가 하는 문제잖아요. 대춘의 마누라가 되어 마을에 남을 것인가, 아니면 사흘도 못 채우고 떠날 것인가 하는 게 문제입니다. 이것이 소설에 등장하는 네 사람의 갈등요소거든요. 일당 삼만원이라는 게 전제돼 있지만 삼만원이 문제가 아니에요. 어머니(순이)와 아버지(양규)도 서해가 남느냐, 떠나느냐의 귀추를 주목합니다. 대춘이는 말할 것도 없고 서해 자신에게도 그게 가장 큰 갈등요인이겠죠. 그러니까 서해가 남느냐, 떠나느냐를 면밀하게 보고 그 부분을 잊어버리지 않고 작가가 처음부터 끝까지 그린다면 소설이 훨씬 밀도가 있어진다고 봐요.

김종광씨 소설은 전체적으로는 세태소설이에요. 세태소설이라고 하는 건 세태를 반영하는 소설이니까 복잡하고 미묘할 필요가 없어요. 그런 의미에서 보면 도

시도 농촌도 아닌 어정쩡한 변두리에서 일어나는 현실의 삽화들을 김종광씨가 비교적 잘 반영하고 있다고 봅니다. 세태소설이라고 하는 것은 한국 문학판 같이 인문학적이고 이중적인 문학판에서는 까딱하면 깊이가 없다는 지적을 받을 수가 있어요. 모든 세태소설의 운명입니다. 물론 깊이까지 극복하는 뛰어난 세태소설이 불가능한 건 아니겠지만 쉽지 않은 일이거든요. 이제 이쯤 해서 우리는 김종광씨한테 앞으로도 세태소설을 계속 견지할 것인가, 아니면 뭔가 다른 스타일에 관심이 있는가를 물어볼 수 있어요. 『모내기 블루스』에 실린 소설들이 가지고 있는 대부분의 기법은 세태소설의 양식을 벗어나지 않고 있거든요. 그래서 매우 단순하다고 할까요? 세계에 대한 단순한 낙관주의 같은 게 김종광씨에게는 있는 것 같아요. 김종광씨의 이러한 점을 인간적으로는 사랑할 수 있습니다. 하지만 작가로서의 김종광씨한테는 짐이 될 거라고 봐요. 어떤 의미에서 작가는 의심이 많고 성격이 좀 이상해야 되거든요.

김종광　소설집 『모내기 블루스』를 낸 이후에 제가 어떻게 하든 멋있는 장편소설을 한번 써보려고 했어요. 사실은 상금이 탐나서요. 일타이피, 상금과 영광…… 그래서 삼 년 동안 장편소설 다섯 편을 썼습니다. 그러다보니까 좋은 단편을 쓸 수가 없었거든요. 그런데 결과적으로 다섯 편 중에 제대로 된 게 하나도 없어요. 이 년 동안 민족문학작가회의 사무국장을 하다보니까 본의 아니게 이 년 동안 그 소설들을 다 묵힌 결과가 되더라고요. 간단히 말하면 다섯 권을 다 책으로 만들어내는 데 최소한 오 년이 걸릴 것 같습니다. 그 다섯 편의 소설은 지금까지 제가 썼던 소설하고는 전혀 다른 얘기들입니다. 판타지 역사소설도 있고 뭐라고 설명하기 힘든 것도 하나 써놓았어요.

박범신　러브스토리는 없나요?

김종광　아직은 신혼 초여서 러브스토리를 함부로 쓰기가 어렵습니다.

박범신　러브스토리를 쓰는 것하고 신혼이라는 게 무슨 상관이 있어요?

김종광　소설에 나오는 걸 제가 실제로 다 한 줄 알아서…… (함께 웃음)

박범신　부인께서?

김종광 예, 고문을 당합니다.

박범신 아, 그렇군요. 이를테면 과거에 서해 같은 여자를 집에 데려오지 않았느냐고 합니까?

김종광 여자를 데려오지는 않았더라도 룸살롱에 가보지 않았느냐는 거죠. (함께 웃음) 당연히 가봤죠.

박범신 아, 그렇군요. 작가의 괴로움이 여러 가지로 많아요.

독자5 저는 김종광 작가님의 「모내기 블루스」를 자꾸 까먹어서 논바닥 블루스, 논바닥 블루스 하고 (함께 웃음) 친구들한테 잘못 얘기하는 경우가 많은데요, 참 지혜롭고 힘이 있다는 느낌을 많이 받았습니다. 이를테면 제가 친구랑 크게 다툰 후 앙금이 많이 쌓여서 여러 가지 복잡한 문제를 얘기하려고 만났는데 분위기를 보고 얘기하려고 서로가 먼저 얘기를 못 하고 탁구장에 가서 탁구를 한 판 치게 됐어요. 서로 공을 주고받으며 한 시간 동안 탁구를 치다보면 나중에 실제로 얘기하려고 했던 것이 아무것도 아닌 것처럼 느껴져요. 한 시간을 즐겁게 보내면 얘기하려고 했던 것을 아예 잊어버리는 수가 있어요. 혹은 마음의 여유가 생겨서 상대방의 잘못을 덮어주는 경우도 종종 있고요. 제가 느끼기에는 「모내기 블루스」를 통해 얘기하려고 하는 주제가 그런 것이 아닐까 싶었어요. 사람이 굉장히 복잡한 것 같지만 실지로 사람의 감정은 단순해요. 무엇을 판단하고 결정하는 데 있어 굉장히 단순한 것이 또 사람입니다. 살아가면서 여러 가지 복잡한 인간관계를 풀 수 있는 지혜는 사실은 단순함에 있는 것이 아닌가 하는 걸 소설을 읽으면서 느꼈습니다. 그리고 『경찰서여, 안녕』도 부조리한 상황 속에 등장인물들을 설정해놓고 보여준다는 면에서 세계관을 굉장히 단순하게, 아주 극명하게 보여주고 있다고 생각합니다.

김종광 좋은 오독은 계속 해주셔도 됩니다. (함께 웃음) 그런데 지금 말씀하신 분처럼 저도 생각하는 것 같습니다. (함께 웃음) 일단 서해가 갈 것이냐, 말 것이냐 할 때 여러 가지 상황이 있지 않습니까? 서해가 떠날 수도 있고 남을 수도 있어요. 그 다음에 일단 남기는 남는데, 한 달 후에 떠날 수도 있고 일 년 후에 떠날 수도 있어요. 아무튼 여러 가지 가능성이 있습니다. 그러니까 서해의 상황은 그 여러 가지 가능성을 모두 내포하는 상황입니다. 이 상황을 정리해줄 수 있는 건 하나의 문장이라고 생각하는 측면이 저에게 있는 것 같은데, 잘 모르겠습니다. (함께 웃음)

독자5　제 생각에는 상황을 끝내놓고 나머지는 전부 독자들한테 맡기는 것 같은 느낌이 들거든요. 그러니까 서해의 앞으로의 향방 문제도 독자들의 상상에 맡기는 거죠. 「서점, 네시」 같은 경우에도 엽기적이고 황당한 상황은 종료됐지만 그걸로 그냥 끝나요. 상당히 썰렁한데 그 다음에 서로들 어떻게 얼굴을 보고 그 상황을 뚫고 나갈 것인가 하는 건 없어요. 이미 상황은 끝났지만 그 이후에 각자가 짊어져야 할 상황을 과연 어떻게 소화해나갈 것인가에 대해서는 작가가 아무것도 제시하지 않아요. 그냥 상황만 끝냈을 뿐이죠. 그러니까 그 썰렁함은 독자의 몫이라고 생각을 하거든요. 다른 작품들도 다 그래요. 제가 보기에는 독자의 몫으로 남겨놓는 게 너무 많더라고요.

김종광　상황 종료라는 말을 계속 쓰시는데, 제가 선생님들한테 배운 것 중에서 좋은 가르침으로 생각하고 계속 시도하고자 하는 것이 '여운'과 '열어놓기'입니다. 그러니까 상황 종료가 아니라 "자, 이렇게 됐으니까 나머지는 독자님께서 상상하면서 즐기세요"라고 하는 거죠. 최대한 열어놓는 거라고 저는 생각을 하거든요.

독자5　소설 속의 상황은 종료됐지만 나머지는 전부 독자의 몫으로 남더라고요.

김종광　책임을 던져준 게 아니라 즐길 수 있는 거리를 제공해줬다고 저는 생각을 하는데요. 저는 대부분의 소설들이 그래서 열어놓는다고 생각을 합니다. 물론 제 생각이 잘못된 생각일 수도 있죠.

박범신　김종광씨의 소설을 세태소설이라고 볼 때 주인공들이 갖고 있는 미묘한 심리를 우리에게 수시로 전달해준다면 소설이 훨씬 치밀해질 거라고 봐요. 물론 일체의 심리적인 진술을 의도적으로 절제했을 수도 있죠. 그리고 그것이 주는 효과도 있겠는데, 개인적으로는 조금 불만이었어요. 심리적인 흐름과 그것이 가져오는 상황의 아이러니 같은 것을 김종광씨가 좀더 관리해주면 이 소설이 갖고 있는 단순성을 극복할 수 있지 않겠느냐 하는 생각을 개인적으로 했거든요.

김종광　사실 제가 의도적으로 배제하는 게 많은 것 같습니다. 되도록이면 생각하는 문장은 쓰지 않으려고 하거든요. 의식적으로 쓰지 않으려고 해요. 왜 그렇게 됐는지는 모르겠어요. 그러다보니까 선생님께서 말씀하신 치명적인 문제가 항상 있는 것 같아요. 이런 문제를 극복할 수 있는 방법을 찾아보려고 하고는 있는데……

박범신 제가 '박범신이 읽는 젊은 작가들'을 진행하면서 말을 제일 못하는 작가가 누구냐 하고 주위의 여론을 들어봤습니다. 왜냐하면 제가 준비를 해야 되니까요. 그랬더니 많은 작가들이 저한테 "김도연씨가 대답을 잘 못한다니까 준비를 많이 하시지요" 하고 김도연씨를 추천했어요. 그런데 김도연씨는 말을 되게 잘하더라고요. 김종광씨가 말을 못한다고 비난하는 건 아니에요. 섭섭하게는 생각하지 마세요. 어쨌거나 김종광씨의 소설은 세태소설이니까 비교적 해석의 유격이 크지 않잖아요. 이 사람의 해석하고 저 사람의 해석이 크게 다르지 않아요. 저 사람이 느끼는 것하고 이 사람이 느끼는 것하고 갭이 크지 않은 소설들이거든요. 그런 면이 있는데다가 김종광씨의 말이 너무나 순하고 짧아서 사실은 한 시간 넘게 끌고 오는 것이 저로서는 매우 조심스럽고 부담스러웠어요. 오늘따라 여러분들이 질문을 안 하고 가만히 앉아만 있어서 더 그랬는데 어쨌든 벌써 한 시간 반 가까이 됐습니다. 어떤 면에서 보면 지금까지 쭉 보았던 젊은 작가들의 작품에 비해서 김종광씨의 작품은 오히려 굉장히 귀하게 느껴져요. 『모내기 블루스』도 그렇고 『경찰서여, 안녕』도 그렇고요. 소설이 너무 지나치게 단순한 낙관주의를 담고 있다고 하는 걸 불만으로 가질 수도 있지만요.

김종광씨는 치밀한 계산 같은 것은 못 하는 것 같아요. 어쨌든 소설이라는 게 치밀한 계산이 필요한 것인데 말예요. 작가는 독자에게 들키지 않는 주사위를 가지고 다닌다고 하지 않아요? 음흉하고 치밀한 계산이 약간은 있어야 하고 그것들을 잘 챙겨가야 하는데 김종광씨는 그런 면에는 소질이 없는 것 같아요. 계산에는 소질이 없어 보여요. 그러니까 머리 쓰는 것에는 별로 취미가 없으신 것 같다는 말이에요. (함께 웃음) 지금까지 초대된 작가들의 작품을 우리가 쭉 읽어왔는데 알 것 같으면서도 공소한 폭력, 해석하기 어려운 판타지, 관념의 과잉, 감각의 지나침 등이 요즘 젊은 작가들이 갖고 있는 다양한 문제라는 것을 느꼈어요. 우리가 이제까지 좋은 점도 봤지만 이런 저런 문제들도 보아왔는데, 그런 의미에서 김종광씨 소설은 조금 다릅니다. 문제점을 지적하자면 한이 없겠지만 이상하게 정이 가고 오히려 귀하다는 느낌이에요. '박범신이 읽는 젊은 작가들'에서 이런 질박한 소설을 거의 못 본 것 같습니다. 화가들도 나이를 먹으면 유아적인 그림이 나오잖아요. 정말 높은 절정에 이르신 분들의 그림을 보면 너무나 단순해요. 그리고 그 단순함이 여백의 아름다움을 느끼게 하거든요. 김종광씨의 소설은 바로 그런 약간 유아적인 그림을 보는 듯합니다. 그런 순정을 만날 수 있어서 인상 깊었고 좋았습니다. 또, 제가 김종광씨한테 말을 못한다고 했는데, 그거 칭찬이에요.

김종광 예. (함께 웃음)

박범신 민족문학작가회의 사무국장 임기가 끝나면 소설을 열심히 쓸 것 같다는 생각이 듭니다. 아까 장편소설 다섯 편을 썼다고 해서 무엇보다 필력이 대단하구나 하는 깊은 인상을 받았어요. 필력을 이길 수는 없습니다. 어떤 작가의 경우에도 열심히 쓰는 것을 이길 수는 없거든요. 이제 김종광씨의 앞으로의 문학적 전망에 대해서 말씀해주셔도 좋고 마무리 말씀을 들어보겠습니다.

김종광 와주셔서 감사드리고요, (함께 웃음) 제 소설을 읽어주셔서 감사드립니다. 제가 향후 이 년 안에 소설집 하나하고 장편소설을 네 권 정도 내게 될 것 같은데요, 호의적으로 평가해주셨던 이제까지의 소설과는 많이 다를 것 같습니다. 다만 한 권이라도 읽어주시고…… (함께 웃음) 제가 무능함에도 불구하고 소설의 길에 있다는 게 때로는 다행스럽습니다.

박범신 소설을 쓰는 게 좋아요? 재미있어요?

김종광 사실 재미있지는 않은데요, 소설을 안 쓰고 있으면……

박범신 어때요?

김종광 허파에 바람 든 것처럼……

박범신 불안해요?

김종광 배를 타고 있는 것 같습니다.

박범신　배를 타고 있는 것 같고……

김종광　정신이상자 같기도 하고요. 제가 머리는 나빠도 바둑을 조금 둘 줄 알아서 소설을 안 쓸 때는 바둑을 두는데 참 가슴이 아픕니다. 귀한 시간을 바둑을 두는 데 허비한다는 게 가슴이 아파요. 하여튼 뭘 안 쓰고 있으면 공황상태에 빠져서 어떻게 하든 계속 쓰려고 하는데 재미가 있어서 쓰는 것 같지는 않고 병인 것 같습니다.

박범신　소설을 쓰고 있을 때는 행복해요?

김종광　그다지 행복하지도 않습니다.

박범신　습작을 할 때는 어떻게 했습니까? 필사 같은 것도 한다던데요.

김종광　제가 필사는 안 해봤던 것 같습니다. 하여튼 이 년 동안에 오천 매를 쓰는 게 그렇게 쉽지가 않았거든요.

박범신　많이 썼네요.

김종광　소설을 안 쓰고 있을 때는 술을 먹었거든요. (함께 웃음) 그래서 필사할 시간은 없었습니다. 하지만 제가 가르치는 학생들에게는 필사를 시킵니다. 요번에도 필사를 안 해오면 무조건 D를 준다고 했습니다. (함께 웃음) 원래 공부를 안 하는 선생이 과제는 많이 내잖아요.

박범신　이 자리에는 선배도 더러 있겠지만 문학을 공부하는 어린 후배들, 학생들도 있거든요. 그러니까 김종광씨가 선배 작가로서 충고라고 할까, 격려라고 할까, 덕담이라고 할까 코멘트를 좀 해주세요.

김종광　저는 지금 같은 경우에 사실 이 말밖에는 할말이 없는데 많이 읽고 많이 쓰고 많이 생각하고에다가 결정적으로 성욕과도 같은 열정, 욕망, 집념, 의지가 있어야 된다고 생각합니다. 이것이 없으면 안 되고 이것이 있어야 뭐가 돼도 되지 않나 생각합니다. 그리고 필사는 좋다니까 꼭 한번 해보세요. 소설을 써볼까 하는 후배님들은 만약에 작가가 되지 못하면 자살하겠다는 각오로 소설을 쓰시고 아니면 편하게 안 쓰는 게 좋을 것 같습니다. 계속 정리가 안 되네요.

박범신　우리가 객관적으로 볼 때는 정리가 아주 잘 됐어요.

김종광 '하면 된다!'는 말을 제일 싫어하는데요, 간혹 맞을 때도 있더라고요. 제가 작가가 된 경우가 바로 그런 경우입니다.

박범신 소설가가 되지 못하면 자살을 하겠다는 각오로 쓰라는 말이 인상적이네요. 그리고 우리가 열정을 수없이 강조하지만 성욕과도 같은 열정을 가지라고 말하니까 실감이 나잖아요. (함께 웃음) 일단 실감이 나지요? 후배들한테 아주 좋은 충고였던 것 같습니다. 더이상의 할말은 없습니까?

김종광 감사합니다.

박범신 김종광씨한테 큰 박수 보내주세요. (함께 박수) 끝날 때 제가 늘 강조하는 말인데, 오늘 만남을 기점으로 해서 앞으로 김종광씨가 어떻게 변모하고 어떤 방법으로 한국문학의 중심을 향해가고 있는지를 우리가 김종광씨의 편이 돼서 지켜봐야 합니다. 오늘 여기서 얘기를 들은 걸로 그냥 끝내버리면 여러분들이 시간만 아깝게 보낸 게 됩니다. 김종광씨의 소설을 찾아서 꼭 읽어보세요. 그리고 특히 앞으로 한 사람의 작가로서 김종광씨가 어떤 소설들을 어떻게 써가는가, 어떻게 변화해가는가 하는 궤적을 함께 따라가는 계기가 됐기를 진심으로 바랍니다. (함께 박수)

김종은

"저는 지금의 비주류가 주류가 되는 세상을 늘 꿈꾸고 있습니다."

사실, 오늘이 제 생일이에요. 아버지요? 자살했습니다.
여자가 애를 지우겠답니다. 그러니까 차인 거나 다름없죠.
내 생일도 잊은 모양이에요. 금붕어는, 요샌 금붕어밥도 잘 주지 못해요.
화가 나서 그랬겠죠? 화가 나서 그랬을 거예요. 절 얼마나 사랑하는데요.
예, 맞습니다. 저도 사랑해요. 그래서 미안한 건지도 모르겠어요.
전 아직 잘 모르겠어요. 예, 사랑하는가봐요.
요 붕어 두 마리 헤엄치고 있는 걸 보면요, 참 행복해 보입니다.
그걸 보고 있으면 언젠가 그 친구 다시 올 것만 같아요.
예전처럼, 사랑하는데, 왜 미안해야 하는지 모르겠어요.
사랑하는데, 돈이야 벌면 되잖아요. 까짓 돈이야 벌면 되잖아요. 시팔.

박범신 김종은 작가의 소설 중 일부를 읽어드렸습니다. 김종은 작가는 1974년에 태어났고요, 2000년 한국일보 신춘문예에 단편소설이 당선되어 작품활동을 시작했어요. 『서울특별시』로 2003년 오늘의 작가상을 수상했고 '새로운 감수성과 경쾌한 호흡으로 오늘날 젊은이들의 삶을 뛰어나게 그려내면서 개성 있는 목소리를 들려주는 작가로 주목받아왔다' 는 평가를 받고 있습니다. 저는 소설이라고 하는 건 읽어주는 것도 매우 깊은 인상을 남길 수 있다고 생각하거든요. 말로 뻥치면서 토론하는 게 아니라…… 제가 분명히 김종은씨의 문장을 좀전에 읽었습니다. 제가 나름대로 사랑을 갖고 밑줄을 치고 접어가지고 와서 읽었지 그냥 우연히 읽은 게 아니에요. "사랑하는데, 왜 미안해야 하는지 모르겠어요"라는 문장이 있는데, 사실 제가 나이가 육십인데 제가 아는 문장이거든요. 그렇지요? 사랑하는데 미안

하잖아요. 젊은 친구들은 모를 줄 알았는데 그 말을 썼더라고요. 우선은 김종은씨 얘기를 한번 들어봅시다. 뭐든지 좋으니까 얘기를 해보세요.

김종은 안녕하세요? 김종은입니다. 반갑습니다. (함께 박수) 여기 오기 전에 이전에 초대됐던 선배들의 이야기를 많이 들었는데요, 굉장히 날카롭고 수준 있고 지적인 독자들이 많이 오시기 때문에 이야기할 때나 질문받을 때 여러모로 긴장을 많이 해야 될 거라고 하시더라고요. 또 박범신 선생님께서도 상당히…… 이를테면 모 작가는 심하게 꾸짖음을 받았다고 해서 제가 사전에 준비를 했습니다. 그래서 오늘은 선생님이 아주 온화한 모습을 계속 여러분들께 보여드릴 것 같아요. 그러니까 너무 실망하지 마세요. 제가 사전에 다 계획한 일이기 때문에 오늘 선생님께서 주신 과일처럼 달콤하게……

박범신 접대 멘트는 그만 하고 (함께 웃음) 진짜로 말을 해봐요.

김종은 예, 알겠습니다. 저는 2000년도, 그러니까 사람들이 뉴밀레니엄이라고 일컫던 2000년도에 등단을 했습니다. 2000년도에 저랑 같이 보아가 데뷔를 했고요, (함께 웃음) 박지성이 교토 퍼플상가에 입단하면서 프로 데뷔를 했습니다. 그리고 영화감독 봉준호가 〈플란다스의 개〉로 데뷔를 했고 소설 쪽에서는 제가 데뷔를 했습니다. 데뷔한 지 오 년이 지났는데 다들 잘됐습니다. (함께 웃음) 제가 얘기한 사람들이 다들 잘됐는데 저는 지금도 여전히 소설을 쓰고 있습니다. 아무튼 제가 말씀드리고 싶은 것은, 저랑 같이 데뷔한 많은 사람들이 있는데 그중에서 제가 조금 천천히 나아가고 있다는 겁니다. 그 점을 강조해서 말씀드리고 싶어요. 가요와 영화, 최근에는 축구까지도 많은 사람들이 굉장히 사랑을 해주고 있는데요, 앞으로는 소설 쓰는 선생님들이며 젊은 작가들도 많이 사랑해주셔서 저도 그들과 당당히 어깨를 겨룰 수 있었으면 좋겠습니다.

장편소설이 하나 있기는 합니다만 『신선한 생선 사나이』가 저의 첫 창작집입니다. 아무래도 첫 창작집에 대해 여러분들이 궁금한 점이 있으실 것 같은데 제가 쓴 작품이니까 제가 조금 잘 알기 때문에 먼저 몇 가지 말씀을 드릴게요. 『신선한 생선 사나이』에 수록된 소설들은 2000년부터 2004년까지 오 년 동안 쓴 작품입니다.

물론 그 외에도 여러 가지 작품들이 있습니다만 작품집을 묶을 때 발췌했던 것은 기억이라는 소재에 한해서였습니다. 첫번째 창작집은 기억에 관한 걸로 묶어야 되겠다고 생각을 해서 씌어진 작품들입니다. 때문에 첫 창작집에 실린 대부분의 작품들은 기억을 소재로 하고, 우리끼리 거창하게 이야기하자면 기억을 주제로 해서 쓴 작품들입니다. 그리고 주인공이 대부분 젊은 친구들인데요, 그 이유는 앞서 말씀드렸던 것처럼 저와 같이 데뷔한 사람들 중에서 제가 제일 실력이 없기 때문이에요. 소설 자체가 허구이긴 합니다만 저는 개인적으로 작가가 가장 잘 알고 있는 부분을 썼을 때 같은 허구라 할지라도 좀더 진짜 같고, 낯간지러운 말로 하자면 진실된 글이 나올 수 있다고 생각을 합니다. 제가 젊은이들을 주인공으로 쓰는 이유는 아주 단순해요. 제가 그나마 그들과 가장 가까운 동년배이니까 제가 보았던 친구들, 선배들, 후배들의 이야기를 어느 정도 가슴속에 담고 있었던 것과 들었던 것들을 표현하기 때문에 주인공은 대부분 젊은 사람들이었어요.

제가 최근에 들은 얘기인데 글을 읽으면서 막내가 쓴 글 같다는 생각들도 하실 겁니다. 형제로 치면 장남이나 차남이 아닌 막내가 쓴 글 같은 느낌이 든다는 이야기를 해주시는 분들이 굉장히 많았습니다. 저는 실제로 막내예요. 그리고 막내생활도 굉장히 많이 했어요. 일례를 들자면 제가 군입대를 했을 때 저랑 동기가 세 명이 있었는데 저희가 후임병을 일 년 만에 받았습니다. 그것도 한 명…… 그래서 군생활에서도 늘 막내였고 군대를 전역하고 대학에 복학할 때 이제 복학생이 되면 아이들한테 형이라는 소리도 듣고 오빠라는 소리를 듣겠구나라는 생각을 했는데 마침 그해에 입학한 학생 중에 직장을 다니다가 혹은 결혼을 하고 학교에 온 사람들이 많았어요. 그래서 저는 군대를 갔다 왔는데도 불구하고 막내생활을 계속 했습니다. 또 소설가가 되고 나니까 역시나 소설가 그룹 중에서도 제가 막내인 것 같더라고요. 지금까지 저보다 나이 어린 작가를 본 적이 없어요. 이런 말씀을 왜 드리느냐 하면 등단하고 나서 제가 봤을 때는 제가 쓴 글 이상으로 많은 사람들이 저를 귀여워해주신 것 같아서예요. 그 이유가 막내였기 때문이 아닐까라고 생각을 한다는 걸 꼭 말씀드리고 싶었어요. 프로필을 보셔서 아시겠지만 저는 일반대학이 아닌 예술대학에서 문예창작을 전공했습니다. 예를 들면 옆에 계신 박범신 선생님처럼 실제 소설가 선생님들께 소설을 쓰는 수업을 많이 받았고 그것을 토대로 작가가 된 케이스거든요. 그래서 이런 부분도 있었던 것 같습니다. 첫 창작집이 묶여지기까지를 돌이켜보면 학교생활과 학교에서 내가 쓴 작품이 수업시간에 실제 다뤄질 수 있었던 것이 큰 몫을 했다는 생각이 듭니다. 내 작품이 수업의 재료가 되고 강의의 소재가 되고 주제가 될 수 있었던 것이 굉장히 큰 도움이 됐다는 것을 말씀드리고 싶습니다. 책이 나오게 된 배경은 이 정도로 말씀을 드리고요, 여러분들의 표정이 너무 진지해서……

박범신 중간 박수 보내주세요. (함께 박수)

김종은씨한테 제가 먼저 질문을 해볼게요. 「프레시 피시맨」에서 김종은씨가 "녀석과 나는 다른 부류라는 것이 단박에 느껴진 것이었다. 물론 지금도 나는 녀석과 내가 같은 부류라고는 생각하지 않는다"라고 썼어요. 노무현식으로 말하면 코드가 다른 거죠. 코드가 다르다고 생각하면서 그 녀석 얘기를 왜 썼어요? 코드도 다르고 부류도 다른데 그 녀석 얘기를 왜 썼습니까? 이게 첫 질문이에요.

김종은 제가 봤을 때는…… 비주류잖아요?

박범신 불치병에 걸린 녀석이, 자신하고 코드가 다른데 그 녀석 얘기를 밤을 새우면서 왜 쓰고 있어요? 코드도 다른데 말예요. 코드가 같은 사람 얘기를 쓸 시간도 없는데……

김종은 저는 지금의 비주류가 주류가 되는 세상을 늘 꿈꾸고 있습니다. 음악도 그렇고 영화도 그렇고 소설도 마찬가지예요. 제가 대학 다니면서 실제로 중고등학생을 가르쳐본 적이 있습니다. 그 당시에는 불법 과외였죠. 그때 저는 공부 못하고 다른 사람이 시키는 걸 제대로 하지 못하는 녀석들이 보다 매력적이라고 느꼈어요. 그런 친구들이 권력을 갖게 되면 나라도 그렇고 세상도 그렇고 더 좋아지지 않을까 생각합니다. 그래서 저는 비주류, 그러니까 조금 헐렁한 사람들이 세상을 이끌어가는 주체가 됐으면 좋겠다고 항상 생각하거든요. 지금 우리나라가 여러모로 살기 어려운 이유도 헐렁한 사람들이 헐렁한 취급을 받기 때문이라고 생각을 합니다. 그래서 여러분들이 작품에 나오는 친구들의 이야기를 읽고 너희들은 정말 쓸 모없구나라는 느낌보다는 이 친구들이 잘됐으면 좋겠다라는 느낌을 가져주셨으면 하는 마음에서 쓴 것입니다.

박범신 저는 김종은씨 소설을 읽고 이런 느낌을 받았어요. 얼굴을 본 적도 없는 김종은씨가 어딘가 굉장히 고독한 자리에서 나한테 계속 농담을 걸어오는 느낌이라고 할까요? 소설을 해석하는 건 아니에요. 소설을 읽으면서 인문학적인 해석도 필요하기는 해요. 그러나 그 해석 뒤에서 작가가 어떤 포즈로 있는지도 봐야 되는 것 아니겠어요? 어쨌거나 작가가 혼자 황막한 사막 같은 데서 피식피식 웃으면서 나한테 농담을 걸어오는 듯한 느낌으로 소설을 읽었어요. 맞나 모르겠네요.

김종은 예, 맞습니다.

박범신 이제 질문을 받겠습니다.

독자1 2000년도 한국일보 신춘문예로 데뷔를 하셨는데요, 제가 신춘문예 당선작들을 공부하느라고 묵은 한국일보를 뒤져서 「프레시 피시맨」을 읽었거든요. 그런데 이번 소설집에 실린 「프레시 피시맨」을 보니까 조금 개작을 하셨더라고요. 먼저 작품도 좋았는데 개작을 하게 된 배경도 궁금하고요, 또 한 가지는 그때 이제 하 선생님과 김화영 선생님께서 심사를 봤는데 심사평에 '초점화자'라는 얘기를 하셨더라고요. 심사평을 읽고 다시 보니까 자기가 자기 이야기를 하는 게 아니라 어떤 병을 앓고 있는 사람의 이야기를 친구가 말하는 식으로 구성하셨더라고요. 그래서 왜 그렇게 구성을 하셨는지도 듣고 싶습니다.

김종은 여러분들도 다 취미를 한 가지씩 가지고 있을 거라고 생각을 하는데요, 저는 취미라기보다는 어쭙잖게도 여러 가지를 수집하는 몹쓸 경향이 있습니다. 어렸을 때부터 껌종이를 비롯해서 굉장히 많은 것들을 모아왔어요. 남들 모으는 우표부터 시작해서 가장 최근에 모으고 있는 것이 DVD입니다. DVD를 사서 모으는 것을 제 삶의 아주 자그마한 낙으로 생각을 하고 있어요. 여러분들도 DVD를 한 번씩 빌려다 보셨을 텐데, DVD 매체의 가장 좋은 점은 선택을 할 수 있다는 겁니다. 감독이 극장에 걸었던 영화를 그대로 디스크에 담는 경우도 많지만 어떤 감독은 새로 편집을 하거나 기존에 보여주지 못했던 장면들을 추가로 넣어서 '스페셜 에디션'이란 이름으로 발매를 하거나 '디렉터스 컷'이라는 이름으로 발매를 하는 경우가 있는데요, 그렇게 내놓고 나면 관객들 입장에서는 언제나 호불호가 갈리는 것 같습니다. 원작이 더 좋았다, 혹은 추가된 부분을 볼 수가 있어서 더 좋았다 하고 말예요. 어찌 됐든 극장에 걸렸던 그대로를 디스크에 담는 것보다는 두 가지의 선택권을 관객들한테 준다는 점에서 굉장히 매력적인 일이라고 생각을 했습니다.

여러분들도 아시겠지만 지금 우리나라의 문단 시스템이 어떤 식으로 돼 있느냐 하면, 창작집에 싣는 작품들은 발표했던 당시의 작품 그대로입니다. 대부분의 사람들이 걷고 있는 방식을 따르자면 말입니다. 예를 들면 A라는 작가가 몇 년에 걸쳐서 일단 계간지나 월간지에 발표를 합니다. 그리고 발표한 것들을 고스란히 묶어서 책으로 냅니다. 물론 그렇게 하지 않는 작가들도 있습니다만 대부분이 그렇습니다. 단행본을 통해 작품을 처음 접하는 독자들이 물론 더 많겠지만 문학을 사랑하시는 분들은 그렇지 않을 수도 있습니다. 그래서 저는 학교에서 문학을 공부하는 학생들은 잡지를 통해서 이미 본 작품들인데 그렇게 되면 구매의욕이 많이 떨어지지 않을까라는 어처구니없는 상상을 했습니다. (함께 웃음) 왜냐하면 『신선한 생선 사나이』를 묶을 당시에는 내 책이 많이 팔리지 않을까라는 생각보다는 많이 팔렸으면 좋겠다라는 마음이었거든요. 미리 읽은 독자들을 끌어당길 수 있는 방법은 뭘까 생각하다가 DVD에서 배웠던 꼼수를 한번 써보자는 생각이 들었어요. 저는 개인적으로 친구들하고 모이면 농담 삼아 문학잡지를 사면 별책 부록도 주고 브로마이드도 끼워주면 좋겠다는 얘기를 합니다. 너무들 안 본다고 얘기만 하지 말고 그랬으면 좋겠는데 사실상 그렇게 하기는 힘든 일이죠. 그렇지만 내가 내 책을 묶는 거니까 내 맘대로 할 수 있지 않을까 싶어서 개작을 했던 거예요. 하지만 완전히 바꾼 건 아닙니다. 기존에 있었던 건 그대로 살리고 내용을 조금 더 추가해서 넣었습니다. 제가 소심해서 너무 티가 나게 넣지는 않았고요, 조금 넣었어요. 두 작품을 대놓고 비교하는 사람만이 알 수 있을 정도예요.

그리고 '초점화자'에 대해 말씀을 하셨는데, 제가 봤을 때는 많은 현장비평가들은 어떤 작품을 놓고 볼 때 여러 가지 문학 이론과 해석의 틀에 빗대어서 말하는 경우가 많아요. 그러나 실제 창작하는 사람들은 그런 것들을…… 모르겠습니다. 그런 걸 생각하고 쓰시는 선배님들이나 후배님들이 있을지도 모르겠는데 저 같은 경우에는 다릅니다. 저희들 같은 경우에는 문학에 관심을 가졌던 어린 시절부터 혹은 대학 다니면서 그런 것들을…… 뭐라고 할까요, 자꾸 영화 얘기를 해서 뭣합니다만 그냥 여러분들 이해하기 편하시라고 드리는 말씀인데, 이를테면 김기덕 감독 같은 분은 정식으로 영화를 배우지는 않았지만 실제로 영화를 찍으면서 영화를 배운다고 하지 않습니까? 그처럼 글을 쓰고 습작하는 분들도 사실은 소설을 한 편 한 편 완성해나가면서 그런 것들을 배우게 되죠. 그러니까 제가 답변해드릴 수 있는 것은 '초점화자'라는 걸 계산한 건 아니고요, 그 이야기에서는 그렇게 하는 것이 보다 효과적일 것 같다는 생각이 들었어요. 그렇게 하면 효과가 굉장히 극대화될 거라고 예상해서 쓸 만큼 제가 깜냥이 되는 사람이 아니거든요. 예를 들어서 아주 단순하게 설명을 하자면 러브스토리인데 여자가 죽는 이야기일 경우 죽는 여자가 화자가 되면 재미가 없지요? 안 죽고 남아 있는 사람이 이야기를 끌어나가야 좀 더 여운이 남아요. 서사에 있어서 아주 기본적인 방식이거든요. 그래서 그렇게 한 거예요. 죄송합니다만 대단한 뜻은 없었습니다.

박범신 진행자로서 김종은씨의 소설을 패러디해서 질문을 하나 하고 싶어요. 김종은씨, 이제 뭘 할까? 뭘 하지?

김종은 제 소설은 그렇게 끝납니다. (함께 웃음) "이제 뭘 할까?" 하고 말예요. 답변을 내지 않고……

박범신 마지막에는 "모쪼록 모두들 다음에는 다 파이팅입니다"로 끝나잖아요. 박수 한번 쳐주세요. (함께 박수) 어떻게 서울에서 태어나서 소설가가 됐어요? 나는 70년대에 데뷔를 했는데, 우리 때는 서울에서 태어나면 소설가가 안 되는 걸로 알았어요.

김종은 사회시간에 저도 배운 건데요, 급격하게 도시가 발달하고 이농현상이 생기면서 지방 출신들이 서울로 많이 올라왔어요. 이는 대단히 잘못된 현상이라는 생각하에 제가 결혼을 하고 경기도로 집을 옮겼습니다.

박범신 결혼을 했군요.

독자2 제 생각에는 김종은씨의 소설을 우선 두 가지로 특징지을 수 있을 것 같아요. 첫번째는 문체, 두번째는 굉장히 청순한 감수성입니다. 작가가 모두에 기억에 관한 여러 가지 작품을 한데 모았다고 말씀을 하셨는데 저는 작품집 전체를 관통하면서 흐르는 청순하고 순수하며 섬세한 감수성을 느꼈어요. 그것을 받쳐주는 것이 김종은씨만의 독특한 감각과 감수성이었는데요, 이를테면 "새벽 세시의 안개 같은 기분"이라는 표현이 있더라고요. 그리고 "배트맨이라도 나타날 것 같은 회색의 상계주공 십삼단지 공무원아파트"라는 표현은 상당히 독특하거든요. 그런 유의 표현들이 각 작품마다 곳곳에 있더라고요. 그래서 참 감각이 참신하다는 생각을 했어요. 작가들은 대개 다른 작가랑 비교를 하면 과민반응을 일으키는데 죄송한 말씀이지만 김종은씨 작품을 읽어나가면서 톡톡 튀는 감성과 감각이 무라카미 하루키 유를 읽는 것 같았어요. 그리고 작품 속의 어느 곳에서도 나오지만 샐린저 유의 감수성 같은 걸 많이 느꼈습니다.

제가 드리고 싶은 질문은 '와방'이라는 말뜻이에요. 표현 중에 '와방'이라는 말이 나오거든요. "와방 닮았어! 그렇게"라는 문장이 있는데 제가 너무 무식해서 그런가 '와방'이 무슨 소린지 모르겠더라고요. 김종은씨가 지방 출신인데 내가 사투리를 모르나 싶어서 작가 프로필을 봤어요. 그런데 서울에서 태어나셨더라고요. 아무튼 '와방'이 무슨 뜻인지 궁금했고요, 두번째는 아까 박범신 선생님께서 자신과 코드도 다르고 부류도 다른 친구 얘기를 왜 썼느냐고 하셨는데 저는 그렇게 안 봤거든요. 다른 작품은 차치하고 오늘 다루기로 한 「프레시 피시맨」의 경우 처음부터 끝까지 화자가 상당히 모호해요. 물론 화자가 대상으로 삼는 친구에 대한 얘기는 자세히 나와 있어서 그 친구가 어떤 색깔의 소년이라는 것을 충분히 알 수 있어요. 하지만 화자에 대해서는 처음부터 끝까지 너무나 모호하게 다뤘기 때문에 독자가 알 수 없습니다. 그래서 저는 다시 한번 읽어봤거든요. 도대체 화자는 어떤 색깔의 사람이길래 이 친구하고 동무가 됐을까 했는데 역시나 작품 속에서는 선명하게 드러나지 않더라고요. 그래서 제가 추측하기에 화자가 이렇게 모호하게 드러난 것은 어떻게 보면 도플갱어가 아닐까 싶었어요. 부류가 다른 친구 얘기지만 사실은 도플갱어라는 생각이 들었거든요. 그리고 그 친구가 나중에 죽지 않습니까?

박범신 도플갱어지요. 그래서 제가 아까 그렇게 물어본 거예요.

독자2 너무 여려서 상처를 금방 받는 게 그 친구의 특징이잖아요. 오래된 상처도 결국은 멍으로 드러나고 피를 흘리면 멈추지 않고…… 순수했던 소년 시절, 상처받기 쉬운 영혼을 가진 친구가 입은 상처는 쉽게 낫지 않아요. 아픈 소년 시절의 자아가 친구라는 분신을 통해 도플갱어로 표현이 된 것이 아닐까 싶었습니다. 그리고 그 친구는 죽어요. 나는 나이를 먹고 기억의 통과의례처럼 도플갱어로…… 결국 또다른 나는 죽고 본래의 나는 성장을 해서 제의를 통과해나왔다는 의미로 「프레시 피시맨」을 읽었습니다. 저는 그렇게 읽었는데 어떤지 모르겠고요. 그리고 세번째로 제가 언급하고 싶은 것은 다른 작품들도 다 비슷한 감수성을 갖고 있지만 그중에서 특히 독특하게 읽었던 작품이 「쎄일즈맨의 하루는」하고 뒤쪽에 있는 「그리운 박중배 아저씨」입니다. 두 작품의 경우에는 청순하고 순수한 감수성만 가지고 독자에게 접근한다기보다는 사회성이 있는 이슈를 다루고 있다는 생각이 드는데, 아주 보드라운 감수성으로 표현을 하고 있기 때문에 치열하게 다가오지는 않습니다. 하지만 금방 찌르는 아픔보다 스며드는 아픔이 더 많이 아프거든요. 그래서 작가한테 바라고 싶은 것은 큰 소리로 외치지 않고 부드러운 감성으로 쓴 그런 유의 주제를 한번 더 다루거나 좀더 발전시키면 좋겠다는 겁니다. 「쎄일즈맨의 하루는」의 경우에는 작품을 좀더 크고 길게 만들어보면 어떨까 하는 욕심이 생기더라고요. 「그리운 박중배 아저씨」와 「쎄일즈맨의 하루는」을 결합시켜서 하나의 작품으로 좀더 크게 만들었으면 싶었거든요. 크게라는 말은 물리적인 크기라기보다는…… 작품을 좀더 깊이 있게 끌고 나가면 참 좋겠다는 그런 느낌이었습니다.

김종은 예, 고맙습니다. 질문이 많은데 제가 머리가 좋지 않아서 다 기억을……

먼저 '와방'의 뜻은……

박범신　'와방'은 '거시기'하고 같은 말 아니에요?

김종은　예, 전라도의 '거시기'하고 비슷합니다. 아까도 말씀드렸다시피 저는 서울에서 태어나서 여태껏 서울을 떠나본 적이 없는 사람입니다. 서울이 고향인 제 또래들이 쓰는 말이 여러 가지가 있는데 저는 그것이 서울 사투리라고 생각을 합니다. 제가 초등학교 때 표준말에 대한 정의를 배웠는데 그 당시에 저는 서울에는 사투리가 없다고 생각했어요. 그리고 정말 초등학교 때 선생님께서 서울 사람들이 쓰는 말이 표준말이라고 가르치셨습니다. 그런데 좀 지나고 보니까 서울에도 분명 사투리가 있는 것 같아요. 예를 들어서 저와 제 친구들은 가위바위보를 할 때 '보들보들 개미 똥구멍'이라는 노래를 하는데요, 지방 친구들은 그 노래를 모릅니다. 그리고 또 '아싸라비아 콜롬비아' 랄지…… (함께 웃음) 지금 이게 바로 사투리의 반응이거든요. 예를 들어 서울 사람이 전라도 사투리를 들으면 재미있으니까 일단 웃죠? 사투리에는 나름대로의 페이소스가 있는 것 같아요. 서울 사람들이 쓰는 말 중에 '와방'이라는 말을 지방 사람들은 잘 모르는데, 영어로는 'very'가 되겠습니다. (함께 웃음) '매우'라는 뜻이에요. 바른 표현은 아니겠지만요. 서울이라는 공간 자체가 쓰고 있는 단어조차도 너무나도 많이 바뀌기 때문에 어느 순간엔가는 사라질 수도 있지만 저와 세대를 같이한 사람들, 80년대에 초등학교, 중학교를 거친 친구들은 여전히 그 말을 기억하고 있을 것이고 죽을 때까지 계속 쓸 겁니다. 사실 소설가가 그런 말을 쓰면 안 되는 것이긴 합니다만, 저 하나 정도는…… 여러분들은 잘 모르시겠지만 저 나름대로 소설을 쓸 때 이렇게 써야 되겠다고 생각하는 여러 가지가 있었는데, 『신선한 생선 사나이』에 실린 작품들은 사실 시기적으로 가장 처음에 썼던 소설들이에요.

　제 나름대로는 기억에 관한 이야기들은 이쯤 해도 좋겠다, 또 더이상 내 실력으로는 쓸 것이 없다고 생각한 순간에 내 고향이자 내 도시인 서울에 집중을 해서 서울에 관한 이야기를 썼습니다. 그래서 사실은 단편을 많이 썼고요, 그러다가 중간에 서울이라는 제목을 메타포로 활용해서 장편소설을 하나 썼는데 『신선한 생선 사나이』보다 더 일찍 발간됐어요. 그리고 그후에 제 아내를 비롯한 수많은 지인들이 연애소설을 보고 싶다고 해서 쓴 연애소설이 하나 있어요. 저는 지금도 여전히 서울 사람들의 이야기를 쓰고 있는데요, 그것은 제가 아까 서두에 말씀드렸던 것과 일맥상통하는 부분입니다. 저도 가끔은 먼 우주의 이야기나 영화배우를 주인공으로 하는 이야기를 쓰고 싶기도 합니다. 하지만 그런 소설을 쓰려면 여러 가지 공부가 필요할 것이고 취재가 필요할 것인데 그러기에는 제가 너무 실력이 부족해서 앞서 말씀드린 것처럼 제가 아는 바에 한에서, 가장 잘 쓸 수 있는 이야깃거리를 찾다보니까 지금은 서울 사람들의 이야기를 쓰고 있어요. 강조하지만 저는 어렸을 때 저희 동네에서는 나름대로 유복하게 자랐기 때문에 성격이 굉장히 내성적이고요, 말솜씨도 별로 없습니다. 그래서 제 소설의 주인공도 하나같이 저를 닮아 그런 면들이 없지 않아 있는 것 같습니다.

그리고 지적하신 몇 가지 비유들, 참 유치찬란한 그 비유들은…… 제가 선배라는 이유만으로 글을 쓰고자 하는 후배들이 정말 열심히 쓴 글을 가끔 가지고 와서 "형, 제 글 좀 한번 봐주세요"라고 하는 경우가 있는데, 후배들의 글에 그런 표현이 나오면 "너는 이게 말이 된다고 생각하니?" 하면서 굉장히 혼을 냅니다. 예를 들면 "아파트에서 어떻게 배트맨이 나오니? 아파트에서 배트맨 나오는 거 봤어?" 하는 식으로 시비를 거는데, 저도 선생님들한테 그렇게 많이 혼났기 때문이에요. 왜냐하면 정말 훌륭한 작가 선생님들은 비유 하나를 쓸 때도 여러 번 생각하고 정말 그렇구나 하고 무릎을 칠 만할 정도의 비유를 쓰신다는 걸 작품들을 읽어봐서 저도 알기 때문입니다. 하지만 안 되는 것은 안 되는 것 같습니다. 저는 아무리 해도 안 돼서 제 나름대로의 비유법을 찾은 것이고요, 사실 앞으로 제가 고쳐나가야 할 부분이라고 생각하는데 안 되면 계속 그렇게 갈 수도 있을 것 같습니다. 그러나 아까 말씀드린 것처럼 후배들한테는 쓰지 못하게 합니다. 얄밉게도 저는 쓰면서 후배들에게는 쓰지 못하게 하고 있어요.

결말 부분에 대한 것도 꼭 말씀을 드리고 싶은데, 저는 대학에 들어가서 소설이라는 걸 처음으로 완성을 해봤어요. 사실 대학 들어가기 전에는 꿈이 굉장히 여러 가지가 있었는데 대학에 들어가서 소설의 매력을 느꼈고 소설을 한 편 써봐야겠구나 하고 생각했어요. 소설을 써야겠다고 생각을 하니까 우선 많이 읽어야 되겠더라고요. 왜냐하면 뭔가 굉장한 걸 생각해서 선배한테 "형, 나 이번에 이런 이야기를, 이렇게 해서 이렇게 되는 이야기를 한번 소설로 써보고 싶어"라고 시놉시스를 얘기하면 "야, 그런 소설 있어. 누가 썼어" 하고 말하는 경우가 굉장히 많더라고요. 일단 많이 읽어야 되겠다는 생각이 들어서 많이 읽었습니다. 그런데 우리나라 소설을 읽으면서 대학교 일학년 때 제가 가장 답답했던 부분이 뭐냐하면요, 끝이 말끔하지 않다는 거였어요. 제가 아는 한 소설은 '영희와 철이는 결혼을 해서 너무너무 행복하게 잘 살았다'로 끝나야 하는데 한국의 단편소설들을 보니까 '바람이 불었다' 랄지 '그의 뒷모습이 사라지고 있었다' 라는 걸로 끝나더라고요. 저는 그게 너무 답답했어요. 마치 화장실에서 뒤처리를 말끔하게 하지 않은 느낌이었거든요. 그래서 나는 깔끔하게 완결된 소설을 써봐야 되겠다는 생각을 했어요. 누구는 잘 살았고, 누구는 어떻게 됐고, 누구는 지금 어디서 무엇을 하고 있다는 식으로 말이에요. 그런데 그때 느낀 것이 뭐였냐면 열린 결말의 중요성이었어요. 그래서 제가 지금도 후배들한테 이야기해주는 것들 중 하나가 열린 결말입니다. 작가들이 여러 가지 해석이 가능하도록 마무리를 하는 데는 그만한 이유가 있다는 걸 이제야, 십 년이 넘은 지금에서야 조금 알 것 같아요. 그래서 그런 부분을 학생들한테 설명을 해주고 싶은데 사실 제가 그 시절에 그랬던 것처럼 명쾌하게 답변을 줄 수는 없어요. 그래서 지금은 누군가가 행복해지고, 혹은 누군가가 어떻게 되고, 잘사는 순간이라는 것은 인생에는 있을 수 없는 것 같다고 얘기를 합니다. 그 사람이 죽지 않는 한 말예요. 인생은 항상 현재진행형이니까요. 그런데 열린 결말에도 굉장히 멋있고 완성도가 있는 열린 결말이 있는가 하면 제 소설처럼 뭔가 어설픈 열린 결말도 있는 것 같습니다.

　그리고 하루키와 샐린저에 대한 말씀을 하셨죠? 하루키와 샐린저는 제가 굉장히 좋아하는 작가고요, 많이 읽었습니다. 그랬는데도 불구하고 그 사람들의 스타일이나 흔적이 보이지 않는다면 그건 그 작가를 좋아하지 않는다는 의미가 되지 않을까 생각합니다. 지금은 하루키와 조금 소원해졌습니다만 저희 세대는 스무살 무렵에 다들 하루키를 읽었고 밤에는 괜히 재즈를 들었거든요. 지금은 밤에는 잡니다. (함께 웃음) 샐린저 같은 경우는 나이가 들었는데도 불구하고 계속 좋습니다. 아무튼 두 사람은 제가 굉장히 좋아하는 작가예요. 그리고 또 제 느낌에는 그 시절의 일본, 혹은 그 시절의 영국, 혹은 그 시절의 미국의 사회 상황이 지금 우리의 현실하고 비슷한 것 같아요. 제가 좋아하는 작가들이 처했던 사회 상황이 지금 우리의 현실하고 크게 다르지 않은 것 같아서 그런 부분은 계속 될지도 모르겠습니다.

「쎄일즈맨의 하루는」은 사실 서울 이야기 중의 하나입니다. 기억에 관한 얘기는 절대 아니에요. 그런데 그 작품이 창비에 발표됐던 작품이기 때문에 창비 관계자 분들께서 창비에서 책을 내는데 그 소설을 빼면 안 되는 것 아니냐고 하시더라고요. 저는 성격 자체가 항상 둥글둥글하기 때문에 "예, 그럼 그렇게 하십시오"라고 해서 작품집에 들어간 소설입니다. (함께 웃음) 「쎄일즈맨의 하루는」은 서울이라는 도시가 굉장히 편리하고 어떤 부분에서는 돈에 의해서 움직이도록 잘 짜여진 도시 같지만 사실 알고 보면 구성원 서로간에 굉장한 아픔이 있다는 아주 단순한 내용을 이야기하고 싶어서 쓴 작품입니다. 또 재미있었던 사실은 그 사람들이 마치 누군가 계급을 지어놓은 것처럼 항상 지하에서만 움직인다는 거예요. 그것이 제 마음을 움직였던 부분이었습니다. 「쎄일즈맨의 하루는」은 아무래도 감수성보다는 그런 의미를 담고 있어요. 그리고 꼼꼼히 읽어주셔서 고맙다는 말씀을 꼭 드리고 싶습니다. 제 작품을 읽은 사람들을 한꺼번에 이렇게 많이 접하는 것이 처음인데 정말 고맙다는 인사를 드립니다.

독자3 「쎄일즈맨의 하루는」 같은 경우는 그 사람들을 다루기 위해서 혹시 취재를 하셨는지요?

김종은 예, 취재를 하고 썼습니다. 아니, 취재라기보다는…… 취재라고 생각을 안 하는 게, 취재라고 얘기하면 굉장히 적극적으로 제가 뭔가를 한 것 같기 때문이에요. 지하철에서 물건을 파는 분을 만나서 그냥 부탁을 하고 백 퍼센트 배웠다고 표현을 하는 게 좋을 것 같습니다. 저는 눈으로만 봤지 전혀 모르는 부분이었으니까요. 그래서 취재라는 표현보다는 그분한테 배웠다고 말씀을 드리고 싶습니다. 그분께 이름이나 고맙다는 표시를 마지막 문장에 해도 되겠느냐고 했더니 제발 그런 건 넣지 말라고 하시더라고요.

독자3　여담 같지만 「그리운 박중배 아저씨」의 경우에는 실명을 사용해도 괜찮다고 해서 쓰신 건가요?

김종은　「그리운 박중배 아저씨」는 허구예요. 백 퍼센트 지어낸 얘기입니다. 여러분들도 아시겠지만 중배라는 이름이 흔하지 않아요. 박중배는 가공의 인물입니다. 하지만 사실대로 얘기를 하면 너무 재미가 없잖아요. 그래서 웬만하면 얘기를 안 하려고 해요.

독자3　굉장히 독특했던 게 한국지하철공사 기관원인 박중배 아저씨가 노사쟁의에 가담하는 것을 "그가 일어난 자리에 붉은 띠가 남겨져 있었다"라고 표현을 하셨다는 점이에요. 다른 작가들의 경우에는 그런 부분을 직접적으로 표현하거든요. 하지만 김종은씨는 앉았던 자리에 있는 붉은 띠 하나를 보여줌으로써 상징으로 끌고 갔다는 게 상당히 인상적이었어요. 작가가 계속 자기 호흡으로 끌고 가는구나 하는 느낌이 들었고, 또 한 가지 문체에서 독특했던 게 구어체 비슷하게 쓰시니까 독자하고 인터랙티브한 관계가 계속 유지되더라고요. 아까 박범신 선생님께서 모두에 "나한테 얘기를 하는 것 같다"는 말씀을 하셨는데 달리 표현하자면 저도 인터랙티브한 느낌을 계속 받았거든요. 마치 작가가 친구처럼 옆에서 나한테 얘기해주는 것 같았어요. 생판 모르는 작가의 글을 읽는다는 느낌보다는 옆에서 친구가 얘기해주는 것 같다는 인터랙티브한 느낌이 들었거든요. 그런 면에서도 김종은씨의 경우에는 문체가 참 독특하다는 느낌이 들었습니다.

김종은　인위적으로 아름다운 문장들이 있는데요, 특히 대화의 경우에는 그야말로 꾸며낸 대화 같은 게 있거든요. 이를테면 연극 대사나 트렌디 드라마의 대사가 그렇습니다. 제가 가장 싫어하는 대사 중 하나가 "어머, 시간이 벌써 이렇게 됐네"입니다. 저는 그런 대사를 한 번도 쓴 적이 없고 쓰지 않으려고 제 나름대로 누르는 편이에요. 실제로 내가 사용하지 않는 단어나 대화를 쓴다면, 실제로 친구나 선배들이나 후배들이 쓰지 않는 단어나 대화를 글로 쓴다면 어느 누가 정말 이런 일이 있었겠구나 하고 받아들일 수 있겠는가라는 생각을 늘 하고 있고요, 그리고 또 제가 봤을 때는 그런 게 재미있는 것 같습니다.

박범신 제가 좀 몸이 불편해서…… 잠시 발언권을 여기 와 있는 작가 이기호씨에게 양도할까 합니다. 이기호씨는 동료이자 친구로 김종은 작가를 누구보다 잘 아는 사이입니다.

이기호 안녕하세요? 저는 이기호라고 합니다. 교체 MC로 긴급하게 투입됐는데요, (함께 웃음) 옆에 있는 김종은 작가는 학교 후배이기도 하고 오랫동안 소설을 같이 공부했던 친구이기도 합니다. 그리고 조금 전까지 MC를 보셨던 박범신 선생님은 저의 오랜 스승이시고……

김종은 너무 짜고 하는 것 같아서 그런 얘기는 안 하셨으면 좋겠습니다. (함께 웃음)

이기호 너무 당혹스럽지만, 박범신 선생님께서 잠시 몸을 편히 하시는 동안 여러분들이 하시는 질문을 대신 청하도록 하겠습니다.

독자4 소설을 재미있게 읽었어요.

김종은 예, 고맙습니다.

독자4 「프레시 피시맨」을 보면 돈을 벌어서 친구를 바다에 데려다주겠다는 내용이 나와요. 하지만 돈을 모았는데도 바다로 데려다주지 못하잖아요. 사실 어떤 의미에서는 바다를 친구한테 보여주는 건데 만약에 바다를 보러 갔다면 어떤 걸 봤을지 궁금해요. 그리고 바다에 어떤 의미를 부여할지도 궁금했습니다.

김종은 어렸을 때부터 우리나라는 사계절이 또렷하고 삼면이 바다라 수출과 수입에 용이한 지리적 조건을 띠고 있다고 배웠는데, 저도 삼면이 바다라는 건 굉장한 축복이라고 생각합니다. 물론 사면이 바다인 섬나라도 있지만 삼면이 바다인 우리나라에서 태어났다는 게 저는 굉장히 즐거워요. 우리나라는 산이 굉장히 많아서 땅은 좁지만 삼면이 바다이기 때문에 그냥 앞으로만 쭉 나가다보면…… 어차피 북쪽으로는 못 갑니다. 군인들이 막고 있기 때문에. (함께 웃음) 그냥 앞으로만 쭉 가다보면 결국에는 바다를 만날 수 있는 아주 좋은 지리적 환경인데, 서울에서 태어나서 살아가다보면 바다를 보기가 쉽지가 않습니다. 그래서 아이들은 항상 바다를 보고 싶어하고 본인도 모르게 바다를 굉장히 갈구하는 것 같습니다. 그걸 언제 느꼈느냐 하면 수행여행 때입니다. 수학여행 코스에는 항상 바다가 있는데 "바다다. 내려라" 하고 고속버스 문을 열어주면 아이들이 이산가족을 만나는 것처럼 바다를 정말 반가워합니다. 저는 그게 바다의 힘이라고 생각을 하는데요, 아까도 말씀드렸지만 「프레시 피시맨」을 쓸 당시에 저는 대학생이었기 때문에 상징체계를 잘 몰랐습니다. 그리고 신화적인 내용들이 문학에 어떻게 쓰이는지 상관관계도 잘 몰랐고요. 다만 어쭙잖게 알고 있었던 것이 불의 이미지, 물의 이미지 정도였습니다. 여러분들도 다들 아시겠지만 바다는 여성의 이미지, 어머니의 이미지를 가지고 있어요. 정말 단순하죠. 그렇기 때문에 바다가 된 것이고 또 실제로 많은 소년, 소녀들이 바다를 그리워하는 거라고 생각을 합니다. 그래서 수평선이 넓게 그어져 있는 바다에 가면 존재의 근원에 대해 생각하게 되죠. 하지만 인천에 있는 바다에 가면 수평선이 없기 때문에 그런 느낌이 안 들어요. 수평선과 맞닿아 있는, 하늘과 물과 땅이 맞닿아 있는 그 기이한 풍경 앞에서 사람들은 모두들 자신의 존재의 근원 같은 것을 떠올리기 때문에 즐거워하기도 하고 때로는 숙연해지는 것 같습니다. 그래서 그런 의미로 쓴 것이고요, 아까도 열린 결말과 작품을 해석하는 여러 가지 방법에 대해서 이야기를 했는데, 작품을 받아들이는 독자들 입장에서는 여러 가지로 해석의 길을 제시해주는 작품이 좋은 작품이라고 생각합니다. 저 역시 다른 선배들의 작품을 볼 때 그런 이야기를 많이 하는데요, 쉽게 얘기하자면 나는 주인공이 죽었을 것 같은데 B는 주인공이 누군가를 만나서 잘살고 있을 것 같다고 합니다. 「프레시 피시맨」 같은 경우에도 둘이 사귀는 거 아니냐 하고 동성애 코드로 읽어내시는 분들도 실제로 있었는데 저는 그럴 때마다 당혹스러운 것이 아니라 굉장히 즐겁습니다. 듣고 보니까 또 그 말도 맞는 것 같더라고요. 제가 썼음에도 불구하고 말이에요. 바다와 욕조, 물의 이미지는 아주 단순하게 정말 유치한 상징체계로 '물'이라는 공통분모를 위해서 제가 장치를 한 것이고요, 그것으로 인해서 글을 읽는 분들이 다른 여러 가지 해석을 할 수 있었다면 저의 유치한 작전이 어느 정도 유효하지 않았나 생각을 합니다.

독자5 전에 이기호 선생님이 「버니」를 창작하게 된 과정을 강연하신 동영상을 굉장히 재미있게 봤는데 사실 데뷔라는 과정이 하나의 통과의례이지 않습니까? '금요일의 문학이야기'에서 앞서 만났던 작가분들의 경우에도 그렇고 데뷔작에는 나름대로의 계기와 우여곡절이 있더라고요. 영화를 촬영할 때 비하인드 스토리가 있듯이 창작과정에서 있었던 뒷이야기를 듣고 싶습니다.

김종은 때는 일천구백구십구년이었습니다. (함께 웃음) 저는 그 당시에 군대를 갔다 와서 복학한 학생이었어요. 사실 저는 부대에서 소설을 좀 쓰고 싶었는데 그렇게 하지를 못했습니다. 여기 군필하신 분들은 다 아시겠지만 부대에서 무언가 다른 일을 할 수 있는 사람은 관심사병이거나 이른바 굉장한 땡보직을 가진 사람밖에는 없습니다. 그렇지만 저는 정말 힘든 부대에서 복무를 했습니다. 그래서 사실 군시절이 아깝기는 했어요. 이 년이 넘는데 하루에 천원씩만 모아도…… 그래서 부대에서 소설까지는 쓰지를 못했고요, 군대를 갔다 오니까 이십대 후반이 돼가는 것 같은 괜한 느낌이 들어서 소설을 한 편 썼어요. 제가 추계예술대학교를 졸업했는데 매년 학년 구분 없이 모두 응모할 수 있는 '추계문학'이라고 하는 작은 문학상이 있었습니다. 일등을 하면 당시 돈으로 이십만원의 상금이 주어졌는데 일단 작품은 하나 완성을 했으니까 테스트를 해볼 겸 '추계문학'에 한번 내보자 해서 응모를 하게 됐어요. 어디 응모를 해보신 분들은 아시겠지만 응모를 한 날 밤에는 왠지 자기가 당선된 것 같은 느낌이 듭니다. 저도 그날 저녁에 이십만원을 받으면 뭘 할까를 생각하고 있었는데 떨어졌어요. 상금이 이십만원, 십만원, 또 그 밑으로도 있었는데 하나도 못 받은 거예요. 군대도 갔다 온 복학생인데 말입니다. 아마 저보다 나이가 어린 친구가 그해 상을 받았을 거예요. 그 당시에 옆에 계신 이기호 선배님께서 저희 학교 조교로 아르바이트를 하고 계셨거든요. 그때는 정규직이 아니어서…… (함께 웃음) 이기호 선배님한테 "형, 저 '추계문학'에 응모했는데 아무것도 안 됐어요"라고 말했더니 그때 이기호 선배님이 굉장히 힘을 불어넣어줬습니다. 물론 굉장히 의례적인 것이었겠죠. 군대도 갔다 온 녀석이 의기소침해하니까 "형이 봤을 때는 이 작품 괜찮은 것도 같은데 고쳐서 다른 데 응모를 해보렴" 하고 위로를 해주시더라고요. 저를 가르쳐주신 선생님 중에는 굉장히 유명한 소설가 선생님도 계시기는 합니다만 처음에 진심으로 마음속 깊이 소설을 쓸 수 있도록 만들어주신 선생님은 사실 그다지 유명한 소설가는 아니셨습니다. 등단을 한 이후로 작품활동을 하지 않는 분이었거든요. 여러분들도 아시겠지만 실제로 뭔가 쓰는 것하고 누구를 가르치는 것은 굉장한 차이가 있어요. 예를 들어 쉽게 이야기를 하자면 히딩크가 선수 시절에는 축구를 별로 못했습니다만 감독은 되게 잘하고 있잖아요. 어쨌거나 그분이 학교를 떠나면서 저에게 마지막으로 "나는 네가 신춘문예에 당선돼서 새해 첫날 신문에 이름이 나왔으면 좋겠다"고 말씀을 하셨어요. 그래서 학생으로서 제가 선생님께 해드릴 건 없고 신춘문예로 등단을 해야겠다는 생각을 했어요. 등단을 할 수 있는 길은 여러 가지가 있지 않습니까? 문예지도 있고 공모제도 있고 바로 상을 받는 경우도 있는데, 저는 그 선생님과의 약속 때문에 신춘문예로 등단을 하겠다고 생각을 하고 군대 가기 전에도 몇 번 응모를 했었거든요. 아까 말씀드린 문제의 탈락작을 가지고 그해에도 신춘문예에 응모를 했어요. 여러분들도 아시겠지만 신춘문예 결과가 보통 크리스마스 이전에 옵니다. 그래서 소설이나 시를 신춘문예에 응모한 대부분의 사람들은 크리스마스를 늘 우울하게 보내게 되죠. 역시나 안 됐구나 하고 저도 그해 크리스마스가 굉장히 우울했습니다. 크리스마스는 이미 지났는데 연락이 오지 않아서 안 된 줄 알았거든요. 그런데 크리스마스 다음날인가 그 다음날인가……

이기호　26일이었어요.

김종은　26일이랍니다. 26일 새벽에 옆에 계신 이기호 선배가 저한테 전화를 했습니다. 왜 새벽에 전화를 했는지 저는 정말 궁금합니다. (함께 웃음) 낮에도 할 수 있었을 텐데. 극적 효과를 노린 건지 어쩐 건지는 모르겠는데 전화를 걸어서 "한국일보에 당선작이 있다는데 아무래도 네 작품인 것 같다. 그러니 한국일보사에 전화를 걸어서 확인을 해봐라" 하고 이야기를 하시더라고요. 형도 누군가에게 전해 들었다는 거예요.

이기호　그게 아니고요, 정확하게 기억을 더듬자면 저는 이 친구가 한국일보에 작품을 낸 줄도 전혀 몰랐어요. 제 컴퓨터는 인터넷을 클릭해서 들어가면 처음에 한국일보가 뜨게 돼 있습니다. 제가 컴퓨터를 잘 못 다뤄서 어떤 후배한테 해달라고 부탁을 했는데 그 후배 아버님이 한국일보 무슨 국장님이셨어요. (함께 웃음) 그래서 항상 초기화면에 한국일보가 뜹니다. (함께 웃음) 그것도 참 인연이라고 생각을 해요. 제가 정확히 기억을 하는데 그날 술을 많이 마시고 새벽 두시쯤에 집에 들어갔는데 버릇처럼 컴퓨터를 켰어요. 그런데 초기화면에 '한국일보 소설부문에 작품을 낸 김종은씨를 찾습니다' 라고 나와 있더라고요. 김종은이라는 사람이 소설을 냈는데 주소도 안 쓰고 전화번호도 안 쓰고 그냥 오로지 김종은이라는 이름 석 자만 써서 낸 거예요. (함께 웃음) 제가 보기에는 아무래도 제가 아는 김종은인 것 같아서, 뭔가 된 것 같은 느낌이 들어서 기쁜 마음에…… 새벽 한 세시쯤이었던 것 같은데 종은이한테 기다리지 말고 한국일보 기자한테 바로 전화를 하라고 했던 걸로 기억합니다.

김종은　새벽 세시에……

이기호　새벽 세시에. 그래서 한국일보 기자하고…… 그때 하종오 기자였던가 그랬죠?

김종은　예, 하종오 선생님이셨는데 새벽 세시에 깨어 있는 저는 뭐였겠습니까? 아무튼 그때를 생각하면…… 그리고 오해가 있는 부분이 있는데요, 저는 아까도 말씀드렸지만 문학에 열의를 가지고 계속 응모를 하던 학생이었어요. 군대에 가기 전에도 제가 응모를 했었는데 그 사이에 룰이 바뀐 겁니다. 제가 군대에 가기 전에 응모할 때는 이름과 주소와 연락처는 봉투에만 쓰게 돼 있었습니다. 그런데 제가 군복무를 마치고 왔더니 본문에 쓰는 걸로 바뀐 거예요. 그런데 저는 그걸 몰랐죠. 바뀐 걸 모르고 저는 여전히 봉투에 썼는데 봉투를 바로 폐기처분했던 모양이에요. 그래서 그 당시에 연락처도 없고 주소도 없는데 그냥 탈락시키자는 말이 오갔다고 하더라고요. 그런데 다행히 한국일보 기자 일각에서 "야, 이것도 재미있지 않느냐? 소설을 일단 내놓고 누군지 한번 찾아보자"는 의견도 있었다고 합니다. 그래서 제가 자칫 떨어질 뻔하다가 당선됐어요. 그게 아주 재미있는 에피소드라면 에피소드입니다. 아마 그때 이기호 선배님이 술기운에 그랬을 것 같은데 "종은아, 내일 아침에 전화해봐"라고 하지 않고 "너, 지금 바로 한국일보 기자한테 전화를 해봐라" 하고 말하는 바람에 정말 새벽 세시 반에 제가 한국일보 기자한테 전화를 했어요. (함께 웃음) 그나마 기자님이 전화를 받았으면 나았을 텐데 사모님이 받아서 바꿔줬거든요. 새벽 세시 반에. 지금 생각해보면 너무너무…… 저는 지금도 선배가 원망스럽습니다. 아무튼 전화를 바꿨는데 제가 맞대요. 그런데 그 당시에 제 방이 없었어요. 제 방이 없어서 마루에다 책상을 하나 갖다놓고 새벽에만 글을 쓰고 낮에는 계속 자던 시절이었거든요. 당선이 됐는데 새벽 네시니까 누구한테 말할 수도 없고. (함께 웃음) 바로 이기호 선배님한테만 됐다고 얘기를 하고 어떻게 할 수가 없어서 마당에 나가 발차기 같은 걸 몇 번 했던 것 같습니다. (함께 웃음) 그런 에피소드가 있었습니다.

이기호 제가 한마디만 더 덧붙이자면 저만 하더라도 습작기 시절에 어디에다 응모한다고 하면, 12월 11일 정도가 마감이면 항상 11월 20일쯤 시작을 했습니다. 여러분들은 어떠신지 모르겠지만 쫓기고 쫓기다가 급박하게 작품을 쓰기 시작하는 경우가 많았는데, 제가 이 친구를 보면서 나름대로 배운 게 많습니다. 이 친구가 제 후배이기도 하지만 제가 많이 배울 수 있었던 것은, 늘 마감하기 반년 전에 시작을 하거든요. 또 반년 전에 시작하지 않았으면 안 됐다는 느낌을 갖고 있는 케이스의 아주 성실한 친구예요. 그러니까 고치고 고치고 또 착실하게 다듬어야, 그 정도의 준비가 돼야 무언가를 하지 않겠나라는 생각을 가지고 있는 친구였던 것 같습니다. 그런 면에서는 배울 점이 참 많았던 것 같아요.

김종은 그렇지 않습니다. 그건 제가 성격이 소심해서 그런 겁니다. (함께 웃음) 미리 준비하는 게 아니라 할까 말까, 할까 말까 고민하는 거예요. 저는 그 이유가 우리나라의 교육 시스템이 잘못됐기 때문이라고 생각합니다. (함께 웃음) 왜냐하면 저희가 학교 다닐 때 공부를 안 하다가 벼락치기로 공부한 녀석들이 성적이 잘 나왔거든요. 그건 정말 잘못된 것이라고 생각합니다. 평상시에 공부를 열심히 한 친구들에게 좋은 성적이 돌아가야 되는 거라고 생각을 하고요, 그 당시의 교육 시스템 때문에 저는 지금도 출판사에서 원고 청탁을 하면 마감을 못 지킵니다. 20일이 마감이면 한 19일부터 바짝 시작하죠. 그런데 저뿐만 아니라 다들 그러시는 것 같더라고요.

이기호 예전에는 소설 제목에 물고기 이름이 들어가면 많이 팔렸어요. 『홍어』 『연어』 『고등어』 『은어낚시통신』의 경우가 이에 해당하는데, 물고기 이름이 들어가면 굉장히 책이 잘 나간다고 해서 성석제 선생이 『쏘가리』라고 해서 (함께 웃음) 책을 낸 적도 있습니다. 아무튼 김종은 작가의 작품집 제목이 『신선한 생선 사나이』인데 아주 구체적인 물고기 이름이 들어간 건 아니죠. 여러분들께서 질문을 안 하시니까 제가 선배로서 질문 비슷한 혹은 감상평 비슷한 말씀을 좀 드리려고 합니다. 저는 『신선한 생선 사나이』가 나오기 전부터 김종은씨의 작품을 꾸준히 읽었기 때문에 이 작품집에 빠져 있는 작품도 읽었습니다. 아까 김종은 작가가 연애소설이라고 얘기했지만 첫사랑 시리즈가 있거든요. 그것도 곧 연작소설로 묶여나올 예정인데 개인적으로는 첫사랑 시리즈를 참 좋아한다고 제가 김종은 작가한테 몇 번 말을 한 적이 있습니다. 제가 김종은 작가한테 아쉽다면 아쉽고 또 제 욕심이라면 욕심인 것이, 여러분들도 『신선한 생선 사나이』를 읽어보면 아시겠지만 크게 두 가지 부류의 소설로 나눠져 있다고 생각해요. 소설 내적으로 두 가지가 결합되어 있다고 볼 수도 있고요. 그 하나가 굉장히 섬세한 낭만성을 가진 낭만적인 소설이고 또다른 하나는 리얼리즘 계열의 소설입니다. 예전에는 비주류와 소외받은 사람들에 대한 이야기를 굉장히 강퍅한 언어 혹은 문장으로 썼지요. 조세희 선생이나 황석영 선생이 우리나라 리얼리즘의 계보를 이어오셨고요. 그런데 김종은씨의 경우에는 낭만적인 문장들이 리얼리즘적인 소설에 대한 내용들로 결합되어 있거든요. 김종은씨가 어떻게 생각할지는 모르겠지만 저는 사실 김종은 작가를 전자에 해당한다고 생각하는 입장입니다. 저는 김종은이라는 작가를 굉장히 낭만주의적인, 낭만성을 가진 작가라고 생각하고 있거든요. 그런데 또 사실 어떤 면에서 보면, 구체적인 작품을 예로 들어 얘기하자면 「그리운 박중배 아저씨」 같은 경우를 보면, 비주류인 인물들에 대해서 발언해야 된다는 굉장한 강박관념 같은 것들이 느껴질 때도 간혹 있었습니다. 그리고 그것들이 한 작품 내에서 결합된 상태로 나타나는 경우도 있었고요. 저는 이런 점을 김종은 작가가 주저하고 있는 거라고 생각을 한 적도 있었고 또 욕심이 많았다는 생각을 한 적도 있었습니다. 제 욕심대로라면 차라리 어느 한쪽으로 갔으면 좋겠어요. 좀더 솔직히 말하면 저는 낭만주의 쪽으로 좀더 치우쳤으면 좋겠다고 생각을 하는데 이 친구는 저한테 자꾸 카프로 불러달라고 해요. 자신은 카프 계열의 작가라고 말을 하고 있거든요. 사실 이런 것들에 대해서 제가 김종은 작가한테 사석에서는 한 번도 얘기하지 않았는데 이런 대체 MC 자리를 빌려서 한번 여쭤보고 싶습니다.

김종은 사석에서 얘기하시지…… (함께 웃음) 너무 잔인한 질문이네요. 아닙니다, 저는 카프입니다. (함께 웃음) 저는 카프이고 집에 체 게바라 티셔츠도 있고요, 저는 리얼리스트입니다. 그런데 그냥 카프는 아니고요, 네오카프입니다. 왜냐하면 그냥 카프라고 하면 돌팔매를 맞을지도 모르기 때문입니다. 제 성격 탓일 수도 있는데요, 이를테면 계곡에 놀러 가면 산책을 하는 사람이 있고 물에 뛰어들어서 노는 사람들이 있어요. 저는 발을 담그는 타입입니다. 우리 사투리로 얘기하자면 '안전빵' 같은 걸 항상 생각하는 사람이기 때문에…… 무슨 의미냐 하면, 여러분들도 아시겠지만 이제는 뭐든지, 장르부터 시작해서 여러분들이 하고 다니는 차림이나 음악이나 모든 것들이 어느 쪽으로 편중될 이유는 전혀 없다고 생각을 하고요, 그래서 일찍이 프랑스에서 있었던 '새 물결' '뉴 웨이브 운동' 처럼 저 혼자입니다. 네오카프는 제가 만들었고 현재 저 혼자 있어요. 하지만 앞으로 클 거라고 봅니다. 동인지 같은 것도 만들 생각이 있어요. 낭만적인 리얼리스트와 사회운동을 하지만 과격하지는 않고 보들보들하게 하는 친구들이 제 주변에는 굉장히 많습니다. 그리고 또 그런 작은 움직임들이 오히려 필요하다고 저는 봐요. 왜냐하면 싸우고 또 피를 흘리신 여러 선배님들이 계시지만 그분들이 할 몫은…… 또 그런 사회 분위기와 그런 투쟁의 역사는 물론 지금도 계속되고 있지만 지금은 예전처럼 그렇게 극렬하지는 않은 것 같아요. 그래서 이런 시점에서 새 방향이 필요할 것 같다고 저 혼자 월계동에서 생각을 했던 부분입니다. (함께 웃음) 저는 저뿐만 아니라 앞으로는 그런 작품들이 많이 나와줬으면 좋겠다고 생각을 하고요, 그리고 또 제가 추구하는 것들이 그런 것이기 때문에…… 다만 이제 문제가 되는 건 이기호 선배님께서 말씀하셨듯이 정말 이도 저도 아닐 수가 있는 부분들이 있어요. 그렇기 때문에 생선이 들어갔는데도 불구하고 제 책이 많이 팔리지 않았다고 생각을 하고요, 조금 완성도가 생기고 제가 지금보다 더 좋은 글을 쓸 수 있는 위치가 되면 많은 독자들이 호응해줄 거라고 생각을 합니다. 앞서 얘기했지만 저는 이기호 선배보다 훨씬 젊고요, 시간도 많이 있고 해서 열심히 노력할 생각입니다. (함께 웃음)

이기호 '박범신이 읽는 젊은 작가들'에 초대된 작가에게 박범신 선생님께서 항상 하시는 질문이 하나 있는데요, 소설을 쓰는 게 즐겁습니까?

김종은 예, 저는 저 좋은 것만 합니다. 반찬도 제 입에 맞는 것만 먹고요. 소설 쓰는 게 좋지 않았다면 이렇게 오래 할 성격도 아닙니다. 솔직하게 이야기하자면 글쓰기보다 더 하고 싶은 것도 있었습니다. 그런데 그 부분은 제가 썩 잘하는 것 같지 않으니까…… 제 나름대로는 즐겁기 때문에 하고요, 무슨 장인이 나와서 이야기하는 것 같습니다만, 제가 봤을 때는 즐겁지 않으면 할 이유가 전혀 없는 일입니다. 소설을 쓰고 시를 쓰는 게 말예요. 요즘 또 돈을 많이 벌어야 인정받는 사회 아닙니까? 그런데 그런 것도 아니고요, 제가 정말 좋아서 하는 일이에요. 다만 "너 좋다고 너 혼자 하는 일이라면 사회적인 책임감이 너무 없지 않느냐, 그래도 소설가인데"라는 지적이 있을 수 있는데, 그 부분은 저도 늘 고민하고 있는 부분이고요, 제가 좋아서 하는 일을 많은 독자들도 좋아할 수 있었으면 좋겠어요. 그래서 저는 오늘처럼 이렇게 경직된 분위기에서 얘기를 하는 게 아니라 가수들이 하는 것처럼 제 팬들만 모아놓고 이야기하는 시간이 언젠가는 오지 않을까 하는 기대를 갖고 있어요. 그때는 가수도 한 명 초대했으면 좋겠습니다.

박범신 「게릴라 콘서트」를 하고 싶다는 얘기죠?

김종은 예.

박범신 이제 좀 몸이 제정신을 찾았습니다. (웃음) 제가 '박범신이 읽는 젊은 작가들'을 진행을 하면서 여러 명의 젊은 작가들을 만나봤어요. 오늘이 여덟번째 시간인데, 접대 멘트가 아니라 김종은씨의 소설이 나한테 뭔가를 줬어요. 정리가 덜 돼서 정확하게 말은 못 하겠지만요. 김종은씨 손을 좀 잡고 싶은데…… 여덟 번작가들을 만나는 동안 이 시간에 작가의 손을 잡은 건 처음이에요. 그러니까 오해들 하지 마세요. 아름다운 여성작가가 왔을 때도 손을 안 잡았어요. 지금까지 김종은씨가 좋은 얘기를 많이 해줬는데, MC가 그래도 마무리를 해야 되지 않겠어요? 김종은씨, 내가 든 이것이 뭡니까?

김종은 담배입니다.

박범신 물론 담배가 들어 있어요. 그런데 내가 원하는 답은 그게 아니에요. 이 속에 무엇이 들어 있어요? 난 이걸 궤짝으로 봅니다. 이 궤짝 속에 뭐가 들어 있는지 보세요. 여기 생선이 들어 있지요? 죽은 생선이 들어 있어요. 김종은씨 소설에 나오는대로요. 나는 이게 김종은이라고 봐요. 말로, 멋있는 인문학적 용어로 하는 게 아니라 시청각교육이에요. 이 갑갑한 네모꼴 속에, 이 궤짝 속에 죽은 생선이 몇 마리 누워 있어요. 이놈들이 죽었다고 해서 끝이 아니에요. 뭐라고 말을 해요. 그것이 김종은의 소설입니다. 이 궤짝 속에 생선이 몇 마리 들어 있잖아요. 여러분, 삼풍백화점 아시죠? 삼풍백화점이 무너졌지요. 무너진 삼풍백화점, 그건 놀랍게 무겁고 슬프고 힘든 거예요. 그런데 무너진 틈새에서 두 남녀가 십육 일 만에 살아나와요. 그들은 가로 일 미터, 세로 오십 센티의 무너진 틈새에서 십육 일을 견뎌요. 가로 일 미터, 세로 오십 센티의 공간 속에서 십육 일 동안 살아남아요. 그런데 그들이 살아나와서 뭐라고 했느냐 하면, 십육 일 동안 그 어둠 속에서 있을 때 원했던 건 한 가지밖에 없었다는 거예요. 남자는 청량음료 한 잔을 마시고 싶었고 여자는 아이스크림을 하나 먹고 싶었대요. 삼풍백화점이 무너졌을 때, 십육 일 동안을 죽음으로 밀려나면서 이 박스 속에, 궤짝 속에 갇혀 있었어요. 무슨 말이냐면, 삼풍백화점이 무너진 현장은 굉장히 고통스럽고 무거운 거예요. 그런데 우리들의 머릿속을 지나가는 것은 단지 그냥 청량음료 한 잔뿐이에요. 놀랍게 가벼운 걸 생각하지요. 이 박스 속에 들어 있는 생선은 불행합니까? 이 죽은 생선이 궤짝 속에 들어 있으니까 불행해요? 애들은 누워서요, 놀랍게 가볍고 신선한 것들을 상상해요. 나는 이게 김종은의 소설이라고 봐요.

내가 마지막으로 김종은씨한테 질문하고 싶은 게 있어요. 놀랍게 어둡고 칙칙하고 무거운 궤짝과 놀랍게 가벼운 생선들이 여기 누워 있어요. 앞으로 김종은이는 어떻게 갈 건가? 가벼운 쪽으로 갈 건가, 무거운 쪽으로 갈 건가. 이게 내 마지막 질문입니다. 내가 진짜 애정을 가지고 질문하는 거예요. 이 프로그램을 벌써 여러 번 진행했지만 내가 이렇게 진정한 질문을 하는 일이 많지 않아요. 뭐…… 솔직히 대답을 듣자고 한 질문은 아니고요, 이 궤짝 속의 생선, 김종은이 어떻게 갈 건가를 우리가 지켜봐야 된다는 말, 여러분께 하고 싶어서 하는 질문 아닌 질문입니다. 작가로서 살아온 기간에 비해 살아갈 시간이 너무 많은 김종은씨가 어떻게 이 질문에 단답형으로 대답할 수 있겠습니까?

그러니까 오늘로 김종은에 대한 관심이 끝나는 게 아니라 다음 책을 반드시 사 봐야 한다는 것입니다. 그래서 제대로 가는지 우리가 감시를 해야죠.

독자는 뭡니까? 감시자예요. 계속해서 지켜보면서 감시를 해야 돼요. 아니, 잘못 가는 길은 없어요. 나는 김종은이 가볍게 가도 괜찮아요. 무겁게 가도 괜찮아요. 그러나 우리는 기억해야 돼요. 가볍게 가면 나쁘다는 게 아니에요. 가볍게 가도 좋고 무겁게 가도 좋아요. 문학이라는 건…… 작가 입장에서나 독자 입장에서나 사랑이니까요.

김종은 지금까지 말씀드린 것으로 어느정도 대답이 됐을 거라고 생각을 하고요, 문학은 사랑이라는 선생님 말씀을 들으니까 굉장히 감동적이면서도 부끄럽습니다. 문학이 사랑이라는 것을 진심으로, 몸으로 느낄 수 있는 날이 제게도 왔으면 좋겠어요. 그리고 제 앞으로의 작품들은…… 곧 나옵니다. 농담이고요, 작가는 작품으로 말한다고 생각을 합니다. 외모로 말하는 건 아니니까요. 제가 무슨 출판사 대표는 아니지만 소설도 그렇고 시도 그렇고 다들 정말 어렵습니다. 하지만 저는 어려운 분위기를 타개할 수 있는 날이 올 거라고 생각합니다. 소설과 시, 또 문학이 갖고 있는 매력을 사람들이 알게 되면 영원히 계속 될 것이라고 생각을 하고요, 그런 분위기가 만들어졌을 때 역설적으로 더욱더 문학을 사랑하는 사람들이 생겨날 겁니다. 끝으로 오늘 와주신 분들께 정말 고맙다는 말씀을 드립니다. 감사합니다.

박범신 유망한 젊은 작가, 김종은씨한테 큰 박수 쳐주시지요.

김종은 고맙습니다. (함께 박수)

김도언

"소설이 다른 장르와 변별력을 가질 수 있는 게,
소설을 가리켜 인간학이라고 하는 데서 찾아질 수 있을 것 같습니다."

김숨

"나는 어떻게 남과 다르게, 나에게 맞는 나만의 글쓰기를 할 것인가."

박범신　안녕하세요? 저녁 먹으면서 소주 딱 한 잔 먹었는데 이렇게 얼굴이 붉어지네요. 오늘 두 분 모셨는데 김숨씨, 울산에서 태어나시고 97년 대전일보 신춘문예에 「느림에 대하여」, 그리고 98년 문학동네신인상에 「중세의 시간」이 당선돼서 작품활동을 하고 있고…… 여러분 다 읽어오셨죠? 『투견』의 저자 김숨씨 소개해드릴게요.

김　숨　안녕하세요.

박범신　박수. (함께 박수) 그 다음에 김도언씨, 금산 인삼이 유명한 금산에서 태어나셨고. 본인이 쓴 이력인 모양인데 '구속을 싫어하는 물병좌'가 무슨 말인가 모르겠네. 한국일보 신춘문예로 등단하셨고요, 역시 『철제계단이 있는 천변풍경』이라는 창작집을 내셨습니다. 큰 박수로 환영해주세요.

김도언　반갑습니다.

박범신　이 두 분을 오늘, 같은 날 모실까 아니면 따로 따로 떼어서 초대를 할까 나는 개인적으로 많이 망설였습니다. 이 창작집을 주의 깊게 보신 분은 아시겠지만 작가 김숨씨의 '작가의 말'에 보면 "함께 소설을 쓰는 도언의 모습이 사무치게 떠오른다", 그런 구절이 나와요. 그리고 김도언씨 창작집을 보면 '김숨에게 감사드린다', 정확하게 문장은 내가 기억 못 하겠는데. 두 사람 무슨 관계일까요? 감사하는 관계? 맞습니다. 젊은 부부시고 대전대학교 동창이기도 하시고 문학적 동지이자 연인이자 부부로 살아가고 있기 때문에, 이걸 '금요일의 문학이야기'에서 생이별을 시키는 것이 나은지, 이런 자리에서도 같이 모시는 것이 나은지. 아마 본인들은 같이 있는 것이 좀 불편하지 않을까, 작가로 보면. 그러나 문학이 가지고 있는 의미만 계속 탐구할 수는 없고, 또 독자는 작가들의 사적 생활과 그 관계 등에 관심을 가질 수도 있고, 그렇고 저렇고 해서, 두 분은 혹시 불쾌할는지도 모르지만 작가로 살면서 함께 생활하는 게 좋은지 나쁜지, 부부관계가 원만하신지 이런 것도 좀 한번 물어보고. 그런 생각으로 같이 모셨습니다. 그런 의미에서 다시 한번 박수. (함께 박수)

나는 두 분의 소설집 두 권을 읽으면서 이런 생각을 했어요. 아, 두 사람이 어떻게 같이 살까? 때로는 즐겁겠지만 때로는 힘들겠다, 했어요. 소설 분위기가 여러분도 읽어보셔서 알겠지만, 내가 보기에는 너무 달랐거든요. 제가 한 삼십 년 전에 소설 『죽음보다 깊은 잠』이란 책을 내면서 '작가의 말'에 "칼날과 풀잎"이라고 쓴 적이 있었어요. 대조적이잖아요? 그러면서 이렇게 썼어요. "내 마음속의 칼로 자르고자 하는 것은 내 마음속의 풀잎일 뿐이다. 타인의 풀잎을 자르지는 않겠다." 그런 말을 한 적이 있었는데, 개인적으로 김숨씨 소설을 보면서 그것이 떠올랐어요. '칼날과 풀잎'. 몸은 굉장히 연약해 보이는데, 날이 가득 서 있고, 굉장히 어둡고, 때로는 그로테스크하고 잔인하고, 그런 세계를 다루고 있음에도 불구하고 굉장히 잘 조여진 칼날 같은 어떤 저항과 절망, 절망의 그 반대에서 튕겨져나오는 강렬하고 차가운 빛과 같은 것. 그런 것들이 소설 전면에 넘치고 있었어요. 거기에 비해서 김도언씨 소설은 그렇게 조여져 있는 것보다는 본인이 조여져 있는 내면을 좀 풀려고 애쓰는 것 같고, 되도록이면 마음을 훤하게 열어서 사물에 대해서 말하려고 하는 것 같고. 그래서 사실은 풀잎과 칼날이라고 말할 수 있는 그런 상반된 두 개의 이미지를 도언씨는 짐짓 능청을 떨면서 감추려고 하고 있는 여유로움 같은 것이 소설 속에 있었거든요. 그래서 둘이 부부싸움을 하면 어떻게 될까? 김숨이 이길까, 김도언이 이길까 이런 생각을 나는 개인적으로 하고 왔습니다.

늘 그렇듯이 여러분들이 소설을 다 읽어왔으리라 믿고, 우선 왜 하필이면 문학이었나, 소설을 써가는 것이 힘들지는 않은지, 또 소설은 나에게 무엇인지, 또는 나는 이렇기 때문에 이걸로부터 위로받는다든지, 무슨 얘기든지 상관없습니다. 김숨씨가 문학으로 보면 데뷔 일 년 선배니까 우선 김숨씨부터 얘기를 듣도록 하겠습니다. 모두발언이라고 해도 좋겠고 무슨 얘기든지 우린 다 들을 준비가 돼 있으니까, 내가 말도 못하고 그러니까 되도록 길게 김숨씨가 먼저 얘기를 좀 해줬으면 좋겠습니다. (함께 박수)

김 숨 제가 문학을…… 글을 쓰고 싶다는 생각을 한 건 중학교 때부터인 것 같아요. 그런데 글을 써서 내가 대단한 사람이 되겠다, 아니면 이 세상을 어떤 식으로든 바꿔놓겠다 이런 거대한 포부로 글을 쓰기 시작한 건 아니고, 글 쓰는 게 어쩐지 제 일처럼 느껴졌어요. 또 대학교 들어가서 시 쓰고 소설 쓰고 습작 시절을 거치면서 제가 글을 계속 써야만 하는 어떤 길들이 저한테 주어졌던 것 같아요. 대단한 것은 아니어도 저에게는 그것이 축복이라는 생각이 드는데, 저에게 글 쓰는 행위는 뜨개질을 하는 행위와 같다고 말할 수 있겠네요. 마법에 걸려 뜨개질을 계속해야 하는 운명처럼 저도 그냥 계속 글을 써야만 하는 어떤 마법에 걸렸다는 생각을 가끔 할 때가 있거든요.

박범신 길게 하라니까. 많은 작가들이 김숨씨는 좀 말이 없을 거라고, "선생님 말을 좀 준비하셔야 할 거예요" 그렇게 충고하는 사람들이 많았어요. 이따 말수가 적은 김숨씨 입을 활짝 열어놓고 안 열어놓고는 여러분에게 달렸습니다. 내가 책임을 회피하는 게 아니라, 질문도 많이 해주시고 소통을 많이 해주시기 바랍니다. 그러면 도언씨 얘기를 듣지요.

김도언 예, 저도 문학에 관심을 갖고 글을 써야겠다는 생각을 한 것은 중학교 무렵인 것 같은데요, 제가 별다른 취미도 없고 잡기 같은 것에도 능하지 못하고 그랬는데, 저한테는 그 시절에 글쓰기가 마치 취미처럼 받아들여졌던 것 같습니다. 마치 화가들이 어린 시절에 도화지랑 크레파스를 가지고 놀듯이, 또 음악가들이

어린 시절부터 악기를 가지고 놀듯이 저도 중학교 무렵부터 공책과 펜을 가지고
노는 그런 시간을 가졌던 것 같습니다. 그게 지금 생각하면 사소해 보이지만, 그런
과정을 거쳐서 나도 모르는 사이에 더 문학의 세계에 빠져든 것 같은데, 환경이 상
당히 중요하다는 생각을 하거든요. 저희 아버님께서도 소설을 꽤 많이 읽으시는
분이시고 또 어머니도 인문학적인 소양이 있으신 분이라서, 집에 책이 좀 많았거
든요. 그래서 아버님이 책 읽으시고 그런 것들을 옆에서 보면서 자연스럽게 책이
라는 것과 가까워진 것 같습니다. 본격적으로 소설을 써야겠다고 생각을 한 것은
군대 갔다 오고 나서, 군대에서 제대를 하고 나서인데요, 1995년경이었던 것 같습
니다. 그때 제 나이가 스물네 살이었는데, 처음엔 저도 시를 썼었거든요. 시인이
되고 싶었습니다. 그런데 주변에서 그 누구도 제 시가 좋다는 말을 해주는 사람이
없어서 중간에 소설로 진로를 바꿨습니다. 결과적으로는 그게 아주 탁월한 선택이
었던 것 같아요. 저는 또 지방의 사립대학을 나왔는데, 보통 대전 충남 이쪽 지역
은 전통적으로 산문보다는 운문이 무척 승한 지역이거든요. 그러니까 소설가보다
는 시인들이 훨씬 많이 배출된 곳이고. 그래서 어떤 지방의 특유의 그런 정서 같은
게 있었기 때문에 소설 쓰는 것이 좀 힘들었습니다. 개인적으로 주변에 도움을 청
할 만한 분도 안 계셨고 소설 쓰는 선배라든가 스승이 저한테는 없었거든요. 그래
서 독학으로 소설 공부를 했어요. 소설학 개론서 같은 것도 보고. 그리고 무작정
그냥 써나가기 시작했습니다. 여기 박범신 선생님도 계시지만 선배 작가들의 작품
보고 거기에 자극받아서. 그래서 그렇게 쓰고 두번째 탈고한 작품이 대전일보 신
춘문예에 당선됐던 「철제계단이 있는 천변 풍경」입니다. 제가 이 소설집의 표제로
삼은 것처럼 그 작품이 제 개인적으로는 가장 애착이 가는 작품입니다. 저한테 소
설가라는 이름을 달아준 작품이고 또 그 작품 속의 화자도 다른 작품의 인물들에
비해서 저 개인적인 부분이 많이 투영된 그런 인물이고 그래서 그 작품을 가장 아
끼고 있고…… 대전일보 신춘문예를 비하할 의도는 전혀 없지만, 지방신문이다보
니까 아무래도 신춘문예에 당선은 됐어도 그 어디서도 청탁이 오거나 글을 쓸 그
런 기회를 갖기가 쉽지가 않았거든요. 그래서 지방신문 신춘문예의 한계를 금방

느끼고 이를 악물고 그럼 다시 한번 검증을 받아야겠다, 그래서 그 이듬해에 한국일보 신춘문예에 응모를 하게 됐습니다. 이건 여담인데, 제가 1999년 한국일보 신춘문예에 작품 세 편을 응모를 했거든요. 그 한 군데에만. 당선 통지 전화를 받은 게 크리스마스 이브였는데 담당기자가 전화를 해서 한국일보라고 하길래 '아, 드디어 올 것이 왔구나'라고 생각을 했지요. 제가 좀 흥분을 했었던 모양이에요. 그 기자가 세 편 응모한 것 맞냐고 해서 세 편 응모했다고 대답을 하고 제가 먼저 작품 제목을 말씀드릴 수는 없지만 "이 작품이 당선됐죠?"라고 물어봤어요. 저로서는 그게 가장 당선 가능성이 있다고 봤던 작품이기 때문에. 그런데 아니라고 그러더라고요. 그래서 두번째 제가 순위로 됐던 작품 제목을 얘기하면서 그럼 그 작품이 당선됐냐고 그러니까 그것도 아니래요. 저는 개인적으로 가장 당선 가능성이 없다고 생각했던 「소년, 소녀를 만나다」가 당선이 됐던 거예요. 제가 이 일화를 왜 말씀을 드리냐면, 여기 소설 쓰시는 분들도 계시겠지만 소설을 쓰기 위해서는 여러 가지 요건이 필요한데 그중에서도, 그걸 어떻게 표현해야 되지, 아, 자선능력이라고 표현하고 싶습니다. 자선능력, 그러니까 자기 작품을 자기가 가려내는, 자기 작품을 자기가 보고 객관적으로 헤아리는 그런 능력이 필요한 것 같더라고요. 제 경험에 비춰서 말씀드리면. 지금 주제랑 좀 벗어나고 있죠, 선생님?

박범신　아니, 상관없어요. 여기 주제가 없습니다.

김도언　등단하고 소설을 본격적으로 쓰기 시작한 지가 이제 육 년째인데요, 직장생활을 쭉 했어요. 직장생활을 쭉 했기 때문에 소설을 쓰고 싶은 만큼 마음껏 쓸 수가 없었어요. 시간이 어쨌든 부족하니까. 그래서 주로 주말에 쓰거나 공휴일에 쓰고, 또 여기 우리 회사 관계자는 없으니까 말씀을 드리지만 회사에서 업무시간에도 가끔 썼습니다. 그렇게 해서 2004년 1월에 첫 소설집을 내게 됐죠. 소설집을 내기 전에는 작가라고 주변에서 저를 부르기는 하지만 작가로서 어떤 실감이랄까 이런 것을 잘 못 느꼈어요. 그런데 소설집을 한 권 갖고 나니까 그제야 제 이름에 책임을 져야겠다는 작가로서의 프로의식 같은 게 생기더라고요. 그리고 여기 박선생님께서도 수많은 소설책을 내셨으니까 이해하시겠지만 작가는 작가의 이름보다는 그 소설책으로 많이 기억되잖아요? 그 소설책 제목으로도 불리고. 저도 저희 동료 작가들과 농담으로 동료 작가들 이름 안 부르고 소설집 이름 부르거든요. 그래서 책을 한 권 내게 되니까 좀더 치열하게 제대로 한번 작가의 길을 걸어봐야겠다는 그런 다짐 같은 게 생기더라고요. 문학은, 저는 아직도 저의 소설세계라든가 소설관이 형성되어가는 도정에 있기 때문에 뭐라고 확정적으로 말씀드리기는 어려운데, 제 경험으로는 작가뿐만 아니라 모든 사람들이 자기 위안의 방식을 고안해내야 한다고 생각을 하거든요. 그런데 저는 자기 위안의 방식으로 고안해낸 게 소설 쓰기였어요. 그래서 소설을 쓰면서 위안도 많이 얻고 제 속에 있는 울분이나 상처 같은 것들도 많이 다스려지고. 소설 속에 투사를 하거든요. 제 안에 쌓여 있는 어떤 상처랄까 그런 것들을 소설을 통해 어루만지고, 그런 과정에서 자연스럽게 자기 위안을 느끼게 되고, 또 그러면서 사회화가 된다고 생각해요, 사회화가. 그래서 제가 지금의 시점에서 말씀드릴 수 있는 건, 어쨌든 저는 자기 위안의 방식으로서 문학을 시작했고 지금도 아직은 그런 범위 안에서 머물고 있다는 것입니다. 그런데 앞으로 소설을 더 쓰면서 좀더 심도 있고 넓은 의미에서 문학의 기능에 대해서도 고민을 해볼 테고 그런 쪽으로 이제 작가 김도언이란 개인이 성숙해가는 거겠죠. 이상입니다.

박범신 성숙해가는 김도언이를 계속해서 지켜볼 용의가 있습니다. 맞습니까? 말하는 것을 들어보니까 소설에서 보여주는 캐릭터하고 두 분이 하는 말도 비슷한 것 같아요. 우리가 사람에 대해서 애정을 느끼는 것은 사실은 그가 소설을 잘 써서라기보다, 대개 저는 개인적으로 소설하고 사람하고 같으면 애정을 느껴요. 소설하고 사람하고 어떻게 관계를 맞춰야 할지 모르겠다 싶으면 소설은 좋아도 경계하게 되고, 저 사람 지가 쓰는 소설하고 사람하고 똑같네, 싶으면 마음이 푹 놓이면서 애정을 느끼고. 난 도언씨가 그런 케이스가 아닌가, 생각을 했어요. 나쁜 뜻은 아니고요.

김숨씨는 아까 얘기를 길게 못 했는데 그냥 단도직입적으로 물을게요. 어떻게 해서 소설을, 문학을 이렇게 만나게 됐어요?

김 숨 제가 다닌 충남여고에 청운이라는 문학동아리가 있었어요. 문학동아리가 학교 내에 존재한다는 사실을 알고 가입을 하게 됐어요. 그때부터 시를 서툴게 습작하기 시작을 했는데 대전시에서 주최하는 백일장 같은 대회가 있잖아요. 그러면 저희 동아리 동인들이 그 대회에 주로 나갔는데, 나가서 제법 상을 탔어요. 시를 써서. 때 이르게 문지나 창비, 민음사의 시집을 읽으면서 나도 한번 시로 신춘문예에 당선이 돼보고 싶다, 당선만 한번 돼보면 더 바랄 게 없겠다, 이 세상에서. 그런 생각을 고3 때 처음 하게 된 것 같아요. 그래서 대학교 들어가서도 계속 시를 썼고 그러다가 시라는 장르가, 소설보다는 분량이 어쨌든 짧잖아요. 그런데 저는 계속 뭔가 말을 하고 싶은데 시로는 만족스럽게 채워지지 않는 거예요. 우연히 소설을 한번 써보고 싶다는 생각을 갖게 돼서 소설을 썼는데 처음 쓴 소설이 또 우연하게 대전일보 신춘문예에 당선이 됐어요. 그때 심사를 보신 분이 박범신 선생님이신데요, 저는 뭐 첫 소설이라서 일각만큼의 기대도 없었고 투고를 했다는 사실조차도 망각하고 지내고 있었어요. 외출했다 돌아왔더니 박범신 선생님께서 통화를 한번 하고 싶다고 하신다, 이런 말씀을 부모님께서 전해주시더라고요. 그렇게 당선이 되니까 계속 써야겠다는 생각이 들더라고요. 어쨌든 뭔가를 쓰고 있어야 제가 마음이 편하고 뭔가를 써서 하나의 완성된 작품으로 만들고 싶다는 욕심들이 쓸 때마다 생기니까 그렇게 단편들이 한 편씩, 한 편씩 늘어나게 됐던 것 같아요.

박범신 숨씨의 「느림에 대하여」, 소설 읽어봤죠? 소설을 보면 소설을 보는 순간 작가를 보고 싶은 소설이 있고 소설은 되게 좋은데 작가를 만나보고 싶다거나 하는 욕구는 안 생기는 소설이 있거든요. 저는 그래요. 어떤 소설은 소설 전문가의 눈으로 볼 때 그 소설이 뛰어나다는 느낌은 안 드는데, 그럼에도 불구하고 그 작가를 만나보고 싶은 그런 소설들이 있어요. 「느림에 대하여」를 읽었을 때 이 작가는 어떤 사람일까 만나보고 싶다, 그런 느낌을 가졌던 기억이 납니다. 어쨌든 제가 심사를 했는데 김숨씨는 첫 소설이 당선되었다고 하고, 김도언씨는 자기가 세 편을 써서 한국일보에 냈더니 가장 자기가 안 꼽는 작품이 당선되었다고 하네요. 나도 신춘문예 심사를 그럭저럭 십여 년째 해오고 있는데 도언씨 소설을 읽으면서 제일

부러웠던 게 그거예요. 아니 나에게는 왜 김도언씨 소설 주인공 같은 횡재는 오지를 않을까?

　김도언씨 소설을 보니까 대부분 남자 화자가 거리에서 여자를 쉽게 주워서 자취방으로 데리고 오거든요. 한두 번 살다가 화자들은 되게 안타깝게 헤어지지만, 내가 보기에는 이제 지루해질 때쯤 해서 여자가 또 가버려요. 그런 소설들이 비교적 많았어요. 그래서 아니 나는 거의 육십 평생을 살았는데, 왜 한번도, 그렇게 손쉽게 줍는 여자도 없었을까. (함께 웃음) 도언씨 소설의 남자 화자들은 본인은 쓸쓸하다고 하지만, 참 부럽더라구요. 제가 오늘 술 한잔 먹어서 계속 농담 버전으로 가는 건지는 모르겠는데, 그러나 여기에도 김도언씨의 어떤 황량하고 쓸쓸한, 어떤 소설적 감수성의 특징이 나는 있다고 봐요. 도언씨, 어떠세요?

김도언　말씀하신 것처럼 남자가 아주 쉽게, 우연하게 여자를 취할 수 있다는 설정은 사실은 상당히 비현실적이죠. 그런 일은 거의 일어나지 않는다는 것을 저도 잘 알고 있거든요. 소설의 어떤 구조를 위해서 동원한 설정일 뿐이에요.

박범신　내가 질문하고 싶었던 것은 뭐냐면, 김도언씨 소설 속에서는 예컨대 화자가 있는데, 화자가 혼자 쓸쓸하게 있다가 누군가 화자 곁에 거의 우연을 가장하고 가까이 왔다가 또 어떤 날 거의 우연에 의존해서 떠나게 되고, 소설의 시작에서 화자가 홀로 있고 소설의 말미에 역시 홀로 있어요. 그래서 기본적으로 김도언 작가의 정서 속에는 누구와 함께 있어도 그것이 정말 진실로 누구와 함께 있는 것은 아닐 거야, 그런 느낌을 나는 솔직히 받았거든요. 아, 이 작가는 기본적인 정서 속에 쓸쓸한, 바람 부는 거리에 길을 잃고 혼자 있는 사람 같은…… 그래서 김도언씨 소설 속에 나타났다 사라지는 여자들도 그것이 허깨비인지, 사실적인 여인인지 우리는 사실 굉장히 모호하게 느껴요. 소설 속에서 사실적인 여인으로 등장하고 있음에도 불구하고, 삶을 리얼하게 운영하고 있는 피 튀기는 여자로 보이지도 않아요. 그래서 이런 설정은 김도언 문학적 정서의 매우 핵심적인 이미지겠다, 그래서 내가 농담 비슷하게 그렇게 말머리를 시작한 거거든요. 그러니까 요컨대 도언씨가 소설 속에서 내가 정말 말하고 싶은 것, 다루고 싶은 것들은 뭔지, 이를테면 이런 것이 내 문학적 화두다, 그런 얘기를 해주셔도 상관없어요.

김도언　소설이 다른 장르와 변별력을 가질 수 있는 게, 소설을 가리켜 인간학이라고 하는 데서 찾아질 수 있을 것 같습니다. 인간 연구의 총합. 저는 그래서 관심 있는 게 인간입니다, 인간. 저도 인간인데 인간으로부터 시작해서 인간으로 끝나는 그 간극, 그 차이 안에 소설이 들어갈 수 있다고 생각을 하거든요. 그래서 지금 제가 소설적인 관심으로 주력하고 있는 건 현대인의 무의식이에요. 이를테면 무의식 속에 숨겨져 있는 어떤 일탈욕망 같은 것이죠. 일상 속의 도덕적인 관습이 지배하고 있는 그런 일상에서는 드러나지 않는데 혼자 화장실에 갔을 때라든가 아니면 일요일 학교의 텅 빈 운동장에 혼자 남겨져 있을 때처럼 도덕적 관습의 제약을 벗어난 시공간에서는 평상시에는 하지 않던 생각들을 할 수 있을 것 같아요, 제가 생각을 해보면. 그래서 그런 것들을 좀 소설적으로 짚어내고 싶은 생각이 있고요.

박범신　도언씨 인물들은 실내에 있어도 바람 부는 길에 있는 것 같고 누군가 함께 있어도 혼자 있는 것 같고. 그것은 간단히 말해 굉장히 선험적이고 존재론적인 고독감인데, 그것을 김도연씨는 모질고 치열한 방식으로 접근하기보다도…… 따뜻하고 굉장히 열린 방식으로 접근하고 있다, 나는 도언씨 소설을 그렇게 읽었어요. 그래서 그런 의미에서 한번 내가 말을 들어보고 싶었던 것이고요, 이번엔 김숨씨한테 질문을 하나 더 드려야겠네. '숨'이라는 필명을 어떻게 지었어요?

김 숨　깊은 뜻은 없고요.

박범신　필명이지요? 김수진인데, 본명은. 맞지요? 작가명을 김숨이라고 지었는데, 평범해 보이지는 않잖아요? '숨'. 둘이 상의해서 연애할 때 지었나?

김 숨　아니, 연애할 때 지은 건 아니고요, 문학동네로 등단하고 나서 한 이 년 정도 발표도 못 하고 그냥 거의 습작시기처럼 지냈었어요. 그러다가 발표 기회가 왔는데 그때 새롭게 시작하고 싶다는 생각이 들더라고요. 그래서 저 나름대로 예전의 습작기를 버린다라는 의미에서 필명을 갖기로 작정한 거죠.

박범신　그런데 왜 '숨'이라고 했냐고?

김 숨　여러 가지 이름 생각하다가 우연히 '숨'이라는 이름이 떠올랐고 그냥 그 이름이 저한테는 좋게 느껴져서요.

박범신 '숨'이라는 이름에 대해서 질문드린 것도 역시 내가 김숨 소설을 읽은 독후감하고 관련이 있는데, 숨이 좌우간 목숨, 그런 거죠? 숨소리.

김 숨 예, 뭐 그런 것들이 연상되기는 했었습니다.

박범신 김숨 소설 「투견」을 쭉 읽다보면 김숨 소설 속에서 목숨을 견딘다는 것, 목숨을 산다는 것이라고까지도 말 못 하겠어요. 김숨의 인물들은 거의 목숨을 견디고 있기 때문에, 그 견딘다는 것은 어떤 피 어린 굴욕이고 목숨을 견디는 것 자체가 목숨을 견디는 그 입장에서 보면 뭔가 치명적인 어떤 모멸이고, 모욕이고, 뭐 이런 느낌이 드는 처절한 것…… 아, 목숨을 견딘다는 건 정말 장난이 아니구나, 이런 느낌을 김숨의 소설에서는 어디서든지 받을 수 있습니다. 살아남는다는 것, 목숨을 견뎌서 좌우간 벌어먹고 살고 한다고 하는 것은 정말 잔인한 치욕과 모욕과 모멸조차도 견뎌내지 않으면 안 된다는 것, 그것이 '숨'이다. 숨을 쉬는 것이다. 목숨이다. 김숨의 소설 속에서 그런 것들을 나는 느꼈거든요. 그리고 이렇게 연약해 보이고 젊은, 어쩌면 본인도 뭐 소설은 뜨개질이란 말을 했지만, 예쁜 수예점에 앉아서 뜨개질을 하거나 수예품들을 매만지고 있어야 할 그런 이미지를 가진 김숨씨가 어째서 우리들이 살고 있는 목숨의 현실을 이렇게 모질게 봐내고 있는가 하는 것…… 굉장히 본인에게는 곤혹스러운 질문일지 모르겠어요. 좌우간 나는 그게 제일 궁금했어요. '숨'이라고 하는 이름도 본인이 우연히 지었다고 하는데 내가 느끼기에는 우연이 아닌 것 같고, 김숨씨에게 살아낸다는 것은 도대체 뭔가? 너무나 무거운 주제인지는 모르겠는데, 그것이 곧 김숨씨 소설의 전반적 분위기니까 한번 물어보는 거예요. 내가 부담이 되는 질문을 했나 모르겠네.

김 숨 편하게 대답을 하자면 제가 좀 다른 사람들보다 어릴 때부터 관계 형성을 잘 못했던 것 같아요. 되게 서툴렀던 것 같은데 저에게는 자매가 없거든요. 그러다보니까 여자들과 유대를 형성하는 것조차도 저한테는 상당히 버거운 일이었어요. 어머니가 스스로에게 혹독하신 분이시라서 저에게도 그런 것들을 많이 요구하셨어요.

욕망을 절제해라, 절약해라, 말을 아껴라…… 그런 여러 가지 절제들을 저에게 많이 가르치셨던 것 같은데, 그러다보니까 사람들하고 친분을 맺는다거나 선생님과 잘 지내는 것에 공포를 가질 수밖에 없었던 같아요. 밖에 나가면 결국에는 누군가를 만나야 하고 그 누군가를 만나서 자연스러운 어떤 관계를 형성해야 되는데 그런 것들에 제가 서투르고 어떤 강박증 같은 것을 갖고 있다보니까 끊임없이 생각을 많이 했던 것 같아요. 타인과 저와의 그런 관계, 그래서 제가 그런 것들에서 자유롭지 못하다보니까 다른 사람들보다는 약간은 열등의식도 있고 그리고 좀 우울하기도 하고 밝지 못한 어린 시절을 보냈고 또 그것들이 제가 대학교를 졸업할 때까지 계속 이어졌던 것 같아요. 그런데 제가 의식하지 못하고 소설을 쓰다가 그런 저의 어떤 자라온 환경이라든가 아니면 저의 성향 같은 것들이 소설에 고스란히 다 녹아 있다는 걸 어느 순간에 깨닫게 되었거든요.

박범신 나로서는 궁금증을 아주 많이 해소했습니다. 김숨씨 소설에는 내가 느끼기에는 동물성과 식물성의 극단적인 이중성이라고 하는 게 있어 보여요. 김숨씨 소설에는 남자는 물론이지만 성별로는 여자인데도 불구하고 거의 남자처럼 느껴지는 여자가 많이 나와요. 소설의 전체적인 문장이 갖고 있는 기본적인 감수성은 매우 예민하고 섬세한데도 불구하고 사실은 김숨씨는 여자는 잘 못 그리는 것 같아요. 그런 느낌이 들 정도로 어떤 욕망, 남성성이라고 하는 어떤 힘, 이런 것의 광포함에 대해서 김숨씨가 굉장히 놀랍게 예민하고 적확한 문장으로 섬뜩하게 드러내고 있다고 생각을 했기 때문에 질문을 드렸는데, 그 정도면 저로서는 만족스러운 대답이었습니다. 제가 더듬으면서 얘기를 너무 오래 한 것 같네요. 이제 여러분들이 질문을 해주시기 바랍니다.

독자1 저는 김숨 작가님한테 질문을 하고 싶은 게 있는데요. 「투견」이라는 작품에서 저는 소설의 주제에 관해 제목인 '투견'에 대해서 생각을 해봤어요. 살아남기 위해서 처절하게 싸우는 개들의 모습을 통해서 소설 속 인물들이 살아남기 위해 치열하게 살아가는 모습을 주제로 나타내신 게 아닐까 생각을 했는데요, 제가 생각하는 주제는 그랬는데, 이 주제가 소설이 진행됨에 따라서 점점 바뀐다는 느낌을 받았거든요. 그래서 소설이 끝날 때쯤에는 이게 생존에 관한 주제가 아니라 그냥 삶과 죽음이라는 그런 걸로 바뀌지 않았나라고 생각을 했는데요, 혹시 제 생각이 맞다면 의도하신 변환지, 만약에 의도하셨다면 어떤 의도를 가지고 하신 건지 질문을 하고 싶습니다.

김 숨 나름대로 소설을 잘 봐주신 것 같고요, 저는 생존의 문제, 삶과 죽음에 대해서 쓰고 싶다는 생각으로 「투견」을 쓰지는 않았습니다. 제가 소설을 쓸 때 가장 중요하게 생각하는 부분이 소설적인 공간하고 그 관계거든요. 인물들의 관계. 그래서 어떤 치열한, 살아남기 위한 치열한 서로간의 그 어떤 것에 대한 것으로 보실 수도 있을 텐데, 저는 그냥 어떤 산속의 집, 그리고 그 안에서 그 집을 떠나지 못하고 살고 있는 아버지 그리고 주인공인 '나' 하고 영식, 또 성길이라는 '투견', 이 소설에 나오는 동물과 인물들의 어떤 관계망을 제 나름의 방식으로 그려내고 싶었어요. 그래서 그런 의도를 가지고 소설을 썼고요. 아마 다시 새 생명이…… 임신을 하게 되잖아요? 영식의 아이를 갖게 되고 아버지는 죽고 그런 것 때문에 그렇게 읽으셨던 것 같은데 그것은 독자의…… (몫인 것 같아요.)

독자2 방금 주인공의 관계에 대해서 중요하게 생각을 하신다고 말씀을 하셨는데, 그런 것에 대해서 제가 궁금한 점이 있어서 질문을 하고 싶어요. 여기서 보면 영식하고의 관계가, 물론 아버지라는 인물이 독특하게 그려져 있어서 그런지는 모르겠지만, 처음에는 화자와 영식의 관계가 그렇게 큰 자리를 못 차지하고 있다고 생각을 하면서 읽었었는데 다시 한번 보니까 영식이한테 느끼는 '나'의 감정이라든가 이런 것들이 참 남다르게 씌어져 있는 것 같거든요. 그래서 영식과의 관계라는 게 뭔가 의미를 두고 아버지의 모습, 아버지와의 관계보다는 뭔가 또다른 의미를 두고서 쓰지 않았을까 그런 생각을 했거든요. 그래서 영식하고 주인공 '나'의 관계에 어떤 의미를 두고 쓰셨는지 그게 좀 궁금합니다.

김 숨 '나'가 영식에게 죽어서 한 무덤에 묻히고 싶다는 고백을 하잖아요. 그런데 영식은 성길처럼 아버지의 지배와 속박 속에서 키워지고 또 아버지의 성씨인 '나'씨를 부여받으며 나와 남매지간이나 다름없는 관계 속에 놓입니다. '나'가 그런 영식에게 매달리는 것은, 아버지를 부정하는 것뿐만 아니라 금기를 깨뜨리는 행위나 다름없습니다. 아버지에게 복종하는 것도 두렵고, 또 아버지를 부정하는 것도 두렵고, 금기를 깨는 것도 두려우면 집을 떠나면 됩니다. 그렇지만 '나'는 간질이라는 육체적인 약점 때문에 금산과 금산의 산속, 또 그 산속의 집을 떠나지 못합니다. 나는 결국에 동물스럽고 지긋지긋한 아버지와의 관계를 깨뜨리기로 하지요. '나'가 영식을 선택하는 순간 영식은 피지배자에서 지배자의 위치에 서게 됩니다. '나'의 인생을 통째로 지배해온 아버지의 신화가 깨지는 거지요. 그러나 '나'는 여전히 아버지의 세계에서도 또 영식의 세계에서도 피지배자일 뿐이죠.

독자3　저는 김도언 작가님한테 질문드리고 싶은데요, 「소년, 소녀를 만나다」를 보면, 영화 〈초록 물고기〉에서 바람에 날리는 머플러를 받으면서 어떤 만남이 시작되듯이 소년과 소녀가 만날 때도 바이킹 타면서 비슷한 식으로 만나게 되고, 또 「기호태傳」도 보면 돈키호테 이야기에서 뭔가 소설의 발상을, 기존에 이 세상에 있던 예술작품 등에서 발견해내셔서 작품 속에 재형상화하신 것 같았거든요. 제가 제대로 본 건지 잘 모르겠고요, 작품 구상하실 때 어떻게 하시는지 그 얘기를 좀 듣고 싶습니다.

김도언　예로 드신 「소년, 소녀를 만나다」랑 「기호태傳」 같은 경우에는 이미 대중들한테 익숙한 그런 문화적인 기호들을 차용해서 소설의 모티프를 삼았는데, 그 이유는 생각보다 간단합니다. 이미 대중들한테 알려져 있는 기호를 차용할 경우에 소설적인 주제에 접근하거나 독자들에게서 설득력을 얻기가 훨씬 수월해지니까요. 뒤에 물으신 게 발상의 방법에 대해서인 것 같은데, 어떤 작가는 첫 문장을 쓰기만 하면 그 뒤에는 술술 소설이 써진다고도 하는데, 저는 어떤 사건의 정황을 먼저 머릿속에서 그려내고 그 사건의 전후관계, 맥락 이런 것들을 살로 붙이면서 소설을 건축하거든요. 저는 아까 인물에 대해서, 인간에 대해서 관심이 참 많다고 했는데, 인간과 인간이 만나면 사건이 일어나죠. 저는 사건이 제 소설의 근간이라고 보거든요. 제가 제 블로그에도 잠깐 짧게 써놨는데 사건의 맥만 짚으면 소설의 얼개는 아주 쉽게 짜여지는 것 같더라고요. 『장자』의 양생주를 보시면 거기에 소를 잡는 백정이 나오거든요. 그런데 그 백정은 소 수백 마리를 잡고 소의 살과 뼈를 발라내지만 칼을 전혀 부러뜨리지 않아요. 그런데 다른 백정은 칼을 자주 부러뜨리거든요. 칼을 부러뜨리지 않는 백정은 소의 구조를, 자연스러운 구조와 그런 것들을 완전하게 이해를 하고 있는 사람이거든요. 그래서 뼈와 살이 갈라질 수밖에 없는 지점에 칼을 갖다대는 거예요. 그러니까 억지로 칼을 쓰지 않아도 뼈와 살이 갈라지고 칼도 상하지 않지요. 마찬가지로 소설도 어떤 사건의 아주 자연스러운 맥락만 소설가가 짚어 놓으면 소설이 마치 생명을 가진 것처럼 소설 스스로 그렇게 전개가 되는 것을 느끼는 순간이 있어요. 저한테는 사건을 머릿속에서 그려내는 것이 소설의 발상이라고 볼 수 있습니다. 이상입니다.

독자4 궁금한 것은 두 위대한 정신들께서는 서로의 작품에 대해서 질투를 안 느끼시는지? 그게 좀 궁금한데요.

김도언 질투를 느낀 적은 없고요, 감탄한 적은 있습니다. 어떻게 이런 문장을 쓰나? 즐겁죠, 그런 걸 보면.

박범신 숨씨는?

김 숨 저는 김도언씨 소설이 제 소설하고는 너무 다르다고 생각해요. 그래서 김도언씨 소설을 보면 그냥 '이 사람은 이렇게 쓰는구나, 그런데 내가 가야 할 방향은 아니다'라고 생각하죠.

박범신 나도 대답해도 되지요? 도언씨의 대답에 첨부해서 대답하겠는데 감탄도 하지만 동시에 또 찢고 싶어요. (함께 웃음) 그게 예술가들이죠. 그렇지 않겠어요? 실제로 찢지는 않겠지만. 「기호태傳」 보니까 가장 내가 감동받는 것이 찢는 대목…… '야, 이것 내 잠재 속에 삼십 년 있었던 것을 김도언이가 한 문장으로 뚫어내버리는구나.' 나는 나보다 잘 나가는 작가 때문에 마음 아팠던 상처가 그 사람 책을 서점에 가서 한 장 찢음으로써 해소될 줄 몰랐어요. 지금까지 방법을 못 찾았는데…… 「기호태傳」을 삼십 년 전에 읽었으면 나 수없이 많이 찢고 다녔을 텐데 너무 늦게 읽어서 '아, 그런 아이디어가 있었는데' 그런 생각을 했는데요, 「기호태傳」에서 놀랍게 한수 배운 셈이 됐지요. 마지막에 「기호태傳」의 소설가가 두들겨

패는 놈…… 이름이 뭐죠? 산초. 산초의 마누라가 오니까 신랑을 죽이려고 하다가 어여쁜 여자를 죽게 만들잖아요. 그런 소설 방식이 나쁘지는 않은데, 그게 세대차인지는 모르겠지만, 이를테면 기호태가 하인처럼 부리는 산초를 마구 두들겨패는 것도 물론 그렇지만, 갑자기 마누라를 보더니 청산가리를 구해다가 음식에 섞는다, 그런데 또 먹어보니까 죽이고 싶은 사람을 죽인 게 아니고 다른 사람이 죽는다, 그리고 다음날 서점에 나가서 자기 책을 보려고 했더니 전부 다 찢어놨다, 굉장히 섬세한 구조예요. 그런데 청산가리를 너무 쉽게 타는 건 아닌가, 솔직히. 그게 좀 불만이었어요. 청산가리를 탈 수 있지요. 그러나 소설 속의 그런 대목들은, 도언씨뿐만 아니라 요즘 젊은 작가들이 갖고 있는 어떤 공통적인 특징의 하나인 것 같아요. 아니, 김숨씨는 그렇지 않아요. 암튼 대체로 젊은 작가들이 너무나 손쉽게 사람을 죽이고 너무나 손쉽게, 어떤 면에선 무책임하게 라스트를 반전시켜요. 우리 세대 작가들은 소설 속에서 사람을 죽일 때 아주 힘들었고, 또 힘들었던 것을 어떻게든지 다 들켜요, 독자한테. 그런데 요즘의 작가들은 너무나, 정말 편안하고 행복하게 사람들을 죽이기도 하고 청산가리도 타고 해요. 그래서, 어떤 면에서는 부럽기도 하고, 어떤 의미에서는 시비를 걸어보고 싶고 한 지점이에요, 제 입장에서는. 도언씨, 어떻게 생각하세요?

김도언 부분적으로 동의하거든요, 저도. 선생님 지적에. 청산가리로 사람을 죽이는 것 자체가 너무나 상투적인 그런 방법이죠. 그래서 좀더……

박범신 아니, 방법은 뭐 상투적이어도 난 상관없다고 봐요. 어차피 칼로 찔러 죽이든지 약 타먹여 죽이든지 목 졸라 죽이든지 상투적으로 죽일 수밖에 없는데, 화자가 어떻게 여자를 보자마자…… 세상에 여자가 얼마나 많아요? 예쁜 여자도 많고. 그런데 여자를 보자마자 그냥 깊이 고민 안 해보고 청산가리부터 얼른 타고 보냐, 나는 그걸 물은 거거든.

김도언 그게 제가 해명을 하자면, 그 소설이 상징적인 의미망들을 깔고 있거든요. 거기에 기호태로 등장하는 화자는 소설가이고, 기호태로부터 온갖 구박을 받고 있는 산초는 평론가로 나오죠. 그리고 나중에 등장하는 산초의 부인은 독자거든요, 독자. 아름다운 독자죠. 소설가라면 누구나 갖고 싶어하는 아름다운 독자 말이에요. 저는 이 세 사람의 관계를 통해서 지금 우리의 출판시장, 또 문단의 풍속을 표현하고 싶었어요. 다시 말해 어떤 작가, 평론가, 독자의 관계를 좀 알레고리로 써서 짚어내고 싶었어요. 그런데 그 소설 속에서 아름다운 독자인 여자는 소설 속에서 가장 존경하는, 가장 좋아하는 작가가 따로 있죠, 따로. 그러니까 아주 소신 있는, 그리고 주관이 있는 독자인 거예요. 그런데 우매한 평론가는 이 독자를 가르치려고 하죠. 왜 기호태가 위대한 작가님인데 왜 기호태를 좋아하지 않고 다른 작가를 좋아하냐고. 또 기호태 역시 독자를 차지하고 싶어서, 소설가라면 누구나 독자로부터 사랑받고 싶어하잖아요, 그래서 그 독자를 차지하려면 일단 제거를 해야죠, 방해가 되는 평론가를. 그리고 독자를 차지하려고 하지만 그 결과가 워낙 비열하고 폭력적이어서 소기의 성과를 거두지 못하고 독자를 죽게 만드는 거죠. 독자의 죽음을 이야기하려고 작품 속에서 아름다운 여인을 죽이게 되는데요, 결과적으로 이 알레고리가 효과적으로 부각이 된 것 같지는 않아요. 제 소설을 그렇게 읽어주는 사람이 한 명도 없더라고요. 그래서 저만 그냥 헛물켠 것 같다는 생각이 들더라고요.

박범신　그래도 독자와 평론가와 작가라고 하는, 작가의 의도를 들어보니까 내가 진짜 우매했네요. 우매해서 그것을 그렇게 다 읽지는 못 했는데, 작가의 얘기를 들어보니까 아주 명쾌하고 아, 정말 의미 있는 알레고리였구나 싶네요.

독자5　두 분 부부신데, 가사 분담은 어떻게 하시는지 궁금하고……

박범신　이런 것 많이 물어봐야 해요.

독자5　소설은 서로 같은 시간에 쓰시는지, 아니면 다른 시간에 쓰시는지 궁금하고요. 소설을 보면 서로 좀 다른데…… 서로 다른 집에 살고 있는 사람들이 닫힌 집안에 혼자서 누워 있는 것 같아요. 서로 다른 분의 소설을 읽을 때 이 인물을 과연 이 집안에서, 닫힌 집안에서 어떻게 끌어낼 수 있을지 그런 거 어떻게 생각하시는지 궁금합니다.

김도언　두번째 질문하신 건 김숨씨가 대답을 할 거고요, 앞에 질문하신 건 제가 대답하겠습니다. 가사 분담은, 저도 결혼 전에 혼자 자취를 해서 음식 같은 것을 잘 만드는데, 김숨씨 음식을 먹어본 뒤로는 제가 할 이유가 없어졌어요. (함께 웃음) 그리고 둘 다 또 직장생활을 하잖아요. 그래서 둘 다 퇴근하면 피곤하고 그러니까 어쨌든 분담을 하긴 하는데, 음식을 만드는 쪽은 김숨씨고요, 그걸 치우는 쪽은 접니다. 설거지나 이런 것은 제가 다 하고 있고요, 빨래도 분류해서 세탁기에 돌리는 쪽은 김숨씨고 마른 걸 개는 것은 접니다. 그런 식으로 분담을 하고 있어요. 그리고 또 청소 같은 것은 제가 김숨씨를 못 따라가거든요. 김숨씨는 하루에 한 번씩 걸레질을 해야 직성이 풀리는 사람이더라고요. 그런데 저는 걸레질이 몸에 잘 안 익어서 잘 못해요. 대신 저는 좀 힘쓰는 일들 있죠? 예를 들면 대문이나 보일러 같은 게 고장났을 때 고치는 일, 이런 건 제가 하고 있습니다.

박범신 천생연분이네.

김 숨 죄송한데 두번째 질문이 뭐였죠? 저희 집은 공간이 많은 편이에요. 김도언씨는 김도언씨의 공간이 있고 저는 제 공간에서, 김도언씨가 음악을 들을 때 저는 주로 글을 쓰고 제가 비디오를 본다거나 TV 시청을 할 때 아니면 책을 읽을 때 김도언씨는 주로 글을 쓰는 것 같아요. 상대가 자신의 취미생활을 하거나 아니면 머리를 식히거나 휴식을 취할 때 다른 사람은 글을 쓰는 식으로요. 저희 둘 다 직장생활을 하기 때문에요, 주로 토요일, 일요일 각자 글도 쓰고 그러다가 식사 때가 되면 같이 밥 먹고 얘기도 하고 장도 보고 그렇게 지내고 있습니다.

박범신 집에 나랑 같이 사는 여자는 문학인은 아니지만, 소설을 쓰다 막힐 땐 소리내서 읽으면 막힌 부분이 잘 풀어지더라고요. 아, 그 다음에 이렇게 쓰면 되겠구나. 그런데 읽을 때 누가 관객이 있으면 훨씬 효과적이에요. 그래서 집사람 자면 자는 놈도 깨워서 (함께 웃음) 일어나라고 그래놓고 앉혀놓고 읽어요. 젊었을 때는, 아내가 작가 신랑이 뭐 굉장히 대단한 것인 줄 알고 눈을 비비면서 밤새도록 깨서 들었어요. 한 일 년은 열심히 듣고 정말 좋다고, 당신 머릿속에서 어디서 그런 얘기가 나오냐고 그러는데, 그러면 업돼서 그만 자려고 하다가도 밤을 새워 쓰고 그랬어요. 그렇지만 한 일 년 지나니까 건방져져서 거기는 왜 그렇게 썼냐는 둥

(함께 웃음) 시비를 거는데, 진짜 열받게 되더라구요. 열받아서 내가 한번 불같이 화를 냈어요. 아이, 소설가 그만둬버려야겠네, 마누라가 바가지를 긁으니까, 소설에 대해서 바가지를 긁으니까 아 이거 소설 나 때려치워야겠다 이 생각밖에 안 나는 거예요. 그래서 내가 불같이 화를 내면서, 앞으로 내가 읽어주면 무조건 너무나 좋다고 (함께 웃음) 그것만 하고 비판하는 자유는 없는 걸로 하자, 그렇지 않으면 내가 이걸 폐업해야 되겠다, 그랬더니 그뒤로는 비판은 안 해요. 비판은 안 하지만 요즘에는 들어보라고 읽고 있으면 일 분도 안 돼서 자고 있어요. 내가 왜 이 얘기를 하냐면, 이 두 분은 같은 전문가끼리 모여앉아서 소설 쓰기 전부터 "나, 이번에 이런 소설 쓰려고 하는데 당신 어떻게 생각해?" 그러면 또 상대편도 작가잖아요. "아, 뭐 그런 걸 쓰니?" 이러다가 허구한 날 부부싸움 하지는 않을까? 소설에 대해서 미리 서로 토론도 하나? 쓰고 난 다음에 독후감들을 어떻게 부부가 앉아서 전하나? 그런 것 때문에 시시콜콜 죽네 사네 부부싸움은 하지 않나, 이런 것들이 궁금해요. 여러분도 궁금하시죠? 어떠십니까?

김 숨 제가 대답을 해야 될 것 같은데요, 아까도 말씀드렸듯이 저희 소설이 너무 달라요. 좋아하는 소설도 좀 다르고 그래서 저희가 등단한 이후로 활동하면서 발표된 작품조차 읽지 못하는 경우도 있어요. 그러니까 뒤늦게, 발표되고 나서 한참을 지나서 읽고. 서로 쓰고 있는 소설에 대해서 거의 얘기를 하지 않거든요. 그리고 또 소설을 쓴 다음에 발표하기 전에 어떤 조언 같은 거나 이런 걸 구할 때도 있긴 하고 보여주고 느낌이 어떤가 이런 걸 물어볼 때도 있긴 한데 거의 보여주지 않거든요. 그러니까 서로 소설가로서 독립이 되어 있다고 얘기를 해야 될 텐데, 멀찍이서 그냥 바라보는 것 같아요. 서로의 소설에 대해 칭찬이나 비난을 결벽적으로 자제하고 있는데 일부러 그러려고 애써서 그러는 게 아니라 자연스럽게 그렇게 된 것 같습니다. 그런데 저는 이 상태가 좋은 것 같아요, 저희 둘한테는. 만약에 박범신 선생님 말씀하신 것처럼 조언을 구하고 서로의 소설에 대해서 잔소리를 하면 저희도 거의 매일 싸우겠죠.

박범신 선배로서의 충고인지도 모르겠는데 원만한 부부생활을 위해서 계속 그렇게 하시기 바랍니다. 소설을 상관하기 시작하면 정말 험한 말도 나올 수 있는 것이고 마음에 상처를 받지요. 두 분이 지금 직장생활을 하신다고 그랬는데 직장생활을 안 하신다고 치면 작가생활로 두 분이 합한 연봉이 얼마나 됩니까? 두 분이 합해서. 직장에서 버는 돈은 빼고 작가로 버는 돈?

김도언 밝히기가 좀 그런데요.

박범신 왜 세무서에서 나올까봐? 너무 적어서? 많아서?

김도언 이제 첫 소설집을 내는 신인급의 작가라서 많지는 않거든요. 그 정도로만 말씀드리겠습니다.

박범신 작가 지망인 젊은이들이 많기 때문에 실상을 내가 알려드리려고 물어본 거예요. 실상은 알고 해야지. 환상을 갖고 가면 안 되니까. 누군들 작가가 집에서 소설만 쓰고 싶지 직장생활을 하고 싶겠어요. 두 분이 직장생활 하시는 걸 보면 그렇겠지요. 혹시 그런 면에서 내가 작가를 했더니 후회된다거나, 작가는 이런 게 좋더라 이런 게 있으면, 난 다시 태어나도 이러이러한 이유 때문에 나는 글을 쓸 거야, 또는 그럼에도 불구하고 이러이러한 이유 때문에 다시는 다음 생에서 하고 싶지 않아, 뭐 그런 말이 있으면 좀 해보세요.

김 숨 아직까지는 다시 태어난다면 글 같은 건 절대 쓰지 않을 거야 이런 생각을 해본 적은 없고요, 살아가면서 매달릴 어떤 대상, 그 대상조차도 없이 살아가는 사람이 대부분이잖아요. 그런데 저에게는 어쨌든 소설이라는 대상이 주어졌고 그리고 또 그 대상에 계속 매달리고 그리고 앞으로도 그 대상을 목표로 살아갈 수 있다는 생각을 하면 많은 위안이 됩니다. 소설이라는 게 축복이기도 하고 저주이기도 하지만 어쨌든 저한테 그런 대상이 있다는 것에 대해서는 늘 감사하게 생각하고 있습니다.

박범신 도언씨는?

김도언 저도 소설 쓰는 것을 후회해본 적은 없어요. 그리고 어떤 일이든지 그걸 즐길 수 있으면 행복하다고 생각을 하는데, 다행히도 저는 소설쓰기를 즐겁게 받아들이고 있거든요. 물론 창작의 고통이 당연히 뒤따르지만 그런 것까지도 즐길 수 있어야지 그 작업을 오래오래 생명력 있게 할 수 있다고 생각을 합니다. 제가 쓴 작품들도 보면, 제가 즐겁게 유쾌하게 작업을 한 작품이 또 평도 좋더라고요. 제가 힘들게, 고통스럽게 쓴 소설은 평도 안 좋아요. 그래서 무슨 일이든지 즐겁게 할 때 결과도 좋아지고 또 여러 가지 많은 의미들이 부여가 된다고 생각을 합니다.

박범신 좋은 말이고 좋은 태도라고 봐요. 그런데 정작 그런 태도로 쓴 젊은 작가들의 소설들은 대부분 너무 희망이 없다는 생각이 들어요. 물론 소설가가 굳이 희망에 대해서 쓸 필요는 없죠. 최종적으로는 작가가 절망적으로 쓰더라도 그걸 보면서 그래, 우리들의 삶은 이렇게 잘못되어 있고 절망적이고 슬픈 거지, 그러니까 그렇게 살면 안 되겠다 하고 독자의 머릿속에 최종적으로 희망이 떠오르면 되는 것이죠. 그런 의미에서 작가들은 시궁창에 가까운 어둡고 절망적이고 고단한 이야기들을 쓰는 거지요. 그러나, 그럼에도 불구하고, 특히 김숨씨 소설은 너무나 절망적이고 닫혀 있어요. 김숨씨 소설 속 인물은 늘 어떤 공간 안에 갇혀 있잖아요. 모든 주인공들이 거의 수인(囚人)의 입장이고 거기서 벗어날 수 있는 희망이 보이지 않아요. 대개 계몽시대의 소설들은 갇혀 있는 곳에서 어떤 출구라고 생각될 수 있는 것들이 제시되면서 끝나는 게 보통인데, 「투견」 같으면 유일하게 희망의 공간이라고 우리가 생각해볼 수 있는 것이 이를테면 소설 라스트에서 '아이'를 가졌다는 것이지만, 그러나 김숨씨 어조 자체는 '아이'를 가졌음에도 불구하고 그 아이도 거기서 빠져나갈 것 같지 않게 그려져 있어요. 끝끝내 어떤 희망도 보여주지 않는다는 점, 김숨씨는 어떻게 생각하세요?

김 숨 저 같은 경우는 소설을 쓸 때 그 구조를 미리 다 짜놓고 쓰지는 않습니다. 이미지에 상당히 의존을 하는데 소설을 쓸 때 첫 문장하고 마지막 문장이 동시에 올 때가 많아요. 몇 줄 쓰지 않았는데 마지막 문장이 떠오르는 거죠, 그냥 저절로. 그러면 저는 마지막 문장을 미리 써놓거든요, 첫 문장의 바로 밑에. 그리고 나서 그 사이를 채워나가는데 제가 의도를 해서 그렇게 결말이 나는 것이 아니라 필연처럼 결말이 저한테 오는 것 같아요.

박범신 필연처럼 온다, 의미심장한 대답이네요. 농담반으로 하는 소리지만, 김도언씨가 뜨거운 사랑으로 김숨씨를 더 행복하게 한다면 희망의 장면이 더 들어올까?

김 숨　제가 십대 때보다는 이십대 때 좀 밝았고 이십대 때보다는 삼십대에 좀 더 밝게 살고 있기 때문에 그런 희망이 제 소설에도 올 거라는 생각이 드는데, 한 편 조심스럽기도 합니다. 왜냐하면 제 소설이 갖고 있는 정조를 잃게 될까봐, 자칫 잘못 희망을 흉내낼까봐. 그게 타협으로 느껴지기도 하거든요. 왜냐하면 많은 평론가들이 희망이 보이지 않는 소설들에 대해서 상당히 거리를 두기 때문에. 그래서 조심스럽게 제 소설을 끌고 와야 된다고 생각을 하고요, 자연스럽게 그게 왔으면 좋겠습니다.

박범신　두 분 프러포즈는 누가 먼저 했습니까? 언제부터 연인이었어요? 데뷔 전부터?

김 숨　예.

박범신　데뷔 전부터. 여러분도 좀 품위 없는, 인품 없는 질문들도 하세요. 도언씨가 먼저 프러포즈했나? (함께 웃음)

김도언　제가 했습니다, 제가. (함께 웃음)

박범신　숨씨는 데뷔를 한 다음인가?

김도언　아니요, 96년 2월이었습니다.

박범신　96년 2월을 김도언씨의 대사로, 눈에 선하게 지금부터 재현을 해보겠습니다. (함께 웃음)

김도언　그전부터 문학동아리 후배로는 절친하게 지냈는데 각별해지는, 애틋해지는 감정이 생겨서 연인관계로 발전을 했죠. 1996년 2월이었는데……

박범신　우리가 알고 싶은 것은 어떻게 연인관계로 발전했을까, 그 전략도 들어보면 좋잖아. 저 봐, 남자들 고개 끄덕거리잖아.

김도언　그냥 서로 선후배로 지내는 동안에도 서로에 대한 감정은 좀 각별했었던 것 같아요. 그런데 섣불리 표현을 못 하고 있다가 어느 날 밤이었는데, 밤 열한 시 넘어서 좀 늦은 시간이었을 거예요. 김숨씨가 저한테 전화를 했어요. 그런데 전화를 하기까지는 했는데 아무런 말을 안 하더라고요. 그래서 제가 그때 '아, 이 친구도 나를 좋아하는구나' 라고 깨닫고, (함께 웃음) 그런 확신을 갖고 프러포즈를 했어요. 그냥 "나랑 같은 식구가 되자"라고 했습니다. 그랬더니 잘 받아주더라고요.

김 숨　제가 머리가 그렇게 좋지는 못하고요, 학교에서 술 마시다가 공중전화 앞을 지나가다가 전화를 했던 것 같아요. 저도 제가 좋아하는 감정이 있으니까 그런 행동을 했겠죠.

박범신　하여튼 여자 입장으로는 굉장히 좋은 작업 방법인 것 같아요. (함께 웃음) 여러분들 질문 더 없으십니까? 마지막으로 한번 더 묻죠. 내가 같이 사는 것이 물론 남자고 여자고 사랑하는 사람이지만 동시에 그가 나와 똑같은 소설가이기 때문에 이런 점은 좋고 이런 점은 불편하더라, 혹시 이런 게 있으면 좀 얘기해보시죠.

김 숨　배우자가 평론이든 소설이든 시든 글을 쓰는 사람일 경우 하는 말들이 어떻게 사냐고, 글 쓰는 사람하고. 그런 걱정들을 하시더라고요, 대개는 글 쓰는 배우자하고 살아오셨던 분들이요. 아무래도 항상 예민한 상태로 있어야 되는 사람들이니까. 글을 쓰려면 예민해야 되잖아요? 그런 면에서 상대방의 예민함을 보는 것, 날 서 있는 상태를 바라보는 것은 무척 힘들어요. 그런데 상대방의 그런 예민함이 저한테 문학적인 영감 같은 것을 불러일으킬 때가 있어요. 만약에 제가 지극히 평범하고 낙천적인 사람하고 살았다면 어쩌면 소설가로서의 저한테는 그게 더 안 좋은 환경일 수도 있다고 생각해요. 그다지 나쁘지는 않다고 생각합니다.

박범신　도언씨도 동의하세요?

김도언　예, 동의합니다.

박범신　일단 작가끼리 살면 원고료 삥땅을 못 할 것 같아요. (함께 웃음) 수필 하나만 써도 대개 얼마 나왔겠구나 해서 투명한 계획경제가 가능할 것 같기도 해요. (함께 웃음) 그런데 삥땅을 못 하니까 좀 불편하지 않겠나 하는 생각이 들고. 나는 옛날에, 지금도 원고지에다 쓰지만, 볼펜으로 원고를 썼어요. 그런데 볼펜으로는 꼭꼭 눌러쓰니까 너무너무 팔이 아파요. 그래서 한때 많이 쓸 때, 엄지손가락에서 팔로 내려오는 인대가 늘어났었어요. 꼭꼭 눌러서 너무 많이 써서. 결국 팔에

깁스를 삼 개월 하고 있었어요. 80년대 초, 신문에도 기사가 크게 났습니다. '작가도 직업병 있다.' (함께 웃음) 그래서 사인펜으로 바꿨어요. 사인펜은 눌러쓰지 않아도 굵게 나오니까. 그랬더니 우리집에서 나랑 같이 사는 여자친구가 세무서에 신고해야 된다고 그래요. 원가가 너무 많이 든다는 거예요. 볼펜 한 자루는 백 장씩 썼는데 사인펜은 한 이십 장 쓰면 흐려지거든. 본전이 너무 많이 든다고 불평을 하더라고요. 이럴 때는 나는 왜 작가하고 같이 못 사나, 꼭 이런 여자하고 죽을 때까지 살아야 되나 하고 후회를 해요. (함께 웃음) 그런데 또 원고료 뻥땅하고 그럴 때는 그래, 문학 모르는 여자하고 사는 게 얼마나 다행이냐 이러고 살고 있습니다. (함께 웃음) 마지막으로 두 분께 질문은 드리지 않겠습니다. 이제 시간도 많이 흘렀고. 독자 여러분에게 하고 싶은 말이든지 하시지요. 오늘 두 분 이렇게 모셔서 얘기하다보니까 텍스트에 대한 깊은 얘기도 사실은 못 나눴네요. 무슨 얘기든 상관없으니까 우선 도언씨부터 마무리 말을 해보시죠.

김도언 제가 알기로는 여기 소설 쓰시는 분들이 많이 오신 걸로 알고 있는데, 격려의 차원에서 말씀을 드리면 소설을 쓰실 때 가장 중요한 게 저는 자신감이라고 생각하거든요. '나는 천재 작가다. 내 작품이 이 세상에서 제일 위대하다' 이런 생각을 늘 가지세요. 자기 최면을 그렇게 거시고. 자신감을 잃으면 모든 걸 다 잃는 것이거든요. 너무 주변 사람들, 물론 주변에서 아주 친절하고 상세하게 작품을 읽어주고 조언을 해주는 것은 수용을 해야 되겠지만 주변 사람들의 평에 너무 일희일비하지 마시고 무엇보다 자신감을 늘 가지고 계셨으면 좋겠습니다. 이상입니다.

김 숨 내가 잘 쓸 수 있는 소설이 무엇인가, 나에게 맞는 소설이 무엇인가를 찾는 게 저는 가장 중요하다고 생각을 해요. 그걸 찾기 위해서 남의 소설도 읽는 거고 끊임없이 습작을 하는 거고. 저도 그 과정에 있다고 생각하고요, 여러분도 만약에 글을 쓰신다면 그걸 중요하게 생각하시고 다른 작품 읽을 때도 그걸 모방하기 위해서가 아니라 나는 어떻게 남과 다르게, 나에게 맞는 나만의 글쓰기를 할 것인가 이 부분을 많이 고민하시기 바랍니다. 감사합니다.

박범신 김숨씨와 김도언씨는 아까도 말했다시피 같이 초대를 할까 따로 나눠서 초대를 할까 하다가 여러 가지 세속적인 관심과 흥미도 없지 않아 있을 것 같고 해서 같이 모셨습니다. 본인들로서는 같이 와서 앉아서 얘기해야 된다는 것이 매우 불편했을지도 모르고, 작가의 얼굴로 왔으니 문학 얘기를 주로 하는 것이 온당할 텐데 프러포즈를 누가 먼저 했냐는 둥 소줏집에서 하는 어법으로 묻는데도 불구하고, 언짢게 생각하지 않고 즐겁고 솔직하게 답변해주셔서 다른 때보다, 다른 작가를 모셨을 때보다 두 분에게 한편으로는 미안하고 한편으로는 매우 고맙다, 이런 생각을 합니다. 저는 개인적으로, 김숨씨는 대전일보에서 제가 뽑았던 작가이기도 하지만 그걸 떠나서 도언씨나 김숨씨를 좋아합니다, 제가. 자주 만나서 교우를 나눌 기회는 없었고, 또 세대차이도 너무 나지만…… 사람이라고 하는 게, 많은 시간을 같이하고 얘기를 많이 나눈다고 해서 상대편을 이해하는 게 아니라고 봅니다. 그의 문학을 읽고 있기 때문에 무엇보다도 더 적확하게 상대편을 이해할 수 있고, 그런 의미에서, 다른 젊은 작가에 비해서 많이 따라 읽었다고 느끼고 더 따뜻한 느낌을 갖는 두 분이었는데, 오늘 이렇게 와주셔서, 또 어려운 세속적인 답변까지 다 일일이 해주셔서, 개인적으로 너무 고맙게 생각합니다. 큰 박수로, 두 분에게 다시 한번. (함께 박수) 그리고 마지막으로…… 혹시…… 늘 하는 부탁인데 오늘 처음 온 분도 계시기 때문에 덧붙이겠습니다. 우리가 작가를 만나는 것은 작가와의 관계의 시작에 불과합니다. 나는 오십 권이 넘는 소설책이 있는데 두 분은 첫번째 책을 냈거든요. 그러니까 이 양반들이 앞으로 오십 권을 더 쓸지 삼십 권을 더 쓸지 백 권을 더 쓸지 알 수가 없습니다. 어쨌든 객관적으로 또 사실적으로 독자와 두 분의 작가, 특히 여기 와서 직접 작가의 육성을 들어본 여러분과 두 분 사이의 구체적인 관계가 이제 시작됐습니다. 저는 두 분 소설을 읽으면서, 다음 소설집은 언제 나오나, 다음 소설집을 한번 봐야겠다, 김숨이는 어디로 가고 있고 김도언은 어디로 갈 것인가? 굉장히 관심과 흥미를 느꼈습니다. 김도언 작가와 김숨씨를 꼭 기억하셨다가 두번째 책, 세번째 책 반드시 살펴서 읽어봐주시고 그들의 행로를 지켜봐주십시오. 앞으로 두 분 책 나오면 제일 먼저 사시고, 돈이 많으신 분들은 열 권씩 사서 선물도 좀 하시기 바랍니다. 대단히 고맙습니다. (함께 박수)

박성원

"너무 드러나면 벌거벗은 느낌이 들어서, 옷을 한 겹 입고 싶었습니다."

박범신 안녕하세요? '박범신이 읽는 젊은 작가들', 오늘이 마지막 날입니다. 나 개인적으로는 처음에 이것을 하라고 했을 때 맡을까 안 맡을까 많이 고민하다가, 젊은 작가들하고 좀 친해지고 싶고 읽고 싶은 욕심으로 그러겠다고 해놓고는 집에 들어가서 또 매주 여기 나올 생각을 하니까 까마득해서 후회를 많이 했어요. 그런데 그 동안 거의 석 달 쭉 해오고 난 오늘 내 느낌은 정말 맡기를 잘 했다, 그런 생각이에요. 무엇보다도 유능한 젊은 작가의 작품들을 지난 석 달 동안 매주 한 권씩 끊임없이 읽을 수 있었던 것이 개인적으로는 굉장히 축복이었어요. 또 여기 단골로 오신 분들도 저하고 똑같이 그 과정을 거쳐서 읽어왔다고 보는데, 그렇지요? 여러분들 행복하셨지요? 또 아울러 내 개인적으로는 젊은 작가들을 라이벌로 삼아야 되겠다는 생각이 들어서, 적을 알면 적을 이길 수 있다고 하니까, 적을 아는 데 많은 도움이 됐습니다. (함께 웃음) 그리고 우리 문학의 장래가, 나이든 작가인 내 입장에서 어떤 면은 염려되고, 또 어떤 면에서는 밝다는 두 가지 생각을 하게 되었지요.

오늘 마지막으로 박성원씨를 모셨는데 여러분, 다시 한번 큰 박수로 박성원씨를 환영해주시기 바랍니다. 책을 읽고 오셨으니까 다 아시겠지만 박성원씨는『문학과 사회』로 94년에 데뷔했습니다.「유서」를 발표하면서 등단했고요. 그 동안 세 권의 소설집을 냈네요. 부지런히 낸 편이에요. 『이상(異常) 이상(李箱) 이상(理想)』과 『나를 훔쳐라』, 또 지금 우리가 갖고 있는『우리는 달려간다』라는 책이 세번째 작품집입니다. 그러니까 젊은 작가로 비교적 부지런히 활동해온 거지요.

또 그 동안 이 자리에 모셨던 대부분의 작가가 보통 70년에서 72년, 73년, 75년 생이었는데 박성원씨는 69년생이에요. 그래서 어쩌면 우리가 모셨던 작가들 중에서는 원로에 가까워요. 60년대생은 누가 있었는지 생각이 안 나는데, 거의 없었던 것 같아요. 전부 다 70년대생이었던 것 같고, 데뷔도 94년이면 그만큼 빠른 셈이지요. 이 자리에 앉은 작가들로 봐서는 제일 선배가 아닌가 이런 생각을 합니다.

이 창작집에서 권오룡씨가 해설을 썼네요. 그중 한 부분을 읽어보면, "'평균적인 삶'이란 기만적이고 이데올로기적인 것이 아닐 수 없다. 다시 말해 그것은 삶에 내재해 있는 근원적 비극성과 야만성을 은폐함으로써만, 모호성의 수면 아래 감추고 사회적 인정의 테두리 바깥으로 밀어냄으로써만 유지되는 폭력적인 삶이다. 그러므로 몽롱함의 계열을 타고 내려가는 것으로 이루어지는 박성원의 계열체적 글쓰기는 이렇게 삶의 기만적 위장술에 의해 가려진 삶의 비극성과 세계의 야만성을 탐색하고 조명하기 위해 고안된 서사장치로서의 중요한 의미를 갖는다"라고 지적함으로써 박성원씨의 문학의 당위성을 부여하고 있습니다.

제가 개인적으로 읽은 바로는, 박성원씨 소설에 대해, 기왕에 느껴졌던 것은 뭐랄까요, 서사, 이야기를 만들어낸 힘과 그것을 앞으로 밀어내는 추동력 같은 것에서 신뢰할 수가 있었습니다. 그러니까 어떤 전통적인 이야기와 그것을 밀어내는 역동적인 힘 같은 것을 박성원씨는 갖고 있다, 그러면서 동시에 새로운 문학의 감수성들을 보여주고 있으며, 또한 모호하고 불확실한 세계에 대해서 매우 핍진한 발언을 하고 있기 때문에, 이 박성원씨 문학은, 어떤 의미에서 90년대 또는 80년대의 보다 클래식한 전통 문학과 이 수상한 이십일 세기, 수상한 작가들이 보여주는, 수상하고 모호한 새로운 문학 사이의 과도기적인 모습을 갖고 있다는 생각을 했습니다. 그런 점에서 박성원씨가 차지하고 있는 위치가 나한테는 매우 의미가 있었습니다. 이제 박성원씨 얘기를 들어보겠습니다. 따로 질문하지 않겠습니다. 습작기 얘기를 해주셔도 좋겠고, 왜 문학을 선택하지 않으면 안 되었는지 얘기해주셔도 좋겠고, 어떤 마음으로 어떻게 작업을 하고 계신지 말씀해주셔도 좋겠고, 정 할 말이 없으면 어떻게 해서 장가도 가게 되었는지 얘기해주셔도 상관없고, 전폭적인 자유를 드리겠습니다. 이야기를 좀 해주시지요.

박성원 한꺼번에 많은 질문을 해주셔서 제가 두서없이 말씀을 드리더라도 양해해주시기 바랍니다. 가장 기억에 남은 질문은 장가를 어떻게 갔는가인데, 제가 서른 살 때까지 여자랑 단둘이 극장 가는 게 소원이었습니다. 오늘 혜화역에 내리다 보니까 생각이 났는데, 지금도 있는지 모르겠는데 건너편에 학림다방이라고 있습니다. 지금도 있을 것 같은데, 대학원 다니는 선배가 소개팅을 주선해줘서 한번 거기를 나갔던 기억이 아스라이 나는데요. 아마 추계예대 학생들은 많이 들어서 아실 것 같은데, 모처럼 혜화역에 오니까 갑자기 그 생각이 납니다. 제가 여자친구 없이 한 삼십 년을 보내다보니까 선배가 소개팅을 시켜준 적이 있습니다. 그 소개팅에 나오게 된 여자 후배가 그 선배에게 어떤 남자냐, 이렇게 물어보니까, 그 당시 가장 인기 있던 가수가 서태지였습니다, 농담 삼아 서태지하고 똑같이 생겼다고, 농담으로 그런 얘기를 한 거예요. 그런데 그 아가씨가 그 당시 서태지 팬클럽 서울지역 총회장을 맡고 있는 아가씨였어요. 그래서 소개팅하기 일주일 전부터 식음을 전폐하고 일주일 내내 계속 목욕을 했다고 합니다. 그만큼 기대에 부풀어서 학림다방 이층에 앉아 있다가 제가 들어오는 모습을 보고 깜짝 놀랐던 거예요, 서태지가 한 이십 킬로 찐 모습이 들어오니까.

그때 그 아가씨가 아래층만 내려다보고 저와 눈을 한 번도 마주치지도 않고 있더니, 한 십오 분 앉아 있다가 그냥 가는 거예요. 제가 막 지갑까지 보여주면서 오늘 돈 찾아왔다, 탕수육도 사먹을 수 있다, 그런 말까지 하면서 꼬셨는데 말예요. 지하철역까지 제가 같이 가니까, 지하철을 타고 가면 저랑 같이 가야 될 것 같았는지 갑자기 그 앞에서 "택시" 그러면서 택시를 잡아타는 겁니다. 그래서 제가 택시를 같이 타고 가려고 "집까지 모셔다드리겠습니다" 하니까, 괜찮다고 택시 문짝으로 저를 몇 번 치더라구요. 타지 말라고요. 그래도 계속 달려드니까 그 아가씨가 저를 한번 세게 쳤는데, 제 머리가 크게 부딪혀서 인도에 주저앉았어요. 택시는 떠났고요. 그런데 머리가 하도 아파서 만지니까 뭐가 있어요. 그래서 보니까 택시 손잡이 위에 '문살짝'이란 스티커가 있었는데 얼마나 세게 박았는지 제 이마에 그 스티커가 그대로 붙어 있었던 거예요. 그래서 한때 별명이 '문살짝' 이었던 때가 있었는데, 뭐 그렇게 해서……

박범신 그 아가씨하고 결혼했어요?

박성원 아뇨. 그리고 문학적인 이야기를 본격적으로 드려야 되는데 질문하신 게?

박범신 질문한 게 아니고 예를 든 거니까, 박성원씨 얘기하고 싶은 것 그냥 하시면 돼요.

박성원 문학에 대해 어떻게 생각을 하냐 하면, 제가 가지고 있던 원래 생각보다는 갑자기 다른 생각들이 많이 드는데요. 작고하신 평론가 중에 김현이라는 분이 말씀하셨던 것 같은데요. 문학은 무용하기 때문에 아무짝에도 쓸모가 없고, 소용이 없기 때문에 위대하다, 라고요. 저는 그 말이 지금 이 시기에 와서 가장 적합한 말이 아닌가, 그렇게 생각합니다. 왜냐하면 유용한 것, 인기 있고 쓸모 있고, 가장 우리 인간에게 필요한 것은, 그런 것들은, 인간을 억압하는 도구가 되고, 또 우리 인간들이 그것을 가지기 위해서 서로가 서로를 짓밟는 경우까지 발생을 하기 때문이에요. 가령 다이아몬드 또는 금, 석유, 이런 것들은 그것을 가지기 위해서 전쟁까지 불사하는 정도로 인간은 유용한 것들, 가치 있는 것들에 대해서 서로가 목숨까지 걸고 싸우는 모습을 심심치 않게 볼 수가 있습니다. 그런데 문학은, 앞서 말씀드린 대로, 가끔 내가 문학을 하는 이유가 무엇인가를 생각하게 합니다.

송년회 시즌이 와서 친구들과 약속을 잡고 만나면 다들 연봉이 얼마다, 몇평짜리 집에 산다, 차는 2000cc다, 뭐 주식으로 돈 많이 벌었다, 그러면서 건배를 하고 돈 많이 벌어서 축하한다, 이번에 서른여덟 평으로 이사를 한다, 축하한다, 그런 이야기들을 하는데요. 그렇지만 문학이라는 것은 돌이켜 생각해보면, 정말 어떻게 보면 아무짝에도 쓸모가 없는데, 그것을 가지고 기껏 우리가 할 수 있는 일이라면 휴지 없을 때 큰 변을 닦아내는 일, 아니면 코를 풀거나, 가장 요긴하게 사용한다고 해도 가위질 같은 것을 하다가 피가 났을 때 임시로 지혈을 할 수 있는 정도밖에 없죠. 사실 이 종이책이라는 것은 어떻게 보면 쓸모가 없습니다. 그럼에도 불구하고 그런 쓸모없음 때문에, 다시 말해서 아무짝에도 소용이 없기 때문에 모든 사람들을 절대 억압하지 않는다, 라는 거예요. 아까 말씀드린 것처럼 가치 있고 쓸모 있는 것, 석유 같은 것을 두고는 서로가 첨예하게 싸움을 하지만 문학을 갖고는, 예를 들어 여기 제 책이 한 권 있다고 해서 그것을 가지려고 서로 싸우지는 않을 거란 말입니다. 그렇지만 롯데마트에서 드럼세탁기를 단돈 오천원에 할인판매한다, 그러면 아마 서로 짓밟고 아비규환이 될 겁니다. 문학은 억압하지 않는다, 왜냐하면 무용하기 때문에. 그렇기 때문에 제가 문학의 길을 가고자 마음먹은……

어른들은 그렇게 말을 하겠지요. 사회에 가치 있는 일을 하라, 생산적인 일을 하라, 월급을 많이 받고, 고위 공무원이 되라고 하면서 우리나라 사회에서 원하는 바람직한 모습들을 자꾸 이야기를 하지만, 실상 그런 바람직한 모습들의 이면에는 누군가를 짓밟아야만 돈을 벌 수 있다는 생각이 숨어 있지요. 주식 같은 것도 결국은 마찬가지이지요. 누군가의 돈이 투자가 되어서 그 돈을 가지고 누군가는 돈을 버는 거고, 누군가 버는 사람이 있으면 누군가 잃는 사람도 있고. 왜냐하면 경제에서 재화라는 것은 어느 정도 가치가 한정되어 있으니까요. 금 매장량이 백억 톤이면 백억 톤 그 이상은 이 지구상에서 빼낼 수 없습니다. 모든 재화, 경제는 가치가 제한되어 있습니다. 그 제한된 가치를 가지고 결국은 서로가 그것을 쟁취하기 위해 싸워야 되는데, 그에 반해 문학이라는 것은 매장량이 무궁무진합니다. 그리고 절대 어느 누구를 억압하지도 않고 원한다면 누구나 작가가 될 수도 있지요. 그렇기 때문에 어릴 때부터, 저는 문학의 길을 가야겠다, 어떻게 보면 이 세상에서 가장 사람들에게 피해를 안 주는 직업이 바로 작가가 아닌가, 그런 생각을 했습니다. 그래서 문학의 길을 가게 되었고요. 또 질문 있으시면 하시지요.

박범신 어떤 질문을 전제하고 말씀을 바랐던 것은 아니고, 하고 싶은 얘기가 있으면 하라는 뜻이었습니다. 이제 우리가 읽어온 박성원씨의 소설 「우리는 달려간다」에 대해 얘기를 해야 하는데, 많은 학생들이 온 것 같아요. 아마 박성원 선생한테 소설을 배우는 학생들도 있는 것 같고. 신춘문예가 다음주 월요일부터 일주일 사이에 마감합니다. 박성원씨는 『문학과사회』라는 잡지로 등단했지만, 이 자리에 는 『문학과사회』를 맞추든지 신문의 신춘문예를 맞추든지 맞춰야 할 절체절명의 욕구를 가지고 있는 학생들도 많은 것 같으니까, 습작기 얘기를 조금 해주시고 그 다음에 질문을 받도록 하겠습니다.

박성원　제가 등단이 아주 빠른 편인데요. 굉장히 재수가 좋아서 사실은 잘 모르 는 시기에 등단을 한 것과 다름이 없습니다. 94년이면 제가 한 스물네다섯 살에 등 단을 한 것 같은데요, 제가 대학을 다닐 때에는 공대생, 그러니까 문과대 학생 말 고 공대생들도 문학서적을 굉장히 많이 봤습니다. 그리고 저희 어머님이 마흔이 훨씬 넘어서 저를 낳았기 때문에 형제들과 나이 차이가 많이 나는 막내로 자랐습 니다. 덕분에 대학 가기 전부터 저는 집에 형이나 누나들이 보던 책이 많아서 박범 신 선생님의 소설도 다 고등학교 때 봤습니다. 사실 「토끼와 잠수함」이라는 단편소 설은 지금도 제가 손꼽는 명작 중에 명작인데, 그런 작품을 보면서 제가 그때부터 소설가가 되어야겠다는 생각까지는 하지 않았지만, 굉장히 충격을 받아서, 좋은 독자는 되어야겠다고는 생각했었습니다. 그리고 거기에 한층 더 가속이 붙은 것은 조금 전에 말씀드린 대로 대학 시절이었는데, 그 당시에는 음대생, 미대생, 문과대 생, 공대생, 이과계열, 가정대 학생까지 문학서적을, 시집이든 소설집이든 거의 한 권씩 학교 갈 때마다 품고 다녔습니다. 그래서 자연히 소개팅 같은 데를 나가게 되 면 여학생들이 물어요. 박범신 소설 봤느냐, 황지우 시집을 봤느냐, 오규원 시집을 봤느냐. 그러면 못 봤다고 할 수는 없고, 뒷머리 긁으면서 봤습니다, 라고 했다가 소개팅 자리가 끝나면 도서관 가서 후다닥 찾아보는 거지요. 마음에 드는 아가씨 가 무슨 책이라고 말했는데, 그러면서요. 그러다보니 자연히 독서를 더 하게 되고 그래서 문학에 굉장히 관심이 많은 독자가 됐습니다. 신춘문예를 목표로 소설을 써야겠다, 이런 마음은 전혀 품고 있지 않았고요. 그러다 대학을 졸업하고 군대를 갔는데 중간에 무릎을 크게 다쳐서 의병제대를 해서 좀 일찍 나왔어요. 그때 친구 들과 자취생활을 하면서 잠깐 우면산 뒤쪽에 있는 어느 회사에 취직을 했었다가 불미스러운 일이 있어서, 불미스러운 일이 뭐 술 먹고 추태를 부렸거나 그런 것은 아니고요, 다른 일 때문에 해직이 되었어요. 친구는 대학원 다니고 저는 실업자인 상태였는데, 그때는 돈이 하도 없어서, 지금도 붕어빵만 보면 눈물이 날 때도 있는데, 저희가 한 이틀을 굶었어요. 수중에 백오십원이 있었는데 라면이 한 백오십원 할 때였거든요. 친구랑 안성탕면을 사러 갔는데, 라면 파는 집 옆집에 붕어빵을 파는데 그 냄새가 너무 좋은 거예요. 그래서 붕어빵이 얼마냐고 했더니 세 개에 오백원인데 백오십원이면 한 개 줄 수 있다고 하더라구요. 라면은 끓이면 국물도 있고, 둘이 배불리 먹을 수도 있고, 또 소주 반병 남은 것도 있고 해서 괜찮게 먹을 수가 있는데, 붕어빵은 서로 어두육미라고 앞대가리 내가 먹겠다, 꼬리 너 먹어라, 이럴 수가 없잖아요. 그래서 둘이 손을 꼭 붙잡고 우리 나중에 돈 많이 벌면 겨울에 붕어빵……

박범신　붕어빵 기계를 아주 들여놓자 하지요.

박성원　그런 이야기를 하면서 안성탕면 한 개에 백사십원 주고 십원 남겨와서 둘이 끓여먹던 아주 비참한 시절이 있었습니다. 어느 정도 비참했냐 하면 제가 친구들이랑 살았던 자취방이, 지금부터 한 십 년 전인데 그 당시 돈으로 보증금 사십에 월 육만원, 이랬어요. 어느 정도였냐면 새벽 여섯시에 자고 있는데 누가 달그락달그락거리면서 뭘 치우고 있어요. 문 열고 나가보면 갑자기 그 사람이 깜짝 놀라서 우리를 봐요. 그분이 누구였냐면 환경미화원이었어요. 그러면서 이런 데서도 사람이 사느냐고, 자기는 여기 빈 병이 있고 폐품이 있어서 가지러 왔다는 거예요. 그리고 그 당시 보일러도 없어서 냉방에서 서로 꼭 껴안고 지내는 그런 시기를 보냈는데, 그때 친구가…… 저는 「유서」라는 등단작을, 내야겠다 싶어서 쓴 게 아니라, 언젠가 그냥 써두었던 것 같은데, 그것을 친구가 봤어요. 그 친구도 소설에 굉장히 관심이 많던 친구였는데 그 친구가 그런 것을 잘 알았거든요. 신춘문예가 어떻고, 문예지는 어떻고. 그런데 자기가 봐서는 이거 재미있다는 거예요. 그러면서 한번 내보자는 거예요. 그런데 신춘문예는 매년 12월이 마감이잖아요. 그 당시에 수시로 원고를 모집하는 데는 몇 군데 없었는데 그 친구가 자기가 보내보겠다는 거예요. 나는 이걸로 될까, 라고 생각했는데 그 친구가 대신 보내줬습니다. 원고료가 나오면 그 돈으로 붕어빵 쟁여놓고 소주 먹자, 뭐 그런 이야기를 하면서요. 그러고 나서 그 친구는 유학을 가버렸어요. 저는 혼자 집에 있는데 자취방으로 전화가 왔어요. 전화가 와서 여보세요? 그러니까 박성원씨냐, 원고를 잘 받았다, 그런데 우리는 모집을 하면 단편소설 하나를 보는 것이 아니라 한 세 작품 정도 본다, 다른 작품 있느냐, 하는 거예요. 그래서 제가 물어봤지요, 가능성이 있느냐. 그러니까 그쪽에서 가능성 있다, 그러길래 제가 바로 물었던 질문이, 채호기 주간에게, 지금은 그분이 문학과지성사 사장이 되었는데, 원고료는 있느냐, 얼마냐, 였습니다. 그 말부터 하고 머릿속으로 계산을 해봤지요. 그러면 내가 이삼 주 후에 원고를 보내드리겠다, 그러고 나서 그때부터 이삼 주간 거의 잠도 자지 않고 두 작품을 써서 보냈습니다. 그때는 거의 이것 아니면 죽는다, 였어요. 왜냐하면 그 친구 한 명마저 유학을 가버리니까 저만 외롭게 남아서 하루에 마늘 한두 쪽 먹고 지낸 적도 있었거든요. 그래서 제 등단 때의 모습을 보면 굉장히 말라서 아주 미남이라고 소문이 났었지요. 지금은 살이 쪄서 좀 이상해져서 어떤 학생은 코카콜라 선전에 나오는 곰 같다고도 하는데, 아무튼 그렇게 해서 등단을 하게 되었습니다.

그런데 제가 말씀을 드리고 싶은 것은, 제가 지금 학생들을 자주 만나는데, 요즘 학생들은 예전에 저희들이 평범한 대학생이었을 때보다도 오히려 소설책을 덜 보는 것 같아요. 제 경우에는 소설책뿐만 아니라 사회과학서적이나 교양서적, 이런 것을 읽은 것이 결국, 저도 모르는 사이에 제 속에 내공이 되어 쌓여 있었던 것 같습니다. 작품을 쓸 때 옛날에 읽었던 어떤 소설들을 떠올리고 그러면서 거기서 나도 그런 작법을, 기술을 부려봐야겠다, 이런 것들이 보이지는 않아도 내공으로 축적되어 있었던 것 같아요. 여기 자주 오시는 분들도 계시다고 하니까 그런 말씀을 많이 들으셨겠지만, 저희처럼 젊은 작가가 아니라 예를 들어 원로급이신 윤후명 선생님, 이런 분들도 똑같은 말씀을 하십니다. 일단 책을 방 안 한가득 다 채울 때까지 보고 나서 글을 써라, 하시지요. 그리고 옛날부터 내려오던 말에 틀린 말이 없습니다. 다독하고 다상량하고 그 다음에 많이 써보고. 그 어떠한 작가가 와도 정도가 없습니다. 작가가 되는 데는 그 세 가지 원칙이 가장 중요한 것 같습니다. 그런데 사실 「유서」라는 등단작은, 쓰는 데에는 굉장히 오래 걸렸어요. 왜냐하면 한 문장 쓰고 친구들하고 술 먹다가 또 한 문장 쓰고 이런 경우가 많았기 때문에. 실제 제가 굉장히 좀 어린 나이에 등단하긴 했지만, 그게 뭐 꼭 소설가가 되겠다고 해서 쓴 것은 아니지만, 독자로서 소설을 많이 본 것, 한 몇 년에 걸쳐서 머릿속에 계속 담고 있던 생각들이 있었기 때문에 그렇게 된 것 같습니다.

박범신 내가 계산을 해보니까 박성원씨 스물다섯에 데뷔를 했어요. 그래서 신춘문예 마감도 가깝고 해서 무슨 굉장한 묘수가 있으면 일러달라는 얘기였는데, 별 묘수는 없었네요. 내가 요약하자면 뭔가 삶이든 정신이든 절실한 상태에 놓여 있다는 것, 그게 중요하다는 것 같고요, 그 다음에 많이 읽고 많이 쓰는 수밖에 없다, 그런 말씀으로 요약됩니다. 그러면 오늘 텍스트는 『우리는 달려간다』 중에서 「우리는 달려간다」인데 이 책에는 「우리는 달려간다」 연작이 두 편 실려 있데요? 지금 몇편까지 썼나요?

　박성원 아직 다 쓰지는 않았지만 머릿속에는 총 아홉 편까지 쓰려고 예상……

　박범신 쓴 것은?

　박성원 지금 쓴 것은 두 편이고요.

　박범신 두 편이에요? 그런데 번호가 왜 이렇게 붙어 있지요? 「우리는 달려간다 이상한 나라로 2」하고, 내가 나이가 먹어서 이런 것을 잘 이해를 못 하겠어요, 그리고 「인타라망―우리는 달려간다 이상한 나라로 5」라고 되어 있거든요. 그것부터 좀 설명을 해주세요. 쓴 것은 두 편인데 1, 2, 3, 4가 차례차례 와야 하는 것으로 이해하는 세대기 때문에 이상해서 묻는 거예요.

　박성원 맞습니다. 원래는 1부터 9까지인데요, 글을 쓸 때 아무리 좋은 생각이 들어도 그것을 문장으로 옮길 때 어떤 여러 가지 표현이나 그런 것이 막힐 때가 있습니다. 1에서 9까지가, 본인들은 모르지만 다 얽혀 있는 사람들 이야기거든요. 그래서 주인공이 총 한 열아홉 명 정도가 나오는데 그 열아홉 명이 서로가 원치 않은 살인을 하거나, 또 때로는 서로가 얽혀 있는, 그놈이 알고 보니 나중에 그놈이고,

이런 식으로 다 되어 있는데요, 지금 문장들이 막혀서 먼저 발표한 것이 2, 5고요, 원래 1부터 9까지 얼개가 어느 정도 잡혀는 있는데 좀 쓰다가 문장이 막힌 것은 일단 접어뒀어요. 그래서 2와 5만 먼저 발표를 했습니다.

박범신 「우리는 달려간다 이상한 나라로」는 우선 이야기가 재미있어요. 문장도 재미있게 읽히고요. 젊은 작가를 쭉 만나보니까, 어떤 작가들의 작품은 읽고 그 안에 들어 있는 서사만 이해하는 데도 나처럼 멍청한 사람은 머리를 한참씩 써야 돼요. 그런데 박성원씨는 비교적 친근감 있게 읽혔거든요. 그리고 재미있게 읽었고. 이 소설에 대한 얘기, 어떻게 해서 이 소설을 쓰게 되었는지, 얘기를 좀 해주시지요.

박성원 우리가 살고 있는 사회, 우리가 가장 이성적인 산물이라고, 그리고 가장 공정하다고 믿는 법이나 제도, 우리가 추구하는 사회제도에도 뭔가 허점은 있지 않을까, 제일 처음에 이것을 생각하게 된 계기는, 철학책을 보다가 '실천적 타성태'라는 사르트르의 말과 베버가 말한 '아이언 케이지', 그러니까 그게 무슨 말이냐 하면, 어떤 모순점을 해결하기 위해서 제도를 보완하고 갖추었는데 결국 그 제도가 다시 시스템이 되어서, 그것을 만든 사람을 다시 철창처럼 가두거나 한다, 뭐 그런 구절을 본 것이었습니다. 그런데 그것은 아까도 말씀드렸지만 사르트르뿐만 아니라 미셸 푸코나 여러 철학자들이 똑같이 하는 말이고, 지금 현대철학에서 들뢰즈가 말하는 탈코드, 재코드, 초코드, 결국 그것도 또 똑같은 말이라고 여겨지거든요. 아무튼 그 구절을 보면서 인간이 뭔가 허점을 보완하기 위해서 완벽한 제도, 법이라는 것을 만들지만 그 안에는 또다시 모순과 허점이 생겨서 혹시 선의의 피해자가 생기지는 않을까, 그런 생각을 하게 되었습니다. 또한 우리는 뭔가 하나가 좋다고 생각하면 그것에 깊게 빠지는 경향이 있는 것 같습니다. 그러면서 본인들은 그렇게 말하지요. 아, 나는 합리적으로 내가 선택해서 거기에 빠진 거다, 또는 그것을 내가 좋아한다, 라고. 하지만 그 이면에는 혹시 또다른 어떤 욕망이나 본능이나 아니면 그렇게 생각하도록 길들여진 우리의 모습이 있지는 않을까, 그런 생각을 하게 되었고요. 또 저는 종교는 따로 없지만, 불교서적을 보다가 서로 얽혀 있는 것에 대해서 읽은 구절이 생각이 나는데, 왜 그런 말 있잖아요. 장난으로 던진 돌에 개구리는 맞아 죽을 수도 있다는. 또 그런 것을 요즘 말로는 나비효과라고 하지 않습니까? 그런 것을 종합적으로 생각을 하면서 항상 문학이라는 것에 대해서, 저는 어떤 생각을 했나 하면, 눈에 보이거나 누구나 좋다는 것을 좋다라고만 말하면 그것은 광고나 선전물, 그러니까 문학의 본연의 장르가 아닌 다른 것이 된다는 것이었습니다. 그렇기 때문에 우리가 미처 보지 못했던 것들, 아니면 누구나 좋다고 말하는 것들에 대해서 혹시 그 이면에 나쁜 게 숨어 있지 않을까, 그렇게 질문을 던지는 게 문학 본연의 임무라고 생각을 합니다. 다시 말하면 이 글을 쓰게 된 동기는 우리가 흔히 이성, 법, 제도 등등 이런 것을 흔히 다들 좋다고만 생각을 하는데, 그 뒷면에 우리가 미처 보지 못한, 깨닫지 못한 나쁜 면은 없을까, 그래서 그런 것을 같이 한번 생각해보자는 의미에서였습니다.

박범신 「우리는 달려간다」라는 작품을 보면 박성원씨는 삶이라고 하는 것은 우리가 의지를 가지고 고통과 이런 것들을 이겨보려고 애를 써도 계속해서 미궁 속으로 빠질 수밖에 없는 것이다, 라는 기본적인 생각을 갖고 있는 것 같아요. 이제 작품을 읽어온 여러분들에게 기회를 드리겠습니다. 질문이 있거나 박성원씨와 얘기를 나누고 싶은 분, 손들고 말씀을 해주시기 바랍니다.

독자1 저는 「긴급피난」이랑 「인타라망」 두 작품을 읽었거든요. 「유서」는 읽다가 다 못 읽었고요. 그런데 「긴급피난」이란 작품과 「인타라망」이 서로 이야기가 이어져 있어서 굉장히 재미있게 읽었습니다. 제가 여쭙고 싶은 것은 「긴급피난」에서, 어떤 상온에서 의자들이 형체를 유지하고 있다가도 온도가 올라가면 형체가 녹고 다른 숨겨져 있던 모습들로 변화되잖아요. 그런 식으로 「긴급피난」에서도 인간들이 어떤 아름다운 모습이라든가 이런 것을 갖고 있다가 어떤 조건하에서 외형이 무너지면서 속에 있던 것들이 드러나는, 저는 좀 그런 것으로 봤거든요. 그것을 보다보니까 제목과 연관해서 그 유년시절에 〈이상한 나라의 폴〉이라는 만화영화가 생각나더라고요. 거기서도 보면 다른 차원으로 들어가면서 어떤 현상으로 늘 보던 게 다르게 변화되는 장면이 나오잖아요. 제목도 그렇고 해서 그 만화와 혹시 모티프에서 연관성은 없으신가 그게 궁금했습니다.

박성원　솔직히 고백을 하면, 아마 아시는 분들도 많으시겠지만, 제 또래나 저보다 바로 위에서 활동하시는 작가분들이나, 각종 출판사 편집부 관계자들이 저에 대해서 순위를 매기면 반드시 1위로 꼽으시는 부분이 있는데 뭐냐 하면 제목 안 정해서 주는 것으로 유명한 작가라는 겁니다. 왜냐하면 소설 제목을 저는 너무 못 정하거든요. 예전에 한번은 어떤 경우가 있었느냐 하면, 제 단편소설 중에 「라이히 보고서」라는 좀 이상한 제목의 단편소설이 있는데, 책 인쇄에 들어가기 전날까지도 제목을 못 정하고 있으니까 편집부에서 전화가 왔어요, 도대체 제목 어떻게 할 거냐고. 그래서 제가 제목을 도저히 못 정하겠다, 그러니까 출판사 관계자분이 그 소설을 어떻게 쓰게 되었냐, 무슨 책을 보고 쓰게 되었냐, 물어보셨습니다. 그래서 빌헬름 라이히라는 정신과 의사가 있거든요, 라이히를 보고서 썼거든요, 그러다가 아, 라이히 보고서, 재미있겠다, 하시면서 「라이히 보고서」로 할게요, 하시더라구요. 그렇게 해서 제목이 정해졌는데 다른 사람들은 그것을 리포트 개념으로 알아요. '라이히 보고서' 라고 아는데 그것이 아니라 라이히를 보고서 썼다고 해서 제목이 '라이히 보고서' 가 되었습니다. 그리고 제목은 거의 단편소설 제목부터 해서 작품집 제목, 오죽하면 「나를 훔쳐라」「이상(異常) 이상(李箱) 이상(理想)」…… 보시면 아시겠지만 참 제목이라고는, 제목만 잘 지어도 한 오백 부는 더 나가겠다고 하는데 제목에 관해서는 저를 아는 모든 분들은 거의 포기를 하고 있습니다. 이 제목도 계속 못 정하고 있다가, 지하철을 타고 가는데 휴대폰 벨소리로 '우~리~는 달~려~간~다' 그게 나왔어요. 그때 마침 제목 뭘로 할래요? 그러길래 '우~리~는 달~려~간~다 이상한 나라로' 그렇게 하겠다고 했는데, 굳이 관계가 있다면 제가 제목을 정해라, 정해라, 할 때 휴대폰 벨소리를 들었다는 거지요. 제 또래 젊은 작가들 중에 제목 잘 짓는 사람이 많은데 앞으로 제목은 그런 작가들에게 부탁을 해야 될 것 같아요. 제목을 써놓고 그 제목에 맞춰 글을 쓴다는 작가도 많거든요. 글의 소재, 뭘 쓸까가 생각은 안 나도 제목이 생각나면 글이 막 잘 풀린다는 작가도 있는데, 저 같은 경우는 제목은 소설 제일 끝에 만듭니다. 그래서 쓸 때 소설 A,

그런 식으로 해서 시작을 해요. 아마 보시면 아시겠지만 제목 보면 말도 안 됩니다. 뭘 이런 것을 제목으로 하느냐, 이런 분들도 계시고……

박범신 제목 괜찮은데요. 무슨 만화를 봤느냐고 물어봤잖아요.

박성원 그게 만화영화 주제곡에서 제목을 연상한 거예요. 〈이상한 나라의 폴〉인가, 불행히 저희 집 텔레비전이 극히 상태가 안 좋은데다가 저는 지방에서 자랐기 때문에, 사실 〈마징가Z〉도 서울 친척집 와서 딱 한 번 봤어요. 왜냐하면 지방에서는 〈마징가Z〉가 잡히지가 않았거든요. 그게 서울에 있는 동양방송인가, KBS2로 통합된 옛날 방송에서 했고, 그 만화영화도 아마 거기에서 했을 거예요. 그래서 〈소머즈〉니 〈육백만불의 사나이〉니, 〈헐크〉니, 이런 것도 거의 못 봤어요. 서울 분들은 다들 보셨겠지만, 70년대 초중반에 지방에서는 TV도 귀했고, TV가 나와도 KBS1이 가끔 나올 정도였습니다. 아니면 〈수사반장〉이 흐릿하게 잡히거나. 그 당시 반공 프로그램이었던 〈배달의 기수〉, 이런 것은 잘 잡히고요. 그래서 만화영화는 솔직히 잘 기억이 안 납니다. 대충 그 캐릭터나 그런 것은 기억나지만 다른 건 잘 기억 안 나고. 심리학책을 많이 봤어요. 어떤 상황 속에서 인간들이 어떻게 조건화되느냐, 하는 스키너의 연구, 그 다음에 밀그램이나 그외의 사회심리학자들, 그리고 여러 가지 인간의 본성에 대한 탐구, 이런 철학책들을 많이 봤다고 하면 너무 자랑인 것 같지만, 그런 생각을 많이 했어요. 여러 가지 실험을 통해서 인간의 숨겨진 본성이나 이런 것들이 어떻게 발현되는가, 하는 것은 항상 생각을 많이 하고 있었습니다. 만약에 이런 위기시에 정말 인간이 어떤 대의를 위해서 희생을 하는 사람들인가, 아니면 결국 궁지에 몰렸을 때 자기가 살기 위해서 남을 저버릴 수도 있는 것인가, 그런데 그런 것이 실제로 굉장히 많기 때문에 오죽하면 말 그대로 '긴급피난'은 우리나라 법에도 적용이 되어 있고, 전 세계적으로도 헌법을 채택하고 있는 국가는 거의 다 이 법을 갖고 있을 정도예요. 다시 말해서 인간에 대해 어떻게 볼 수 있는가, 예전에 우리 중고등학교 때 윤리시험 칠 때 나왔던 것도 어차피 이 소설의 같은 맥을 차지하고 있습니다. 선성론, 선악론, 또는 홉스가 말한 인간사회는 만인에 대한 투쟁이다, 뭐 인간은 인간에 대해서 동물 같은 짓을 한다. 그 다음에

루소. 어차피 예전에 다 우리가 윤리시간에 봐왔던 것을 저는 사건을 집어넣어서 재구성을 했을 뿐이고요, 또 이런 문제는 앞으로도 또 저 아니고도 많은 사람들이 문제 제기를 하겠지요. 결국 인간의 품성은 악한 것인가, 아니면 환경에 따라서 조건지어지는 것인가, 등 여러 가지. 제가 쓴 아홉 편의 연작에는 다 다른 식의 사건들이 배치가 되는데요, 제가 그것을 통해서 하고 싶은 것은 결국 질문입니다. 여러분은 이중에 어떤 것이 인간의 진짜 본성이라고 생각하십니까? 라고 묻고 싶을 뿐이고, 저도 사실 답을 모릅니다. 제가, 가장 큰 단점이 귀가 얇은 거거든요. 그래서 누가 이렇게 말하면 그런가 싶다가, 또 책을 보다가 어떤 사람이 이렇게 주장한다 그러면 아, 맞구나, 또 다른 책에서는 정반대되는 입장을 주장한다, 그러면 그 사람 입장도 아, 그렇구나, 그렇게 굉장히 귀가 얇은 편인데, 그래서 저는 솔직히 아직 답은 하나도 모르겠고, 그냥 인간의 본성이 어떤 것인가에 대해서 여러 가지로 사건을 만들어서 같이 고민해보자는 뜻으로 글을 쓰는 것입니다. 대답이 조금 불충분할 수 있는데……

박범신 하나는 5번이고 2번, 1번은 별로 안 궁금해요. 2편을 읽어봤더니 앞으로 얘기일 것 같고, 굉장히 천박한 질문인데 이 사람 나중에 어떻게 되나? (함께 웃음) 아니 이 사람이 미궁 속에 빠져 있다 좀 구출될 만하면 뭐가 반전이 와서 도로아미타불이고, 돌고 돌아도 그 고통스러운 제자리에 놓여 있잖아요. 정말 작가로서는 기분 나쁜 질문일지 모르겠는데, 나중에 어떻게 돼요?

박성원 지금 저도 죽일지 살릴지 고민중에 있습니다. 지금 다른 연작과 맞물리는 부분이 있기 때문에 그래서 3, 4가 완성되면 6편쯤에서는 결과가 나올 것 같은데 3, 4편이 완성되는 것에 따라서 달라지기 때문에 아직은 저도 잘 모르겠습니다.

박범신 나도 그런 질문을 하는 독자가 있을 때 정말 짜증나더라고요. 잘 모르겠거든. 자, 이제 여러분에게 다시, 누가 질문을 한번 더 하시겠습니까?

독자2 박성원 작가님 소설을 평소에 많이 읽어본 독자인데요. 일단은 이번에 나온 『우리는 달려간다』라는 소설집 전에 나왔던 책들에서 제가 느꼈던 것들은, 어떤 작가들 같은 경우는 여러 스타일을 동원하거나, 아니면 여러 주제를 쓰거나 이러는데 이분은 한 가지 주제, 어떤 것이 진실이고 어떤 것이 거짓이냐, 하는 한 가지 주제에만 집착을 해서 그 분야로만 계속 글을 쓰시는 분이라고 생각을 저 나름대로는 하고 있었습니다. 그런데 제가 느끼는 딜레마는 이 주제를 가지고 몇 권의 책이 더 나올 수 있을 것인가, 하는 것입니다. 저는 일단 이 책이 나오기 전에는 그런 생각 때문에, 또 저 개인적인 사정이 있어서 책을 안 읽고 있었어요. 그러다가 이 책이 새로 나왔다는 것을 알기 전에 문예지를 보다가 우연히 「문명의 하루」라는 소설을 읽게 되었어요. 그전에도 쓰셨겠지만 제가 몰랐던 것일 수도 있는데요, 그 작품 같은 경우는 제가 볼 때에는 전에 썼던 것과는 주제나 이런 것들이 굉장히 다르고, 또한 이 소설집이 나와서 사서 봤을 때에는 다른 것들과 많이 달랐어요. 그래서 이 소설이 왜 그런지도 궁금하고요. 그 다음에, 그러면서도 어차피 아까 말했던 어떤 것이 진실이고, 어떤 것이 거짓이냐, 라는 것, 또 크게 보면 그런 주제도 있지만, 어쨌든 간에 좀 철학적인 내용들을 가지고 이번 소설집도 나온 것 같은데요. 제 생각에는 몇몇 소설 같은 경우는 너무나 철학이 강조되어 있어서 줄거리가 녹아 있지 않다는 생각도 솔직히 들거든요. 「세상에 존재하지 않는 모든 것」 같은 경우가 대표적인 경우라고 생각을 하고요, 그래서 다른 데서도 이러한 얘기를 들으시는지 그런 얘기에 대한 반론이나 아니면 변명이나 하여간 말씀을 듣고 싶고요. 또하나는, 처음의 작품들에는 첩어라고 그럴까, 그 의성어, 의태어, 아, 오, 등의 양성모음으로 구성된 첩어들이 이번 책에는 아주 없는 것은 아닌데 현저히 없어졌더라고요. 그래서 거기에 대해서 어떻게 생각하시는지 질문드립니다.

박성원 가짜와 진짜의 문제, 또는 거짓과 진실에 관한 문제는 제 평생의 화두이고요, 그것은 또 어차피, 조금 조금씩은 다 녹아있습니다. 그러니까 가령 「문명의 하루」에서도 주인공이 원시인인데, 결국은 제가 봐서는 어떤 한 종족, 털 없는 종족, 현생 인류와 가장 가까운 종족들이 하는 짓은 바로 자신들과 비슷한 다른 인류를 생포해서 그 사람들에게 상처를 내서 피냄새를 흘리면 맹수들이 달려들 것이고, 그러면 그 맹수를 사냥하는, 그러니까 일종의 희생물로 삼는 것인데, 그런 현생 인류들의 모습이, 물론 저도 현생 인류의 후손이지만, 지금의 모습들과 크게 다르지 않은 것을 많이 봐왔기 때문에 그것을 빗대어서 「문명의 하루」에 원시인들을 등장시킨 것입니다. 현인류에게, 갑자기 좀 거창한 이야기가 되는데, 우리 인류에게 우리 모두에게 가장 큰 문제는 뭐냐 하면, 제가 봐서는 가짜와 진실을 구분 못하는 바로 자신의 능력을 잃어버렸다는 것입니다. 그렇기 때문에 가짜에 열광을 하고, 거짓 정치나 거짓 힘이 분명함에도 불구하고 열광하는 것, 거기에 따라가는 것, 이런 것들이 다 일종의 가짜와 진짜를 구분할 수 있는 능력을 예전에 비해서 많이 잃어버렸기 때문에 그런 것이 아닌가, 그래서 그런 문제들은 앞으로도 제 평생의 화두로 삼고 작품을 해나갈 것입니다. 그 다음에, 아마 여기 모이신 분들은 저의 이야기를 들으려고 오셨겠지만 다들 문학에 관심 있을 테고, 여기 모이신 분들에게 좋아하는 작가를 말하라고 하면 예를 들어 이문구 선생님부터 해서 박상륭 선생님까지 양 극단에 계신 분들을 다 제일 존경한다고 하는 분들이 서로 있을 거라고요. 그러니까 다시 말해서 저는 그 모든 것이 다 좋은 문학이라고 생각합니다. 리얼리즘 소설이든, 모더니즘 소설이든, 그 자체의 완성도만 있으면 그 자체로 아름다운 한 편의 좋은 문학이라고 생각을 합니다. 그래서 저는 굳이 한 스타일로, 예를 들어 리얼리즘이면 리얼리즘, 아니면 모더니즘이면 모더니즘, 이런 식의 글쓰기를 크게 하고 싶지가 않았습니다. 그래서 실험형식이 좀 과격한, 지나친, 말 그대로 소설을 위한 소설을 쓰기도 했고, 또 서사나 이야기 위주의 글을 쓰기도 해서 다양한 모습을 보여주고 싶었고요. 그 다음에 다양한 모습들이 어떤 이야기나 형식에서만 나오는 것이 아니라 문체에서도 나올 수 있으니까, 때로는 문장들이 쉼표로 나열되면서 길게 이어지는 시도들이 첫번째 작품집에서는 많이 나오고, 두 번째 작품집에서는 의도적으로, 잊혀져간 순우리말을 되살리면서 의성어, 의태어나 사전에는 분명히 표준어로 등재되어 있지만 사용하지 않는 죽은 언어들을 좀 살리고 싶어서 일부러 사용을 많이 했고요. 그 다음에 세번째, 그러니까 지금 작품집은 특별히, 어떻게 보면 수사법이나 이런 것은 가급적 자제를 하고 또다른 문체로 한 거고요. 네번째, 다섯번째가 되면 또 조금씩 달라지겠지요. 그래서 제가 이렇게 여러 가지 시도를 하게 된 것은 너무 어느 한쪽에 재능이 있으면 그것으로 밀고 나갈 건데, 이것도 재능이 좀 부족한 것 같고, 그래서 기웃기웃거리는 것이 아닌가 하는 생각이 듭니다.

독자2　그전에는 주제가 좀 확실해서 누구나 주제가 무엇인지 알 수 있었는데, 예를 들어 「문명의 하루」 같은 경우에는 그런 주제이되 돌려서 쓰셨다는 말씀이신가요?

박성원　주제를 받아들이는 사람들이 좀 다양하게 받아들였으면 좋겠다 해서 좀 의도적으로 감춘 것은 있습니다. 선명하게 드러나는 주제보다는 읽은 후에 독자 본인이, 이러이러한 작가의 문제 제기나 문장들로 봐서 내 생각에 이 작품의 주제는 이거다, 라거나 이 작품에서 말하고자 하는 바는 결국 인간의 뭐에 관한 문제다, 또 다른 사람은 아니다, 내가 봐서는 이것은 가짜와 진짜의 문제다, 또는 아니다, 내가 볼 때는 이것은 인간의 본성에 관한 이야기다, 라는 식으로, 정확한 하나의 주제를 가지고 글을 썼다기보다는 거기서 고의적으로 조금씩 은폐를 하고 싶었어요. 좀 숨기고 싶었어요. 너무 드러나면 제가 생각하기에 조금 벌거벗는 느낌이 들어서, 옷을 한 겹 입고 싶었다는 생각을 말씀을 드립니다.

박범신　가짜와 진짜, 박성원씨의 문학적 화두의 중심이다, 너무 많은 경우 가짜를 두고 진짜인 것처럼, 대중들이 오해하고 열광하고 있는 문제가 심각하다, 그런 뜻으로 박성원씨의 말을 받아들였는데, 그렇다면 이렇게 물을 수도 있겠지요. 이런 시대에, 절대적인 진짜가 과연 있기는 있는 것인가, 박성원씨가 생각할 때 대중들이 가짜에 열광하고 있을 때, 그 대중들의 누구에게는 작가가 가짜라고 생각하는 것이 절실한 진짜일 수 있지 않겠는가. 이런 문제는 매우 심각하고 델리게이트한 문제이고 또 작가의 짐이지요. 과연 진짜는 무엇인가, 있다면 우리가 신처럼 그것을 알아볼 수 있는 시대인가, 이런 문제, 박성원씨가 그것을 문학적 화두로 계속 삼는다면 앞으로도 계속해서 번뇌해가야 할 문제로 보이기 때문에, 뭐 아주 정답이 딱 나오리라는 생각은 안 하지만, 얘기를 좀더 들어봤으면 하는 생각에서 질문을 하는 것입니다.

박성원　저는 가끔 스스로에 대해서 상상을 할 때, 어떤 상상을 하느냐 하면, 탐

험모자 쓰고 반바지 입고 옆에 수통 차고 밀림을 탐험하는 탐험가로 스스로를 착
각하는 경우가 있는데요. 저는 가끔, 지금도 그 생각을 하고 있기는 합니다. 뭐 진
짜 절대적인 진리가 있을까, 라고요. 그 생각을 언제나 갖고 있지만 지금까지의 제
생각으로는 절대적인 진리나 진짜는 있어요. 있는데 그것이 뭐냐 하면 예전처럼
절대 관념, 또는 신이 있다, 하느님이 모든 것을 이렇게 했다, 라는 것보다는, 가령
지금 이 눈앞에 '제주삼다수'가 있다, 라는 것은 절대적인 진리가 될 수가 있잖아
요. 그런 것처럼 어떤 절대적인 진리라는 게 예전처럼 하나의 순위가 정해져 있어
서, 선험적, 또는 일 순위, 두번째의 진짜, 그것보다 조금 더 작은 진짜, 이런 식으
로 예전에 철학에서 말하는 진짜가 아니라, 실제의 진짜는 이런 우리 주변에 산재
해 있고, 다 진짜임에도 불구하고 그것을, 제가 생각하기에는 그것을 뭐랄까, 그것
을 가짜로 둔갑시키는 제도나 시스템에 문제가 있다고 생각합니다. 쉽게 말하면
그겁니다. 가방이라는 것은, 물건을 넣고 다닐 때 편하기 위한 하나의 도구일 뿐인
데 거기에 상표 하나가 붙으면, 예를 들어 그게 루이비통이 돼버리면 그것은 가방
이 아니라 집안에 모셔다가 꼭꼭 숨겨두고, 도둑맞을까봐 또는 소매치기 당할까봐
아니면 들고 나갔다가 상처가 날까봐, 실제로 가방을 예물로 받고 너무 좋아서 들
고 다니지도 못하고 십이 년째 장롱 속에 숨겨뒀다는 기사도 봤는데, 그렇게 되었
을 때 그것이 제가 봐서는 진짜가 가짜가 되어버린다는 거예요. 왜냐하면 가방은
들고 다니기 위한 도구인데 어떤 전략과 광고와 사회가 하나의 가짜 가치를, 쉽게
말해서 허위가치죠, 그런 것들을 만들어냄으로 해서 우리들의 의식이나 이런 것이
가짜와 진짜를 구분할 능력이 앞으로도 조금씩 점점 더 떨어지지 않을까 하는 생
각을 합니다. 그런 것들을 제가 기사나 이런 것을 예로 들어서 말씀을 드렸지만 실
제로 아마 우리들의 의식에 보이지 않게 너무 광범위하게 진행되고 있지는 않을
까, 이런 생각을 많이 합니다. 강남에 사는 많은 분들에게 인터뷰를 하면 실제로
그럴 거예요. 그런 가방, 비싼 것, 사백만원짜리 속옷 한 벌 사는 게 뭐가 나쁘냐.
그것이 나쁜 행위라는 건 아니에요. 그런데 왜 거기에 인간의 감정이, 다른 할일도
많은데 자꾸 본인들을 매몰시키고 그것을 주된 화두로 삼으면서 자기들 모여서는

어머나, 칠백만원짜리 뭘 사야 되는데, 거기에 왜 자꾸 가치를 두느냐, 라는 겁니다. 그런데 그런 것들이 점점 광범위하게, 표시 나는 것은 그렇게 딱 대번에 표시가 나지만, 점점 앞으로도 우리의 의식 속에 산재해 있는 진짜들을 점점 가짜로 만드는 보이지 않는 제도의 무서운 힘이 앞으로는 더해질 거라고 제 생각에는 그렇게 보기 때문에 그런 문제들을……

박범신　아까 말했듯이 진실과 가짜를, 우리가 명백하게 여기서 사지선다형 문제를 풀듯이 작가의 대답을 요구하는 것 자체가 무리지요. 어떻든 핵심은 다 알아들었습니다. 제가 부연할 필요도 없겠지만 여기 있는 '제주삼다수' 예를 드셨으니까 하는 말인데, 우리는 '제주삼다수'라는 상표를 보고 이것을 제주삼다수라고 생각하지요. 그러나 이것이 정말 제주도에서 끌어올린 물인지는 알 수 없는 것이고, 유통과정에서 다른 물이 섞였을지도 모르는 것이고, 상표만 붙였을지도 모르는 것이고, 정말 이 내용물 모두가 이 상표하고 일치된다는 보장은 없는 것이겠지요. 그러나 우리는 단순하게 그냥 이것은 제주도에서 퍼올린 생수로 믿고 마실 수밖에 없는 것이 자본주의 안에서의 우리들의 삶이지요. 고통스러운 문제가 아닐 수 없습니다.

이제 상당히 시간이 흘렀습니다. 질문도 많이 없어서 제가 계속 말을 하게 되는데, 박성원씨 소설을 읽으면서, 후반기로 가면, 아까 좋은 점들을 많이 말씀을 드려서 하는 말인데, 불만이 없지는 않았어요. 뭐 이를테면「우리는 달려간다 이상한 나라로」에 등장하고 있는 이 사람들의 캐릭터는, 글쎄 뭐라고 할까요? 너무 명백하고 단순하다는 생각을 했습니다. 그것은 무슨 뜻이냐 하면, 그것은 박성원씨의 의도일 수도 있겠지만요, 박성원씨가 인물을 진술하는 방법은 이른바 하드보일드적인 면이 있었다고 나는 봤습니다. 어떤 정서와 취향과 이런 것들을 되도록 배제하고 심리상황에 대한 진술들을 되도록 절제함으로써, 아주 객관적이고 건조하게 묘사하려고 하는 것은 작가의 의도겠다 하는 것. 그러나, 그럼에도 불구하고, 이를테면 이 남자 주인공이 그 집에 불을 지르는 과정이라든가, 이런 것은 삼십 년 소설을 썼던 나로서는 세대차이를 느껴요. 거기에 불을 지르는 것은 기본적으로 봐서 심리적 동인이나 모티프에 대한 최소한의 진술이 확보되어야 하는 것이 아니겠는가 하는 느낌을 말하는 거예요. 좋게 보면 하드보일드적이고, 좀 타박을 하면서 보면 매우 거칠다는 느낌을 나는 개인적으로 받았습니다. 그러니까 사물의 묘사체계에 대해서 너무 거칠게 접근하고 있다는 느낌이 내 개인적으로는 불만이었어요. 본인이 의도를 그렇게 했다면 할말 없겠는데, 그것 한 가지를 말씀드리고 싶고요, 그 다음에 그렇다면, 하드보일드한 문체로 어떤 감흥과 그런 것들을 의도적으로 절제했다면, 그러면 이를테면 그것을 둘러싸고 있는 어떤 환경 안에서의 소품들, 이를테면 뒤로 미끄러지는 자동차, 또 거실에 널려 있는 피 묻은 수건, 또는 책장, 이런 것들. 모든 인물들은 온갖 잡다한 것들이 둘러싸고 있어요. 객관적인 묘사체계로 갈 때에는 심리적인 것 혹은 정서적인 진술을 안 하는 대신, 주변에 흩어져 있는 그런 소품들을 잘 활용해서, 어떤 상징이나 은유로 끌어올려서 소설의 울림을 키우는 방법이 있으리라고 보거든요. 다시 말하면, 주변에 있는 어떤 객관적 사물을 통한 은유조차 많이 거세되어 있는 편이어서 소설의 서사 구조가 매우 탄탄하고 재미있음에도 불구하고 너무 단순하게 읽힌다고 그럴까, 이런 것이 장점일 수도 있을지는 모르지만 결함일 수도 있겠다, 솔직히 그런 생각을 했습니다. 박성원씨의 얘기를 들어보지요.

박성원　제 소설을 쭉 보신 분들은 많은 분들이 이번 소설집에서 지금 지적하신 대로 엄청 많이 바뀌었다, 예를 들어 「댈러웨이의 창」 같은 경우는 많은 분들이 말씀하시듯이 지금 작품하고는 스타일 면에서 너무 많이 바뀌어서 내 글인지도 몰랐다는 분들도 계시는데, 연작 중에서 특히 이 두 편은 일부러 그렇게 건조하게 했어요. 왜냐하면 어떤 상황, 말 그대로 어떤 구조를, 제 딴에는 핑계 삼아 여러분에게 말씀드리면, 결국 그 주제가 구조물에 갇힌 인간들의 여러 모습들이기 때문에 그런 것들을 보여주기 위해서 등장인물을 살아 있는 캐릭터보다는 어떤 캐릭터로 표상되는 여러 가지 모습들로 그려봤어요. 그래서 도둑도 실제 강도, 그 사람도 제일 처음에는 다른 묘사가 들어갔다가 제가 나중에 원고를 넘기기 전에 다 빼버렸습니다. 처음에 제가 만들었던 글에서는, 퇴고를 하면서 읽어보니까 구조가 별로 안 살고 어떤 하나의 주제에 갈등하는 인간상만 더 눈에 보여서 원고를 넘기기 전에 거의 다 잘라내고 일부러 구조와 건조한 문체만 남겨두었는데, 지금 돌이켜보면 지금 지적하신 대로 내가 생각했던 것보다는 오히려 효과가 살지 못했다. 그런 것은 충분히……

박범신 박성원씨의 소설에 내가 지적한 것이 결정적인 문제는 아니라고 봐요. 이 소설의 핵심은 한 국면을 넘어서도 현실적 상황은 다른데 내용면에선 똑같은 위치에 놓인다고 하는 점이거든요. 그래서 국면이 바뀌면 바뀔수록 더욱더 미궁 속에 빠진다는 점을 추적해간 소설이기 때문에, 제가 지적한 것이 소설의 구조 안에서 결정적인 영향을 미치리라고는 생각 안 합니다. 다만 박성원씨의 소설을 읽으면서, 좋은 재능에 대한 애정을 갖고 읽어볼 때 그런 섬세한 부분들을 조금 더 챙겼더라면 소설적 효과가 훨씬 더 강하지 않았을까 하는 생각에서 주문을 드렸던 겁니다. 또 한 가지 더 주문을 드린다면 「우리는 달려간다」에서 내가 가장 마음에 걸린 것은 대사였어요. 이 소설이 가지고 있는 주제나 구조는 매우 모던한 거예요. 그렇지요? 이 불확실한 시대에, 우리들의 삶의 국면이, 우리는 늘 발전한다고 믿고 있지만 사실은 이게 발전인가, 시대가 발전하고 있는가, 이런 의문까지도 이 소설에 담겨 있다고 보는데 대사들을 보면, 단순한 만화 같은 느낌이 들기도 했거든요. 여러분은 어떤지 모르겠어요. 내가 한번 읽어볼게요. "이 살인마. 마귀 자식. 오냐, 이제 내 너의 얼굴을 똑똑히 봤으니 죽어도 잊지 않을 것이다." 마징가Z 같은 대사라고 나는 봐요. (함께 웃음) 그런 대사들이 계속 이어지고 있어요. "이, 악마. 내 죽어도 네놈을 잊지 못할 거다. 너의 얼굴만은 똑똑히 기억할 것이다."

이런 식의 대사가 주는 효과는 무엇이고 잃는 것은 무엇인가. 이런 대사를 어떻게 봐야 될 것인지, 상투적이라고 비난을 할 수 있는 것인지, 아니면 너무 단순하다고 할 것인지, 또는 비현실적이라고 할 수 있을 것인지. 이 소설의 핵심은 진실이라는 것은 아무것도 없다는 거예요. 누가 좋은 놈인지 누가 나쁜 놈인지도 구분이 없다는 게 이 소설의 매우 중요한 주제라고 할 수도 있어요. 그런데 이런 대사들은, 누가 좋은 놈인지 누가 나쁜 놈인지 명확하게 구분되는 장르 안에서 쓰는 대사들로 보인다는 거죠. 무슨 말인가 알겠지요? 선과 악이 분명한 미국 대통령 부시적 세계관. (함께 웃음) 너무 이분법으로 뚜렷한 대사들이 아니겠는가, 이게 내 독자로서 불만이거든요.

박성원　당한 여자는 사실을 모르고, 그 여자는, 눈앞에서 당한 여자는 진짜 말씀하신 대로 지금 모 아니면 도의 상황이기 때문에, 당한 여자로서는 지금 오로지 이 세상에 보이는 것은, 눈앞에 보이는 저 살인마밖에 없는 거예요. 만약에 여기 나오는 주인공이라면 지금 상황이 어떻게 돌아가고, 진짜 범인은 도망가고 나 같은 놈이 범인이 되었느냐, 이런 처지를 꿰뚫고 있지만요. 말씀하신 것처럼, 그 캐릭터는 이 세계를 이분법으로 보는 거지요. 모 아니면 도, 완전 죽기 아니면 까무러치기죠. 자기 눈앞에서 이 많은 살인과 자기 딸이 폭행당하는 모습을 직접 눈으로 봤기 때문에 이성이 거의 마비된 상황이고, 그래서 동물처럼 그 대사만 계속 반복을 하는 거지요. 충격을 받아서 단순해진 거예요. 그래서 제일 처음에는 일부러 다른 대사를 동원했다가 퇴고 때에 고쳤는데, 제가 생각을 해보니까 오히려 그런 순간에는 진짜 벌벌 떨면서, 살인마, 악마, 이 말밖에는 안 나올 것 같더라구요. 너무 심한 경우를 당하면 의식과 이것이 오히려 굳어지고 말이 제대로 안 나오고, 그런 경우가 있다는데요. 그래서 일부러……

박범신　내 생각에도 그 순간 의미심장하고 상징적인 멋있는 대사를 할 수 있다고는 생각을 안 해요. 그런데 어쨌든 "이제 내 너의 얼굴을 똑똑히 보았으니 죽어도 너의 얼굴을 잊지 않을 것이다" 이런 대사를 할 것 같지는 않아요. 오히려 어떻게 생각하면 매우 이성적인 대사 아닙니까? 이런 대사가 거침없이, 그 상황에서 나올 수 있다고는 생각을 안 하거든요. 나는 이 대사들이 소설이 가지고 있는 전체적인 외연이라고 할까, 주제의 울림이라고 하는 것을 상당히 훼손하고 있다고 생각했어요, 내 독법으로 볼 때에는. 아까 하드보일드한 캐릭터의 묘사 자체는 장점도 있다고 할 수 있지만 이런 대사들은 단점이다, 나는 그렇게 읽은 거예요. 어떻든 알겠습니다. 마지막 한 가지만 더 질문을 드리겠는데 이것은 박성원씨한테 드리는 질문이라기보다 오늘 마지막 날이기 때문에, 박성원씨가 떠나고 나면 나는 질문할 사람도 없기 때문에, 그 동안 젊은 작가들한테 하고 싶었던 질문 하나를 내가 묻겠습니다. 아까 얘기하는데, 그래도 가장 기억에 남는 것은, '나는 붕어빵을 보면 눈물겹다' 라는 거예요. 그건 리얼한 삶이니까, 나는 그 말을 할 때 나는 박성원씨를 가장 가깝게 느꼈어요. 여러분 어떠신가요? 그러면 박성원씨 인생에서는 붕어빵으로 허기를 면할 때가 가장 절실했던 순간일 거예요. 맞지요?

박성원 예.

박범신 그런데 왜 소설에는 붕어빵이 안 나와요? 이 질문이 무슨 뜻이냐면, 내가 왜 박성원씨한테 질문하고 싶은 것이 아니고 모든 젊은 작가들한테 하고 싶었다, 전제했느냐 하면, 젊은 작가들 작품들을 쭉 읽으면서 큰 특성의 하나로 내가 느낀 것은, 우리 시대의 작가들은 지금의 젊은 작가들에 비해서, 좋은 뜻으로 얘기하면, 매우 정직했다고 봐요. 우리는 가난하고 배고프게 컸기 때문에 가난하고 배고픈 것에 대해서 문학으로 많이 말을 했어요. 지금 활동하는 젊은 작가들도 그것이 연애에서의 상처이든 배고픈 기억들이든 어떤 가족사의 비극이든, 이를테면 우리 어머니가 세컨드였기 때문에 가슴이 아팠든, 다 상처 없는 인생이 어디에 있겠어요. 다 상처가 있기 때문에 이 짓을 하는 거예요. 그런데 내가 젊은 작가들에게서 공통적으로 느끼는 것의 하나는, 자기들이 가지고 있는 절실한 상처들에 대해서 소설을 통해서 정직하게 진술하고 있지 않는 것 같다는 거예요. 나는 자기 삶에 대한 어떤 반응이 문학 같은 것이라고 생각하니까, 어떤 의미에서 볼 때에는, 지금 삼십대의 젊은 작가들은 그런 반응으로부터 좋게 보면 어떤 갭을 두는 것처럼 보이고, 나쁘게 말하자면 부정직하다, 이게 내 독후감 중의 하나였어요.

이를테면 이런 비유가 적절할지 모르겠는데 중세의 역사는 잔인하지만 정직했잖아요. 중세는 전쟁을 해야 한다면 명백한 이유가 있었어요. 땅을 뺏든 뭐든…… 그런데 오늘날의 전쟁이라고 하는 것은, 이라크 전쟁도 그렇고, 이 자본주의사회에서 경제적 전쟁은 겉으로는 잔인한 것 같아 보이지는 않는데 부정직해요. 이게 자본주의 발달과정에서 오는 매우 의미심장한 현상이라고 봐요, 나는. 오늘날은 세계가 다 잔인한 일이 없을 것 같은데, 부정직하게, 부정직함을 숨긴 잔인함으로 뭐가 벌어지고 있어요. 이게 적절한 비유일지는 모르겠는데, 옛날 선배 작가, 배고 프다고 고통받는 얘기가 얼마나 많습니까? 보들레르의 시의 팔십 퍼센트는 돈과 계산서에 대한 이야기예요. 지가 그렇게 살았으니까. 도스토옙스키 소설은 또 어 떻습니까? 가난한 사람 얘기잖아요. 평소에 돈이 없었기 때문에 맨 돈 얘기뿐이에 요. 그런데 젊은 작가들 작품을 쭉 읽으면서 시체 얘기를 비롯해서, 수많은 다양한 이야기들이 들어오는데, 거기에 어떤 절실한 자기 삶의 체험에 관해서는 발언하고 있지 않다고 느껴졌어요. 박성원씨는 붕어빵을 먹을 때에 눈물겨웠던 상처를 어째 서 소설로 다루지 않는가, 굳이 말하자면 「꿈 조정사」나 「우리는 달려간다 이상한 나라로」 같은 이야기만을 쓸 수밖에 없는가? 질문의 본뜻은 그런 뜻입니다.

박성원　요즘 젊은 작가들이 어떤 현실에 가까이 가기보다는 다른 이야기들을 많이 한다라고 하는데 굉장히 타당한 부분이 많이 있습니다. 저 같은 경우는, 제목 은 「유서」인데 제 실제 이야기는 전혀 안 들어가 있어요. 우리가 말하는, 죽음을 앞 두고 쓰는 진짜 유서는 아니었던 거지요. 그러니까 그것도 허구의 장치였는데, 다 른 작가들은 모르겠지만 저는 그럴 수밖에 없었던 것 같아요. 왜냐하면 제가 읽고 공부했던 소설에서 이미 웬만한 이야기들이 다 나왔기 때문에, 예를 들어 오정희 선생님도 그렇고, 또 박범신 선생님도 「토끼와 잠수함」이나 「시진읍(市津邑)」이 런 데서 시대상 자체, 전경버스 안에 갇혀 있는, 경찰버스 안에 갇혀 있는 사람들 의 군상, 이런 것들을 잘 그려주셨고…… 그 다음에 또 김승옥 선생님, 그리고 제 가 지금 이루 말할 수 없는 수많은 작가들이 가족사, 상혼, 상처, 다른 현실 문제, 분단…… 「우화작법」이란 작품에서 그린 비행기를 타고 가면서 북인지 남인지 계 속 고민해야만 되는 파일럿의 심정…… 그런 것들이 결국은 다 현실 문제, 분단 문 제, 정치 문제인데 이것들은 모두 저희가 공부하던 책에서 다 나왔기 때문에, 저도 예를 들어 다른 작가들과 같이, 대변해서 말씀을 드리자면, 그 문제를 가령 젊은 작가들하고 이야기를 해보면 실제로 이렇게 말하는 경우가 있습니다. 우스갯소리 인지 모르겠지만 선배님들에 대한 예우, 공경 차원에서 함부로 그 문제를 못 다루 는 게 하나 있고, 또 어떤 젊은 작가의 경우는 이것이 지금의 현실이다라고 말하기도 하고…… 예를 들어 농촌소설을 쓰는 젊은 작가가 있습니다. 그런데도 옛날 이문구 선생님이 쓰던 것과 황석영 선생님이 쓰던 것과 조금 다른, 농촌의 어떤 면이 희화화된 농촌소설을 쓰는 작가의 경우는 지금 그것이 오히려 농촌의 현실이다, 그런데 얼마 전의 농민사태를 보니까 꼭 그런 것 같지는 않은데, 그러니까 조금 시대상이 바뀌었다, 그래서 우리는 이렇게 쓴다는 작가들도 있습니다. 저 같은 경우는 애초부터 글을 쓰게 되면 그런 작품을 해보고 싶었어요. 저는 잡식성으로 소설을 좋아하지만 앞으로 내가 써야 될 것은 우리가 볼 수 있는 것을 이야기하거나 노래하는 것이 아니라 우리가 볼 수 없었던 것을 사람들에게 보여주는 것이어야 한다고 생각합니다. 그것은 클레라는 평론가의 말인데, 저 같은 경우는 굳이 변명을 드리자면, 그것을 저의 모토로 삼고 싶었습니다. 저 같은 경우는, 우리가 충분히 볼 수 있는 것을 통해서 제시할 수도 있지만 거기에 내 능력은 조금 부족할 것 같다, 그래서 잡은 것이 일종의 틈새시장 공략이라고 보시면 되겠지요. 우리가 볼 수 없었던 것을, 우리가 미처 생각하지 못했던 것을, 작품을 통해서 아, 이럴 수도 있겠구나, 라고 하고 싶은 게 제 욕심이었기 때문에, 제 작품이 처음부터 끝까지 말 그대로 때로는 비현실적일 수도 있고 때로는 현실의 문제를 외면하는 듯 그렇게 보이기도 하는데…… 그렇지만 제가 오늘 마지막 자리니까요, 그리고 앞서 나왔던 젊은 작가들 중에 친한 작가들이 많으니까 제가 대변해서 말씀을 드린다면, 분명한 것은 그 젊은 작가들도 지금 이 시기에 소설가를 한다는 것은 현실의 치열한 고민은 분명히 갖고 있기 때문이니 아마 조만간 좀더 치열한 고민을 담은 작품으로 여러분들을 만나지 않을까 그렇게 생각을 합니다.

박범신 내 질문을 받아들여 적절한 대답을 해주셔서 고맙습니다. 몇 가지만 제가 첨언을 하겠습니다. 아까 말한 대로 지난 삼 개월 동안 매주 젊은 작가, 나도 사실 문단에서 청년작가라고 불리는데, 어쨌든 내 나이는 육십입니다. 데뷔한 지 삼십 년이 넘었고요. 그러니까 아무래도 차이가 있을 수밖에 없지요.

그 동안 젊은 작가들의 작품을 이것저것 읽으면서 그냥 분위기만 느끼고 있었는데, 지난 삼 개월 동안 진지하게 다시 읽으면서, 우리 문학의 미래의 풍향계라고 할 수 있는 젊은 작가들이 가는 방향, 또 만나고 있는 문제들을 아주 구체적으로 리얼하게 볼 수 있어서 내 개인적으로는 정말 축복된 시간이었고 은혜였다는 말씀을 드리고 싶습니다.

전반적으로 가장 크게 느낀 것은, 아, 젊은 작가들의 재능이 놀랍다, 하는 것이었어요. 지금 세계사에서 전집을 출판하고 있어서 삼십 년 전에 쓴 소설들을 최근에 교정을 보고 있습니다만, 그래서 내가 서른두세 살 때 썼던 창작집 같은 것도 최근에 읽어볼 수밖에 없었는데, 그때 내가 썼던 문장과 첫 창작집을 내고 있는 지금의 젊은 작가들이 구사하고 있는 문장을 비교해볼 때, 젊은 작가들의 역량이 얼마나 뛰어난가 하는 것을 실감나게 느꼈습니다. 정말 소설을 다루고 있는 기능으로부터 문장 구사에 이르기까지 매우 다양하고도 재능이 있다, 그런 의미에서 우리 문학의 미래를 기대할 수 있겠다는 것을 느꼈고요. 그리고 다른 한 측면으로서 안타까웠던 것도 없지 않았습니다.

여러분들도 아시다시피, 시장성에서 우리 문학이 오늘날 매우 소외되어 있는 건 사실입니다. 이제 문학으로부터 세상이 멀어졌고, 세상은 확실히 싸가지가 없어졌습니다. 세속적인 비유지만 70년대나 80년대의 작가들은 지금에 비해 힘이 있었습니다. 유명해지기 전에도 내가 작가라고 하면 주인이 술값을 안 받는 경우도 있었고, 조금 유명해졌더니 아가씨들도 두세 명이 팁 필요 없다고 옆에 와서 앉아 있고, 그런 호강을 했지요. 지금 젊은, 유명한 작가가 술집에 가서 앉아 있다면 주인이 와서 내가 당신 소설 읽어봤다고 얘기는 하겠지만, 저 사람 책도 잘 팔리고 그러는데 어떻게 하면 비싼 것을 팔까, 이렇게 생각할 겁니다. 80년대까지는 문학에 대한 독자들의 심정적 거리나 기대, 사랑이 매우 달랐습니다. 문학의 위기라는 말도 있지만, 우리 소설이 그런 의미에서 적어도 시장성에서만은 지금 인당수에 빠져 죽어야 할 심청이 같은 꼴로 서 있는 것은 아닐까 하는 안타까움을 늘 갖고 있었어요.

그런데 젊은 작가들의 작품을 쭉 읽으면서 내가 느끼는 것 중의 하나는, 이런 소외는 앞으로 더 가속적이겠구나, 그리고 그 책임의 더 많은 부분은 이 시대의 작가들이 짊어져야 하겠구나, 하는 것이었어요. 바꿔 말하면 젊은 작가들이 갖고 있는 그 재능은 뛰어난데, 여러 가지 문학 안팎의 이유 때문인지 모르지만, 독자들과 어떤 소통의 길을 내려고 하는 노력이라든가 이런 것들은 거의 전무한 상태는 아닌가, 하고 생각했어요. 젊은 작가들의 작품들이 대부분 어떤 모놀로그이거나, 어떤 방백, 또 경우에 따라서는 어떤 마스터베이션이거나, 또 더 직설적으로 말하면 소수의 엘리트 평론가라는 독자만을 전제했다거나, 이런 느낌을 받은 적이 많이 있었어요. 물론 작가들만을 탓할 수는 없겠지만 어떻든 문학의 소외는 당분간 더 깊어지겠다, 생각했어요. 그렇다고 해서 문학의 소외를 극복하기 위해 나중에, 우리가 독서 대중에게 꼬리를 내리고, 이 시대의 어렵고 고통스러운 문제를 눈감고 그야말로 무협지처럼 소설을 써낼 수도 없을 것입니다. 오늘날에 처하고 있는 젊은 작가들의 딜레마가 거기에 있다고 봅니다. 그야말로 매우 고단하고 힘든 숙제겠지요. 물론 우리가 독자에게 달려가기 위해서 꼬리를 내릴 필요는 없지만, 동시에 그래도 우리에게는 아직 이야기가 남은 것 아니냐, 저는 계속 그런 희망을 가지고 있어요. 우리에겐, 엊그제 농민시위도 봤지만, 나라도 동강나 있고, 온갖 경계와 가름, 또 함성이 들끓고, 욕망의 폭발에 따른 그늘이 많아서 아직도 눈물겨운 이야기들이 많이 남아 있다, 이렇게 생각해요.

그런데 왜 작가들은 이런 이야기로부터 등을 돌리는가.

물론 작가들 탓만은 아니지만, 이렇게 되면, 문학은 더욱 소외될 것이고, 문학이 소외되면 점점 더 배고파지고, 이러다가 보면 나중에는 한 삼백 권 내서 작가들끼리 서로 돌려 보고 그냥 막 내리는 시대는 오지 않을까, 소설책을 한 권 내면 한 삼백 권 출판해서 인사동 같은 데 작가가 직접 보자기를 펴놓고 앉아서 오가는 사람한테 팔겠다고 하루 종일 앉아 있는데, 겨우 사는 사람은 동료작가가 지나가다가 한 권 사고, 이렇게 되지 않겠는가.

이것을 동시에 해결할 수 있는 길은 어디에 없겠는가, 독자와 작가가 함께 행복해지는 길은 어디 없겠는가. 진행하면서 이런 생각을 많이 했습니다. 이게 저주받은 길이기 때문에 그렇게 행복한 길이 생기지 않을 거라고 단정하기엔 우리의 문학적 토양이 아직도 너무 젊고 격렬하다고 나는 생각합니다. 정말 좋은 문학이 뭔지는 나도 확실히 모르지만, 그러나 젊은 작가든 선배작가든, 독자와 작가가 함께 행복해지는 길을 찾는 데 있어 작가들이 좀더 적극적으로 고문 받았으면 좋겠습니다.

이제 마무리를 해야 하는데 늘 내가 덧붙이는 말들이 있습니다. 아무튼 여기에 모신 작가들은 미우나 고우나 우리 문학의 미래입니다. 그리고 문학은 쌀농사와 같이 우리 민족의 정체성을 지켜가는 문화예술의 소중한 일차산업입니다. 좋으나 싫으나 우리는 모국어를 버리고 살 수 없습니다. 독자 없이 작가는 본질적으로 존재할 수 없다는 것은 여러분도 잘 아시리라 믿습니다. 여러분이 한국문학을 키우시고 그 그늘에서 크게 위로받고 깊어지길 바랍니다. '금요일의 문학이야기'에서 만나셨듯이, 우리 문학의 젊은 미래는 충분히 잠재적 역량과 가능성을 담보하고 있다고 봅니다.

박성원씨의 소설 작품도 세 권이라고 하지만 이제 시작에 불과합니다. 앞으로 어떻게 변화하고, 어떻게 깊어지고, 어떻게 자기 안에 작가로서의 책임을 져가고 하는지 늘 지켜봐 주십시오. 여러분, 새해 복 많이 받으십시오.

이것으로 '박범신이 읽는 젊은 작가들'의 모든 스케줄을 끝내겠습니다. 대단히 감사합니다. (함께 박수)

| 대상 작품 목록 |

이기호, 「최순덕 성령충만기」, 『최순덕 성령충만기』, 문학과지성사, 2004.

심윤경, 『달의 제단』, 문이당, 2004.

백가흠, 「배꽃이 지고」, 『귀뚜라미가 온다』, 문학동네, 2005.

오현종, 「세이렌」, 『세이렌』, 이룸, 2004.

손홍규, 「갈 수 없는 여름」, 『사람의 신화』, 문학동네, 2005.

이신조, 「새로운 천사」, 『새로운 천사』, 현대문학, 2005.

김도연, 「검은 눈」, 『0시의 부에노스아이레스』, 문학동네, 2002.

김종광, 「서점, 네시」, 『모내기 블루스』, 창비, 2002.

김종은, 「프레시 피시맨」, 『신선한 생선 사나이』, 창비, 2005.

김도언, 「기호태傳」, 『철제계단이 있는 천변풍경』, 이룸, 2004.

김숨, 「투견」, 『투견』, 문학동네, 2005.

박성원, 「긴급피난」, 『우리는 달려간다』, 문학과지성사, 2005.

박범신이 읽는 젊은 작가들
ⓒ 박범신 2007

초판인쇄 | 2007년 6월 1일
초판발행 | 2007년 6월 8일

엮 은 이 | 박범신
펴 낸 이 | 강병선
책임편집 | 조연주 최유미
펴 낸 곳 | (주)문학동네
출판등록 | 1993년 10월 22일 제406-2003-000045호

주   소 | 413-756 경기도 파주시 교하읍 문발리 파주출판도시 513-8
전자우편 | editor@munhak.com
전화번호 | 031) 955-8888
팩   스 | 031) 955-8855

ISBN 978-89-546-0330-0 03810

www.munhak.com